NEW ROMANCE®

Everywhere WITH YOU

PHOENIX B. ASHER

Hugo Roman

AVANT-PROPOS

Le mot *urbex* est une abréviation de l'expression anglaise *urban exploration* (ou exploration urbaine, en français). L'activité consiste à visiter des lieux construits et abandonnés par l'homme. Ces lieux sont fréquemment interdits, difficiles d'accès ou parfois même cachés. La pratique est rarement légale, souvent dangereuse et, dans tous les cas, réservée à un public averti.

Dans *Everywhere with you*, tous les lieux mentionnés existent ou ont existé (certains ont été détruits depuis). Les motels abandonnés cités existent également, mais je les ai déplacés géographiquement pour coller au récit.

Je me suis beaucoup inspirée des récits et photos de ce site Internet : https://www.abandonedfl.com.

Ma seconde source d'inspiration sur ce projet a été Instagram, réseau social sur lequel j'ai découvert des photographes géniaux. En voici un échantillon :

En Europe :

@jim_carroll__

@myspiritstorn
@urbex_et_prestige
@traveller_of_the_past
Ronces&beton sur Facebook
Aux États-Unis :
@sephlawless
@sketchyjawns
@jack.xplores
@jennbrownxo
@_alice_in_wanderlust

La page @itsabandoned est également parfaite pour découvrir de nouveaux photographes.

Bonne plongée dans le monde de l'urbex !

Phoenix B. Asher

PLAYLIST

Believer, Imagine Dragons

Bloodstream, Ed Sheeran

Praying, Kesha

I Found, Amber Run

Legendary, Welshly Arms

Stronger, The Score

Into the Fire, Thirteen Senses

Represent Cuba, Orishas

Fight 'til the End, Jack Savoretti

Find Me, Sigma feat. Birdy

1

Shad

Poughkeepsie, New York, 30 juin 2017

Les yeux fixés sur cette saloperie de plafond couvert de lambris, je compte pour la dixième fois les étoiles phosphorescentes que les anciens proprios du van ont collées là. Ou leurs enfants, peut-être. C'est un truc de gosse ce genre de déco kitsch. Je reconnais que ça me plaisait bien au début : les avantages de la belle étoile sans les inconvénients. Mais, après un mois sur la route, quand je veux voir la Voie lactée, je me contente de sortir. Ce qui m'arrive assez souvent.

Les vingt-six premières années de ma vie m'avaient fait oublier que les astres existent, que la terre n'est pas la seule planète dans l'univers, et surtout qu'elle ne tourne pas autour de mon nombril. S'en rendre compte au bord du lac Michigan, une nuit de juin, c'est déstabilisant. Et surtout pathétique.

Je glisse dans une semi-torpeur. Mes paupières se ferment, je me repasse les images de l'Hudson River State Hospital que j'ai mitraillé de mon Leica SL aujourd'hui : l'imposante façade de brique qui semble avoir résisté aux années et à l'abandon, les sièges parfaitement alignés de l'auditorium, son piano aux touches manquantes, la chapelle dans laquelle il ne vaut mieux pas se recueillir sous peine de passer à travers le plancher, les dizaines de lits à armature métallique qui paraissent attendre que leurs occupants reviennent se coucher. Ce sentiment que le temps s'est arrêté, c'est ce que je préfère quand j'explore un lieu déserté par l'homme, dans lequel la nature a bien souvent repris ses droits.

Quand j'essaie d'ouvrir les yeux, mon plafond de bois s'est transformé en mur de brique rouge. Peut-être que je dors déjà, après tout. Un mouvement sur ma droite me tire du sommeil en sursaut. La fille que j'ai ramenée hier soir a dû bouger. Encore une des habitudes de merde de mon ancienne vie. Les bonnes résolutions monacales de mon début de road trip n'ont pas tenu longtemps. J'ai fini par lâcher prise quand je me suis rendu compte que je ne cherchais pas l'absolution, juste à me pardonner à moi-même.

Dans un soupir, Meghan se colle à moi. Ou Melissa, peut-être. C'est pour ça que je devrais m'astreindre à ne pas les ramener dans le van. Le connard que je suis n'arrive même pas à se souvenir de leur prénom. Évidemment, comparé à l'ordure que j'ai pu être par le passé, il y a du progrès.

La jambe de la brune élancée, avec laquelle j'ai tout juste échangé quelques mots dans un bar étudiant de l'université Vassar, se pose sur moi et frotte inconsciemment mon bas-ventre. Je l'observe. Si elle émergeait, on pourrait profiter tous les deux. L'idée de la réveiller me traverse l'esprit, mais je la chasse instantanément. Ma montre affiche 3 heures du matin, elle ne dort que depuis deux heures à peine. Je ne suis pas un saint, mais j'ai quand même assez de respect pour lui foutre la paix. De toute façon, si je veux reprendre la route demain, je ferais mieux d'essayer de retrouver ce sommeil qui semble me fuir.

Une nouvelle étape m'attend à Newark. La vieille prison y est un passage obligé pour le fan d'urbex que je suis. Et ensuite ? Baltimore, probablement. Je devrais y être pour le 4 juillet, en espérant y dénicher un motel libre. Ça fait un bail que je n'ai pas dormi dans un vrai lit.

Voilà un mois que je parcours les routes en essayant de capter l'insaisissable à travers mon objectif. En m'efforçant de trouver qui je suis. Heureusement, le pays est grand, car je sens que le voyage va être long.

2

Sam

Baltimore, Maryland, 1er juillet 2017

Il me faut toute la volonté du monde pour continuer à marcher nonchalamment dans les rues de West Baltimore à mesure que la luminosité diminue. J'essaie de me fondre dans le décor, de ne pas avoir l'air d'être en train de fuir. Ce que je fais pourtant. Bien enfoncée sur la tête, ma casquette cache à peu près mes yeux, mais dans ces quartiers une tout autre ambiance émerge à la nuit tombée. Ça sera beaucoup plus dur de passer inaperçue à ce moment-là. Ce n'est pas pour rien que Baltimore est septième dans le classement *Forbes*[1] des villes les plus meurtrières aux États-Unis… Toutefois, il m'est impossible de me déplacer jusqu'à un district plus sûr. D'abord parce que je ne trouverais nulle part où dormir : j'ai bien un peu d'argent dans mon sac à dos « la grande évasion », mais pas suffisamment pour me payer un motel. Sans compter qu'on ne me laissera jamais errer en toute tranquillité dans ces rues-là. Un bon samaritain voudra savoir

---

1 Magazine économique américain qui publie annuellement diverses listes, dont celle des dix villes les plus dangereuses des États-Unis.

ce que je fous ici, seule. Une chose en entraînant une autre, ma fausse carte d'identité ne résistera pas à un contrôle policier en règle. Et je n'ai qu'une certitude : il est hors de question que je retourne chez Reed.

La simple évocation mentale du nom de ce trou du cul ravive les séquelles de la « remise dans le droit chemin » qu'il a jugé nécessaire de m'infliger tout à l'heure. La dernière. Je me le suis promis au moment où son poing entrait en contact avec ma pommette. Quand le bout renforcé de ses boots a atteint mes côtes, je n'étais déjà plus en état de réfléchir. Il devait avoir picolé plus que de raison. Et, comme d'habitude, la Reed n'a pas levé le petit doigt.

Le ciel est de plus en plus sombre. Il faut que je trouve un endroit pour crécher cette nuit, sans personne pour m'aider. La dernière et unique fois où j'ai fugué, Jake était avec moi. Mais il a eu dix-huit ans il y a trois mois, il n'était donc plus obligé de supporter nos geôliers. Son départ m'a laissée dans une solitude que je n'avais jamais connue auparavant, y compris à la mort de mes parents.

Un frisson court le long de mon échine. Le soleil est pratiquement couché, je ne peux plus reculer : je dois à tout prix me trouver un refuge pour dormir. Et peut-être pour m'y planquer un jour ou deux, le temps de m'organiser pour quitter cette ville de merde.

Jamais ma fuite n'aurait dû être si précipitée. Je me traite d'idiote en me rendant compte que j'aurais pu anticiper mon coup bien mieux que ça. De la même manière que mon sac à dos était prêt depuis des mois sous mon lit avec le minimum vital pour survivre seule, j'aurais dû prévoir mon plan de sortie. Je n'ai pas de téléphone, donc pas la possibilité d'appeler Jake. De toute façon, rien ne me garantit qu'il habite désormais avec sa sœur aînée comme il le voulait.

– Hé, petite. Petite !

Un grand type torse nu, couvert de crasse, les dents bouffées par la meth[2], s'approche de moi en tendant la main. Après un vif signe de dénégation, j'accélère le pas.

– Petite ! T'es perdue, ma mignonne ? Je peux t'aider ?

La panique me gagnant, je secoue cette fois la tête avec frénésie.

– Non, non. Je rentre chez moi, c'est tout.

C'est la vérité. Quel que soit le lieu où je me réfugierai cette nuit, ça sera toujours plus chez moi que l'endroit où je viens de passer cinq années.

Un coup d'œil derrière mon épaule m'apprend que l'inconnu qui m'a apostrophée ne m'a pas suivie. Je soupire de soulagement.

Je regarde autour de moi. La crise a frappé tous les États-Unis, mais comme souvent ce sont les plus démunis qui ont trinqué en premier. J'en ai la triste preuve sous les yeux : les maisons à l'abandon ne manquent pas dans West Baltimore. Le tout est d'en trouver une qui n'est pas squattée.

Après quelques minutes, je repère une *townhouse* un peu à l'écart des autres et encore plus décrépite que ses voisines de quartier. Il ne me reste plus qu'à prier qu'elle ne s'effondre pas sur moi.

Je me dirige instinctivement vers les fenêtres de la cave. Ce sont généralement les seules qui ne sont pas condamnées par des planches de contreplaqué. Visiter ce genre de baraque est quasiment une activité extrascolaire là où je vis ; je vérifie rapidement s'il y a quelqu'un dans les parages, avant de mettre un grand coup de pied dans le simple vitrage de la lucarne.

---

2 Méthamphétamine. Drogue de synthèse extrêmement addictive. Ses effets à long terme peuvent être dévastateurs.

En descendant dans les soubassements de la maison, j'essaie de faire taire la nausée qui me monte aux lèvres. Le lieu me rappelle bien trop celui où Reed me jetait pendant des heures quand il en avait marre de voir ma « petite gueule », comme il disait.

Ce n'est pas le moment de flancher! Je me précipite vers l'escalier qui mène au rez-de-chaussée. Je fais un tour rapide de toutes les pièces : pas de trace de squat, je devrais être tranquille jusqu'à demain au moins.

Assise dans un coin de ce qui semble avoir été un salon, j'enfile le grand sweat à capuche offert par Jake pour mes seize ans. Je dévore une des barres chocolatées que j'ai réussi à soustraire aux Reed. Ma bouteille d'eau à la main, je laisse mes yeux s'habituer à l'obscurité quasi totale. Je relâche lentement le souffle que j'ai la sensation d'avoir retenu depuis le début de ma fuite. Rien n'est pourtant résolu. Je suis seule, dans une maison pourrie qui empeste la moisissure et la merde de rat : rien de glorieux. Toutefois, j'ai le sentiment d'avoir une vraie chance d'échapper à cette vie de galère.

3

Shad

Baltimore, Maryland, 3 juillet 2017

Après la visite de la Old Essex County, prison de Newark, j'arrive finalement à Baltimore un jour plus tôt que prévu. En plus d'un mois de voyage, j'ai pris l'habitude d'envisager l'imprévisible. Il est donc à peine plus de 9 heures quand je stationne mon van sur un parking du centre-ville. Mon deuxième café de la matinée à la main, je réserve en ligne un motel pour la nuit. Avec la fête nationale demain, je ne veux pas prendre le risque de me retrouver comme un con à la dernière minute. Une vraie douche chaude, dans une vraie salle de bains, et une chambre avec la clim, je ne rêve que de ça depuis deux jours. Mes vieux réflexes de fils à papa, sans doute.

Il est encore tôt. Les fenêtres des *townhouses* que je souhaite visiter sont partiellement condamnées, la lumière extérieure devra donc être maximale quand j'y pénétrerai. J'ai du temps devant moi.

Je connecte mon Leica à mon ordinateur portable et charge mes clichés pris à la prison de Newark. Leur nombre dépasse de loin la centaine. Quand je suis sur un site, mon doigt presse le déclencheur instinctivement, les minutes qui défilent n'ont aucune emprise sur moi.

En visionnant, pour la seconde fois, cet alignement de barreaux rouillés, je pourrais presque voir les détenus s'y appuyer. Il me semble même les entendre s'interpeller de cellule en cellule. L'endroit ne manque toutefois pas de vie : des sans-abri y ont élu domicile, sans reculer devant les multiples tentatives des autorités pour les déloger. Comme le vieux Smitty, dont j'ai fait un portrait en noir et blanc. Un sacré personnage. Presque l'emblème de ces murs moisis par les hivers humides du New Jersey.

Je jette un nouveau coup d'œil à ma montre. Merde, cette fois il va falloir que j'accélère pour pouvoir faire les photos que j'ai prévues. Je vérifie à nouveau les indications transmises par un autre fan d'urbex rencontré sur Internet. Je ne cède pas à la tentation de reprendre le Chevy[3] pour aller plus vite. *Hors de question de risquer de me le faire tirer dans West Baltimore !*

J'embarque mon matos dans mon sac en toile acheté dans un surplus de l'armée. Plus solide que n'importe quelle merde que j'aurais payée une fortune dans le commerce, il a le mérite de ne pas laisser paraître que je transporte un appareil hors de prix. Je remercie ma grand-mère pour la centième fois depuis le début de ce road trip. Sans son héritage qui moisissait à la banque depuis mes dix-huit ans, je ne serais pas parti. Impossible de compter sur mon père après lui avoir balancé que je n'en avais rien à foutre de son entreprise et de mon avenir tout tracé. J'ai sans aucun doute disparu de son testament.

Dans les transports en commun, je m'absorbe dans la contemplation de la ville. La pauvreté s'est emparée d'elle

3 Abréviation de Chevrolet, la marque du van conduit par Shad.

telle une pieuvre l'attirant un peu plus dans ses tentacules, quartier après quartier.

Arrivé à l'arrêt indiqué, je m'aperçois que les infos qu'on m'a données n'étaient pas exagérées. J'ai beau ne pas faire étalage de mes possessions, je me sens quand même foutrement mal à l'aise.

Je m'efforce de faire profil bas jusqu'à trouver une maison à l'abandon. Je suis presque tenté de faire demi-tour. Ma passion me paraît soudain absurde au milieu de ces gens qui ne savent même pas s'ils pourront manger ce soir.

Je reste un moment à tergiverser devant cette bicoque sur le point de s'effondrer. Depuis un mois, je photographie les vestiges d'une autre époque, mais aussi cette Amérique qui part en ruines sous les yeux des nantis comme mon père. Comme moi, avant.

Un regain de motivation me fait pénétrer dans la bâtisse. Je repère une fenêtre brisée au sous-sol dans laquelle je me glisse avec précaution. Ça serait con de se retrouver nez à nez avec un gang local.

Le rez-de-chaussée est particulièrement sombre, mais quelques rais de lumière au salon me permettent d'effectuer de beaux clichés. La visite des lieux est troublante. Les meubles étant encore en place, la maison à l'air d'attendre que ses propriétaires rentrent du travail. L'étage me prend carrément au dépourvu tellement le temps semble s'y être figé. Les minutes défilent sans que je m'en rende compte. Photo après photo, j'essaie de saisir les indices du drame qui a touché cette famille. Dans ce qui paraît avoir été la chambre parentale, je bloque devant le portrait des anciens habitants au mur. Leurs sourires me hurlent que je n'ai rien à foutre ici.

Je suis toujours aux aguets quand j'explore ce genre de lieux ; je perçois donc immédiatement les éclats de voix qui retentissent non loin. Je me penche par la fenêtre, juste assez pour apercevoir la *townhouse* voisine. Une gamine se fait éjecter de la baraque par une espèce de gros bras qui finit par lui lancer ses affaires dessus. Même si je n'ai pas envie de me mêler d'une bagarre entre squatteurs, quel homme je serais si je restais tranquillement à regarder ?

Je sors donc au plus vite, la luminosité extérieure me rappelant que j'ai encore une fois perdu la notion du temps.

La gamine n'en est finalement pas une, même si elle semble avoir guère plus de dix-huit ou dix-neuf ans. Sa petite taille et sa vulnérabilité apparente m'ont induit en erreur.

– Hé, tout va bien ? Est-ce que je peux t'aider ?

Elle grommelle un genre de « Non » sans même me regarder. Quand elle finit par le faire, je me prends un uppercut en pleine gueule. Ses yeux me scrutent, attendant sûrement que je dise ou fasse quelque chose. Moi, je suis subjugué par ses iris d'un bleu-vert incroyable et ce que j'y lis. Douleur. Peur. Détermination. Comment un regard peut-il être si expressif ?

– Tu m'entends ? Qu'est-ce que t'as à me dévisager comme un putain de pervers ?

Charmante ! J'imagine que lui expliquer que je me suis noyé dans ses yeux ne jouerait pas en ma faveur. Je hausse les épaules et répète ma première question.

– Tout va bien ?

– Mais bordel, t'es sourd ? Oui. Tout. Va. Bien, articule-t-elle exagérément.

Je hoche la tête, et finis par tourner les talons avant qu'elle rameute les voisins. Ou le type qui l'a foutue dehors. Je veux bien être gentil, mais je n'ai pas envie de me prendre un coup de couteau dans le bide.

J'ai les clichés que je désirais, mais, en attendant de pouvoir retourner au van pour voir ce qu'elles donnent sur mon ordinateur, je ne peux m'empêcher de me demander ce qu'aurait rendu ce regard Caraïbes avec mon Leica.

4

Sam

Baltimore, Maryland, 3 juillet 2017

Assise à l'arrière du bus, je contemple mes mains. Je ne parviens pas à les empêcher de trembler. En tentant de réguler ma respiration saccadée, je les serre entre mes cuisses, histoire que les autres passagers ne remarquent pas mon trouble. Même s'ils semblent n'en avoir rien à foutre.

À moitié planquée derrière une rangée de sièges, je jette un coup d'œil au photographe. C'est forcément ce qu'est le bellâtre qui m'a demandé si j'allais bien tout à l'heure. Ce genre de type, ça ne pousse pas dans West Baltimore. Et des mecs qui se pointent, appareil photo en main, pour shooter la misère, on voit ça régulièrement chez nous.

Je m'oblige à me calmer. J'ai l'air d'avoir piqué un sprint. Je préférerais, mais le caïd qui a pénétré dans la *townhouse* où je créchais m'a fichu une trouille comme je n'en avais pas eu depuis longtemps. Je suis pourtant peu impressionnable, la cave du père Reed m'a endurcie.

En même temps, quelle idiote d'être restée là plus de deux jours! Si une maison n'est pas squattée, elle risque d'attirer l'attention rapidement. J'aurais dû chercher un autre abri ou tenter de quitter la ville en stop. Tout plutôt que de me réveiller en sursaut avec le cran d'arrêt de ce putain de dealer sous la gorge. Sans doute ne m'a-t-il pas tuée pour s'éviter de devoir se débarrasser de mon corps.

Quand il m'a aboyé de foutre le camp, j'ai évacué la maison en une seconde. J'ai pris conscience que j'avais laissé derrière moi le peu que je possédais au moment où il me l'a presque balancé à la gueule sur le trottoir. C'est là que le photographe a fait son apparition en me demandant si j'allais bien. Et en me matant au passage. *Il ne faut pas déconner!* Je l'ai envoyé balader. Mais ça, c'était avant que je décide de le suivre. Parce que pendant qu'il se dirigeait vers l'arrêt de bus le plus proche, j'ai compris deux choses : ce mec n'est clairement pas du coin, il doit donc avoir un véhicule quelque part. Enfin, j'espère ! Et il pue le fric à plein nez. Malgré ses habits simples et son espèce de sacoche qui a bien vécu, les fils à papa, je les repère à des kilomètres. Vu comme il me reluquait tout à l'heure, je suis sûre qu'il acceptera de me faire sortir de la ville.

Alors je file le photographe canon. De bus en correspondance, je ne le quitte pas d'une semelle, le plus discrètement possible. Je dois être plutôt douée, parce qu'il ne m'a toujours pas remarquée. Ou bien il s'en cogne. C'est aussi une éventualité.

Comme je m'y attendais, il descend dans un quartier beaucoup plus « classe supérieure ». Je marche derrière lui jusqu'à ce qu'il s'arrête devant un Chevy van d'une vingtaine d'années. Je crois halluciner quand il grimpe à l'intérieur par les portes latérales. Je n'étais pas préparée à ça. Ce mec a plus le type Corvette, Ferrari ou autre voiture de luxe.

Je suis en train de réfléchir à mon plan d'action pour lui demander de me prendre en stop quand il ressort, changé. Après avoir verrouillé son van, il se dirige vers une avenue animée.

Je ne tergiverse pas longtemps. Je n'aurais jamais pensé que ce que j'ai piqué à Jake en faisant mon sac servirait pour l'usage même auquel il est destiné… La rue est assez calme. Je m'adosse nonchalamment à la carrosserie du côté passager et sors discrètement le crochet en fer que mon frère de galère avait conçu avec un cintre.

Jake a eu son époque pendant laquelle il aimait tirer de belles bagnoles. Comme je le suivais dans toutes ses conneries, il m'a enseigné comment s'y prendre.

Encore un regard à la ronde et je fais glisser la tige de métal le long de la fenêtre, puis à l'intérieur de la portière. Je ne tâtonne pas longtemps avant que l'embout crocheté rencontre le levier sur lequel je fais pression. La porte s'ouvre dès que j'actionne la poignée. Coup de bol. Ou plutôt chance du débutant.

L'intérieur garde un petit côté bobo que j'attribue aux anciens proprios. Tout le reste est propre et bien rangé. Ça me surprend, je pensais que tous les mecs mettaient le boxon dans leur piaule. Jake était bordélique au possible. Le Reed, n'en parlons pas. Un putain de porc.

Je me sens un peu idiote, maintenant. Qu'est-ce que je vais lui dire quand il me trouvera là ? En même temps, c'est lui qui voulait savoir si j'allais bien ! Ici, c'est le cas. Je suis plus en sécurité dans le van de cet inconnu que dans les rues de West Baltimore. Je vais juste attendre qu'il revienne et j'improviserai.

Je me déchausse, puis m'installe en tailleur sur le couchage situé à l'arrière. Je sors mon exemplaire de *A Moveable Feast*[4], d'Ernest Hemingway. Autant m'occuper, je ne pense pas qu'il sera de retour avant un bon moment.

---

4 *Paris est une fête* en français.

La nuit tombant, je n'arrive plus à déchiffrer une ligne. Les yeux au plafond, je me perds dans la contemplation des petites étoiles scintillantes qui y sont collées. *Ça existe encore, ces trucs-là ?*

Quand une clé se glisse dans une serrure à l'avant, un curieux instinct me pousse à me planquer dans l'étroit espace entre le lit et les portes arrière. Je ne sais pas ce qui me prend : je pensais le confronter à la minute où il reviendrait. Lorsque je l'ai entendu, ma conscience m'a soufflé que s'il me foutait dehors j'allais me retrouver à la rue en plein milieu de la nuit. *En même temps, il risque de s'apercevoir de ta présence en se couchant, petite maligne !*

Après quelques minutes de route, le moteur se coupe. J'arrête carrément de respirer. C'est l'heure de vérité. Je n'ai même pas réfléchi à ce que j'allais lui dire.

Quand les portes se ferment et que le bruit de ses pas s'éloigne, j'ose un coup d'œil par la fenêtre au-dessus de moi. Je pousse un tel soupir de soulagement que j'ai peur qu'il m'entende. Un motel. Je ne le vois plus, il a dû rentrer dans une chambre. Me voilà avec quelques heures de sommeil et de répit devant moi. Et un vrai matelas sur lequel je me couche en position fœtale.

Le nez dans l'oreiller du photographe, je me gorge de l'odeur de cèdre qui me renvoie à de doux souvenirs que je préfère refouler en partie. Je ne garde que le sentiment de sécurité qu'ils m'apportent. Le même qui me fait sombrer en quelques minutes.

5

Shad

Baltimore, Maryland, 3 juillet 2017

Je dois avoir un sourire à la con sur le visage en marchant en direction de la chambre 17 du motel que j'ai réservé ce matin. Pas le grand luxe, mais pas miteux non plus. J'adore vivre dans le Chevy, mais je dois reconnaître que parfois le confort d'un vrai lit et d'une salle de bains digne de ce nom me manque.

Je repense un instant au petit bout de bonne femme que j'ai vu se faire éjecter de la *townhouse* cet après-midi. Visage d'ange, tempérament de feu. Je me demande ce qu'elle devient. Quel peut être l'avenir d'une jeune fille sans abri dans ce genre de quartier pourri par les gangs et la violence ? L'espace de quelques secondes, je me laisse envahir par un vague sentiment de regret et de culpabilité, mais je le chasse vite. J'ai passé vingt-six ans de ma vie à ne me soucier de rien ni de personne, à vivre sans m'attacher aux individus qui traversaient mon existence. J'essaie de devenir meilleur, mais je ne veux toujours m'accrocher à rien. Ce n'est pas une gamine impolie qui va changer ça.

Les yeux dans le vague en regardant mon véhicule par la fenêtre, je me force à me remuer et fonce sous cette douche chaude dont je rêve depuis quelque temps. Je me délecte de pouvoir traîner sous le jet puissant qui me débarrasse de la moiteur de la journée.

Une fois au lit, je ne sais pas à quelle heure je finis par sombrer. Les erreurs de mon passé n'ont de cesse de me poursuivre ; l'image d'une jeune femme s'impose parmi elles.

Quand j'émerge, vers 7 heures, je m'empresse de me préparer pour me ruer dans le IHOP[5] jouxtant le motel. Je suis un gosse caché dans le corps d'un homme de vingt-six ans. J'adore leurs pancakes. Après avoir passé commande, j'en engouffre un immédiatement, avec une cascade de sirop d'érable.

Un café à emporter à la main, je me dirige à grandes enjambées vers mon van. J'ai quelques photos à faire dans la banlieue de Washington DC, je ne veux pas trop traîner.

Je délaisse le gobelet qui me brûle les doigts sur le toit du Chevy afin de dégager mes clés et de déverrouiller la porte latérale. Ce que je découvre derrière m'aurait fait lâcher mon café si je l'avais eu en main.

---

5 International House of Pancakes. Chaîne de restaurants spécialisés dans les pancakes, populaire aux États-Unis.

6

Sam

Baltimore, Maryland, 4 juillet 2017

Je déteste la sensation qui précède le réveil. Cet entre-deux bizarre pendant lequel tu sais que tu ne te rendormiras pas alors que ton esprit n'est pas encore tout à fait alerte. C'est dans cette zone floue que je sens la luminosité changer. Je perçois de l'air sur mon visage. La présence que je ressens soudain me met dans une telle panique que je m'assieds précipitamment.

– Tu peux me dire ce que tu fais ici ?

J'ai l'impression que mon cœur va exploser. Je ne sais plus où je suis jusqu'au moment où je reconnais le photographe que j'ai suivi hier.

– Putain de merde !

– Charmante, vraiment, lâche-t-il sur un ton sarcastique. Excuse-moi pour le réveil en fanfare, mais je me permets de te faire remarquer que tu es dans mon van !

– Euh… Je…

Il se passe une main sur le visage, semble essayer de se redonner une contenance. Il n'a pas l'air furieux, juste choqué de me trouver là.

– Reprenons depuis le début. Comment tu es entrée ?

– Euh… J'ai forcé la porte avant.

– De mieux en mieux.

En parlant, il récupère un gobelet sur le toit du Chevy. *Un café, bordel!* Son fumet corsé qui s'échappe jusqu'à moi, couplé aux odeurs du restau d'à côté, fait se contracter mon estomac vide dans un bruit tout ce qu'il y a de moins glamour.

– Tu as faim?

– Euh… Non, non, ça va.

– En plus d'entrer par effraction chez les gens, tu mens très mal.

Il fouille dans sa sacoche pour en sortir une barre de céréales qu'il me tend, avec son café.

– Mange. Après, tu m'expliqueras ce que tu fous dans mon van, miss Tout-Va-Bien. Parce qu'on sait tous les deux que tu ne serais pas là si ça allait si bien que ça.

J'ignore quelles conneries je vais bien pouvoir inventer, alors, dans un réflexe puéril, je décide de mettre le plus de temps possible pour avaler cette barre de céréales sur laquelle j'ai pourtant envie de me ruer. Il s'appuie à l'encadrement de la porte et me mate tranquillement pendant que je bouffe. Je déteste cette impression d'être un animal sauvage.

– Tu veux ma photo, ou quoi?

Il se penche pour saisir quelque chose dans le sac qu'il a posé à ses pieds et en sort un appareil pour l'agiter sous mon nez.

– Maintenant que tu en parles, pourquoi pas? La chieuse de base. Je n'ai pas ça dans ma galerie de portraits.

Il se fout ouvertement de ma gueule. Je replonge la tête dans mon muesli, en égraine chaque miette. Je fais traîner, mais il faudra bien que j'affronte monsieur le photographe à un moment.

Quand je le regarde à nouveau, il s'installe dans le siège passager et le fait pivoter face à moi.

– Si tu penses que je vais te raconter ma vie façon confidence chez le psy, tu te fourres le doigt dans l'œil.

– Si tu as envie de te barrer tout de suite, je t'en prie. Sinon, le minimum, c'est de m'expliquer pourquoi tu as dormi dans mon lit sans autorisation. C'est toi qui vois.

Il fait une courte pause, un petit sourire au coin des lèvres. Il est agaçant, même s'il a entièrement raison. Je marche sur des œufs. Je dois en dire assez pour le convaincre, sans trop me dévoiler.

– J'imagine que tu ne t'es pas réfugiée là sans motif, poursuit-il. Je veux juste savoir pourquoi. Qu'est-ce que tu fuis comme ça ?

Cette fois, c'est moi qui me marre. C'est toujours mieux que de pleurer. *Je ne fuis pas. Je tente seulement de survivre.*

– Je me suis barrée de chez mes tuteurs légaux. Je viens d'avoir dix-huit ans. Ce n'était qu'une question de temps avant qu'ils me foutent à la porte, de toute façon. Crois-moi, je suis bien mieux dans la rue qu'avec eux.

Pas moyen d'avouer mon âge réel. Pas moyen de lui expliquer que je n'aurai dix-sept ans qu'en août. Je ne le connais pas, ce type. Qui me dit qu'il ne va pas appeler les flics dès que j'aurai le dos tourné ? Ils me renverraient directement dans mon bagne à West Baltimore.

Quand je lève les yeux, son regard accroche le mien. Je n'y lis pas cette pitié que je m'attendais à y voir. Tant mieux, parce que je déteste ce sentiment inutile et faux. Il pointe un doigt en direction de ma joue, qui a sans doute viré au jaune depuis que je suis partie de chez les Reed.

– C'est ton tuteur légal qui t'a fait ça ?

Je hoche la tête.

– Il était quoi pour toi ? Un membre de ta famille ?

– Reed ? Bordel, non. Heureusement. J'étais dans une famille d'accueil depuis la mort de mes parents, il y a cinq ans. Rien d'exceptionnel. Je suis juste tombée sur un lot pourri dans ce que l'État du Maryland peut fournir aux orphelins comme moi.

C'est à son tour de hocher la tête.

– Et tu penses faire quoi, maintenant ?

C'est l'heure de vérité. Le moment de lui demander gentiment, si j'en suis capable, de me sortir de cette putain de ville.

– Je voudrais aller à Savannah. C'est là que j'habitais avec mes parents. J'aimerais voir si nos anciens voisins y vivent toujours.

Ce qui est absolument exact cette fois, même si cette idée vient d'émerger. Je pensais juste me barrer d'ici, mais Savannah est la direction la plus viable pour l'instant. C'est là que demeurent mes racines, là où sont enterrés mon père et ma mère.

Comme il ne répond rien, je force ma chance.

– Est-ce que tu pourrais m'y emmener ?

Son petit sourire revient. Merde, je vais finir par trouver ça sexy, cet air qu'il a de toujours se foutre de ma gueule !

– Comment tu peux savoir que je vais dans le sud ?

– Parce que ça se voit comme le nez milieu de la figure que t'es un richard du Nord.

Je fais un geste circulaire en montrant son van.

– Et tu sembles parti pour un bout de temps.

Cette fois, il se marre carrément, mais ferme les portes latérales.

– Je sens que je vais le regretter.

Il me fait signe de venir m'installer dans le siège qu'il a de nouveau tourné face à la route. *Putain, je n'en reviens pas.*

Attrapant le café auquel je n'ai pas encore touché, je vais m'asseoir en tailleur à côté de lui.

– Je te préviens, la Chieuse, je ne trace pas direct jusqu'à Savannah. Je vais là où mon appareil photo m'entraîne.

– Ça me va. Je ne suis pas pressée.

Il met le moteur en route.

– Par contre, tu comptes m'appeler « la Chieuse » jusqu'en Géorgie ?

L'éclat de rire qu'il laisse échapper m'envoie une drôle de sensation dans le ventre. Ses yeux pétillent. Je n'avais pas remarqué qu'ils étaient aussi bleus. Bordel, le photographe sexy est vraiment torride. Je lui tends ma main droite.

– Sam.

– Enchanté, Sam, répond-il en l'attrapant. Shad.

Sa paume est chaude contre la mienne.

– Shad. C'est bien un prénom de richard, ça.

– Et toi, tu es quand même une chieuse, Sam.

Le même rire qui me remue encore.

Alors qu'il prend la route, je le regarde en coin. Je ne peux pas m'empêcher de me demander quelle va être la contrepartie à cet énorme service qu'il me rend. Rien n'est gratuit. Et, même si Shad est carrément baisable, j'aimerais bien connaître l'altruisme, le vrai, une fois dans ma vie.

7

Shad

Washington, district de Columbia, 4 juillet 2017

Sam s'est tue depuis quelques instants déjà, et, comme je ne suis pas du genre à combler les silences pesants, je ne dis rien. J'entre les coordonnées de notre prochaine destination sur le GPS de mon téléphone. « Notre » destination… Je ne suis pas encore sûr de me faire à l'idée de partager ma solitude routière avec quelqu'un. Mais, après tout, ce n'est que jusqu'à Savannah.

Ma copilote sirote son café qui doit être froid, maintenant. En démarrant, j'ai remarqué du coin de l'œil qu'elle m'observait. Comme si elle me jaugeait. Désormais, elle semble perdue dans la contemplation du paysage.

Soixante-huit kilomètres nous séparent de Washington. Nous traversons quelques bois, mais surtout beaucoup de banlieues. J'ai beau avoir vécu toute ma vie dans ce pays, ces villes qui se ressemblent toutes, sans âme, je ne parviens pas à m'y faire. Rien ne me paraît plus déprimant.

Le Chevy avale des kilomètres de bitume avant que la chieuse aux yeux Caraïbes ne se décide à me parler à nouveau.

– Pourquoi tu ne prends pas l'autoroute ? Ça serait plus rapide, non ?

Dès qu'elle l'ouvre, j'ai envie de me marrer. Elle va vraiment finir par croire que je me fous d'elle, mais son insolence m'amuse.

– J'aime prendre mon temps. Sur l'autoroute, il n'y a rien d'intéressant à découvrir. En passant par les voies secondaires, je m'arrête quand je repère quelque chose que j'aimerais photographier.

Elle regarde autour d'elle la zone commerciale qu'on est en train de traverser.

– Je serais curieuse de voir tes clichés. Une succession de Taco Bell ? À moins que ton truc ça soit plutôt les Wendy's[6].

Elle éclate de rire, puis plaque la main sur sa bouche comme si elle n'en avait pas l'habitude. Son sourire persiste, dévoilant deux fossettes au creux de ses joues. *Bordel, regarde la route, Shad !*

Quand je disais que j'allais finir par le regretter. Si j'emplafonne le van dans un mur à cause de ce sourire, c'est assurément ce qui va se passer.

À quelques kilomètres de notre destination, elle se tourne vers moi. Ça sent l'interrogatoire. Après tout, je lui ai demandé de se confier, pourquoi ne m'obligerait-elle pas à être honnête à mon tour ?

– Alors, Shad, tu viens d'où ?

Elle appuie sur mon prénom comme si c'était une blague. Ses fossettes se creusent à nouveau.

– Chicago. Enfin, on a beaucoup navigué entre New York et Chicago, mais c'est dans cette dernière que j'ai passé presque toute ma vie.

---

6 Chaînes de fast food populaires aux États-Unis, qu'on retrouve dans toutes les zones commerciales.

– J'avais raison. Un richard du Nord. Je ne me trompe jamais.

Il ne servirait à rien de le nier. Je hausse les épaules en accrochant ce putain de regard. Une couleur comme ça, on ne la trouve pas dans la nature.

– Tu as quel âge ? Tu ne fais pas d'études ?

Ces interrogations-là ne me dérangent pas. On effleure à peine la surface de celui que je suis, ce qui me va bien.

– J'ai vingt-six ans. Je suis diplômé de la Columbia Business School[7].

– Columbia, hein ? Fils à papa.

Encore une fois, je hausse les épaules. Elle a raison. Ce ne sont pas mes seuls résultats scolaires qui m'ont permis d'intégrer Columbia et ça me fait sentir mal à l'aise face à Sam. Elle n'aura sans doute jamais les moyens d'entrer dans une université d'État et les thunes de ma famille m'ont payé l'Ivy League, ce qui ne m'a fait ni chaud ni froid à l'époque. *Connard prétentieux !*

Elle semble vouloir en demander plus, mais se ravise. Peut-être que creuser trop en profondeur serait dangereux pour elle aussi. Car je sais qu'elle ne m'a pas tout dit. Quand on croise un étranger, même si on est prêt à faire la route avec lui, on ne lui confie pas sa vie. Je ne l'aurais pas fait à sa place. Je ne le ferai pas, d'ailleurs. Hors de question de replonger dans cette merde.

Après encore quelques minutes, je stationne le van à quelques mètres du Holy Rood Cemetery, un ancien cimetière appartenant désormais à l'université de Georgetown. Plus personne n'y a été enterré depuis plus de vingt ans,

---

7 Columbia est une université de New York faisant parti de l'Ivy League, qui regroupe huit des universités les plus anciennes et élitaires du pays.

et la plupart des tombes sont totalement à l'abandon. Ça peut paraître glauque, mais j'adore photographier les vieilles sépultures. Tous ces êtres chaudement pleurés avant d'être délaissés quelques années plus tard… On ne laisse presque rien sur Terre en la quittant. Personnellement, je voudrais être sûr que toutes les merdes que j'abandonnerai derrière moi seront oubliées.

Je vérifie une dernière fois les indications concernant le lieu. C'est une visite assez simple. Pas de toit qui pourrait s'écrouler ou de plancher qui pourrait s'affaisser. Pas d'amiante ou autre invention brillante de l'homme pour nous faire crever un peu plus vite. Mais, danger ou pas, je n'emmène jamais personne en exploration. Je me retourne donc vers Sam que je surprends les yeux dans le vague, plongée dans la contemplation des stèles qu'on aperçoit depuis le Chevy.

– Je ne devrais pas être très long, OK ? Attends-moi ici. Je laisse les clés sur le contact.

Elle m'écoute à peine, agite la tête en signe d'assentiment. Une seconde, l'idée m'effleure qu'elle pourrait se barrer avec ce qui me sert de maison depuis un mois. Bizarrement, ça me fait rire.

Je claque la porte latérale puis commence à me diriger vers l'entrée d'Holy Rood. Le temps est magnifique, la lumière sur le site incroyable. C'est comme si elle était différente ici.

J'ai presque atteint le cimetière quand j'entends une portière se refermer derrière moi. Je me retourne pour voir Sam arriver les mains dans les poches de son jean, un petit sourire aux lèvres.

– Tu m'as pris pour ton clébard ? Tu pensais vraiment que j'allais patienter bien sagement ?

Je lui attrape le poignet et la tourne vers moi. Elle m'assène un regard qui, je le sais déjà, me fera flancher, et hausse les sourcils en attendant ce que je vais dire. Je ne dis rien. Chaque fois qu'elle plante ses iris clairs dans mes yeux bleus, la sensation est la même. Alors je me tais.

8

Sam

Washington, district de Columbia, 4 juillet 2017

Le contact des doigts de Shad sur mon poignet me brûlerait presque. Ce con est vraiment sexy. Ça serait plus facile s'il était moche, j'aurais moins d'états d'âme à l'emmerder.

Mes yeux plantés dans les siens, j'attends fermement qu'il m'empêche encore une fois de l'accompagner dans ce cimetière à l'abandon. Mais il ne fait rien. Il ne prononce pas un mot avant de relâcher sa prise et de se retourner pour continuer son chemin. Je vais considérer ça comme une autorisation. *Pour qui se prend-il, sérieusement ?* Je n'ai jamais eu l'habitude de faire ce qu'on me disait et un connard vient de m'y contraindre pendant cinq ans. Quand j'ai quitté la baraque pourrie des Reed, je me suis promis que ça n'arriverait plus. Aussi beau Shad soit-il, ce n'est pas lui qui changera ça.

Je le suis à quelques mètres de distance. Holy Rood n'est pas fermé, il n'y a aucun mur à escalader, ça semble beaucoup plus sûr que d'explorer les *townhouses* en ruines de West Baltimore. Je voudrais demander à monsieur le photographe ce qu'il aime ici, mais je n'en ai pas l'occasion. Mes premiers pas sur le chemin qui encercle les tombes me laissent un étrange et dérangeant creux à l'estomac. Le même que j'ai eu quand j'ai aperçu les sépultures depuis le van. Je connais l'origine de cette sensation, mais y songer agrandit un peu plus le gouffre dans mon ventre. Je n'ai pas mis les pieds dans un cimetière depuis l'enterrement de mes parents.

Le manque d'effectifs dans les familles d'accueil de Géorgie m'a fait atterrir à Baltimore, chez les Reed. Une partie de l'argent qu'ils touchaient pour m'élever était allouée aux voyages à Savannah afin que je puisse me recueillir sur la tombe de mon père et de ma mère. Inutile de préciser qu'ils ont empoché le fric et que je n'ai jamais revu Savannah. Reed me foutait suffisamment la trouille pour que je ne dise rien à la travailleuse sociale. Être ici ne fait que renforcer le manque de ce que je n'ai pas pu faire ces dernières années.

L'appareil à la main, et le plus souvent devant l'œil, Shad m'a distancée. Je m'efforce de le rattraper et lui emboîte le pas en silence. Je suis une emmerdeuse, mais je n'ai pas envie qu'il me laisse sur le carreau dans cette banlieue de Washington. J'ai enfin quitté Baltimore ; me retrouver seule après quelques kilomètres ne m'avancerait pas beaucoup.

Son visage concentré m'amène à regarder autour de moi. L'endroit dégage une énergie très particulière, c'est presque palpable dans l'air. Ces blocs de pierre érigés, abandonnés par l'homme, semblent avoir pris vie. Certaines stèles se tiennent encore droites, d'autres sont couchées, mortes au champ de bataille de mère Nature. D'autres se sont rapprochées, comme si elles se consolaient mutuellement.

Je secoue la tête. Je suis en train de virer barjot. Mais, dingue ou pas, je commence vraiment à flipper. Alors je suis Shad de très près, calquant mes pas sur les siens.

Pas assez, manifestement, puisque mon pied gauche bute dans une pierre qui dépasse du gazon. Je manque de m'étaler de tout mon long, mais me rattrape au dernier moment. Je lève la tête : Shad n'a rien remarqué, il semble absorbé dans un autre monde. Un instant, je l'envie de pouvoir s'échapper si facilement de ce qui l'entoure.

Mon regard revient sur la sépulture qui a failli me prouver une bonne fois pour toutes que le ridicule ne tue pas. Ce que j'ai sous les yeux précipite brutalement mon cœur à terre. Il est déjà bien amoché, mais chaque coup est quand même plus dur à encaisser que le précédent. Une famille est inhumée sous mes pieds maladroits. Les photos, leurs visages souriants, les représentent parfaitement si ce n'était pas encore assez clair avec leurs noms. Le père, la mère et leur fille d'une dizaine d'années. Le destin n'était pas assez cruel, il a fallu que les similitudes aillent jusqu'à l'âge que j'avais lors de l'accident. Leur date de décès me donne l'impression que quelqu'un est en train de piétiner mon cœur tombé à mes pieds. Cette famille, emportée par un drame il y a plus de quarante ans, ne fait que me rappeler comment la mienne a explosé. Si j'avais été dans la voiture avec mes parents ce jour-là, je serais avec eux. Au paradis peut-être. Je n'y crois pas, mais mieux vaut l'espoir d'un Eden plutôt que l'enfer que j'ai vécu depuis.

Jamais depuis leur disparition je ne me suis permis de penser de cette façon. Jamais je n'ai lâché prise à ce point. Pour ne pas devenir dingue, je me suis botté le cul chaque jour pour avancer. Même dans les heures les plus sombres, même dans la cave chez les Reed, j'ai toujours gardé confiance en l'avenir.

De rage face à ma faiblesse, j'écrase les larmes qui coulent sur mes joues.

Je ne sais pas depuis combien de temps je pleure. Lorsque je me retourne pour rejoindre Shad, il est là, à quelques pas de moi, me dévisageant. Je suis sur le point de lui servir une réplique bien sentie, mais ce que je lis dans le bleu de ses yeux me coupe l'herbe sous le pied. Comme quand je lui ai expliqué pourquoi je m'étais barrée de chez les Reed, je n'y vois aucune pitié. J'ai l'impression qu'il comprend les émotions qui me traversent, mais je délire sans doute.

– Sam ?

Sa voix grave me fait sursauter dans le silence étouffant d'Holy Rood.

– Je peux faire quelque chose ?

Remonter le temps. Empêcher mon père de trop picoler au restaurant.

– Oui. Me payer à bouffer. Je crève la dalle.

Dire n'importe quelle connerie plutôt que de craquer devant lui ! Si je me laisse aller maintenant, je ne me relèverai pas.

– Enfin quand tu auras fini, évidemment.

Il sourit encore. Il fait souvent ça quand je parle. Je dois être un spectacle comique à moi toute seule.

– J'ai terminé. On va aller manger et faire quelques courses pour remplir le frigidaire du Chevy. Puis on reprendra la route. Ça te va ?

– C'est toi le capitaine du bateau.

Il se marre en se dirigeant vers l'endroit où il s'est garé tout à l'heure. Après avoir fait coulisser la porte latérale, il me tend une main pour m'aider à monter dans le van. La galanterie, c'est vraiment un truc qui me gonfle mais, sans réfléchir, je pose ma paume dans la sienne.

– Tu es sûre que ça va ? demande-t-il en me retenant.

Chaque fois qu'il parle, le timbre grave de sa voix fait vibrer son sternum. Et le mien aussi par la même occasion. Je hoche la tête, soudainement muette. À quel point je suis dans la merde, quand la seule chose qui m'inquiète est que Savannah va arriver bien trop vite dans le road trip qui nous attend ?

9

Shad

Tappahanock, Virginie-Occidentale, 4 juillet 2017

Après un arrêt dans une saladerie qui nous tendait les bras à côté de Holy Rood et une halte rapide à l'épicerie la plus proche, nous reprenons la route dans le Chevy. Le frigidaire est plein, mais, vu la taille de l'appareil, à deux, nous ne tiendrons pas plus de quelques jours.

Je regarde en coin ma passagère dont l'attention semble une fois de plus absorbée par le paysage. Elle n'a pas décroché un mot depuis que nous avons quitté le cimetière. J'ai eu une sacrée idée à la con de l'emmener là-bas. Elle a perdu ses deux parents et je n'ai rien trouvé de mieux que de lui faire contempler des pierres tombales… C'est vrai qu'elle a insisté pour m'accompagner, mais j'aurais dû choisir autre chose. Ce n'est pas comme si les sites d'urbex manquaient à Washington.

Quand je l'ai vue si ébranlée, son beau visage irradiant de force et de fragilité mélangées, je n'ai pas pu m'en empêcher : mon appareil à la main, le viseur face à mon œil, j'ai pressé le déclencheur frénétiquement. À l'instant où je me suis rendu compte de l'égocentrisme de mon geste, il était trop tard.

Les clichés étaient pris. Je suis vraiment un connard. Aucune photo ne reflètera jamais la perfection imparfaite de Sam ce matin, ses joues couvertes de larmes et l'expression dans son regard. Je ne pense pas qu'elle ait remarqué mon geste. Quand elle a tourné la tête, j'ai reconnu sur ses traits le trouble d'avoir été surprise dans une telle position de faiblesse, mais j'avais déjà baissé mon Leica. Elle ne doit pas le savoir. Je n'ai pas envie qu'elle comprenne trop vite que je suis un abruti.

Elle s'agite sur le siège passager. Elle semble vouloir dire quelque chose sans savoir par où commencer. Puis elle se lance comme on le ferait pour un saut à l'élastique : sans réfléchir.

– Il y a un truc que je ne capte pas, Shad.

Après un rapide coup d'œil, j'attends qu'elle poursuive.

– Tu as fait Columbia. Il me semble évident que ta famille doit être blindée. Tu as fait des études prestigieuses. Qu'est-ce que tu fous là ? Dans ce van, sur cette route, à parcourir le pays appareil à la main ?

Elle a finalement décidé de me bombarder de questions. Celles auxquelles je voudrais ne pas répondre.

– Les diplômes, c'était surtout pour que mon père arrête de me saouler. Ma vraie passion, la photographie, c'est ça qui me fait me lever tous les matins. C'est ce que je veux réellement faire de ma vie.

J'esquive. J'espère qu'elle va se contenter de ça, sans y croire une seule minute. Sam me l'a prouvé plus d'une fois depuis notre rencontre : elle est tenace.

– Ce qui ne répond pas vraiment à ma question. Tu pourrais prendre des photos n'importe où. Pourquoi ici ? Pourquoi maintenant ? Que fuis-tu, Shad ?

Je sais très bien que je ne m'en sortirai pas avec une entourloupe. Je ne peux pas non plus lui révéler toute la vérité.

Elle me verrait comme un putain de cinglé. Et je viens de décider que son opinion sur moi a une importance. Comme si son regard pouvait racheter mes erreurs… Ce qui est incroyablement con.

– J'ai eu une adolescence et une vie en général quelque peu dissolues. En mai, j'étais à une énième soirée, prêt à me défoncer encore une fois. Mais quelqu'un a fait une overdose à peine dix minutes après mon arrivée. Une fille que je connaissais depuis la primaire…

C'est une partie de la vérité, mais une si petite partie qu'elle ne reflète en rien les motivations profondes de mon départ.

Je marque une pause. Sam n'a pas l'air choquée, elle attend juste la suite.

– Je n'ai rien touché depuis. Ni drogue ni alcool, en tout cas. Cette nuit-là, je me suis rendu compte à quel point ma vie était d'une inutilité consternante. J'ai tout plaqué, et me voilà.

Je me sens tellement merdique de me plaindre face à elle, qui a vécu un véritable calvaire, que je n'ose même pas la regarder. Mais mes démons sont là. Je ne peux pas faire comme s'ils n'existaient pas. On n'efface pas une vie comme celle que j'ai eue. Mes fréquentes insomnies me rappellent constamment celui que j'étais, et je m'en sors bien par rapport à d'autres qui n'ont pas eu cette chance.

Sam est de nouveau silencieuse. Elle tentait sûrement de se changer les idées en essayant de me cerner, et moi je lui balance ma merde. *Bien joué, Shad!*

Je roule encore quelques kilomètres. Si on ne tombe pas sur un camping ou sur un parking dédié aux véhicules comme le mien, je devrai m'arrêter pour trouver quelque chose sur Internet. Je ne connais même pas le lieu de ma prochaine exploration alors que je ne repars jamais sans organiser la suite. Sam me perturbe beaucoup plus que je ne veux bien l'avouer.

Aux abords de Tappahanock, je dépasse une enseigne indiquant un motel. Je ne réfléchis pas. Je ne sais pas depuis combien de temps Sam a quitté ses tuteurs, mais elle doit sans aucun doute avoir envie d'une bonne douche.

Je déchante vite. Le *Skyline Motel* est à l'abandon. Un coup de cette saloperie de destin, sans doute. Habituellement, j'aurais été ravi de pouvoir faire une série de photos imprévues. Aujourd'hui, ça me fout juste les boules de devoir poursuivre la route pour trouver autre chose. J'immobilise néanmoins le Chevy dans le parking désert. L'établissement ne tombe pas en ruines, son activité n'est de toute évidence pas à l'arrêt depuis longtemps.

– On dirait que c'est fermé, constate Sam en entrebâillant sa porte.

– Oui, ça m'en a tout l'air.

Elle descend et se dirige vers la piscine vide. Je fais un tour du côté de la réception. Ils n'ont pas condamné les ouvertures. À travers la fenêtre, je ne pourrais même pas dire que la fermeture du *Skyline* est définitive. Tout a été laissé sur place. Comme c'est récent, cela donne encore plus la sensation que le temps s'est arrêté.

– Hé, Shad ! Viens voir !

Je contourne le bâtiment. Le visage de Sam est à moitié trempé. Une mèche colle à son front et je me retiens de la remettre derrière son oreille. Son sourire fait le tour de sa tête et ses deux fossettes ont réapparu.

– La douche de la piscine fonctionne !

– L'eau est chaude ?

– Si l'eau est chaude ? Tu ne veux pas un peignoir avec ça ? Elle est gelée, mais vu la chaleur on s'en tape. Ça t'embête si j'en profite pour me laver ?

Je regarde le van. On pourrait se poser pour la nuit, décider de la suite et reprendre la route demain.

– On va dormir là. Je vais aller préparer quelque chose à manger pendant que tu te douches.

Elle sautille comme une enfant pour aller chercher ses affaires. Je la suis à distance.

Alors qu'elle repart, je vérifie rapidement que le fourgon est de niveau. Je sors ensuite ce qu'il me faut du frigidaire. En un mois, je suis devenu un pro du wok. C'est le seul plat complet qui ne demande pas une longue cuisson des légumes. Je n'ai pas exactement tout l'équipement des chefs, mais on se débrouille avec les moyens du bord.

Je m'affale dans le siège passager en attendant que mon repas ressemble à quelque chose de comestible. Je m'endormirais presque, après mon insomnie de la nuit dernière. Ce sont les cris de Sam qui me tirent de ma léthargie. Je bondis du véhicule et me précipite vers la douche.

J'ai juste le temps de m'arrêter avant qu'elle me voie et que je passe pour un imbécile ou un pervers, au choix. Je lui tourne le dos, mais je ne peux quand même pas me barrer sans savoir si elle a un problème.

– Euh… Sam ? Promis, je ne regarde pas.

Promis Sam, je n'ai pas l'image de l'eau glissant sur tes courbes parfaites imprimée sur la rétine.

– Qu'est-ce qui se passe ?

– À toi de me le dire ? Je t'ai entendue crier.

– Ah ! Ça ? L'eau est glacée, Shad, c'est tout. On verra si tu ne brailles pas comme une fillette quand ça sera ton tour.

C'est tout ce dont j'aurais besoin, là : une bonne douche froide. Pourtant, je hausse les épaules et retourne au Chevy sans ajouter un mot.

Je ne sais pas ce qui m'arrive. Ce n'est pas comme si je n'avais pas remarqué à quel point Sam est bien foutue.

La voir sous cette douche m'a juste fait prendre conscience à quel point les filles que je m'envoie en général sont superficielles. Les botoxées, les siliconées, celles avec des Louboutin aux pieds. Ça m'a sauté à la figure en apercevant la silhouette naturellement parfaite de Sam. Il faut que je me sorte cette image de l'esprit. Et toutes les conséquences qu'elle pourrait engendrer. Cette chieuse au visage d'ange et au corps de déesse n'est définitivement pas pour moi.

Quand j'apporte le wok sur une des tables d'extérieur du *Skyline*, Sam est en train de ranger ses affaires dans son sac. Il va falloir que je lui fasse de la place dans le van pour qu'elle puisse s'installer convenablement.

Elle vient s'asseoir sur la chaise en plastique à côté de moi, une jambe repliée sous elle. Elle a troqué son jean pour un bas de survêtement et a enfilé un sweat-shirt à capuche siglé West Baltimore High, trois fois trop grand pour elle. Un modèle homme, sans aucun doute. Je ne peux pas m'empêcher de me demander qui le lui a donné.

Elle mange sans prononcer un mot. Je commence à croire que c'est son principal mode de communication. Sam et moi, on a bien plus de points communs que je ne le pensais. Ce soir, pourtant, j'ai envie de briser ce silence qui m'étouffe.

– C'est si immangeable ?

Elle me regarde, ne semble pas comprendre de quoi je parle.

– Ce que tu as dans ton assiette.

– Non ! La Reed était à peine capable de cuisiner comestible. Alors, crois-moi, c'est quasi de la bouffe trois étoiles pour moi. Je n'ai pas vraiment l'habitude d'avoir quelqu'un avec qui discuter, c'est tout.

Je hoche vaguement la tête. Je ne me souviens pas non plus de ce que c'est. À vrai dire, l'ai-je déjà su un jour ?

Un claquement résonne au-dessus de nous. Je lève les yeux juste à temps pour apercevoir un reliquat de feu d'artifice. Il doit être tiré de l'autre côté de la rivière qui borde le motel, on se retrouve aux premières loges du spectacle.

– Putain, c'est le 4 juillet ? s'étonne-t-elle.

– Oui. Tu avais oublié ?

Elle secoue la tête. Ses iris Caraïbes reflètent les lumières qui éclatent dans le ciel.

– Je crois que je ne m'étais pas rendu compte que le monde continuait de tourner, alors que ma vie devenait si chaotique.

Je me suis planté. Si Sam n'aime pas parler pour ne rien dire, elle me subjugue un peu plus chaque fois qu'elle se décide à le faire.

– Ça fait une éternité que je n'ai pas vu un vrai feu. À West Baltimore, c'est le week-end où il vaut mieux rester chez soi. Célébrer, pour la plupart des gens du quartier, consiste à brûler des bagnoles et se tirer dessus.

L'an dernier, à la même date, j'étais sur un yacht sur le lac Michigan, avec une demi-douzaine d'escorts et assez de drogue pour achever un cheval. Parler avec cette fille surprenante ne fait que me rappeler à quel point ma vie manquait de sens.

Je n'ai aucune idée de l'heure qu'il est quand nous rejoignons le van. J'en ressors une minute pour enfiler un survêtement. Les nuits ne sont pas toujours chaudes et, sans mon duvet, je risque de me les geler.

Sam est assise sur le lit. Je m'installe sur le siège passager, déjà pivoté vers l'intérieur de la cabine. Je l'incline. Heureusement que ces vieux sièges n'ont pas perdu leur rembourrage. De toute façon, je suis encore bon pour une insomnie.

Je me penche pour sortir une couverture supplémentaire. Quand je me relève, le regard de Sam sur moi me perturbe.

J'y lis à la fois hésitation et détermination. Alors que cette seconde émotion semble l'emporter, elle réduit l'espace qui nous sépare pour grimper sur mes genoux. J'ai à peine le temps de penser que je ne l'avais pas vu venir qu'elle écrase ses lèvres sur les miennes. Son bassin se colle au mien. Dans un vieux réflexe, mes mains glissent sur ses hanches. La douceur de sa peau sous la pulpe de mes doigts agit comme un électrochoc.

– Sam, qu'est-ce que tu fous ?

– Je te rembourse. Tout ce que tu fais pour moi a forcément un prix. Et c'est tout ce que je possède.

Mes paumes sur ses joues, je l'empêche de m'embrasser à nouveau. Mon pouce frôle ses lèvres. Son regard clair si intense bride ma concentration. Ça me fait chier qu'elle s'imagine me devoir quelque chose. Ça m'emmerde encore plus qu'elle ait eu une vie si pourrie qu'elle pense que l'altruisme n'existe pas. Mais ce qui me déstabilise le plus, c'est le goût de sa bouche que je sens persister sur la mienne. Ce qui est en train de bouleverser le fragile équilibre que je me suis créé, c'est la façon dont mon corps réagit sous le sien. Alors qu'elle me regarde, qu'elle attend de voir ce que je vais lui dire, je comprends à quel point garder mes distances avec elle va être la chose la plus difficile que j'ai jamais faite. Je n'ai pourtant pas le choix si je veux la protéger de la pourriture que j'ai été toute ma vie.

10

Sam

Tappahanock, Virginie-Occidentale, 4 juillet 2017

Je mentirais en affirmant que la réaction de Shad ne me déroute pas. Je ne connais pas beaucoup de mecs de West Baltimore qui m'auraient rembarrée dans une telle situation. Eux n'auraient pas attendu que je le propose pour prendre ce qu'ils considéraient comme leur dû. C'est-à-dire, moi.

Pourtant les mains de Shad ont quitté mes hanches. Il ne me repousse pas comme si j'étais dingue, mais je vois bien qu'il ne veut pas que je continue. Malgré son sexe que je sens tendu juste sous mon bassin, et qui commence à me faire perdre la raison.

Je refrène mon envie de me frotter contre lui. J'ai l'impression de lui devoir au moins ça. Il ne profite pas de la situation, je ne m'imagine pas le faire non plus.

Shad s'est égaré dans ses pensées. Son pouce ne semble pas pouvoir s'arrêter de caresser ma lèvre inférieure, ses paumes contre mes joues. Je ne suis même pas certaine qu'il ait conscience de ce geste qu'il répète inlassablement jusqu'à ce que son regard quitte le mien. Il penche la tête en arrière en soupirant, avant de se focaliser sur moi de nouveau.

– Sam…

– Oui ?

– Tu ne me dois rien, OK ? Ça me perturbe que tu puisses penser que je t'aide pour cette raison. Je le fais parce que tu en as besoin. Ça s'arrête là.

Pour seule réponse, j'acquiesce et regagne le lit. Il fut un temps où j'aurais été vexée, mais ce soir, je suis juste incrédule. J'oscille entre soulagement et frustration, entre le sentiment de sécurité et la sensation que mon bas-ventre brûle de l'intérieur. Comme une conne, je me suis fait prendre à mon propre jeu.

Je prononce la seule parole sincère qui me vienne :

– Merci.

– Tu devrais dormir, Sam.

Il a raison. Je devrais. Je devrais, mais je suis perdue. Mes certitudes fondées sur l'éducation, ou plutôt sur le manque d'éducation que j'ai reçu ces cinq dernières années, sont ébranlées. Que Shad me rende service par pure bonté d'âme ne me semble pas vraisemblable. S'il y a une chose que j'ai retenue de mon passage chez les Reed, c'est qu'il faut utiliser ce qu'on a pour s'en tirer. Et, en dehors de mon joli petit cul, je ne possède rien. C'est donc le seul moyen que j'ai trouvé pour ne rien devoir à Shad.

Le voir s'installer de nouveau et étendre sur lui la couverture qu'il a extirpée d'un tiroir me sort de mes réflexions.

– Tu ne vas quand même pas passer la nuit sur le siège ?

– Si. Il est très confortable. Hors de question que tu prennes ma place.

– Ne te méprends pas. Je ne suis pas dingue, et je suis une grosse dormeuse. Mais ton lit est largement assez grand pour deux, tu sais.

J'attends une réplique qui ne vient pas.

– Je ne vais pas te sauter dessus, si c'est ce qui t'inquiète.

Il rit. Je l'imite. C'est bien la première fois que je dois promettre ça à un mec.

– Bonne nuit, Sam.

Putain qu'il est têtu ! Presque autant que moi, et ce n'est pas peu dire. Mais, après tout, tant pis pour lui. Je ne vais pas l'obliger à dormir dans son lit s'il n'en a pas envie.

Je me couche en position fœtale. La tête dans l'oreiller de Shad, je m'immerge de nouveau dans cette senteur de cèdre que j'ai par moments respirée sur lui dans la journée. Ce parfum naturel et brut, qui donne une impression encore plus intense de virilité à cet homme qui n'en a pas besoin. Cette odeur si mâle que ce soir elle m'empêche de m'abandonner au sommeil.

La nuit dernière, elle m'a apporté un sentiment de sécurité, comme je n'en avais pas connu depuis longtemps. Aujourd'hui, elle me rappelle seulement la sensation persistante du pouce de Shad sur mes lèvres.

11

Shad

Tappahanock, Virginie-Occidentale, 5 juillet 2017

Dire que ma nuit a été compliquée est un euphémisme. Mes insomnies sont fréquentes depuis cette soirée en enfer, j'y suis donc habitué, mais cette fois ce n'était pas mon principal problème. La tension dans ma queue quand je me suis couché a largement contribué à m'empêcher de dormir. Impossible de soulager ça. Pas avec Sam à côté.

Quand j'ai eu la sensation d'être prêt à sombrer, la chieuse aux yeux Caraïbes a commencé à geindre dans son sommeil. Je suis resté à ses côtés de longues minutes, à lui répéter que tout allait bien se passer. Je ne suis pas certain que ce soit la vérité, mais l'entendre tourmentée à ce point m'a perturbé davantage que son baiser.

La luminosité change, le soleil ne tardera plus à se lever. Assis au même endroit qu'hier, au bord de cette piscine vide, je ferme les yeux. Je ne parviens toujours pas à me débarrasser de l'illusion persistante des lèvres de Sam sur les miennes, de ses hanches étroites ondulant sur moi.

Si je continue sur cette voie, je risque de passer la journée dans un état de tension ingérable. *Sam ne peut pas être ce genre de fille pour moi !* Le genre que je baise. Pas avec l'immense fragilité qu'elle a soigneusement planquée derrière une carapace forgée sur mesure. C'est ce que je me répète depuis hier, comme un mantra. Je devrais peut-être me le faire tatouer histoire de m'en souvenir.

Le soleil commence à poindre de l'autre côté de la rivière. Sam me prend par surprise en s'asseyant à côté de moi. Perdu dans mes pensées et dans la contemplation du spectacle, je ne l'ai pas vue arriver.

L'aurore rend ses yeux encore plus clairs. Je dois résister une fois de plus à la tentation de pointer mon appareil dans sa direction, de capturer ce que je suis le seul à distinguer.

Je tiens une tasse de café et en ai posé une seconde sur la table. Sam fait un signe pour me demander l'autorisation de la prendre.

– Sers-toi. Un petit-déj ?

– Non. Jamais. Je suis incapable de bouffer le matin.

Je la regarde en haussant les sourcils. Je suis tenté de rire en repensant à la façon dont elle a dévoré sa barre de céréales hier. Elle ricane quand elle saisit les raisons de mon amusement.

– C'était une exception. Je n'avais rien avalé depuis… Je ne sais plus, en fait.

Mon sourire s'efface aussi vite qu'il est apparu. Je retourne à la contemplation de l'horizon. Je suis un abruti.

Alors qu'elle sirote son café, j'observe à nouveau Sam. Cette fille a atterri dans ma vie il y a à peine trente-six heures, pourtant j'ai l'impression que ça fait une éternité, que je la connais bien mieux que je ne me connais moi-même. C'est une sensation étrange, inédite.

Quand elle se rend compte que je la dévisage, elle sourit.

– Tu veux encore mon portrait, monsieur le photographe ?

Je ne réponds rien, mais ne détourne pas le regard. Il n'y a pas un gramme de gêne en elle. C'est comme si rien d'inhabituel ne s'était passé hier, ou qu'elle l'assumait à cent pour cent. Comme si c'était naturel pour elle de monter sur les genoux d'un mec qu'elle connaît à peine et de lui proposer des faveurs sexuelles en échange d'un service…

Sans le savoir, Sam interrompt le flux d'images torrides qui défilent à nouveau dans ma tête.

– Alors, la suite du programme ?

– Virginia Beach ?

C'est un bon plan. Il y a un restau de fruits de mer à l'abandon pas loin de la plage et une route réputée magnifique sur le retour.

– La côte ? Ouais, pourquoi pas ? C'est toi le patron, hein.

Moi, être boss ? Sûrement pas. Si j'avais voulu ça, je serais resté dans le cocon familial.

– Je vais réserver un emplacement de camping pendant que tu bois ton café.

Elle hoche vaguement la tête, à nouveau perdue dans ses pensées. Aucun moyen de savoir si elle se souvient du cauchemar qu'elle a fait cette nuit. À part en le lui demandant, ce que je n'ai pas l'intention de faire.

Sur mon ordinateur portable, je réussis à capter le réseau via mon téléphone. En quelques minutes, je repère un camping non loin de la plage. Ce n'est pas le genre d'endroit où je me rends d'habitude, mais j'ai envie de lâcher prise aujourd'hui. Aller à Virginia Beach sans profiter de l'océan, ça serait un peu ridicule.

Au moment de confirmer la réservation, j'hésite un instant. La route côtière va nous faire prendre un sacré détour.

Néanmoins, il s'agit un incontournable, selon moi. Si on part maintenant, est-ce jouable de visiter le *Captain George Seafood Restaurant* en arrivant ?

Sam revient au van, s'installe en tailleur et range ses affaires dans son sac. Elle sourit, ce qui est assez rare pour le souligner.

– En fait, c'est une bonne idée, la plage. Il fait une chaleur à crever dehors.

Derrière son ton faussement blasé, j'aperçois presque la fille qu'elle a dû être avant la mort de ses parents. Ce sont ces deux fossettes qui m'incitent à ajouter une nuit de plus à ma réservation. *Elle a le droit à ça, non ?* Me sentir responsable de lui donner le sourire ne rachètera pas mes erreurs passées, mais ça ne fait pas de mal à mon karma. Et à Sam non plus, en toute objectivité.

Alors qu'elle se penche sur le lit pour attraper un livre qui a déjà bien vécu, son débardeur remonte, laissant apparaître la peau douce de sa hanche. Je la dévore du regard. Je ne peux empêcher mes yeux d'épouser ses courbes, de suivre ses jambes dévoilées par son court short en jean. Mes sens s'électrisent.

Je me lève tellement vite que mon mètre quatre-vingt-dix heurte le plafond de l'habitacle.

– Merde !

– Ça va ?

Non, pas vraiment, Sam. Je me demande comment je vais tenir la promesse que je me suis faite sans devenir dingue.

– Ouais. Je vais aller me laver avant qu'on reparte.

– OK. Tâche de ne pas brailler comme une fillette.

Je fuis le Chevy au son de son rire. J'ai à peine eu le temps d'attraper des affaires.

Je me précipite vers la douche à grandes enjambées, et lâche mes fringues au sol comme si elles me brûlaient.

Sam a raison. Le premier jet me faire hurler.

Une fois habitué, je laisse l'eau glacée ruisseler sur ma peau. J'ai l'impression de ne pas avoir débandé depuis hier soir, il faut que je me calme avant qu'on reprenne la route. Sam mérite bien mieux que ça.

12

Sam

Virginia Beach, Virginie-Occidentale, 5 juillet 2017

Nous roulons à travers des paysages beaucoup plus désertiques que les banlieues de Baltimore et de Washington sillonnées hier. Nous croisons beaucoup de champs, quelques maisons, parfois un cours d'eau.

Nous restons silencieux, ce qui me convient parfaitement. Mon regard se pose sur le téléphone qui sert de GPS. *Virginia Beach. L'océan.* Depuis ce matin, j'alterne entre anxiété et excitation puérile en y pensant. Durant les trois heures et demie de trajet, mon estomac s'amuse à faire des nœuds pour les défaire ensuite.

Au détour d'une rue, sur notre gauche, j'aperçois enfin l'immensité d'eau bleu foncé. La même qu'à Baltimore. Sauf que la plage en contrebas ressemble plus à celle qui constituait mon terrain de jeu dominical à Savannah, quand mes parents étaient encore en vie. L'oppression ressentie toute la matinée se transforme en nostalgie à mesure que l'on se dirige vers le camping.

Je laisse Shad gérer l'enregistrement à la réception et la recherche de l'emplacement. Je l'observe, plus concentré que jamais, vérifier que le van est de niveau, avant de le raccorder au secteur.

Quand il a terminé, il me regarde avec un léger sourire aux lèvres.

– Alors, la plage, ça te tente toujours ?

La question à mille dollars ! Indécise, je finis par hocher rapidement la tête avant de pouvoir changer d'avis.

– On y va comment ?

– À pied. C'est à quarante minutes environ. J'espère que tu n'es pas le genre de fille à te plaindre après quelques mètres.

Il m'a bien regardée ?

– Tu me prends pour qui ? Une dinde à talons hauts ?

Je pars dans la direction que je présume être la bonne. Shad me rattrape, et marche à côté de moi avant de grogner un « très drôle ». Je me marre ; il finit par m'imiter de ce rire rauque et sensuel.

Je suis en train de me dire qu'il faut vraiment qu'il arrête d'être si sexy quand nous atteignons la plage. Après, je ne pense plus à rien.

J'imagine que mon cerveau s'est plus ou moins déconnecté au moment où mes orteils se sont enfoncés dans le sable chaud. Je ne me rappelle même pas avoir ôté mes Converse qui gisent quelques mètres plus loin. J'en aurais presque les larmes aux yeux quand me reviennent les rires, les châteaux de sable et l'odeur de la crème solaire qui colle aux doigts. Ça fait cinq ans que je n'ai plus été insouciante. Qu'est-ce que c'est bon !

Au moment où je m'assieds pour profiter de ce moment, Shad prononce quelques mots que je ne comprends pas. Il s'éloigne, j'ignore où, ça n'a aucune espèce d'importance. Le soleil qui commence à mordre ma peau pâle n'en a pas non plus. Je suis trop bien pour me soucier de ce qui m'entoure. Je sais pertinemment que ça ne durera pas.

Toujours dans ma bulle, je ne perçois guère plus Shad quand il revient. Il pourrait être parti depuis des heures, ça ne ferait aucune différence.

– Sam, tu devrais aller te baigner.

Me baigner ? Il y a un peu trop de monde sur cette plage pour que je plonge à l'eau en tenue d'Ève. Quand je veux le faire remarquer à Shad, il tient quelque chose qui attire mon attention et me pousse à me mettre debout.

– Je pense que ça doit être ta taille. Ils n'avaient pas beaucoup de choix dans les couleurs.

C'est quoi cette histoire de taille ? Lorsque je comprends, je lui arrache presque le bout de tissu noir et corail des mains.

– Nom de Dieu, tu m'as acheté un bikini ?

– Euh… ouais.

Il fait un signe de tête en direction de l'océan.

– Ça serait con de ne pas saisir l'occasion.

– Et toi ?

Il affiche ce sourire que je commence à attendre et redouter à la fois.

– Cette couleur ne sied pas à mon teint. Profite, Sam.

Je ne proteste pas. Cette journée est si parfaite, je ne veux pas chercher à évaluer à quel point le geste de Shad est intime. Je m'empare de la serviette de bain posée sur son épaule.

– Tu peux m'aider ?

Quand il comprend ce que je lui demande, j'ai l'impression qu'il va s'étouffer avec sa salive. Je souris, mais passe néanmoins le tissu éponge autour de moi, juste sous mes bras. Je tends ensuite les extrémités à Shad. *Ben quoi ? Je ne vais quand même pas me foutre à poil devant tous ces gens !*

Alors que je me déshabille dans ma cabine de fortune, mon regard accroche celui du beau photographe. Je sais que je le provoque, mais je ne peux pas m'en empêcher. Fidèle aux principes qu'il paraît s'être fixés, il détourne les yeux.

J'ai si hâte d'être à l'eau qu'il me faut moins d'une minute pour me mettre en maillot. Mes jambes me démangent tant l'envie de courir est forte, mais je me retiens : je veux savourer chaque seconde. Je marche d'un pas lent, régulier, à l'opposé de ma respiration frénétique. Je ne m'arrête pas, même quand mes pieds touchent l'étendue salée, même quand la première vague heurte mes mollets.

Quand l'eau enveloppe mes cuisses, je me retourne pour adresser un dernier sourire à Shad. Même si je ne peux pas le remercier à ma façon, je lui suis plus reconnaissante que je ne pourrais l'exprimer.

Je croise son regard coupable derrière le viseur de son appareil photo, mais rien ne m'atteint. Aujourd'hui, j'ai la sensation que le monde m'appartient, que ma vie m'attend et que je peux en faire ce que je veux. La réalité me ramènera bien assez vite dans la noirceur et l'incertitude.

Je finis par plonger, tête la première. Mes mains touchent le fond, effleurent les algues, et je reste figée un moment dans le calme oppressant de l'Atlantique. Prise d'une panique fugace, je remonte d'une impulsion sur mes pieds.

Flottant sur le dos, mon visage offert au soleil, je ne peux empêcher les larmes de déborder de mes paupières pour se mêler au sel de l'océan. Le bien-être est si grand qu'il est presque difficile à supporter. Je viens de prendre conscience de tous les kilomètres qui me séparent désormais de Baltimore.

Je dois rester des heures dans l'eau, car la luminosité baisse progressivement. Quand je reviens sur la plage, mes jambes semblent en coton. Je ne remarque que je tremble que lorsque Shad m'entoure du drap de bain.

– Ça va ?

Oui. Non. Je ne sais pas. On peut recommencer demain ? Tous les jours ?

– Oui, très bien.

Machinalement, je confie à nouveau les extrémités de la serviette à Shad pour passer mes affaires sèches. Plus de provocation cette fois, j'ai juste envie de me rhabiller.

– Tu as faim ? demande-t-il alors que je termine d'enfiler mes Converse.

Oh ! Oui. Je crève la dalle, même.

– Quelle heure est-il ?

– Dix-sept heures.

Je n'en reviens pas d'être restée si longtemps dans l'océan.

Ma peau salée colle à mes vêtements, mais je suis quand même Shad quand il se dirige vers la promenade qui longe le littoral. Nous marchons en silence. Ça devient une sorte d'habitude entre nous, un accord tacite : ne pas dire n'importe quoi sous prétexte de combler les blancs.

Il finit par s'arrêter devant le *Mahi Mah's Seafood Restaurant*. L'odeur de fruits de mer et de poisson frit contracte mon estomac. Je n'ai pas mangé depuis hier soir et mes heures de barbotage m'ont ouvert l'appétit. Toutefois, je retiens Shad d'une main sur son avant-bras avant qu'il pénètre dans l'établissement.

– Je ne peux pas te laisser faire. Tu dépenses beaucoup trop d'argent pour moi.

Il recule en secouant la tête.

– Tu recommences avec ça ? Tu ne pourras jamais commander assez de crustacés pour me mettre sur la paille. Même en y passant une partie de ta vie. On est tous les deux affamés. On va manger. Et tu vas arrêter de te soucier de ce genre de détail.

Je soupire en le suivant. *Arrêter de m'en soucier ? Impossible.*

Installée à une table haute face à l'Atlantique, notre commande effectuée, je me détends enfin. La fatigue est intense. Je ne sais pas si ce sont toutes ces larmes versées ou les heures passées dans l'eau, mais je pourrais m'endormir là, assise en face d'un des mecs les plus canon que j'ai jamais vus, avec le brouhaha de la salle en fond sonore.

Je reprends vie quand on nous apporte notre commande. J'ai demandé la même chose que Shad parce qu'honnêtement, j'aurais pu bouffer la totalité du menu. Je ne regrette pas, le thon est une tuerie. Je ne me souviens pas avoir goûté quelque chose d'aussi bon. Le terme d'orgasme culinaire trouve enfin tout son sens.

Je relève la tête pour rencontrer les incroyables yeux bleus de Shad. Il se marre en me regardant. *Est-ce qu'il m'a matée pendant que je me goinfrais ?* Peu importe. J'ai mangé le plat de ma vie. Je peux mourir en paix. Ou peut-être dormir en paix. Mes paupières se ferment et, plus je lutte, plus ce culotté de photographe se fout de moi.

– Viens, Sam, on rentre.

Hein ? Cette fois, je me suis réellement assoupie sur la table. Les quarante-cinq minutes paraissent insurmontables. *On peut marcher en dormant ?* Non, manifestement. Je me heurte à Shad qui s'est arrêté. Il ouvre la porte de la voiture qui s'est immobilisée juste devant nous.

– J'ai commandé un Uber. Je t'aurais bien portée, mais c'était quand même plus simple.

– Dis tout de suite que je suis lourde.

– Toi, non. Mais le thon entier que tu as ingurgité, oui.

Je glousse. *Merde, je dois vraiment être fatiguée pour me transformer en dinde.* Ou est-ce l'effet Shad ?

La voiture démarre, et je me cale contre la portière. *Ah non, c'est beaucoup trop doux, musclé et chaud pour que ce soit ça.* Tant pis. Je suis trop bien où je suis. Je sombre en trente secondes à peine.

La voix de Shad me fait rouvrir les yeux. Elle éveille des parties de mon corps qui s'étaient apaisées cet après-midi. Je m'empresse de sortir du véhicule quand je me rends compte que je me suis endormie contre son torse.

Dans le Chevy, j'attrape mon débardeur et mon bas de survêtement avant de me sauver aux toilettes. Je fuis parce que Shad me fait encore plus d'effet qu'hier soir, comme si chaque minute passée avec lui aggravait le phénomène. Quand je reviens, il s'est changé aussi. Il est en train d'installer son campement sur le siège passager pour la nuit. *Il déconne, là ?*

– Putain, Shad. Sois sérieux un peu ! Tu ne vas pas coucher comme un chien jusqu'à Savannah.

– Ce n'est pas si loin.

Il a raison, mais ce constat m'assène un coup à l'estomac. *Il veut jouer à ça ?* Je commence à rassembler mes affaires.

– Qu'est-ce que tu fous ?

– Je vais dormir dehors.

– Hors de question.

Je ricane.

– Tu crois vraiment être le plus têtu de nous deux ?

Il souffle avant d'abdiquer et de s'approcher du lit. Victoire ! Je n'avais pas vraiment envie de me geler dehors, même pour lui prouver qu'il a tort.

Je me serre en boule sur le matelas. Shad s'installe à côté par-dessus la couette. Il va se cailler cette nuit, mais je n'insiste pas plus. J'ai déjà assez tenté ma chance aujourd'hui.

L'odeur de cèdre de son oreiller, mélangée à celle qui émane de lui, est si puissante que je la sens partout autour de moi. L'envie de retrouver ce sentiment ambivalent ressenti dans le taxi est impérieuse.

Au moment même où je décide de lâcher prise pour me rapprocher de lui, son bras se soulève pour m'accueillir. Le geste semble si naturel que j'essaie de ne pas trop y penser. Je glisse ma main en travers de son torse musclé. Il frémit. Je me fige. J'ai l'impression de marcher sur des œufs. Mon corps réagit comme il ne l'a jamais fait. Mon sexe se contracte alors que Shad m'a à peine touchée. Rien d'autre que le contact de ma joue avec ses pectoraux, de mes doigts sur son ventre, de son bras contre mon dos. Ma température doit avoir monté d'un ou deux degrés.

Alors que je me dis que je n'arriverai jamais à m'endormir dans ses conditions, je sombre comme on débranche une batterie, bercée par le souffle de Shad et son pouce qui trace machinalement de petits cercles au creux de mes reins.

13

Shad

Virginia Beach, Virginie-Occidentale, 6 juillet 2017

Dans une semi-conscience entre le sommeil et l'éveil, j'ai l'impression d'être fiévreux. Il fait une chaleur à crever alors que les nuits ont tendance à être fraîches dans le van. L'idée que ce dernier pourrait être en feu me tire brusquement de ma torpeur. Nul besoin d'appeler les pompiers, c'est simplement mon corps qui s'enflamme au contact de celui de Sam. Elle n'a pas bougé d'un pouce depuis qu'elle s'est endormie hier soir.

Il est déjà 7 heures, il faut que je me lève. Le *Captain George Seafood Restaurant* semble relativement isolé, mais visiter ce genre de lieux n'est pas légal, seulement toléré la plupart du temps. Plus tôt je pourrai être sur place, moins j'ai de chances de me faire surprendre par les forces de l'ordre.

Je m'apprête à me dégager de l'étreinte de Sam quand elle bouge dans son sommeil, collant davantage son corps contre le mien. Cette fille va finir par me rendre dingue, je dois me tirer de là avant de faire une connerie bien plus grosse que de la prendre dans mes bras pour dormir. *Qu'est-ce qui a bien pu me passer par la tête ?*

Délicatement, je me glisse sur le côté pour me libérer. Une fois en dehors du matelas, j'attrape mes affaires et tente de sortir le plus discrètement possible du Chevy. La porte latérale coulisse sans bruit ; je pense avoir réussi mon coup jusqu'à ce que je me retourne pour refermer. Deux iris envoûtants sont posés sur moi, un peu hagards.

– Désolé. Je ne voulais pas te réveiller.

– Pas grave. Tu vas où ?

– Me doucher. J'aimerais qu'on décolle tôt pour visiter le restau de fruits de mer abandonné que j'ai repéré.

Bordel, qu'est-ce que je raconte ?

– « On » ? Je pensais que tu n'emmenais jamais personne en exploration.

Je le pensais aussi. Manifestement, mon cerveau a décidé de faire cavalier seul sur ce coup-là. Il faut que je brode.

– Exceptionnellement, ça te dirait de venir ? J'ai estimé que ça pourrait être sympa que tu voies que je ne traîne pas uniquement dans les vieux cimetières.

Elle sourit.

– OK. Laisse-moi juste cinq minutes pour émerger.

– Pas de problème.

Sans rien ajouter, je prends la direction des sanitaires.

De retour au van, je prépare du café que je verse dans les deux thermos. J'en donne un à Sam quand elle revient après s'être lavée à son tour. Installé sur le siège conducteur, j'attends qu'elle s'assoie à mes côtés pour démarrer. Le *Captain George Seafood Restaurant* est à environ vingt minutes du camping.

Implanté au bord de l'un des canaux qui s'écoulent vers l'océan, le bâtiment principal est flanqué d'une tour censée représenter un phare. Il semble faire partie d'une marina fermée elle aussi. Selon ce qu'indique un écriteau, elle est à vendre. Quelques bateaux épars y sont délaissés. Sur le flanc, ils n'ont pas dû résister aux intempéries.

Le temps est idyllique, ce qui n'empêche pas l'endroit d'être empreint d'une certaine tristesse. Comme si, faute de ne plus pouvoir maintenir le lieu à flots, les propriétaires avaient abandonné, laissant derrière eux le travail d'une vie.

Sam est silencieuse. Voit-elle la même chose que moi ? J'ai l'impression de ne jamais pouvoir la déchiffrer, alors qu'elle semble lire en moi comme dans un livre ouvert.

Un des panneaux de contreplaqué, mis en place pour restreindre l'accès au restaurant, ne tient plus que par un côté. Il faut toujours être prudent sur ce genre de sites. Ils deviennent rapidement des abris pour sans domicile, pour les soirées des jeunes du quartier ou, plus problématique, des repères pour les dealers et les junkies.

– Je vais entrer en premier. Juste pour vérifier qu'il n'y a personne d'autre ici, avertis-je Sam.

Elle regarde alentour, hausse les épaules. Même dans cet endroit, elle n'a pas l'air effrayée.

– OK.

En passant par la seule ouverture disponible, je me retrouve dans la salle du restaurant. J'en fais le tour rapidement avec ma lampe torche, parcours ensuite les cuisines et les toilettes pour être sûr que personne ne s'y planque.

Je reviens sur mes pas, pousse un peu le panneau de bois de l'épaule.

– C'est bon. Tu peux venir. Fais attention où tu marches.

Je saisis sa main pour l'aider à enjamber le rebord de la fenêtre. Je l'observe une minute en train de survoler la salle des yeux. J'essaie de me ressaisir, mais je prends conscience qu'avec Sam dans la même pièce, c'est difficile. Je ne sais pas ce qui m'est passé par la tête pour l'emmener ici.

D'un autre côté, la voir découvrir ce genre de lieu pour la première fois est subjuguant.

Je finis par sortir mon Leica. La salle principale dispose d'un éclairage naturel suffisant.

Une fois lancé, je ne m'arrête plus. Je navigue de pièce en pièce, utilisant parfois une seconde source de lumière pour prendre mes photos. Comme toujours, je suis dans ma bulle. Même si mon esprit revient régulièrement à Sam.

Quand j'ai terminé, je remarque qu'elle s'est assise sur l'une des chaises de la salle à manger.

– Pourquoi tu fais ce genre de clichés ? Tu pourrais photographier n'importe quoi. Des paysages, des animaux. Faire des portraits…

Pour les portraits, c'est déjà plus ou moins fait, mais je préfère qu'elle l'ignore pour le moment.

– Je suis allergique aux poils d'animaux.

Elle me regarde avec l'air de se demander si je déconne.

– J'aime que les lieux que je visite racontent une histoire. Je ferme les yeux et je visualise parfaitement le restaurant blindé, un samedi soir. Il est rempli de familles et d'amis venus souper. Je les entends rire, parler, se disputer ; je les vois manger. Quand j'entre dans les cuisines, c'est le coup de feu, le chef aboie ses ordres, les serveuses se croisent pour apporter les plats, débarrasser les tables. Je ne remarque plus le verre brisé ou cette vieille moquette qui pue le moisi, seulement ce que ce lieu a été. C'est ce que je tente de faire ressortir de mes photos.

Sam me dévisage, incrédule.

– Ça ne m'explique pas vraiment pourquoi tu aimes ça.

Ses yeux me renvoient une image de moi que je ne connais pas. C'est ce qui me trouble le plus chez elle, cette faculté à chercher celui que je suis véritablement. Sauf que je ne suis pas certain d'avoir envie qu'elle le trouve. Je ne pense pas qu'il en vaille la peine.

Ne pouvant pas supporter ce regard plus longtemps, je sors du restaurant. Je m'assure tout de même que Sam s'en extrait sans encombre avant de me diriger vers le Chevy. Elle me suit, je la sens derrière moi. Nous montons dans le van de manière synchronisée et je prends la route du camping, l'esprit en ébullition.

En arrivant sur place, elle me scrute bizarrement. Elle a sans doute compris que quelque chose ne tourne pas rond dans ma tête.

– Je vais retourner à la plage, tu veux venir ? propose-t-elle.

Je réfléchis quelques secondes. J'ai besoin d'être seul pour faire le vide.

– Je te rejoindrai plus tard. Je vais transférer mes photos, ça fait un moment que je ne l'ai pas fait.

– OK. À plus tard, alors.

Je l'entends fouiller dans ses affaires avant que la porte latérale s'ouvre puis se referme.

Je suis aussi paumé que je l'ai été toute ma vie. Sauf que je m'empêche maintenant de me noyer dans la coke ou les médocs. Cela change-t-il qui je suis au fond ? Non, de toute évidence.

Je me force à arrêter de m'apitoyer sur mon sort. Devant mon ordinateur portable, alors que j'y branche mon Leica, je sens mon anxiété refluer. Cette routine familière va peut-être m'aider à me détendre.

Sans même y jeter un coup d'œil, je balance toutes mes images sur mon espace de stockage en ligne. Je m'attarde un moment sur les clichés de Baltimore. Je commence à les trier, il y en a une quantité impressionnante. J'avance lentement : je ne suis pas concentré. Tout me ramène à Sam, à cet après-midi où mon regard a croisé le sien pour la première fois. Les photos capturées au Holy Rood Cemetery n'arrangent pas les choses. L'expression bouleversée que j'ai saisie à jamais là-bas me fout un méchant coup à l'estomac. Les larmes sur ses joues reflètent un mélange d'innocence volée et de fragilité. Sans vraiment en avoir conscience, je fais défiler le reste des prises de vue de plus en plus vite pour arriver à celles shootées sur la plage hier. Sam y est si différente… Le sourire dans ses yeux, à la fois amusé et déterminé, elle transpire la volonté de vivre et de s'en sortir.

Je dois arrêter de me poser des questions et lâcher prise pour vivre pleinement à mon tour. Essayer, en tout cas. Fort de ce constat, je range mes affaires, ferme le van et m'engage sur le chemin qui mène au littoral.

Arrivé sur la bande de sable, je scrute l'océan, espérant y voir Sam. C'est assez calme à cette heure, mais je ne l'aperçois nulle part. Je sursaute quand elle surgit à mes côtés en attrapant mon poignet.

– Hé !

– Tu ne te baignes pas ?

Elle secoue la tête, et continue à me tenir le bras.

– J'avais une course à faire. Puisque tu n'acceptes pas que je te rembourse à ma façon, je t'ai acheté ça. C'est un peu kitsch, mais bon…

En parlant, elle accroche un bracelet à mon poignet. Deux lanières de cuir retiennent une pièce de verre incrustée d'une vieille carte routière de Virginia Beach. Je ne trouve pas les mots pour la remercier. C'est une babiole, mais ça me touche bien plus que je ne saurais l'expliquer. Mes parents ont commencé à me faire un chèque pour mes anniversaires et Noël quand j'ai eu huit ans. Je pouvais acheter ce que je voulais et j'étais sûrement un des petits cons les plus gâtés de Chicago. Mais que Sam ait cherché un cadeau pour moi avec le peu d'argent qu'elle possède me désarme. Je suis à nouveau ce jeune garçon au pied du sapin le 25 décembre. *Dis merci, Shad, ce sera un bon début!*

– Merci, Sam. Mais, vraiment, tu n'avais pas besoin de faire ça.

Les yeux perdus à l'horizon, elle hausse les épaules.

– J'en avais envie.

Sans prévenir, elle entreprend d'enlever son short et son débardeur. Elle porte en dessous le bikini que je lui ai acheté hier.

– Je vais me baigner, tu m'accompagnes?

Je secoue la tête. Elle reprend ma main, me tire en direction de l'océan.

– En fait, ce n'était pas une question.

Elle plante son regard clair dans le mien. Sam commence à comprendre comment me faire flancher.

– Lâche prise, Shad.

Sans le savoir, elle vient de prononcer la phrase qui tourne en boucle dans ma tête depuis que j'ai quitté le van. Ces deux mots que je ne cesse de me répéter sans jamais vraiment y parvenir. Alors je la suis.

Je n'ai que le temps d'ôter mes tongs, et je ne suis même pas en short de bain, mais je m'en fous. Rien d'autre ne compte que la paume de Sam dans la mienne, que ce tatouage que je remarque pour la première fois, juste à la naissance de ses fesses : une flèche tracée par les mots « *Wild & free* ».

Elle finit par me lâcher, et je la vois disparaître sous la surface. Quand elle réapparaît, son sourire est contagieux. Une vague la précipite contre moi. Ma main se loge naturellement au creux de ses reins. Elle murmure un vague « pardon » avant d'essayer de se dégager. Mais, cette fois, c'est moi qui la retiens. Les lagons de ses yeux me captivent. Je peux y lire l'incompréhension qui se mêle à la surprise, et au désir. Le léger tangage du corps de Sam contre le mien m'hypnotise. Mon esprit tourne au ralenti alors que tous mes sens sont en ébullition. *Lâche prise !*

Ma poigne sur sa taille se raffermit. Le courant nous fait doucement dériver vers le large, alors je campe davantage mes appuis au sol. Sam n'a déjà plus pied. Nous sommes tellement proches qu'elle s'est accrochée à mes biceps pour se stabiliser. Mon front contre le sien, je fusionne un peu plus avec cette fille qui est venue bouleverser mon univers. *Lâche prise !*

Nos souffles se mêlent bien avant que nos bouches ne se frôlent. Ce léger contact est si électrisant qu'il en est presque douloureux. Quand j'abaisse l'ultime barrière qui me restait, nos lèvres se heurtent. Nos dents s'entrechoquent sous la brutalité de ce baiser. Le monde s'efface autour de moi au moment où la langue de Sam vient jouer avec la mienne. Dans un mouvement si instinctif qu'il en devient presque bestial, mes mains passent sous ses fesses pour la soulever contre moi. Ses jambes s'accrochent autour de ma taille. Le gémissement rauque qu'elle pousse lorsque son bassin se soude au mien déclenche des frissons le long de ma colonne vertébrale. Le balancement qu'elle imprime à ses hanches pour venir frotter son sexe contre ma queue tendue à l'extrême manque de me faire perdre tout discernement. Plus rien d'autre n'a d'importance à cette minute que les lèvres de Sam sur les miennes, le goût du soleil sur sa peau. Dans cette immensité, nous sommes seuls et plus rien ne compte.

14

Sam

Kill Devil Hills, Caroline du Nord, 6 juillet 2017

Je suis assise depuis déjà quelques minutes sur le lit du Chevy, dans mon sweat West Baltimore High. Je me sens complètement larguée. Je n'arrive pas à comprendre les réactions de Shad.

Je pensais pouvoir parier sur l'issue de cette journée. Le désir entre lui et moi était plus qu'évident tout à l'heure dans l'océan et, peu après, sur la plage. Ce baiser foudroyant, je ne l'ai pas imaginé. Aussi, quand Shad m'a proposé de rentrer au camping, je n'avais aucun doute sur ce qui allait se passer dans le van où je poireaute maintenant comme une imbécile.

Il n'a pas décroché un mot sur le chemin du retour. Toutefois, son bras posé en travers de mes épaules, son flanc contre le mien, me consumait presque sur place. Mais ce lien s'est rompu au moment où nous avons atteint le véhicule, comme si retrouver son quotidien l'avait fait revenir à la raison. Ou cogiter à nouveau. Trop. Parce que c'est ça le principal problème de ce type bourré de qualités, mais rongé par une culpabilité dont je ne connais pas l'origine : il réfléchit à l'excès.

Quand il a accepté de me suivre dans l'eau, j'ai senti qu'il lâchait prise. De la même façon, j'ai perçu son changement d'attitude en arrivant au camping. On a utilisé un des barbecues mis à disposition pour pouvoir manger. En silence. Sans que je parvienne à capter son regard. C'est donc passablement frustrée que je suis revenue ici sans l'attendre. En même temps, je ne peux pas m'empêcher de lui être reconnaissante de ne pas m'avoir sauté dessus à la moindre occasion. J'aurais parié que son prétendu altruisme ne tiendrait pas plus de quelques heures, il m'a prouvé le contraire.

Je suis toujours assise sur le lit quand il réapparaît enfin. Le brasier qui m'animait se ravive instantanément.

– Ça va ? me demande-t-il.

Je hoche la tête sans répondre. Le feu crépitera tant que son timbre de voix fera vibrer la moindre parcelle de mon anatomie.

Quand je m'allonge, mon sweat-shirt dévoile le micro short en coton que je porte. Je dois avoir l'air de le provoquer, mais ce n'est pas le cas. J'ai juste affreusement chaud et Shad est en partie responsable.

J'ai passé un bras sur mes yeux. Ça ne m'empêche pas de deviner qu'il s'assied près de moi.

– Un peu grand pour toi ce sweat, non ?

Je retire mon bras. Il ne semble pas pouvoir se détacher de la vue de mon ventre découvert.

– C'est parce qu'il ne m'appartenait pas, au départ.

– Ah ! OK.

Je fronce les sourcils. *Bordel, Shad, tu vas me faire devenir dingue !* Un instant, j'aurais juré entendre de la jalousie dans sa voix. *Je dois vraiment arrêter de me faire des idées.* Malgré moi, je ne peux pas m'empêcher de me justifier.

– Il était à mon frère d'accueil. Il me l'a offert peu de temps avant de quitter la maison des Reed.

Un silence suit mes explications.

– Désolé, Sam. Je ne voulais pas te replonger dans des souvenirs difficiles.

– Ils ne le sont pas. Jake est sûrement la seule chose positive de mon séjour à Baltimore.

Tout en parlant, je me tourne vers lui. Il finit par s'étendre à mes côtés. La tension flambe instantanément. Il m'est inconcevable qu'il ne ressente pas ça, mais tout aussi incompréhensible qu'il choisisse de l'ignorer.

– Shad…

Il ne répond pas. Sa main passe sur ma nuque, coince une de mes mèches derrière mon oreille. Son pouce trace mes lèvres comme l'autre soir au *Skyline*. Quand il m'attire à lui, je me rends compte que je n'ai jamais autant désiré quelqu'un. Mon corps est si tendu que j'en tremble lorsqu'il dépose un simple baiser sur mon front. Je me colle à lui, la tête contre son torse, sa paume appuyée au bas de mon dos. Ma jambe coincée entre les siennes frôle son érection palpitante, pourtant je sombre toujours aussi vite. Saturée par son odeur, encerclée par son étreinte, en sécurité, je me laisse aller au sommeil qui me happe.

Je rêve de Savannah, de son sable chaud, de mes parents vivants. Un songe réconfortant comme j'en ai si rarement fait depuis qu'ils sont partis.

Quand j'émerge, le lit me semble immense tant il est vide. Cette fois, Shad a réussi à s'éclipser sans me réveiller. Le nez dans son oreiller, je regrette cet instant hors du temps pendant lequel il m'a embrassée dans l'océan.

Le soleil est à peine levé. Shad voulait repartir tôt pour suivre la côte un moment.

J'attrape mes affaires avant de me faufiler hors du Chevy et prends la direction des douches. L'eau tiède peine à m'éclaircir les idées. Même si j'ai dormi comme une masse, le timing est vraiment trop matinal pour moi.

Quand je reviens à notre emplacement, le van est déjà prêt à lever le camp, Shad au volant. Je grimpe à côté de lui. Mes yeux ne le quittent pas, j'essaie de déterminer dans quel état d'esprit il se trouve aujourd'hui. Il me rend mon regard, un léger sourire aux lèvres.

– C'est parti ?

Je hoche la tête avant de me caler dans mon siège, face à la route. *Foutu photographe sexy !* J'abandonne l'idée de décoder son mode de fonctionnement. J'éprouve déjà bien des difficultés à me comprendre moi-même, autant ne pas en rajouter.

Shad avait raison. Le détour qui va nous faire rouler environ huit heures aujourd'hui en vaut vraiment la peine. Surtout quand nous longeons la baie face au *Currituck National Wildlife Refuge*. Tout y est plus sauvage et préservé. Le contraste avec Virginia Beach, envahie par les hôtels et les touristes, est saisissant.

Nous ne sommes bientôt plus que sur une bande de terre, cernés par Currituck d'un côté et la baie d'Abermale de l'autre. L'asphalte défile et je ne vois pas le temps passer, envoûtée par le décor qui se déroule sous mes yeux.

Par un pont, le van rejoint une lande encore plus étroite, juste au bord de l'Atlantique. On arpente une route noyée dans la végétation. L'océan s'étend tout près, immense, sombre et puissant.

Au passage du panneau « Kill Devil Hills », Shad pousse un juron.

– Qu'est-ce qui t'arrive ?

– Ça fait des années que je veux venir ici. Ma grand-mère y a fait son voyage de noces et, pour elle, c'était un des plus beaux endroits au monde. Elle doit se retourner dans sa tombe !

Je reporte mon attention sur le paysage. La plage est magnifique, le sable immaculé, mais il est impossible d'y accéder à cause des propriétés privées qui la bordent.

– C'est le drame de ce putain de pays… À West Baltimore, certains gamins ont à peine de quoi se nourrir alors que quelques centaines de kilomètres plus loin les riches sont en plein dilemme sur le choix du meilleur champagne pour leur Mimosa, soufflé-je.

Shad finit par se garer sur le bas-côté, le long d'une maison moins entretenue que les autres. Il descend du van et s'y appuie, les yeux rivés sur l'océan. Je le rejoins quand je comprends qu'il n'a pas l'intention de repartir immédiatement.

– Désolé. Ça peut paraître idiot, mais j'avais promis à ma grand-mère de venir ici. Il y a longtemps. Quand mes promesses ne valaient pas grand-chose. C'est la seule qui a toujours cru en moi, même quand je n'étais qu'un connard arrogant.

Je l'écoute distraitement. Chaque maison est séparée de sa voisine par un étroit passage. Mon attention se concentre davantage sur celle juste devant mes yeux. Des herbes folles suivent sa clôture. Ses parterres sont en friche. Sans tergiverser plus longtemps, j'attrape la main de Shad et l'entraîne sur le côté de la bâtisse.

– Qu'est-ce que tu fous ? C'est une propriété privée, on n'a pas le droit d'être là.

Je ne réponds rien avant d'arriver sur la plage. La grand-mère de Shad avait raison : ça aurait été con de louper ça. Ici, la côte a conservé quelque chose de sauvage malgré toutes les maisons qui la bordent. L'océan semble indomptable, plus sombre, plus profond.

Shad ne proteste plus. Comme moi, il admire le paysage, avant de s'asseoir sur le sable chaud. Je remarque qu'il tripote le bracelet que je lui ai acheté hier. Je ne pensais pas qu'il le porterait. Sans doute s'y sent-il obligé pour ne pas me vexer.

Je m'installe à ses côtés, les yeux perdus dans l'immensité. Le vent balaye mes cheveux que je n'ai pas eu le temps d'attacher. Je devine son regard qui me dévisage avant qu'il ne coince une de mes mèches folles derrière mon oreille.

– Dommage que tu ne m'aies pas laissé l'occasion de prendre mon appareil.

– Regarde avec tes yeux. Parfois, c'est bien plus beau que par le viseur de ton Leica.

Quand je me tourne vers lui, j'ai la sensation qu'il me contemple comme s'il ne m'avait jamais vue avant.

– Tu as raison. J'aime bien avoir des souvenirs, c'est tout.

– De Kill Devil Hills ?

– Et de toi.

Qu'est-ce que je pourrais bien répondre à ça ? Que je ne veux pas qu'il ait besoin de souvenirs de moi ? Que bien trop peu de kilomètres nous séparent de Savannah ? Que cette minuscule phrase fait exploser des papillons dans mon estomac en même temps qu'elle y creuse un gouffre ?

Je ne sais pas s'il lit ces émotions contradictoires sur mon visage, mais il dégage de nouveau mes cheveux et laisse traîner sa paume sur ma joue. Le temps s'arrête. Avec lui, je ne me reconnais plus. Où est passée la Sam combative, forgée dans la peur et les larmes à Baltimore ? J'aurais besoin d'elle en ce moment pour empêcher Shad d'accéder à mon cœur si facilement. À sa place, une autre Sam me chuchote qu'on ne vit qu'une fois. C'est elle qui m'incite à me rapprocher de Shad et à glisser la main dans ses cheveux épais.

– Hé ! Qu'est-ce que vous faites là ? C'est une propriété privée ici !

Les braillements d'un homme font éclater notre bulle aussi sûrement qu'une aiguille. D'un même mouvement, Shad et moi nous retrouvons sur nos pieds. Le type, un gardien sans doute, court vers nous aussi vite qu'il le peut. Personne ne doit jamais s'incruster sur cette plage, parce qu'il paraît manquer d'exercice.

– Amène-toi, Sam !

Cette fois, c'est mon photographe qui attrape ma main et m'entraîne dans une fuite effrénée en direction du van. Nous grimpons quatre à quatre les escaliers pour franchir plus facilement la butte sur laquelle se trouve la maison. Le gardien ne suit pas le rythme, je ne l'entends même plus beugler « Arrêtez-vous » quand nous nous faufilons dans le passage menant à la route.

Dos à la carrosserie, je tente de reprendre mon souffle.

– Il faut croire qu'elle n'était pas si inoccupée que je le pensais.

Je pointe la maison du menton, mais Shad ne m'écoute pas. Ma paume est toujours enfermée dans la sienne, il a un éclat sauvage dans le regard. Il se rapproche de moi, emprisonne mon visage entre ses doigts. Le désir que je lis dans ses yeux me coupe le souffle. La peur me paralyse soudain, celle de souffrir, d'être seule encore une fois. Pourtant, quand la bouche de Shad se pose sur la mienne, je respire de nouveau. Il tire ma lèvre entre ses dents avant de la caresser de sa langue, faisant flamber les braises qui se consumaient dans mon bas-ventre. Hier, son baiser avait un goût d'abandon ; aujourd'hui, il a la saveur de la ferveur qui l'habite.

Il se fraie un chemin sous mon débardeur, pétrit ma hanche. Je suis déjà en feu, mais Shad cherche à m'embraser. Sa main descend sous mes fesses, glisse le long de ma cuisse que je viens loger autour de sa taille. Je ne réfléchis plus. Au diable mon cœur amoché. Je le veux, lui. Maintenant. Si nos corps pouvaient fusionner, ils le feraient.

Comme dans l'océan, le monde s'efface autour de nous. Jusqu'à ce que la respiration sifflante du gardien vienne nous rappeler à l'ordre. Nous remontons dans le van, et Shad démarre en trombe.

15

Shad

Badin Lake, Caroline du Nord, 7 juillet 2017

La route défile à nouveau. Sam, silencieuse, finit par s'endormir. Je l'observe du coin de l'œil ; un léger sourire flotte sur ses lèvres. J'en connais l'origine et je me foutrais des baffes. J'agis comme un con alors que je m'étais promis de garder mes distances. Je pensais que ça serait dur, mais en réalité c'est carrément impossible. Quelque chose en elle anéantit mes barrières. Après tout ce qu'elle a traversé, elle trouve encore la ressource pour savourer chaque moment. Le feu d'artifice au *Skyline*. La baignade dans l'océan. Kill Devil Hills.

Le GPS indique que nous sommes à une heure de Badin Lake quand je m'arrête pour faire le plein. J'en profite pour aller acheter de l'eau et à manger. Quand je reviens, Sam n'est plus là. Le temps de me demander où elle a bien pu passer, je la vois contourner l'angle du bâtiment.

– Pourquoi les toilettes des stations-service sont-elles toujours aussi crades ? Les gens sont vraiment des porcs.

Je hausse les épaules et lui donne une bouteille d'eau.

– J'ai dormi longtemps ?

– Deux heures environ. On ne devrait plus tarder.

Je redémarre sans attendre. Conduire m'aide à garder l'esprit occupé. Je sens qu'elle m'observe, indécise. Contrariée, peut-être, aussi.

– Parle-moi, Shad.

Je suis perdu, Sam. Terrifié par celui que je pourrais être avec toi, par l'idée de te faire du mal, et de m'en faire également.

– Il n'y a rien à dire. Je ne suis pas un type bien, c'est tout. Et tu as déjà assez morflé pour plusieurs vies, non ?

Elle contemple un instant le paysage pour se donner une contenance. Ou pour trouver les bons mots.

– Quand je te regarde, ce n'est pas ce que je vois. Quand je te touche, ce n'est pas ce que je ressens. Le bien. Le mal. Tu ne crois pas que la vie possède plus de nuances que ça ?

Elle me scotche par sa maturité chèrement acquise. Mais je ne veux pas qu'elle se laisse embobiner par sa perception erronée.

– Tu ne me connais pas.

Ses yeux clairs s'ancrent aux miens.

– Je connais le Shad qui prend en photo des endroits oubliés, juste pour les imaginer revivre. Celui qui prend soin d'une fille paumée. Celui qui tient les promesses faites à sa grand-mère des années auparavant.

Je romps ce contact visuel qui me trouble. Je ne sais plus qui je suis. Celui que je pensais être ? Ou le Shad qui se reflète dans les yeux de Sam ?

À nouveau, ma chieuse au visage d'ange retourne à son mutisme. Elle a dit ce qu'elle avait à dire. Son silence sonne comme un « la balle est dans ton camp ». Sauf que je n'ai aucune idée de la façon dont je vais pouvoir jouer ce coup-là.

Badin Lake apparaît alors que mon portable indique 18 heures. Le camping y est public, toutes les formalités se font à l'entrée. Je paye un emplacement pour deux nuits au prix dérisoire de vingt-quatre dollars. La somme est ridicule par rapport à celle de Virginia Beach, pourtant l'endroit est époustouflant. Je stationne le Chevy près du lac bordé par la végétation luxuriante. Le gérant nous a attribué un des meilleurs coins parce qu'il y a peu de clients en ce vendredi soir.

Je commence à installer notre campement quand Sam descend du véhicule avec ses affaires de toilette. Elle passe à côté de moi, s'arrête. Une main sur ma joue, elle plante ses iris Caraïbes dans les miens. Impossible d'aligner deux pensées cohérentes : elle se trouve bien trop près pour ça.

– Tu cogites trop.

Sa paume glisse. Elle s'éloigne et me laisse aux prises avec ces trois mots qui tournent sans fin dans ma tête. Combien de secondes, de minutes passent avant que je bouge de nouveau ? Aucune idée.

Je m'active comme un automate. Sam a sûrement raison, mais je n'arrive pas à faire autrement. Je n'ai pas réfléchi à mes actes avant le mois dernier, il faut croire que mon cerveau rattrape le temps perdu.

Loin de l'océan, la chaleur est écrasante, même à cette heure avancée. En quittant mon tee-shirt qui me colle à la peau, face au lac, je contemple la vue. Les pas de Sam m'incitent à me retourner. Le soleil au ras de l'eau se reflète dans ses iris. Son regard glisse sur mon torse nu avant de se reporter sur le paysage.

– Waouh !

Je lève les bras, faisant mine de m'admirer.

– Merci. J'ai de bonnes prédispositions génétiques.

Elle rit, ses fossettes se creusent. Nimbée de lumière, elle est plus belle que jamais.

– Je parlais de la vue, Narcisse.

Son hilarité se tarit. Ses yeux font maintenant plus que m'effleurer. Ils me caressent, lentement, langoureusement.

– Mais tu n'es pas mal non plus.

Je ne sais toujours pas ce que je peux avoir à offrir à Sam, mais depuis qu'elle est revenue j'ai envie de suivre son conseil : arrêter de réfléchir. Penser à l'avenir est inutile, demain arrivera bien assez vite. Et Savannah aussi.

– Alors, ça te plaît ? demandé-je en désignant le lac d'un geste.

Elle hoche la tête avec un air ébahi.

– Tu n'as encore rien vu. Viens.

Je lui tends la main, paume ouverte. Elle y pose ses doigts sur lesquels je resserre les miens. Je l'entraîne vers le van dont je fais glisser la portière latérale. Je referme derrière nous. Je la laisse pour aller m'agenouiller sur le lit, pousse d'un geste les portes arrière déjà déverrouillées. Assise à l'autre bout du matelas, Sam lâche un « putain » tout à fait justifié. L'ouverture sur Badin Lake est à couper le souffle. Presque à plat ventre, j'installe l'écran de tissu finement ajouré censé nous protéger des moustiques pendant la nuit.

– Les anciens proprios avaient bricolé ça. C'est presque comme dormir à la belle étoile.

Quand je bascule sur le dos, je me rends compte qu'elle s'est approchée. Son regard m'embrase. Je l'observe avancer jusqu'à moi, ses jambes dévoilées par ce ridicule short en coton. Son débardeur blanc moule ses petits seins fermes que je devine nus sous le tissu. Garder mes distances ne m'a jamais paru aussi vain qu'en cet instant. Une seule barrière me bride malgré tout.

– Sam…

– Qu'est-ce qui te freine, Shad ?

Impuissant, je la regarde s'installer sur mon bassin.

– Tu es si jeune…

Quelque chose passe dans ses iris clairs indéchiffrables. Elle baisse la tête avant même que je perçoive ce dont il peut s'agir. Un sourire marque soudain ses fossettes.

– Attends. Tu as peur d'être mon premier ?

Je ne réponds pas. C'est la seule chose qui continue de me préoccuper. Le reste est insignifiant depuis que je la sens plus proche de moi que jamais.

– Je croyais que c'était le genre de truc qui excitait les mecs.

– Pas moi. Ça a plutôt tendance à me faire flipper. Trop de responsabilité. Je te l'ai dit, je ne suis pas quelqu'un de bien.

Elle se penche, son buste presque soudé au mien, sa main dans mes cheveux.

– Et moi, je t'ai dit que je voyais quelque chose de complètement différent.

Ses lèvres s'approchent des miennes. Son souffle me caresse, glisse le long de mon cou jusqu'à mon oreille.

– Lâche. Prise.

Ces deux mots vibrent sur mon lobe, font rouler des frissons contre ma colonne vertébrale. Sans bouger, elle attrape mes mains qui avaient trouvé leur place sur ses cuisses nues. Elle entrelace ses doigts aux miens, les retient prisonniers alors que sa bouche court le long de ma gorge. Ses baisers effleurent ma clavicule, le haut de mon torse. Le léger mouvement de ses hanches sur mon bassin déclenche un désir que je n'aurais jamais pensé si fort. Sam cherche à me rendre dingue et réussit parfaitement. Sa respiration a accéléré ; je prends conscience qu'elle essaie de se maîtriser.

Lorsqu'elle m'embrasse, notre baiser n'a plus rien à voir avec celui de l'ange que j'ai embrassé dans l'océan. Ni avec celui de Kill Devil Hills. Il suinte le désir, la sexualité sans concession. Comme son regard quand elle se détache de moi pour passer son débardeur par-dessus sa tête. C'est ce geste qui fait exploser mes propres barrières. Ses pointes tendues sont un appel auquel je cède. Les mains sur ses hanches, d'un mouvement de bassin, je la bascule sur le matelas. En appui sur un bras, je me fige une seconde pour l'admirer, dans la lumière du soleil couchant.

Ce coin du camping est presque désert, mais je ne parviens de toute façon pas à m'en soucier. Mes lèvres happent un de ses mamelons, la faisant se cambrer de plaisir et d'anticipation mêlés. Ma main part à la découverte de ses courbes alors que ma bouche la dévore. Elle a un goût de paradis. Shooté à sa fragrance, je sens ses doigts se faufiler entre nos corps, s'emparer du bouton de mon short et le faire sauter. Ses ongles éraflent doucement mes fesses quand elle passe sous l'élastique de mon boxer, s'aidant de ses mains puis de ses pieds pour m'en débarrasser en même temps que mon bermuda.

J'admire ses courbes parfaites quand elle glisse son shorty en coton le long de ses jambes fines. Son regard de braise doit refléter le mien. Le souffle me manque à l'instant où elle s'empare de ma queue, coulisse sa paume jusqu'à ce que je hoquette. Je ne quitte pas ses yeux, son sourire gourmand encadré de ses fossettes, mais ma vue se trouble au moment où la pulpe de son pouce passe sur mon gland, et recueille le liquide qui s'en échappe.

Quand elle glisse son doigt entre ses lèvres charnues, je comprends que l'expérience de Sam est la réponse à mes angoisses. Je ne suis pas le premier, je peux lâcher ce désir bestial qui m'anime.

Ma main disparaît dans le petit rangement proche du lit, en sort une capote que je ne perds pas de temps à enfiler.

Encore une fois, Sam prend le contrôle. Elle pousse mon dos contre la paroi du van. Un genou en appui de chaque côté de mon bassin, mon sexe entre ses doigts agiles, elle en place le bout à l'entrée de son intimité. Dans un mouvement lent qui menace de me faire abandonner toute contenance, elle s'empale sur moi. Front contre front, elle maîtrise chaque va-et-vient jusqu'à ce que je me saisisse de ses pointes rougies par mes baisers. Je me noie dans ses lagons alors que la frénésie s'empare d'elle. Je l'éprouve dans chacun de ses muscles bandés par la volupté, dans chacun des sons qui s'échappent de ses lèvres. Le besoin de la voir perdre la tête est intense.

Un de ses mamelons entre mes dents, mes doigts sur son clitoris gonflé, je rejoins son bassin à chaque mouvement. De plus en plus vite, de plus en plus fort. Jusqu'à ce que je la sente se contracter autour de moi dans un orgasme qui lui fait crier mon prénom. C'est ce son qui m'emporte, sorti de sa bouche de manière si rauque.

Nous finissons tous les deux la respiration haletante, nos membres enchevêtrés, face au soleil en train de se fondre dans Badin Lake.

16

Sam

Pinehurst, Caroline du Nord, 8 juillet 2017

Lorsque je me réveille, il ne fait pas tout à fait jour, mais plus vraiment nuit non plus. J'ai dormi comme un bébé dans l'étreinte de Shad. Ce dernier est toujours plaqué contre mon dos, un bras passé en travers de ma taille, sa virilité contre mes fesses.

Tandis que je m'absorbe dans la contemplation du lac, les images de la voûte céleste emplie d'étoiles me reviennent en tête. Jamais je ne l'avais vue comme ça à Baltimore. Avant, je ne m'en souviens plus.

Je soupire. Il est plus qu'évident que je ne me rendormirai pas. Je me décale, repousse doucement le bras de Shad. Je me rhabille en essayant de faire le moins de mouvements possible. J'ai remarqué ses insomnies, je m'en voudrais de gâcher la fin de sa nuit.

Je refrène mon besoin de glisser la main dans ses épais cheveux châtains et décroche la moustiquaire pour pouvoir descendre du van. Le léger voile remis en place, je marche vers Badin Lake puis m'installe sur un large rocher sur la rive.

Une étrange sensation me tord le bide : l'inquiétude persistante que Shad fasse comme si rien ne s'était passé entre nous en se levant. Il n'a pas l'air d'être du genre à s'encombrer d'une gonzesse plus d'une nuit. Pourquoi ferait-il exception avec moi ?

Contrairement à ce qu'il craignait, je ne suis plus vierge depuis plus d'un an. Après quatre années cauchemardesques, le sexe est la seule chose que j'ai trouvée pour remplir le vide en moi. Même si ça ne fonctionnait jamais très longtemps. Mais, sans ça, je serais devenue dingue. Ce matin, le précipice dans mon ventre est encore comblé, mais jusqu'à quand ? Cette nuit entre Shad et moi n'a ressemblé à aucune des baises que j'ai connues. C'était plus. Sans que je sache pour autant mettre des mots dessus.

Le soleil sur le point de se lever baigne les lieux de cette lumière jaunâtre si particulière. Je me force à appliquer les conseils que je suis si prompte à donner à Shad : ne pas réfléchir, lâcher prise. C'est difficile. Je suis à deux doigts d'aller le réveiller pour connaître son humeur ce matin.

Je culpabilise aussi de lui avoir menti sur mon âge avec autant de facilité. Je suis allée trop loin pour lui avouer que je n'ai même pas encore dix-sept ans. Je ne sais pas comment il réagirait, mais sûrement pas bien.

Je me retourne au bruit de ses pas. J'évite son regard, retardant le moment de vérité que j'attends pourtant depuis que je suis levée. Il s'est douché et changé. Il est enveloppé par ce parfum de cèdre qui me rend dingue. Je croise ses yeux bleus alors qu'il se glisse entre mes cuisses. Leur douceur, son sourire, me prouve qu'il a enfin arrêté de faire semblant. Son pouce effleure ma lèvre, un genre de code entre nous.

– Est-ce que tu regrettes ?

C'est ce qu'il craint, lui aussi ? Ou est-ce cette putain d'attitude bien trop chevaleresque qu'il a avec moi qui le pousse à le demander ? Je secoue la tête.

– Pas une seule seconde, et toi ?

– Aucun regret.

Il jette un coup d'œil sur le lac, dont la couleur vert foncé s'éclaircit de minute en minute. Je sais qu'il n'a pas fini. Shad est bien trop complexe pour cette simple réponse.

– Je devrais. Et c'est sans doute ce qui m'effraie. J'ai peur de redevenir le connard égocentrique sans limites que j'étais il y a si peu de temps.

Je n'arrive pas à comprendre pourquoi il se juge si sévèrement. Je devine qu'il tait un certain nombre de choses, et j'accepte qu'il ait ses secrets. Je n'ai aucune intention de fouiller dans un passé qui lui appartient.

– Mais, bordel, j'en ai assez de réfléchir. Il paraît qu'on ne vit qu'une fois.

Je ne peux pas m'empêcher de sourire comme une idiote en le voyant capituler et se pencher vers moi. Nos regards se soudent, encore brûlants de ce feu qui ne semble jamais tout à fait éteint entre nous. Ses lèvres sont tendres et douces. Son baiser presque timide contraste avec la ferveur d'hier soir.

Il s'écarte lentement, garde la main sur ma nuque comme s'il refusait de rompre le contact.

– Mais, Sam… Pas de promesses. Pas d'engagement. J'en suis incapable. Profiter de ce qu'on a au jour le jour, c'est tout ce que je peux t'offrir.

– Je ne veux rien de plus. Et je n'ai que ça à te donner, moi aussi.

C'est la réalité : ce qu'on a partagé cette nuit me suffit. Même si ce matin, au bord de ce lac, dans les bras de cet homme que je connais à peine, tout me semble possible. Pour l'instant, j'ai juste envie de me noyer dans ses yeux, dans ce que j'y lis quand il me regarde.

D'un accord tacite, nous regagnons le Chevy où Shad a déjà préparé le café.

– Je pars faire une série de photos. Tu viens avec moi ?

Je vois bien qu'il a hésité. Ça ne devait pas être dans ses plans de quitter son statut d'artiste solitaire.

– Tu es sûr ?

Je lui offre volontairement une porte de sortie.

– Je ne te l'aurais pas proposé, sinon. Je crois que ça m'inspire quand tu es là. Et puis, si je peux voler un ou deux clichés de toi au passage, c'est tout bénef.

Il a dit ça en riant, accentuant ce timbre grave si particulier qui m'enflamme.

– Ah oui ? Comme ça, tu prends des photos de moi, sans mon accord.

– Quelques-unes.

– Tu me montreras ?

Il marque un léger temps d'arrêt qui ne m'échappe pas.

– Si tu veux.

– En route, alors.

On roule pendant une bonne heure. Je ne pose pas de question, je découvrirai bien assez tôt où on débarquera. Shad est concentré sur l'itinéraire. Il faut reconnaître que l'endroit n'est pas facile à trouver : même le panneau « *Pinehurst Convalescent Center* » se noie dans la végétation.

Shad immobilise le van quand la voie d'accès parsemée d'ornières devient impraticable.

– Tu devrais remettre tes Converse.

J'observe les tongs achetées dans un magasin « Tout à 1 $ » à Virginia Beach que je porte pour l'instant, sans comprendre où il veut en venir.

– Il peut y avoir des débris au sol. Des seringues usagées aussi, éventuellement.

– C'est un bon argument.

Alors que je me chausse de manière plus appropriée, je l'entends fouiller dans le compartiment sous le lit. Il vérifie son matériel et attend que je descende du véhicule.

– Un casque ? m'étonné-je en remarquant ce qu'il tient en main.

– D'après les forums, l'endroit est stable, mais je préfère m'en assurer avant. Ça m'évitera de revenir si besoin.

– Un seul ?

– C'est pour toi. J'ai la tête dure.

Il s'éloigne en riant. Je suis soudain beaucoup moins certaine d'avoir envie de pénétrer dans un bâtiment qui risque de s'effondrer.

Quand je le rejoins, il a déjà dégainé son appareil. La plupart des édifices sont en ruines. On aperçoit seulement quelques murs de brique qui tiennent encore debout, disséminés dans la forêt.

– On dit que l'endroit est hanté.

Je le dévisage. Je ne crois pas vraiment à tout ça. Si les morts avaient la possibilité d'être auprès des vivants, mes parents seraient à mes côtés, non ?

Shad arrête sa progression près d'un vestige de Pinehurst. Je parviens à deviner une immense pièce avec une cheminée. Il n'en reste presque plus rien, mais j'entends le bruit caractéristique du Leica à côté de moi. Je peux comprendre ce qu'il voit en cet instant. Les choses me semblent plus claires que dans le restaurant abandonné de Virginia Beach. C'est comme si j'arrivais à ressentir l'âme de l'endroit en contemplant ce foyer qui n'a pas servi depuis des années.

– Depuis combien de temps la maison de repos est fermée ?

– Une petite vingtaine d'années, d'après ce que j'ai pu lire sur Internet.

Il saisit encore quelques clichés avant de poursuivre.

– Le *Chalfont Hotel* a ouvert en 1927. Si j'en crois le vieux plan de l'établissement que j'ai déniché, ici, c'était la salle de restaurant. En 1951, c'est devenu un centre de convalescence.

Je hoche la tête, perdue dans des souvenirs qui ne m'appartiennent pas ; ceux de cet hôtel des années 1930.

Je suis Shad jusqu'à un bâtiment plus moderne, probablement une aile de l'ancienne maison de repos. Il y pénètre sans m'attendre, sans doute pour vérifier la dangerosité des lieux.

– On peut laisser le casque ici, affirme-t-il en ressortant. Rien ne s'effondrera aujourd'hui.

– Rassurant.

Son rire me parvient alors que je m'apprête à passer le pas de l'entrée dont la porte est inexistante.

– Une minute, Sam !

Shad me retient délicatement par le bras, puis dégage les cheveux de mon visage avant de nouer un foulard devant mon nez et ma bouche.

– Il y a de l'amiante dans les faux plafonds, précise-t-il.

Je hoche la tête, mon odorat saturé par le parfum de Shad qui émane du tissu. Ses doigts s'attardent sur mon cou, glissent le long de mon dos, de mes hanches.

– Sois prudente, ne t'éloigne pas trop.

Il me passe devant en déposant une lampe de poche dans ma main.

Déstabilisée, les hormones de nouveau en effervescence, je finis par le suivre. Je l'observe discrètement. Comme à Holy Rood puis à Virginia Beach, il évolue dans sa bulle, son appareil devenu le prolongement de lui-même. Je marche dans ses pas quelques instants.

Le silence est étourdissant, presque oppressant. Nous traversons une succession de corridors, de chambres aux murs couverts de graffitis. De vieux matelas sont posés à même le sol. Des fauteuils appartenant à l'époque où des convalescents habitaient les lieux trônent toujours à certains endroits. Un jouet d'enfant gît au milieu du couloir. Rien de hanté, *a priori*. Pourtant quelque chose me pousse à prendre mes jambes à mon cou. L'histoire de cet endroit m'étouffe.

Je finis par m'arrêter au niveau du comptoir d'accueil. Je m'affale sur la chaise rongée par la rouille qui traîne là, résistant à l'envie d'arracher mon masque improvisé. Je ne sais pas où est passé Shad, sûrement dans une des chambres plus loin.

Distraitement, j'ouvre les tiroirs devant moi. Certains sont fermés, d'autres vides. Dans l'un, je déniche un genre de bloc-notes et un stock de crayons à mine. Le papier jauni et poussiéreux craque sous mes doigts, mais il ne s'effrite pas comme je l'aurais cru. Crayon en main, je commence à gribouiller dans un coin.

Quand je prends conscience de ce que je fais, la stupéfaction me pousse à tout lâcher. Sur la feuille s'ébauchent les ruines du premier bâtiment devant lequel Shad s'est arrêté, celui en brique avec la cheminée. Ma mémoire photographique est apparemment intacte. Certains détails m'ont sans doute échappé, mais j'étais en train de croquer la végétation envahissante des lieux au moment où je me suis interrompue.

Voilà plus de cinq ans que je n'ai pas amorcé le moindre dessin, pas la moindre esquisse. Aucune courbe, aucun trait depuis qu'on m'a annoncé la mort de mes parents. Le destin a vraiment un sens de l'humour à la con. Je pourrais faire comme si de rien n'était, mais cet automatisme qui m'a poussée à dessiner semble toujours là. Mes doigts me démangent. Le bloc-notes sous le bras, je me dirige vers la sortie.

– Shad, prends ton temps, je vais faire un tour !

Il ne répond pas. Je ne suis même pas certaine qu'il m'ait entendue, mais je dois quitter ce bâtiment.

Inconsciemment, je me retrouve devant celui dont on distingue l'immense cheminée. Je m'assieds sur l'un des murets et poursuis ce que j'ai commencé dans l'enceinte de Pinehurst. Dans une sorte de transe, je ne réfléchis pas à ce que je fais. Je n'en ai pas besoin, et je ne le veux surtout pas. Ce serait à coup sûr trop douloureux. Je vais achever ce foutu dessin. Le jeter. Le brûler peut-être, même. Ensuite, terminé.

Je n'entends pas Shad revenir. Toute notion temporelle m'a désertée depuis que j'ai ce crayon entre les doigts. J'ignore donc s'il se tient derrière moi depuis longtemps.

– Putain, Sam…

Je suis sur mes pieds en quelques secondes, abandonnant le bloc sur les briques. Le regard de mon photographe reste figé sur ce que je persiste à dédaigner.

– Ce dessin est dingue. Je ne savais pas que…

Je le coupe, incapable d'entendre ce qu'il s'apprête à dire. Je hausse les épaules.

– Un gribouillis. Tu as terminé ?

– Mais…

Ce qu'il doit lire dans mes yeux interrompt ses paroles. *Tais-toi, Shad. Je ne suis pas prête. C'est beaucoup trop éprouvant, trop perturbant. Ce don appartient au passé. Il doit y rester.*

Dessiner représentait toute ma vie, il y a cinq ans. Comme eux. Ça me rappelle bien trop ces jours bénis, leur fierté. Après leur mort, ça n'avait plus aucune importance. Autant Virginia Beach a couvert ma douleur d'un baume, autant ce croquis a rouvert les blessures bien plus profondes de mon cœur. Comme si chaque fragile suture avait fini par se briser une à une.

17

Shad

Aberdeen, Caroline du Nord, 8 juillet 2017

Le regard figé sur le bloc de papier abandonné par Sam, mon cerveau peine à se remettre en marche. Je m'accroupis sur le muret pour étudier ce dessin de plus près. Je n'ose pas y toucher, comme si je pouvais en altérer la beauté.

L'ancienne salle à manger en ruine du *Chalfont Hotel* y est fidèlement représentée. Sam n'a omis aucun détail. Je reconnais la cheminée sur la façade droite restante. Chaque brique est reproduite, chaque poutre au sol, mais aussi l'incroyable quantité de végétation qui a recouvert le site. Le plus exceptionnel est l'invisible qu'elle a réussi à inclure : des tables rondes dressées pour le souper, des familles entières en train de se restaurer, le ballet des serveurs en livrée. C'est comme si le *Chalfont* avait repris vie au milieu de ses ruines ou qu'il se retrouvait prisonnier entre deux espaces-temps. Une telle sensibilité me coupe le souffle.

Je finis par regarder en direction de l'endroit où j'ai stationné le Chevy. Sam n'est plus en vue. Elle a marché comme un automate sans s'inquiéter de savoir si je la suivais.

Dessiner l'a manifestement troublée, même si je ne comprends pas pourquoi.

Presque fébrilement, je découpe la feuille du bloc et la glisse dans mon sac. Impossible de l'abandonner à la nature, ça serait comme y laisser un morceau de Sam.

Je m'empresse de regagner le van. Quand j'arrive, elle est appuyée contre la carrosserie. J'ai la sensation fugace que le peu d'insouciance qu'elle avait retrouvée à Virginia Beach s'est évaporée. Le sourire de façade qu'elle m'adresse n'éclaire plus le bleu incroyable de ses yeux.

En déverrouillant sa portière, mes doigts frôlent les siens.

– Sam…

Elle fronce les sourcils, me coupe dans mon élan.

– Shad, ne fais pas ça, OK ? Ce sont deux coups de crayon sans intérêt, on ne va pas en faire tout un plat.

Je retrouve presque la Sam sauvage que j'ai surprise dans mon lit il n'y a même pas une semaine. Changer de tactique avant qu'elle ne se braque davantage me semble essentiel.

– Je voulais juste te dire que je pensais m'arrêter faire quelques courses sur le chemin du retour. Remplir le réfrigérateur. Manger un morceau. Ça te va ?

Baratiner a longtemps été ma spécialité, je suis encore bon. En réalité, mon cerveau tourne à plein régime. Si j'ai gâché ma passion pour la photographie pendant des années, c'était simplement par arrogance. Seulement, Sam n'est pas comme ça. Je ne peux pas m'empêcher de me questionner sur ce qui a pu lui faire abandonner ce talent.

Au Walmart[8] d'Aberdeen, je finis par comprendre pourquoi Sam a insisté pour qu'on fasse le plein de provisions dans un supermarché. Je l'observe se choisir un short en jean

---

8 Entreprise américaine spécialisée dans la grande distribution.

et un débardeur. Elle scrute la moindre étiquette, vérifie à plusieurs reprises le contenu de son portefeuille. Alors que je suis à deux doigts de lui proposer de payer ses achats, le regard noir qu'elle me lance m'en dissuade. Elle n'a même pas besoin de prononcer un mot. Je comprends son désir d'indépendance à cent pour cent, mais la frustration est forte de la voir dépenser ses derniers dollars dans des fringues bon marché.

Dans les rayons alimentaires, ses yeux paraissent ne pas savoir où se poser. Encore un des grands malheurs de ce pays : la profusion de nourriture, de sucre prêt à consommer et de gras dans des sachets à réhydrater. Dans un monde où bien manger coûte cher, certaines classes n'ont pas vraiment le choix.

Malgré mes sollicitations, Sam ne parvient pas à me dire ce dont elle a envie. Dans certains rayons, j'ai la sensation de la faire pénétrer dans la caverne d'Ali Baba. Alors j'y vais au feeling, je sélectionne certains produits rien qu'en voyant ses yeux s'illuminer.

– Tu aimes les sushis ?

Elle me regarde, hésitante.

– Aucune idée. Jamais goûté. J'avais des parents assez conservateurs et une mère qui cuisinait plutôt sud traditionnel.

Elle ne précise pas que ses tuteurs n'ont jamais acheté ce genre de chose. Pour ce que j'en sais, elle avait même rarement à manger en quantité suffisante. J'opte pour un plateau classique, pas la peine de pousser ses papilles trop loin aujourd'hui.

Après avoir rangé toutes nos provisions dans le van, je prends la direction d'Aberdeen Lake Park, non loin du supermarché. Une halte qui ne peut que nous être bénéfique après l'étalage de ce que notre société de surconsommation peut nous offrir de pire.

Allongé sur le ventre, sur le coin d'herbe ensoleillé que j'ai choisi excentré des promeneurs et des familles, j'observe Sam se délecter des sushis. Comme l'autre soir à Virginia Beach, la scène a un potentiel érotique hallucinant. Je ne voudrais pas avoir l'air d'un pervers, mais la voir glisser le poisson cru entre ses lèvres, les yeux fermés, est captivant. Sans parler de ce petit grognement de satisfaction qu'elle émet après chaque bouchée. Jamais je ne serai rassasié de ce spectacle.

– Alors ?

Elle finit par ouvrir de nouveau les yeux ; son image n'en est que plus bouleversante.

– J'ai loupé quelque chose toutes ces années. Ce n'est pas aussi bon que le thon à Virginia Beach, mais ça entre dans le top 10 des meilleures choses que j'ai jamais mangées.

Une envie fulgurante de lui faire goûter toutes les spécialités du monde me terrasse. Mais, à une étape de Savannah, ce n'est pas le genre de pensée que je devrais avoir.

En appui sur ses bras, elle offre son visage au soleil, laisse échapper un soupir de contentement. Je sors discrètement mon Leica. J'ai besoin de capturer ce lâcher-prise absolu que je ne parviens pas à atteindre.

Le son de l'obturateur lui fait ouvrir les yeux. Son sourire vient les illuminer. Sa morosité du matin semble loin, même si ce n'est sans doute qu'une façade. Sam est douée pour faire illusion.

Les portraits n'ont malheureusement jamais été ma spécialité, mais m'entraîner sur elle est captivant. Comme souvent, je ne connais pas ma limite ; les clichés s'enchaînent sans que je puisse les compter.

– Tu me montreras ?

Je hoche la tête, pas certain qu'elle apprécie les photos d'elle à Holy Rood, mais je ne pense pas pouvoir les lui cacher encore longtemps.

Rassasiée et gorgée de soleil, Sam finit par s'allonger sur l'herbe fraîchement coupée. Moi, je ne parviens pas à m'ôter de l'esprit ce croquis planqué dans mon sac. La concentration de Sam sur sa feuille, ses doigts agiles volant sur le papier. Peut-être que si elle avait tout ce qu'il lui faut à disposition, elle éprouverait l'envie de dessiner à nouveau. Une idée germe dans ma tête ; je fous un coup de pied au cul de cette petite voix qui me hurle que c'est vraiment un projet à la con.

Sur mon téléphone, je trouve ce dont j'ai besoin en cinq minutes. La boutique semble vendre ce que je recherche et, même si je me plante, ça vaut le coup que j'aille y faire un tour.

Toujours sur le ventre, je me hisse au niveau de Sam et chuchote, ma bouche près de son oreille.

– Sam… J'ai deux-trois bricoles à acheter. Profite du soleil, repose-toi, je n'en ai pas pour longtemps.

Si elle demande à venir, je suis foutu. Mais elle dort presque déjà. Elle émet un vague soupir d'assentiment. Elle m'a entendu, c'est le principal. L'endroit est proche du parc ; je m'y rends donc à pied.

La boutique semble minuscule vue de l'extérieur, mais un véritable monde qui m'est étranger se cache derrière cette vitrine. L'odeur de peinture et de papier m'assaille. C'est un petit commerce comme il en existe de moins en moins, tenu par un vieil homme debout près de sa caisse enregistreuse à l'ancienne.

Je suis aussi paumé que si j'étais arrivé dans un pays dont la langue me serait inconnue. Le vendeur, ou plus probablement le propriétaire, doit sentir le vent de confusion que j'ai apporté avec moi.

– Monsieur, vous n'avez pas vraiment l'air de savoir ce que vous faites là. Je peux vous aider, peut-être… ?

Je hoche la tête. Oui, j'ai incontestablement besoin d'aide. Mais par où commencer ?

– C'est un peu compliqué.

L'homme attend patiemment que je poursuive. Comment lui expliquer ce que je ne parviens pas à comprendre moi-même ?

– J'ai une amie qui a un talent incroyable, mais elle n'a pas pratiqué depuis des années. Elle a éprouvé l'envie de s'y remettre et je voudrais lui faire une surprise en lui offrant le matériel pour. Seulement je n'y connais rien.

Je navigue entre suppositions et mensonges. Sam ne me laisse pas vraiment le choix.

– Quelle est sa technique de prédilection ?

– Je vais être franc avec vous : je sais qu'elle dessine, mais tout ce que j'ai vu d'elle est un croquis au crayon à mine réalisé tout à fait par hasard. Vous avez carte blanche, le problème n'est pas le prix du matériel. Il faut juste qu'elle puisse l'exploiter facilement puisque nous visitons la région de façon itinérante.

L'homme ouvre un immense sac en papier bleu nuit au nom de sa boutique et s'attelle à le remplir. Pour être honnête, j'ignore de quoi. La note est salée, mais je sors ma Visa sans poser de questions. Le propriétaire me regarde avec curiosité, comme si j'étais une espèce en voie d'extinction.

En atteignant le van, je commence à me demander s'il n'a pas raison. Quel type achète autant de matériel pour une fille qu'il connaît à peine et qui lui a clairement signifié qu'elle n'avait plus aucune envie de toucher un crayon ?

C'est à ce moment que l'évidence me percute : je suis un abruti. Est-ce que cette nuit avec Sam m'a perturbé ?

Oui, sans aucun doute. Mais ce qui m'a encore plus déconcerté, c'est mon réveil ce matin. L'angoisse qu'elle ait pu fuir comme je l'aurais fait habituellement. Puis le soulagement d'apercevoir sa silhouette au bord de Badin Lake. Mais aussi, mon absence de regrets et d'une quelconque envie de m'éloigner d'elle. La crainte de souffrir s'ajoute à la peur panique de lui faire du mal.

Je décide de planquer mes achats dans un des coffres de rangement du Chevy. C'était une folie de mon cerveau qui ne réfléchit plus correctement.

Plus serein, je retourne à l'endroit où j'ai laissé Sam. Elle est toujours endormie, à l'ombre de l'arbre le plus proche, les bras sous la tête.

En quelques secondes, je suis allongé à ses côtés, en appui sur un coude. Une sorte d'instinct primaire me pousse à sans cesse vouloir la toucher, mais ça me ressemble tellement peu que je me freine. Sauf à cet instant, alors que tous ses traits sont apaisés et que sa bouche pulpeuse m'appelle. Mes lèvres frôlent les siennes ; je la sens frémir contre moi avant que ses paupières s'ouvrent. Personne n'a jamais posé les yeux sur moi comme elle le fait. Et ça me terrifie.

18

Sam

Badin Lake, Caroline du Nord, 8 juillet 2017

J'observe Shad en train d'allumer un feu de camp à l'écart du van. Installée sur une pierre, je lui fais face de l'autre côté du foyer. Ce n'est pas l'envie qui me manque de le coller, mais je n'ai jamais été ce genre de fille. En avoir seulement l'idée me perturbe. Alors je prends mes distances pour me persuader que Shad est juste de passage dans ma vie.

Les flammes se reflètent dans ses pupilles tandis qu'il pique une guimauve sur une branche préalablement taillée. Les sushis de ce début d'après-midi m'ont rempli l'estomac pour au moins une semaine. J'ai donc regardé Shad manger... Mais impossible de résister à l'odeur des chamallows grillés.

– Je n'en reviens pas que tu n'aies jamais goûté à ça.

J'attrape la brochette improvisée qu'il me tend en souriant.

– Ma mère n'achetait presque aucun aliment transformé. Les sucreries, le pur produit du malin selon elle.

– Entre nous, elle n'avait pas tout à fait tort. En tout cas, ce n'est pas vraiment ce qu'il y a de plus sain.

Je hausse les épaules en silence. Il n'y a pas de hasard si je suis devenue celle que je suis : une ado avec un mode de vie et de pensée à l'opposé complet de celui de mes parents. À une époque, tout ce qui pouvait m'empêcher de m'identifier à eux m'était salutaire.

Est-ce que Shad perçoit mon changement d'humeur ? Est-ce que, sans m'en apercevoir, je suis en train de me fermer de nouveau ? Il décide de sortir de ce terrain miné.

– Parle-moi de Jake. Est-ce que tu sais où il est maintenant ?

– Toujours à Baltimore, normalement. Il devait aller habiter chez sa grande sœur, mais je n'ai pas encore eu l'occasion d'essayer de le joindre, même si j'ai le numéro de sa frangine au cas où.

La machine est lancée. Je passe vingt minutes à dresser le portrait de celui qui sera à jamais le frère que je me suis choisi, celui avec qui j'ai réussi à lutter contre l'adversité. Il me manque, mais pour le moment savoir qu'il ne vit plus chez les Reed me suffit. J'évite soigneusement de penser à ce qu'il doit être obligé de faire pour s'en sortir.

– Est-ce que… lui et toi… ?

Je mets un instant à comprendre où il veut en venir. Puis j'hésite entre vomir mes guimauves et mourir de rire. Comme on m'a appris à ne pas gâcher la nourriture, c'est pliée en deux que je tente de répondre :

– C'est mon frère, Shad. OK, pas biologiquement parlant, mais le lien entre nous est aussi fort que celui du sang, crois-moi. Ça ne me serait jamais venu à l'idée.

– Désolé. C'était idiot.

J'essuie mes yeux. J'en pleure tant ça me semble ridicule. J'aurais dû le faire marcher plus longtemps… Juste pour voir s'il peut être jaloux.

Le silence se réinstalle. Nos regards se soudent. Le sien me dévore alors que je lèche mes doigts poisseux de sucre fondu. Une impulsion me pousse à me lever. J'ai la sensation que je vais me consumer si je ne le touche pas. Sans un mot, je m'approche et lui tends la main. Il la saisit pour se mettre debout à son tour.

Je ne le lâche pas quand il répand du sable sur le brasier. Ma paume plaquée contre la sienne, nos doigts entrecroisés, je l'entraîne en direction du Chevy. Le désir entre nous n'a pas perdu de sa profondeur. Il enfle depuis ce matin, menace de m'engloutir à tout instant. Je n'ai pas besoin de jeter un coup d'œil à Shad pour comprendre qu'il est dans le même état d'esprit que moi. Sa respiration s'est accélérée depuis que nos mains se sont jointes.

Alors que j'actionne le mécanisme de la porte coulissante, il vient coller son torse contre mon dos. Je me fige, terrassée par son parfum qui me fait perdre la tête, ses muscles qui se contractent contre moi à chaque inspiration, son souffle contre mon oreille.

Ses mains puissantes pétrissent mes hanches, passent sur mon ventre, sous mon débardeur. Le bout de ses doigts s'immisce sous l'élastique de mon short. Je frissonne alors que je m'embrase de l'intérieur.

Des voix qui rapprochent interrompent nos caresses plus que poussées aux portes du van. Shad n'hésite pas une seconde. Il me hisse doucement dans l'habitacle et, toujours dans mon dos, m'entraîne sur le matelas.

Ses mains, impatientes, passent de mes hanches à mes seins nus. Je voudrais le voir, mais le sentir contre moi, son érection plaquée contre mes fesses me fait perdre la raison. À genoux, je tourne légèrement la tête, attrape ses lèvres. Ce baiser me permet de comprendre à quel point son désir est impérieux. Je me recule, à bout de souffle. Ses yeux ont pris la couleur de l'océan tourmenté par la tempête. Shad semble avoir pulvérisé les barrières qui lui imposaient encore une certaine retenue. Je pourrais lui arracher ses vêtements si je ne me maîtrisais pas, mais ce soir c'est mon photographe qui mène la danse et j'ai bien l'intention de le laisser faire.

Après quelques secondes de répit, il repart à l'assaut de mes pointes tendues. Ses doigts provoquent dans mon ventre un plaisir fulgurant. Je crierais si je le pouvais, mais aujourd'hui Badin Lake a fait le plein de touristes. Devoir serrer les lèvres me transporte au paroxysme d'une jouissance inédite. Je n'ai qu'une envie : le sentir en moi, maintenant. Shad devine sur quel fil tendu je me trouve, mais il prend son temps. Je me laisse faire alors qu'il passe mon débardeur par-dessus ma tête. Ses caresses descendent le long de mes bras momentanément levés, parcourent mes côtes avant de venir épouser mes hanches à nouveau. Mon épiderme s'électrise sous la pulpe de ses doigts qui continuent leur course sous mon short et mon tanga. Il frôle mon intimité déjà trempée. Ses mains glissent sur l'intérieur de mes cuisses puis remontent titiller mon clitoris pulsant d'anticipation. Quelque part, entre ses douces pressions sur ce point sensible et ses doigts qui s'égarent en moi, j'essaie de ne pas perdre la raison. Je veux le toucher à mon tour. Je veux qu'il devienne dingue aussi sûrement que je suis en train de sombrer.

Dans un grognement, il me plaque un peu plus contre lui, mettant fin à mes tentatives de caresses entreprenantes. J'ai quand même réussi à descendre son bas de survêtement. Le sentir nu contre moi, la peau tendue de sa verge dans le creux de mon dos, achève de me faire perdre pied. Basculant en avant, j'attrape son sexe érigé et pousse mon bassin en arrière, les yeux clos, simplement guidée par mes pulsions. Son gland contre mon entrée, il lâche un nouveau grognement ; sa respiration se bloque alors qu'il se crispe.

– Attends… Sam…

Bordel, j'ai failli oublier. On a failli oublier. Je me traite mentalement d'idiote, mais mon besoin de lui est toujours aussi absolu. Shad reprend son souffle, il attrape un préservatif dans un des compartiments du Chevy, son dos de nouveau collé contre le mien.

– Tu me rends complètement fou. Tu le sais, ça ?

Je secoue la tête.

– Montre-moi.

Ses lèvres cheminent le long de ma colonne vertébrale jusqu'à mon tatouage, s'y attardent un instant, avant de revenir près de mon oreille.

– « *Wild & free.* » Je fantasme sur ces trois mots depuis que je les ai remarqués au-dessus de ce bikini à Virginia Beach. Je rêvais de les voir alors que je me glisse en toi.

On peut prendre son pied rien qu'avec une phrase ?

– Shad…

Je ne reconnais pas ma voix. Elle est rauque, impatiente.

Le son de l'emballage en aluminium me fait frémir. La sensation de plénitude quand Shad se coule en moi est indescriptible. Il s'enfonce dans ma moiteur jusqu'à la garde et s'arrête, bien décidé à continuer sa lente et douce torture.

– Putain…

Peut-être que finalement lui non plus n'a pas tant le contrôle que ça. Chacun de ses mouvements me porte au bord du précipice, jusqu'à ce que je n'en puisse plus et que je m'y laisse chuter, m'abandonnant à une frénésie en harmonie avec celle de Shad.

19

Sam

Congaree National Park, Caroline du Sud, 9 juillet 2017

J'émerge après avoir fait le tour du cadran. Tous les doutes que j'ai pu avoir hier matin au réveil ont disparu. Je sais que je m'aveugle sur la fin inéluctable et proche de ce qui se passe entre Shad et moi, mais quelle importance ? Si cette relation est destinée à s'arrêter à peine après avoir commencé, je ne peux rien y faire. En attendant, je compte bien profiter de chaque seconde du plaisir que ça me procurera.

La porte du Chevy coulisse au moment où je me redresse.

– Je venais vérifier si tu étais réveillée.

Shad me tend une tasse de café. *Je pourrais m'habituer à ce genre de réveil…*

– Désolée d'avoir dormi aussi longtemps.

Il hausse les épaules.

– Tu avais besoin de récupérer.

Ses yeux pétillent de fierté, et mon cœur flanche. *Bordel, ce que c'est bon de le voir si détendu !*

Mon café terminé, je me sauve en direction des sanitaires. Je ne me fais pas d'illusion : la douche ne me remettra pas les idées en place. Je prends conscience que j'ai davantage survécu que vécu pendant cinq ans. J'ai créé un lien fraternel avec Jake, mais je n'ai noué de vraie relation avec personne d'autre. Pourtant, j'ai beau essayer de rester sur mes gardes, je me sens en sécurité avec Shad. Je vais morfler quand on aura atteint Savannah.

Le photographe ne doit pas se rendre compte que je m'attache bien trop à lui. Il mettrait un frein à tout ce que nous avons vécu depuis trois jours. C'est donc le moment de retrouver mon côté détaché, cette carapace derrière laquelle je me planque d'habitude.

Quand je reviens, le camp a été levé. Le van tourne déjà. Mes yeux se posent sur les vestiges du feu d'hier. J'essaie d'en conserver une image mentale pour me la repasser plus tard. Je saisis maintenant ce dont Shad parlait à Kill Devil Hills à propos des souvenirs. À l'instant, je souhaiterais presque avoir un appareil photo moi aussi.

Une minuscule voix tente de me faire comprendre que l'art que j'ai pratiqué pendant des années est un peu ma photographie à moi, mais je l'envoie bouler. Je ne veux plus l'entendre.

Alors que le Chevy prend la route, je me dis que le but de mon périple est tout proche. J'appréhende l'arrivée autant que je m'en réjouis.

– Alors, la prochaine étape ?

En lançant la conversation, je tente de faire taire l'angoisse qui monte dans mon ventre. Je vais retrouver Savannah, ma maison, mes parents, ou plutôt leur dernière demeure. Cela sera la fin de quelque chose, le début d'une autre.

Concentré, Shad met quelques instants à me répondre. Peut-être qu'il ne souhaite pas non plus que cette parenthèse s'achève.

– Congaree National Park. Il paraît que c'est magnifique. Encore un peu de nature avant la ville.

Si j'avais une confiance inébranlable en l'avenir, j'envisagerais un double sens à son affirmation, une envie de retarder un peu l'inévitable. Mais la vie est une chienne ; je l'ai appris à mes dépens ces dernières années. Je ne dois pas voir dans ses paroles autre chose qu'une constatation.

La route se poursuit en silence. Les paysages défilent, alternance de forêts, de champs et de cours d'eau. Je ne m'en lasse pas. Jamais je n'aurais pensé apprécier à ce point le simple fait de rouler.

Après trois bonnes heures de trajet, nous pénétrons dans Congaree National Park. Le site mérite sa réputation : l'endroit est magnifique et encore plus sauvage que Badin Lake. Même si rien n'égalera jamais la sensation de se réveiller avec la vue sur cette étendue d'eau.

– Dommage, nous ne pouvons pas camper ici. Les camping-cars sont interdits.

Je pourrais presque croire qu'il lit dans mes pensées. Mes joues se colorent légèrement aux images qui me reviennent des deux dernières nuits, souvenirs du désir et du plaisir partagés.

L'entrée au parc est libre ; Shad stationne le van non loin de quelques tables de pique-nique. Après avoir mis un pied à terre, je jette un coup d'œil sur la carte des chemins de trail de cet espace protégé. Certains sont vraiment immergés en pleine nature.

Je rejoins ensuite mon ange gardien, qui n'a pas perdu de temps pour improviser un repas avec les provisions achetées hier à Aberdeen. Assise sur un banc, je grignote plus que je ne mange. Même si nous ne sommes pas encore en plein milieu du parc, la beauté sauvage des lieux est à couper le souffle. Certains sentiers partent de l'endroit où nous sommes installés, je ne peux qu'avoir hâte de me retrouver au cœur de ce joyau naturel.

– Alors, qu'est-ce que tu en penses ? Une petite marche, ça te tente ?

Je détache mon regard du paysage pour admirer un Shad auréolé du soleil piquant de milieu de journée, mais je n'y vois plus rien. Je ne peux décidément pas aller me balader comme ça, mes rétines n'y survivraient pas.

Alors qu'il commence à débarrasser les reliefs de notre repas, je me lève pour aller chercher dans mes affaires une vieille paire de lunettes de soleil dont l'existence vient de se rappeler à moi. En plastique premier prix, elles conviendront tout de même très bien pour me protéger de la lumière vive de ce début d'après-midi.

Avant de repartir de Virginia Beach, j'ai rangé le peu que je possède dans un espace que Shad m'a libéré. J'ai ensuite casé mon sac à dos dans un des compartiments situés sous le lit. Ceux que l'on n'ouvre jamais.

Alors que je déverrouille les portes arrière pour coulisser le grand tiroir jusqu'à moi, il me semble entendre un vague « Attends, Sam » au loin.

Quand Shad arrive près de moi, ma curiosité l'a déjà emporté sur ma patience et je me suis saisie du sac en papier bleu nuit déposé sur mes propres affaires.

– Laisse-moi t'expliquer…

M'expliquer quoi ? L'expression coupable sur le visage de Shad ne m'inspire rien de bon. Les lettres dorées traçant le prénom « Michelangelo » sur fond bleu non plus. Je devrais peut-être attendre, comme Shad me l'a demandé, mais j'écarte les pans du sac. Un unique coup d'œil suffit à me faire reculer, comme si je pouvais me cramer les doigts avec ce qu'il contient.

J'aimerais revenir en arrière, supporter le soleil, ne pas ouvrir ce tiroir, ne pas découvrir ce que Shad a acheté chez Michelangelo, mais c'est trop tard. Un seul regard m'a permis de distinguer toutes sortes de crayons, de pinceaux, du fusain, de carnets de croquis aussi. Je dévisage celui que je prenais pour mon ange gardien il y a encore quelques minutes, en quête d'explications, mais les mots semblent avoir du mal à franchir la barrière de ses lèvres.

– C'est quoi ce bordel, Shad ?

Mon agressivité paraît le surprendre.

– J'ai vu ce que tu as dessiné à Pinehurst. Je sais que tu ne souhaites pas en parler, mais… Je ne comprends même pas ce qui m'a pris, OK ? Je ne voulais juste pas que tu gâches ton talent comme je l'ai fait pendant des années.

Il marque une pause, attend sans doute que je réagisse. Je me tais, de crainte de ce que je pourrais lui dire.

– Je ne pensais pas t'offrir ça avant que tu te sentes prête. Mais tu as un don immense, ne passe pas à côté.

Cette fois, je ne me retiens plus. J'avance vers lui et le repousse d'une main posée sur son torse.

– Est-ce que tu as la moindre idée de la raison qui m'a incitée à arrêter le dessin ? Non ! Tenir un crayon me déchire la poitrine à grands coups de lames, Shad ! Je ne sais pas ce qui s'est passé dans les ruines de cette maison de retraite, mais ça fait bien trop mal.

Mon souffle est court. J'ai chaud, et les larmes qui coulent sur mes joues me brûlent davantage.

– Peut-être que ton subconscient essayait de t'envoyer un message. Peut-être que dessiner te manque sans que tu t'en rendes compte…

Je secoue la tête. Il ne comprend pas. La douleur est trop vive.

– Ne joue pas au putain de psy avec moi. Occupe-toi de tes propres démons avant. Et puis, il faut que tu arrêtes de m'acheter des trucs, me payer le restau et toutes ces conneries. Oui, on a baisé et c'était génial. Mais ce n'était rien de plus que ça. Ça ne peut pas l'être, Shad ! Savannah, c'est la porte à côté, bordel !

Je sais que je vais trop loin, mais la douleur a pris le pas sur tout le reste. Je dois fuir.

Je cours plus que je ne marche vers le premier départ de *trail* que je vois. J'attrape au passage une des gourdes que Shad a laissée sortie pour notre rando. La rage me fait frémir, mais je ne suis pas dingue au point de m'aventurer en pleine nature sans une goutte d'eau. Est-ce que Shad me suit ? Est-ce qu'il essaie de me retenir ? Je n'en ai aucune idée. Je file sans ralentir pendant un temps que je ne parviens pas à définir.

Mes oreilles bourdonnent, mais je ne m'arrête que quand mon souffle erratique m'empêche de continuer d'avancer. La chaleur est étouffante dans cette partie du parc, malgré la végétation luxuriante. La sueur dégouline le long de mes tempes ; j'ai la sensation que l'eau ne suffit pas à me désaltérer. Des bancs se situent tout le long du sentier. Je me laisse tomber sur l'un d'eux.

Je ne sais même pas quelle distance me sépare désormais du Chevy, mais ici, au milieu de nulle part, je me rends compte à quel point ma réaction est excessive. J'ai mal, mais essayer de blesser Shad avec mes mots n'a fait que rajouter à ma propre douleur. Ces accessoires achetés par ses soins ont fait rejaillir des souvenirs tellement enfouis que je pensais les avoir enterrés en moi pour toujours. Mes parents auraient pu m'offrir ce genre de cadeaux. Ils l'ont fait à de nombreuses reprises, d'ailleurs.

Maintenant, la colère reflue. Je ne tente même pas de la retenir, surtout quand je me rends compte que ma douleur est toujours intacte. Devenir hystérique ne l'effacera pas. Ça ne fera que reculer l'inévitable. C'est sur cette pensée que je fais demi-tour.

20

Shad

Congaree National Park, Caroline du Sud, 9 juillet 2017

Je n'ai pas essayé de suivre Sam sur le sentier. J'ai suffisamment déconné jusque-là. Son envie que je lui foute la paix était claire hier à Pinehurst, mais il a fallu que je m'obstine, que je creuse la brèche qu'elle avait ouverte avec ce dessin. Comme un putain de chevalier servant à la con. Tout ce que je ne suis pas, inutile de se leurrer.

Je reviens en boucle sur l'instinct qui m'a conduit à dépenser une somme considérable dans cette boutique d'Aberdeen. Sam me pousse involontairement à dépasser mes propres limites, celles que je me suis imposées de peur de retomber dans mes penchants les plus inavouables. Quand je la regarde, j'ai l'impression qu'une minuscule part de moi se reflète en elle, ce côté rebelle et indomptable. « *Wild and free.* » Sans aucun doute la raison qui m'incite à faire tout ça pour elle. Comme si la sauver pouvait racheter mes fautes.

Je finis par me réfugier sur le pas de la porte coulissante du van. Il fait trop chaud, Sam n'a pas emporté assez d'eau et elle va cuire sous le soleil. *Putain, mais où est-elle ?*

Les températures s'adoucissent à mesure que l'astre du jour entame sa descente. Le temps passe, les heures défilent. Mon inquiétude se transforme en angoisse. Impossible de ne pas me sentir responsable. Si je ne m'étais pas trouvé sur sa route, Sam ne serait pas perdue au milieu d'un parc national à l'heure qu'il est. Même mon subconscient, qui tente de me faire entendre que sa situation serait peut-être pire sans moi, ne m'apaise pas.

Je suis à deux doigts d'alerter un des *park rangers* de Congaree quand je la vois enfin arriver, toujours aussi belle malgré ses yeux rougis, les mèches de cheveux collées à ses tempes et ses coups de soleil. Elle s'immobilise devant moi ; le soulagement de la retrouver déferle en moi. La vie avec Sam ressemble à de gigantesques montagnes russes. J'ai le cœur agité, l'estomac en apesanteur.

– Je suis désolée.

– Pardon, Sam.

Nos excuses s'entrechoquent. Elle s'approche de moi. Un bras autour de ma taille, un doigt sur mes lèvres, elle m'empêche de poursuivre. Son regard d'une couleur indéfinissable plonge au plus profond de mon âme.

– Jamais je n'aurais dû réagir aussi excessivement. J'ai compris que tes intentions n'avaient pas pour but de me blesser ou de t'immiscer dans ma vie.

Elle fait une pause le temps de m'entraîner sur le pas de la porte du Chevy. Elle a l'air exténuée.

– Du plus loin que je me souvienne, j'ai toujours dessiné. D'après mes parents, je savais tenir un crayon avant de réussir à tenir debout. Après leur mort je n'ai plus jamais esquissé le moindre croquis. Je ne voulais pas. Je ne pouvais pas. Chaque tentative me mettait à terre tellement ça me faisait penser à eux, à leur absence. Alors j'ai cessé d'essayer. Jusqu'à hier.

Les yeux perdus dans je ne sais quel souvenir encore à vif, elle entrecroise ses doigts avec les miens.

– Je ne comprends pas du tout ce qui m'a permis de dessiner Pinehurst. Ce sentiment de sécurité et de bien-être, peut-être. Mais la chute a été terrible. Toute la douleur est revenue en bloc après ça. Je ne peux pas m'infliger ça. Pas maintenant. Je ne suis pas prête.

– Je suis désolé. Pour le matériel. Je n'avais aucune idée de tout ça. J'aurais dû au moins te demander avant.

Elle secoue la tête. Elle ne pleure pas, mais je peux suivre des yeux les traces des larmes qu'elle a versées à cause de mes conneries.

– Ne t'excuse pas. Tu voulais bien faire et je n'avais aucun droit de te balancer ces horreurs. Je ne pensais pas un mot de ce que j'ai dit.

Elle avait pourtant raison, non ? Elle et moi, ça ne peut être rien d'autre que ce que c'est actuellement : ce désir partagé, ce plaisir foudroyant. Mais accepter ce que la vie m'offre n'est-il pas l'objectif ultime de ce road trip ?

Je me tourne vers elle. Mes doigts glissent dans ses cheveux.

– Tu avais en partie raison. Savannah n'est qu'à quelques centaines de kilomètres. Raison de plus pour en profiter à fond et ne rien regretter. Tu en penses quoi ?

Son sourire pourrait concurrencer le soleil en train de se coucher sur le parc.

– Deal.

Ma bouche fond sur la sienne pour sceller notre pacte. Je la dévore comme si ma vie en dépendait.

21

Sam

Columbia, Caroline du Sud, 10 juillet 2017

Au moment même où j'ouvre un œil, je sais qu'il est trop tôt. Je comprends aussi que je ne me rendormirai pas. Pas avec la luminosité qui gagne peu à peu la chambre d'hôtel. Pas avec le souffle de Shad au creux de mon cou.

La journée d'hier me paraît loin. Quelques bribes me reviennent, plus nettes que d'autres. Ce baiser enflammé sur le seuil du van. Cette fatigue qui m'est tombée dessus, brusquement, au point que je ne tenais presque plus debout. Les mains fortes de Shad me guidant jusqu'au siège passager. La vitre fraîche contre ma tempe alors que je m'abandonnais à une douce torpeur.

Je me suis réveillée au moment où mon ange gardien ouvrait ma portière pour m'aider à descendre devant le *Baymont Inn*. J'ai retrouvé tout juste assez d'énergie pour me laisser entraîner jusqu'à notre chambre et me glisser sous le jet tiède de la douche.

Je me souviens de l'inquiétude sur les traits de Shad quand je suis sortie de la salle de bains, de son insistance à me faire boire au moins un litre d'eau avant que je finisse par m'écrouler sous les draps. Je comprends maintenant qu'il devait avoir peur que je sois déshydratée.

Le réveil que je distingue du coin de l'œil ne cesse de me rappeler qu'il est à peine plus de 4 heures du matin. Quelque chose dans la prise des bras de Shad autour de moi, dans son souffle balayant mes cheveux, me laisse deviner qu'il est également éveillé. Notre deal me revient. Profiter de chaque instant.

Sans attendre une seconde de plus, je me retourne dans son étreinte. Son regard happe le mien.

– Déjà réveillée ? demande-t-il.

– Oui. Toi aussi ?

– Oui.

Je ris doucement. On ne va pas aller loin avec une conversation aussi riche. Shad sourit. Les paillettes dans ses yeux scintillent ; j'en oublierais presque de respirer. *Finalement, on est bien, là.*

– Tu ne dors pas beaucoup, si ?

Il marque un temps d'arrêt. C'est sans doute la question de trop, celle que je n'aurais pas dû poser.

– Ça dépend… Enfin, pas beaucoup, non.

Les paillettes ont disparu, pourtant je n'ai pas envie de me taire. Je ressens le besoin de mieux le connaître, même si ce n'est que pour douze, vingt-quatre ou trente-six heures.

Une main sur sa joue, mon pouce frôlant sa lèvre inférieure, je continue :

– Pourquoi ?

Il tente de rouler sur le dos, mais je le serre plus fort contre moi. Je l'empêche de fuir. Je ne veux pas l'obliger à répondre à cette question, juste lui faire comprendre que jamais je ne le jugerai. Il soupire, reprend sa position initiale. Malgré l'intimité déjà partagée, jamais nous n'avons été plus proches qu'à cet instant. Nos corps pourraient se fondre l'un dans l'autre. Nos jambes sont enchevêtrées, nos âmes mêlées. J'enfouis cependant profondément ce que je ressens, de peur que Shad érige une nouvelle distance entre nous. Les jours ensemble sont comptés. Les heures peut-être, même. Hors de question qu'il m'échappe pendant ce laps de temps. Surtout pas alors que je le sens enfin prêt à se livrer.

Il ouvre la bouche, puis la referme. Il laisse filer quelques secondes avant de faire une nouvelle tentative.

– Je t'ai vaguement parlé de mon adolescence et du début de ma vie d'adulte. Quand je regarde en arrière, je ne vois qu'un grand flou inutile et vain. Aucune stabilité.

Chaque mot semble plus difficile à lâcher que le précédent. Je regretterais presque de l'avoir poussé à se confier.

– À cette époque, je n'avais qu'une constante, poursuit-il malgré tout. La drogue. Cocaïne principalement. Mais aussi Oxycontin, Vicodin, Dilaudid, Percocet. Toutes les saloperies que la plupart de mes potes et moi étions capables de dénicher dans les pharmacies de nos propres parents.

Cette fois, il se tourne sur le dos et évite mon regard, comme s'il avait honte. En appui sur mon coude, je ne lâche pas son profil des yeux. Je veux qu'il comprenne que je n'ai pas peur de celui qu'il était, ni de la vie qu'il a laissée derrière lui.

– Quand je me suis barré avec pour seuls compagnons le Chevy et mon appareil photo, le sevrage a été brutal. Depuis le lycée, rares sont les jours où je n'ai rien consommé. C'est presque un miracle que j'aie eu mon diplôme. Sur la route, après avoir passé le plus dur, les insomnies ont persisté. Comme pour me punir.

Il arrête de parler, laissant encore tellement d'ombres sur son histoire. Autant de démons qui finiront par le bouffer s'il ne s'en débarrasse pas. Mais je suis mal placée pour lui reprocher de taire une partie de la vérité : le mensonge que je lui sers depuis une semaine est bien plus énorme.

Entrevoir l'homme qu'il a été ne change pas la façon dont je le perçois : un type bien qui s'ignore, un ado qui a fait comme il a pu pour échapper à une réalité dont je ne sais rien. De la même manière que j'ai essayé de fuir dans le sexe sans âme pendant ma dernière année chez les Reed.

Hors de question que je laisse Shad se noyer dans les erreurs de son passé. Il doit se souvenir de celui qu'il est depuis qu'il est sur la route. Ce type capable de voir une vie derrière un bâtiment à l'abandon depuis des décennies, de s'inquiéter d'une inconnue sur un trottoir de West Baltimore.

– Shad ?

Pas de réaction.

– Shad, regarde-moi.

Entremêlant mes doigts au sien, je l'oblige à me faire face.

– Tu ne m'as jamais montré les photos que tu as prises de moi…

Il semble surpris de mon changement de sujet ; soulagé aussi.

Il se redresse pour attraper le sac qui contient son ordinateur portable. Basculant sur le ventre à mes côtés, il l'allume, tape un tas de trucs auxquels je ne comprends rien, avant de cliquer sur un dossier intitulé « Sam ».

Il fait défiler les clichés en commençant par les plus récents. Aberdeen, ce parc empli des cris des enfants et du parfum de l'herbe fraîchement coupée. Badin Lake, où je ne me souviens même pas l'avoir vu l'appareil en main. Virginia Beach : l'océan, le sable chaud et l'odeur entêtante du monoï. Cette impression de revenir à la vie, aussi.

Shad continue de parcourir les images. Son talent est immense, et j'ai la sensation de me regarder à travers ses yeux. Son doigt sur le clavier hésite un instant. Son attention s'attarde sur moi, comme s'il avait peur de poursuivre, avant de finalement se lancer.

Holy Rood. J'y suis méconnaissable. Je déteste me voir dans un tel état de faiblesse, mais je ne peux même pas en vouloir à Shad. La photo est l'une des plus belles qu'il a prises de moi.

– Je suis désolé, Sam. Je n'ai pas pu m'en empêcher. Tu es magnifique, même quand tu es triste.

Je prends le contrôle de l'ordinateur et, cette fois, c'est moi qui passe en revue les différents clichés. Je n'ose pas aller explorer le reste de son travail, comme si je violais une sorte d'intimité à laquelle je n'ai pas accès. Je m'arrête sur la photo où je me suis retournée face à lui, un pied dans l'océan, l'autre encore sur le sable. Il est parvenu à capturer exactement ce que je ressentais.

– C'est ce Shad-là que je connais. Celui derrière le viseur de l'appareil qui ne te quitte jamais. Tu as fait des erreurs dans le passé, mais qui n'en fait pas ? Tu as choisi de balayer tout ça en prenant la route, non ? Le type qui a réussi à capter toutes les émotions présentes dans ces clichés ne peut pas être celui que tu décris.

Je referme son ordinateur et le repousse sur le dos. Mon regard soudé au sien, je pourrais presque voir le reflet de son âme abîmée. Je sais très bien que je ne l'ai pas convaincu : la lueur tourmentée dans ses iris ne laisse aucune place au doute. Ce type est un écorché vif qui n'a aucune foi en ce qu'il est ou ce qu'il pourrait devenir. Je suis consciente qu'aucun mot ne pourra parvenir à faire taire l'incertitude que je lis sur son visage. Je choisis de panser ses blessures, tout au moins les plus superficielles, à la manière dont je guéris les miennes.

Mes cuisses encadrant son bassin, je me colle à lui. Je ne me lasse pas de ses paumes qui semblent trouver naturellement leur place sur les courbes de mes fesses, sur les creux de ma taille. Mes mains parcourent son torse nu, mais ce n'est pas assez. Je fais passer mon débardeur par-dessus ma tête. Je pourrais presque me satisfaire de ça : sa peau contre la mienne, mes seins qui s'écrasent sur sa poitrine, cette impression d'être enfin entière entre ses bras.

Mes lèvres sillonnent avidement sa clavicule. Je parsème son cou de baisers, puis fonds sur sa bouche. Nos bassins se rencontrent, se frottent. Ses mains sur mes fesses ne laissent pas de place au doute : Shad sait ce qu'il veut. Même si la lueur dans ses yeux est toujours présente. L'empêcher de réfléchir me semble vital à cet instant. D'un geste, je me débarrasse de mon shorty juste avant de libérer son sexe tendu de son boxer.

Ses doigts quittent ma hanche, descendent tâtonner le long du lit. Je devine ce qu'il fait sans le voir et attrape le carré argenté qu'il a extrait de la poche de son short sans lui donner le temps de réagir. Son regard ne se détache pas de mes mains qui ouvrent l'emballage du préservatif. Sa tête bascule en arrière quand je gaine sa verge sans ciller.

– Bordel… Sam…

Les paupières toujours closes, il me laisse mener la danse, réprimant un grognement alors que je m'empale sur lui. Je profite de ces quelques secondes de plénitude avant de me coller de nouveau à lui. Ma paume passe sur sa joue, frôle sa barbe naissante, et s'enfouit dans ses cheveux.

– Ouvre les yeux, Shad. Regarde-moi. Regarde comme je te vois.

Il obtempère, scelle son regard au mien. Un rai de lumière matinal fait scintiller des cristaux à la surface de cet océan de doute et de passion mêlés. Je pourrais m'y noyer.

Son attention captée, je laisse mon bassin onduler. Chaque centimètre carré de ma peau paraît en feu. Chaque caresse provoque des décharges électriques qui se propagent au plus profond de moi. Chaque fois avec lui est différente de la précédente.

Mon clitoris frotte son bas-ventre à chacun de nos mouvements. Jamais je n'ai été proche de l'orgasme aussi rapidement. Ma main s'est crispée sur le drap, la sienne sur mes fesses.

– Sam…

– Shad…

Nos prénoms se mêlent dans la lumière matinale de cette chambre du *Baymont Inn*, suivis par nos cris de jouissance partagée.

Nos regards toujours imbriqués, front contre front, nos respirations erratiques résonnent dans le silence de l'après.

22

Shad

Savannah, Géorgie, 10 juillet 2017

Quand je sors à mon tour de la douche, peu de temps après Sam, elle est en train de s'habiller dans cette chambre redevenue froide et impersonnelle. Je déteste ce genre d'hôtel sans âme, sa déco douteuse, ses suites à l'odeur d'antiseptique et son café infâme. Pourtant Sam réussit à me faire voir l'endroit sous un autre angle. Du coin de l'œil, je ne peux pas m'empêcher de l'observer remonter son short en jean le long de ses hanches. Le tissu épais achève de balayer les dernières gouttes qui persistaient sur sa peau hâlée ; cette image a quelque chose d'hypnotique.

Quand mes yeux affrontent de nouveau ses iris incroyables, ils brillent de l'amusement que son visage affiche sans vergogne. Sam se marre en me voyant la reluquer. Son hilarité augmente alors que je tente de rester impassible.

– Tu veux qu'on prolonge un peu notre passage à Congaree ?

C'est sorti tout seul. Je n'ai pas eu le temps de réfléchir à ces mots qu'ils quittaient ma bouche. Elle me regarde maintenant comme si une deuxième tête était en train de pousser à côté de la première.

– Hier, on n'a pas vraiment eu la possibilité de visiter. On pourrait retourner au parc se balader.

Je tente de me justifier alors que je n'ai toujours aucune idée de ce qui m'a incité à lui proposer ça. L'angoisse que je sens enfler sans qu'elle ait besoin de parler, peut-être ? L'envie de repousser l'échéance de Savannah et notre séparation ?

– Je suis plutôt le genre de fille qui préfère retirer le sparadrap d'un coup sec. Reculer pour mieux sauter, ce n'est pas trop mon truc, tu vois ?

Je hoche la tête. Je comprends, même si j'ignore si elle évoque Savannah ou ce retour en solitaire qui nous pend au nez. Peut-être un peu des deux, après tout.

J'attrape mes affaires ; elle en fait de même avant de s'approcher de moi. Une main posée sur ma hanche, ses yeux ancrés dans les miens, elle semble vouloir dire quelque chose sans trouver les mots. Baissant le regard, elle se saisit de mon poignet autour duquel est toujours accroché le bracelet qu'elle m'a offert. Elle passe le doigt sur la pièce de verre, incrédule.

– Tu sais que tu n'es pas obligé de le porter ? Je ne me vexerai pas.

– Je ne m'en sens pas obligé.

– C'était une babiole, Shad. Tu es sans doute habitué à des cadeaux bien plus coûteux.

Je ne saisis pas pourquoi elle met ça sur le tapis maintenant, mais je n'ai pas envie de la laisser à Savannah sans qu'elle comprenne ce que cette « babiole » représente pour moi.

Ma paume sur la courbe de sa joue, je cherche le contact de ses deux lagons qui continuent de me couper le souffle.

– Je ne porte pas ton bracelet pour te faire plaisir. J'aime ce cadeau parce que c'est toi qui l'as choisi. Parce que tu n'as déjà pas une thune et que tu as quand même utilisé le peu que tu avais pour ça. C'est pour cette raison qu'il est à mon poignet et que je n'ai aucune intention de l'enlever.

J'ai conscience de la résonance de mes mots, de leur impact sur Sam, et peut-être même sur moi. Mais là, tout de suite, je m'en tape.

Lorsque nous nous installons dans le van, Sam a un café à la main. Je me suis abstenu ; la grimace qu'elle ébauche à la première gorgée confirme que j'ai bien fait. Un rire m'échappe, elle me lance un regard noir.

– C'est dangereux de se foutre de moi tant que je n'ai pas ma dose de caféine.

– Pardon. Mais reconnais que je t'avais prévenue.

Elle sourit et tente une deuxième gorgée.

– Bordel ! C'est encore plus dégueulasse que le jus de chaussette de la mère Reed.

Impossible de m'empêcher de m'esclaffer de nouveau alors que je paramètre le GPS après avoir démarré le moteur. Il annonce un peu plus de trois heures vingt de trajet. Ce chiffre me fait immédiatement perdre ma bonne humeur. Il nous reste moins de quatre heures avant d'atteindre la ville où nos trajectoires se sépareront. Je sais que c'est pour le mieux, mais je ne parviens plus à imaginer les kilomètres défiler sans Sam à mes côtés. Même si je ne vais pas la larguer quelque part dans Savannah à peine arrivé sur place, je prends âprement conscience que tout ceci a une fin, et qu'une part de moi ne le souhaite pas vraiment.

Depuis que Sam s'est installé sans invitation dans le Chevy à Baltimore, j'oscille entre des sentiments dont j'ignorais jusque-là l'existence. Cette sensation de ne plus être seul, je ne l'avais jamais expérimentée.

Elle a entrouvert sa fenêtre et observe le paysage, ses cheveux malmenés par le vent s'engouffrant dans l'habitacle. Les jambes ramenées contre la poitrine, elle suinte l'angoisse. Je n'ose pas imaginer ce que ce retour dans sa ville natale représente.

J'effectue le trajet d'une traite. Retirer le sparadrap d'un coup sec, c'est ce dont Sam parlait tout à l'heure, non ? Je crois que je commence à capter le principe. M'arrêter ne ferait que renforcer cette putain d'envie de faire demi-tour.

Arrivé à destination, je me retrouve époustouflé devant la beauté de cette ville. Chaque rue me rappelle ce que je cherche dans mes explorations. Cette sensation que le temps s'est cristallisé, qu'une calèche va apparaître au bout d'une allée bordée d'arbres recouverts de mousse espagnole. Ou peut-être une Scarlett O'Hara au-dessus des marches de la propriété de style colonial que l'on vient de dépasser.

Depuis quelques minutes, Sam me guide d'une voix vibrante d'émotion :

– Bordel, on dirait que rien n'a changé.

Son sourire est crispé, le retour est sans aucun doute doux-amer. Ses yeux brillent de larmes contenues ; je dois lutter contre une furieuse envie de me barrer de ce quartier le plus vite possible, d'emmener Sam loin des souvenirs qui la blessent. Seulement, je sais. Je sais que je suis encore plus enclin à la blesser et à la rendre malheureuse que les reliquats de son passé douloureux. Je n'ai aucun désir de la laisser ici, mais je me répète inlassablement que c'est pour le mieux.

23

Sam

Savannah, Géorgie, 10 juillet 2017

Le moteur doit être coupé depuis quelques minutes déjà, mais je n'ai toujours pas bougé de ma place. Je ne perçois plus rien à part mon cœur qui s'emballe et le sang qui pulse dans mes oreilles.

Je finis par descendre du van pour faire quelques pas. J'entends Shad ouvrir sa portière pour me suivre. Je me retourne vers lui, un sourire de façade plaqué sur le visage, même si c'est inutile : impossible de le leurrer avec les larmes au bout de mes cils.

– Tu pourrais m'attendre ici ?

Ce sont les seuls mots qui ont pu franchir la barrière de mes lèvres. Il hoche la tête et s'appuie nonchalamment sur la carrosserie, comme si Savannah et cette maison n'étaient qu'une étape dans notre road trip.

La résidence de Charlaine et Harold, nos voisins qui se sont si souvent occupés de moi lorsque mes parents travaillaient, est juste en face de moi. Je traverse la rue dans un état second, divisée entre l'impression d'avoir quitté ce quartier hier et celle de n'avoir jamais vraiment vécu ici.

Ma démarche est assurée, alors que j'ai la sensation que je pourrais m'effondrer d'un moment à l'autre. Je m'efforce de ne pas tourner la tête en direction de la maison qui m'a vue grandir : je ne m'en remettrais sans doute pas. Même après avoir connu l'enfer à Baltimore, c'est cette vision qui m'achèverait. Une nouvelle famille l'habite sûrement. Des bribes d'un passage chez le notaire me reviennent : la vente pour couvrir – tout juste – l'hypothèque, les funérailles et les quelques jours de mon père aux soins intensifs.

La bile commence à remonter le long de ma gorge. *Non. Ne pas se souvenir.* Je presse le pas en direction de la maison de celle qui était comme une grand-mère pour moi. Charlaine m'aidera, impossible qu'il en soit autrement. Surtout quand elle apprendra ce qui s'est passé chez les gens qui m'ont accueillie. Je sais qu'elle et Harold ne sont plus tout jeunes, mais je suis suffisamment indépendante pour ne pas leur poser de problèmes.

La chaleur et l'humidité de Savannah plaquent mes vêtements à ma peau. Après cinq ans à Baltimore, j'avais oublié cette subtilité du climat. Ça ne m'empêche pas d'être glacée. Je suis gelée à l'intérieur, et une sensation désagréable me colle au corps plus sûrement que la moiteur environnante. Ce sentiment perturbant que quelque chose ne va pas, que je suis en train de faire une connerie. Il me hurle de faire demi-tour en courant, de grimper dans le Chevy.

Mon estomac se serre un peu plus quand j'atteins enfin la maison. Rien n'a changé, ce qui n'est pas très surprenant en soi. *Charlaine et ses petites habitudes…*

À quelques mètres de la porte, je fais une nouvelle pause. Je lance un dernier regard vers Shad qui n'a pas bougé, ses yeux encore fixés sur moi. Après une grande respiration, je franchis la distance qui me sépare de l'entrée. Je frappe, sonne, frappe à nouveau. Harold a toujours été un peu dur d'oreille, mais Charlaine serait venue m'ouvrir dès le premier coup sur le battant. Je dois me faire une raison, mon ancienne nourrice et son mari sont absents. Après tout, je m'attendais à quoi en milieu de journée ?

En retournant au van, je me sentirais presque légère de ne pas avoir été confrontée aux fantômes de mon passé. Presque. Parce qu'en une seconde, je viens de prendre une décision qui sera sans doute plus douloureuse que n'importe quelles retrouvailles avec Charlaine.

– Personne ? me questionne Shad.

Je secoue la tête sans en dire plus. Mes iris plantés dans les siens, je lâche ma requête. Sans réfléchir. Sans respirer. De peur que le courage m'abandonne.

– Est-ce que ça t'embêterait de me conduire jusqu'au cimetière où sont enterrés mes parents ?

Il me dévisage pendant quelques secondes, pensif. J'ignore ce qu'il lit en moi à cet instant. Je ne comprends pas moi-même ce que je ressens.

– Tu n'as pas à le demander. Indique-moi juste la direction.

Je monte sur le siège passager sans rien ajouter. Un « merci » ne me paraît pas suffisant, alors je préfère me taire.

Il y a cinq ans que je n'ai pas mis les pieds à Savannah, mais je me remémore chaque endroit comme si je n'étais jamais partie.

Mon cœur me semble sur le point d'exploser quand le van passe les deux piliers en brique marquant l'entrée du Greenwich Cemetery. Les souvenirs m'assaillent. Ceux du jour où j'ai dû dire adieu aux deux personnes qui comptaient le plus pour moi, à l'ombre de ces fameux chênes envahis de mousse espagnole. Une plante qui s'accroche à leurs branches et qui peut parfois les empêcher de respirer. Comme moi, à l'instant.

La frustration me tirerait presque des larmes quand je dois demander au gardien où se situe la sépulture de mes parents. Dans mon esprit, la cérémonie est recouverte d'un voile opaque. Toute cette période l'est.

Dans la même position que devant la maison de Charlaine, Shad s'appuie sur la carrosserie alors que je m'avance entre les pierres tombales. Ici, tout est neuf. Rien à voir avec le romantisme suranné des vieux cimetières comme Bonaventure ou Colonial Park où Shad adorerait se balader.

Une fois à destination, le passé me happe de plein fouet : les sourires radieux de mes parents sur la froideur de leur stèle, leur « dernière demeure ». Je rirais si les larmes ne dévalaient pas mes joues. Mes jambes cèdent, et je me retrouve à genoux devant cette tombe que je ne me rappelle même pas avoir déjà vue. Je pleure sans pouvoir m'arrêter, comprenant que cela fait cinq ans que je me retiens, que je m'empêche de m'effondrer.

Je me souviens des jours heureux comme du dernier, cataclysme de mon ancienne vie ; des policiers frappant à la porte de Charlaine ; de notre départ pour l'hôpital et de cette certitude que mon père avait trop bu ; de la colère que j'ai ressentie, de celles qui anéantissent tout ; puis de la culpabilité.

Mes larmes se muent en sanglots, à tel point que mon corps entier me fait souffrir. Je ne sais même pas si je pourrai m'arrêter de pleurer un jour. Aujourd'hui, j'ai perdu mes parents, Joanne et Scott Owens, pour la seconde fois.

24

Shad

Savannah, Géorgie, 10 juillet 2017

Sam a disparu depuis plus d'une heure quand elle revient enfin. M'abstenir de m'immiscer dans sa vie ne m'a jamais paru aussi compliqué. Si elle était plutôt morose en s'éloignant entre les tombes du Greenwich Cemetery, c'est son fantôme qui en ressort. Elle n'était déjà plus que l'ombre d'elle-même depuis que j'ai immobilisé le Chevy dans son ancien quartier ; à la minute où elle apparaît derrière le gros chêne couvert de mousse espagnole, je doute de pouvoir admirer de nouveau son sourire pétillant un jour. Ses iris clairs sont noyés de larmes partiellement contenues, ses joues trempées. Ça me bouleverse de la voir dans cet état ; un sentiment tellement inédit que je ne sais pas quoi en faire. La prendre dans mes bras ? Faire comme si de rien n'était ? Je n'en ai aucune foutue idée.

J'esquisse un geste dans sa direction, avant de finalement laisser retomber ma main. Je suis encore en train de tergiverser quand elle finit par s'installer sur le siège passager sans un mot. En silence, sans le savoir, elle vient de me prouver qu'elle n'a pas besoin de moi. Même si une petite voix me chuchote que j'aimerais ne pas être cet abruti inutile pour elle, une autre bien plus acerbe me répète que je ne serais pas à la hauteur, de toute façon.

Après m'être installé à ses côtés, je programme l'adresse du *visitor center*[9] sur le GPS de mon téléphone. Je ne sers peut-être pas à grand-chose, mais je prends tout de même la décision de poser le van pour la nuit dans ce parking qui accueille les véhicules comme le mien.

Sur la route, Sam s'anime. Trop. Son tempérament la pousse au silence, je le sais, mais elle est prolixe comme jamais. Elle force un rire, sûrement sans se rendre compte de la façon dont il résonne.

En quelques rues, ma chieuse au caractère de feu se transforme en guide touristique *made in* Savannah. J'ai même l'impression d'entendre un restant de ce vieil accent traînant du sud qu'elle devait avoir perdu après des années à West Baltimore.

Une fois le Chevy installé sur le stationnement du *visitor center*, je m'empresse d'aller acheter les *pass* qui nous permettront d'y passer au moins deux jours. Quoiqu'il arrive demain, une dernière nuit à Savannah ne sera pas de trop avant de me remettre en route.

De retour à la camionnette, je ne peux pas m'empêcher de remarquer que Sam a dû faire un tour au sanitaire. Elle a attaché ses cheveux en une espèce de chignon flou et quelques-unes des mèches qui s'en échappent sont collées à ses tempes par l'eau dont elle s'est servie pour tenter d'effacer les vestiges des larmes sur ses joues. Il ne reste presque aucune trace physique de la tristesse qui maculait son visage au cimetière, mais la lueur au fond de ses yeux clairs est toujours absente. Celle apparue un après-midi

---

9 Emplacement qui fournit des informations touristiques aux visiteurs.

ensoleillé sur la plage de Virginia Beach, qui paraissait dire au monde entier « Je suis vivante et je vous emmerde ». « *Wild & free.* »

Après un instant, elle attrape ma main et s'y accroche. J'aimerais être le genre de type à savoir trouver les mots qu'il faut, à connaître les gestes appropriés pour la rassurer. À défaut, j'enserre ses doigts dans ma paume comme si ça pouvait lui offrir un semblant d'apaisement. Le sourire qu'elle me décoche est très loin de ceux auxquels elle m'a habitué.

– Prêt pour la visite ?

Je souris à mon tour. À moi d'être convaincant, cette fois.

– Une découverte de la ville avec une authentique *Savannian* ? Jamais été plus prêt.

Ses fossettes se creusent, mais ses yeux restent désespérément vides. Mon absence d'initiative pour lui faire retrouver son entrain est bien la preuve que je ne suis pas fait pour ce genre de relation.

Nous déambulons dans Savannah une bonne partie de la journée. Historic district n'a aucun secret pour celle qui ne cesse de me subjuguer. Collée à moi, un bras autour de ma taille, elle me guide de rue en rue, de square en square, me poussant à ouvrir les yeux sur l'âme de cette ville où le temps s'est arrêté.

Le bord de la rivière *Savannah.*

Une crème glacée chez *Leopold.*

La traversée des vieux quartiers jusqu'au mythique Forsyth park.

Un repas de crustacés au *Savannah Seafood Shak.*

Sam n'a pas décroché son sourire de façade de ses lèvres pulpeuses ; entrer dans son jeu me fait sentir d'une hypocrisie sans précédent. Je ne cesse de me répéter que c'est ce dont elle a besoin… Je suis un lâche dont la spécialité est de se mentir à lui-même.

La situation m'échappe, et ça me rend dingue. Je n'arrive pas à envisager de l'abandonner ici en proie à la dépression dans laquelle elle semble se noyer. Et même si c'est pour le mieux, une part de moi ne parvient plus à s'en convaincre.

De retour au van, je laisse Sam s'installer à l'intérieur le temps de m'assurer que tout est bien sécurisé pour la nuit. Malgré la saison, nous sommes seuls sur le parking. L'isolement n'est pas toujours une bonne chose dans un voyage itinérant.

Quand je fais coulisser la porte latérale à mon tour, rien n'aurait pu me préparer au spectacle que je découvre. Après une journée à faire comme si tout allait bien dans le meilleur des mondes, Sam a finalement craqué. Ses joues sont inondées des larmes qu'elle a contenues pendant des heures. Elle sanglote, recroquevillée dans un coin du lit. Je ne suis même pas certain qu'elle se soit rendu compte de ma présence. Je cesse alors de réfléchir pour m'abandonner à une sorte d'instinct protecteur dont je pensais être dénué. Je me précipite sur le matelas à ses côtés, l'attire contre moi comme si je voulais qu'elle se fonde dans mes bras, et je la serre à l'étouffer pour tenter de compenser la distance que je l'ai laissé instaurer entre nous pendant des heures.

– Sam…

Son regard braqué sur moi me coupe le souffle comme la première fois à Baltimore. L'émotion contenue dans ces deux lagons me rappelle à quel point mes problèmes sont insignifiants.

– J'ai essayé.

Sa voix est rauque de toutes ses larmes qui n'en finissent plus de couler.

– Essayé quoi, Sam ?

– De rester forte.

Elle ne m'a jamais paru aussi jeune et fragile qu'à cet instant, faisant état de sa faiblesse en dépit de ce que je pourrais en penser. Elle se met à nu avec une seule petite phrase, sans se rendre compte que c'est justement sa plus grande force. Jamais je ne serai capable de m'ouvrir à quelqu'un à ce point.

– Personne ne te demande ça, rétorqué-je.

Tremblante dans mon giron, elle prend une profonde inspiration.

– Tout à l'heure, à Greenwich, j'ai pris conscience que je ne me souviens presque pas des jours après l'accident… Je ne leur ai même pas apporté de fleurs au cimetière, Shad. Quel genre de fille fait ça ?

– Le genre qui doit se battre pour survivre ? Impossible qu'ils ignorent à quel point tu les aimes. Fleurs ou pas.

Elle me scrute de nouveau, semble fouiller le fond de mon âme endommagée. D'une main, je tente de sécher les traînées humides qui maculent ses joues. Je dégage ses cheveux sans la quitter du regard.

Inconsciente du trouble qu'elle provoque en moi, elle poursuit :

– Sous le chêne, j'ai eu la sensation de les perdre une seconde fois. C'était comme si quelqu'un m'avait arraché le cœur avant de le réduire en poussière.

– Je crois que tu n'avais pas vraiment fait ton deuil. Quand on se retrouve dans une situation où la survie est prioritaire, tout le reste passe au second plan…

Elle hoche la tête sans répondre.

J'ignore combien de minutes ou d'heures s'écoulent avant que je ne pousse Sam à s'allonger, toujours au creux de mes bras. Je sais que je ne dormirai pas, mais peu importe. Sam navigue entre larmes silencieuses et sommeil ; j'ai peur qu'elle disparaisse si je sombrais à mon tour.

Je n'ai pas envie que cette nuit s'achève. Plus que jamais, je réfrène le besoin impérieux de l'embarquer à nouveau sur les routes avec moi.

25

Sam

Savannah, Géorgie, 11 juillet 2017

Quand j'ouvre un œil, un poids me cloue au lit. Pendant un instant, j'ai cru être encore chez les Reed, et que ces derniers jours n'avaient été qu'un doux rêve. Mon corps, perclus de courbatures, m'a induite en erreur ; mais seules les larmes versées hier sont responsables de mon état. Ce matin, je me sens étrangement légère. Ou vide.

Je m'assieds avec précaution, les muscles endoloris par la tension que je leur ai infligée. Shad n'est pas là, mais il ne doit pas être sorti depuis longtemps. Son parfum sature encore l'habitacle du van. Il a été mon roc pendant la tempête qui s'est abattue sur moi. Comment aurais-je fait sans lui ? Mais je dois me reprendre maintenant : dans quelques heures, tout sera terminé. Plus de Shad, plus d'ange gardien. Plus de phare dans la tourmente de mes émotions dévastatrices. Et c'est sûrement mieux comme ça. Mieux pour lui, sans aucun doute. Et pour moi aussi. Je commence à beaucoup trop m'attacher à ce photographe sexy qui ne devait être que ma porte de sortie de West Baltimore. Chaque jour, je m'en rends compte.

Le regard charmeur de Shad, et l'odeur du café qu'il apporte avec lui quand il revient, achèvent de me réveiller. Il tient deux gobelets siglés Starbucks et m'en tend un.

– Ça devrait compenser le truc imbuvable du *Baymont Inn*.

La tasse entre les mains, je laisse sa chaleur se répandre en moi.

– Merci, Shad.

– Comment tu te sens ?

Je hausse les épaules, un sourire timide au coin des lèvres. Je ne sais pas si j'apprécie qu'il m'ait vue si vulnérable. C'est une facette de moi que je préfère garder enfouie.

– J'ai l'impression qu'un camion m'est passé dessus avant de faire marche arrière et de m'écraser à nouveau. Mais ça va. Enfin, ça ira.

Je saisis ses doigts de ma main libre.

– Merci.

Inutile de le préciser, il sait que je ne parle plus du café. À son tour de hausser les épaules avant de m'attirer contre lui et de plonger sa bouche et son nez dans mes cheveux. Le temps s'arrête, son étreinte allège le fardeau qui pèse sur moi depuis le Greenwich Cemetery.

Je finis par quitter ses bras, même si je pourrais y passer la journée si je m'écoutais.

– Si tu veux te rafraîchir un coup, le *visitor center* vient d'ouvrir. Les sanitaires sont propres. C'est rudimentaire, mais pratique en attendant mieux.

– T'inquiète pas, j'ai sûrement connu pire, rétorqué-je en attrapant mes affaires.

L'accueil pour les touristes semble désert. Quand je pousse la porte qui m'intéresse, je tombe sur une toilette unique avec un lavabo surplombé d'un miroir. Propre est un euphémisme pour décrire cet endroit. Je me marre en regardant mon reflet.

Rudimentaire, pour moi, c'est une *townhouse* désaffectée d'un quartier explosif; pour Shad, ce sont ces sanitaires rutilants. L'évidence me frappe brutalement une fois de plus : on ne vient pas du même monde. Il existe un gouffre entre ma réalité et la sienne.

De retour au van, ce constat ne me lâche pas. Preuve supplémentaire que cette histoire était vouée à l'échec avant de commencer. Autant en finir maintenant.

Cela a beau tourner en boucle dans ma tête, face à Shad et à son sourire, mes bonnes résolutions sonnent plus comme de l'autopersuasion. Je n'ai qu'une envie : rester dans cette bulle avec lui. Mais lui n'a pas besoin de moi, et être une charge ne me tente pas. Il finira sûrement par me garder par simple sens du devoir, ce que je ne supporterai pas. Je dois faire taire les « et si » qui m'assaillent.

– Tu peux me ramener chez Charlaine ? lâché-je pour ne plus me laisser l'occasion de changer d'avis.

L'ombre d'une tempête passe dans son regard. Furtive, mais bien présente. J'essaie juste de tout faire pour oublier que je l'ai vue, qu'il a eu l'air peiné, l'espace d'un instant.

– Bien sûr. Quand tu veux.

– Maintenant.

Sur la route qui me conduit dans mon ancien quartier, je tente de faire taire la douleur sourde dans mon estomac. Comme hier, le silence dans l'habitacle est étouffant. Notre mode de communication favori est en train de se transformer en chape de plomb. Je pensais être la seule à avoir envie de le rompre à tout prix, quand la voix grave de Shad finit par emplir le vide qui menaçait de nous aspirer.

– Sam…

– Oui ?

Son regard ne cesse de faire des allers-retours entre la route et moi. Il ouvre la bouche, la referme. Plusieurs fois. Avant de pousser un profond soupir.

– Non, rien. Enfin, si. Tu veux que je vienne avec toi ?

Je me demande un instant de quoi il parle.

– Chez Charlaine ? Non… Je pense qu'il ne vaut mieux pas.

Charlaine ne manquera pas de poser des questions sur mon émancipation précoce de chez les Reed, et je devrais lui donner des explications que je ne souhaite pas avoir à formuler devant mon photographe. Pas alors qu'il aura repris la route demain.

– Officiellement, j'aurais dû rester chez mes tuteurs jusqu'à ce que je puisse subvenir à mes besoins. C'est le deal dans les familles d'accueil.

Je baratine. Je n'en ai aucune idée, et je suis persuadée que Reed m'aurait foutue à la porte à minuit le jour de mes dix-huit ans. Mais Shad n'a manifestement pas une connaissance poussée de la législation de la protection de l'enfance. Pour ajouter du poids aux conneries que je débite, j'ancre mes yeux dans les siens.

Nous sommes arrêtés devant la maison de mon ancienne nourrice. À la vue de la voiture dans la cour, mon cœur s'emballe. Il n'y a plus de marche arrière possible. Je pose un pied sur l'asphalte, claque la portière en tremblant. Mon ange gardien a déjà fait le tour du véhicule. Il prend ma main, entrelace ses doigts aux miens. Ce geste, plus intime que n'importe quelle caresse, a plus de poids que les mots qu'il ne semble pas réussir à trouver.

Après une grande inspiration, je traverse la route comme on se lance dans une fosse aux lions. La poigne puissante de Shad ne me lâche qu'au dernier moment, sa peau glissant sur la mienne.

Cette fois, quand je sonne, la voix distante de Charlaine me parvient immédiatement. Lorsqu'elle ouvre le battant, j'ai envie de disparaître. Qu'est-ce qui m'a pris de venir bouleverser son quotidien ? Dans ses yeux, je lis le doute puis l'incompréhension, et enfin le choc. Je suis la dernière personne qu'elle s'attendait à trouver sur le pas de sa porte ce matin. Le facteur ou les scouts, pourquoi pas. Mais pas la petite Samantha Owens dont elle a si souvent calmé les pleurs, soigné les bobos et déclenché les rires d'enfant insouciante, et qu'elle n'a pas vue depuis presque six ans.

– Sam ?

Je hoche la tête. Je n'ose pas prononcer le moindre son tellement elle semble avoir ouvert à un fantôme. Deux larmes furtives glissent le long de ses joues avant qu'elle ne m'attire au creux de ses bras. Elle a toujours la même odeur : celle du café et des légumes fraîchement coupés. Il ne manque plus que les effluves d'*Old Spice* d'Harold pour parfaire le tableau.

– Seigneur Dieu, ma petite Sam !

J'aimerais lui dire que Dieu n'a pas grand-chose à voir avec ma présence ici mais, après tout, chacun ses croyances. Charlaine ne serait pas vraiment Charlaine sans ça.

– Entre ! Viens me raconter ce qui t'amène !

Je ne peux pas ignorer son coup d'œil à l'homme adossé au van garé devant chez elle, qui suinte le sex-appeal, mais elle ne fait aucune remarque. Ma Charlaine n'a pas changé. À part ses cheveux maintenant entièrement blancs et quelques rides supplémentaires, elle reste la même. Quoique quelque chose me frappe dans son expression : une lassitude que je n'avais jamais vue sur son visage auparavant.

D'autorité, elle me conduit vers le sofa en cuir brun du salon. Cette antiquité a sans aucun doute mon âge, mais il paraît neuf comme au premier jour. J'ai tout juste le temps de reprendre mon souffle que je suis installée avec une tasse de café fumante devant moi. Ses mains m'ont à peine quittée, passant de mon genou à mon épaule, caressant ma joue comme lorsque j'étais enfant. Comme si elle souhaitait s'assurer que je suis bien là.

– Je ne comprends pas, Sam... Est-ce que ton tuteur t'a accompagnée visiter la tombe de tes parents ? Est-ce que... Je veux dire, tu... Tout va bien ?

C'est l'heure de vérité. Je la dois à Charlaine, sans concession, même si cela m'expose au risque qu'elle prenne ses dispositions pour me renvoyer chez les Reed. *Rendez-vous en prison, ne passez pas par la case départ, ne touchez pas vingt mille dollars.*

– Non, tout ne va pas bien, Charlaine... Et je suis vraiment désolée de débarquer comme ça chez toi à l'improviste.

– Ne dis pas de sottises ! Tu es et tu seras toujours la bienvenue ici. Mais je ne voudrais pas que tu aies des ennuis avec ta famille d'accueil.

J'étouffe un petit rire cynique.

– Famille et accueil sont les deux mots les plus éloignés de mes tuteurs, tu sais...

Je vois passer une ombre dans ses yeux, comme quand elle rabrouait le fils des voisins qui venait m'embêter alors que j'étais enfant.

– Raconte-moi, lance-t-elle.

Ce n'est pas une injonction, Charlaine n'est pas comme ça, mais je lâche prise sans réfléchir une seconde. Parce que j'ai confiance en celle qui a toujours fait partie de notre famille. Je balance tout, presque sans reprendre mon souffle, pour ne pas me dégonfler. Ou peut-être pour ne pas pleurer de nouveau.

Les Reed. Les mauvais traitements. Devoir me démerder seule la plupart du temps. West Baltimore, sa pauvreté et son taux de criminalité. Jake et son côté protecteur qui le poussait à recevoir la plupart des raclées de l'autre porc à ma place. Puis son départ. Ma fuite. Et Shad, vaguement. Je ne parle de lui que comme un photographe qui parcourt les routes, un bon samaritain qui m'a prise en stop jusqu'à Savannah. Ce qui est à moitié vrai. Charlaine lit probablement entre les lignes, mais elle ne dit rien, une fois de plus.

J'ai arrêté mon long monologue depuis un moment. Mon regard s'est perdu sur le revêtement en cuir brun du canapé, mes mains sont serrées entre mes genoux.

C'est le silence de Charlaine qui m'oblige finalement à relever la tête. Discerner le choc et l'horreur dans lesquels l'a plongée mon discours me fait brutalement prendre conscience de ce que j'ai vécu pendant cinq ans.

Quand elle finit par retrouver l'usage de la parole, sa voix est rauque, ses yeux brillants.

– Quand je pense que tout aurait pu être différent pour toi, j'en suis écœurée.

– Tu veux dire, si papa et maman…

Elle secoue la tête, chassant une larme.

– Pas seulement, ma chérie. Quand tu étais en foyer dans l'attente d'une famille d'accueil, notre dossier était chez le juge. Tu devais vivre avec nous, c'était la volonté de tes parents. Tu ne te rappelles plus l'ouverture du testament ?

Mon cœur fait des bonds dans ma poitrine, comme s'il voulait me dire : « Je me casse, cette fois c'en est trop. »

– Je ne me souviens de rien, Charlaine. Toute cette période semble enveloppée dans un brouillard que je ne parviens pas à chasser. Pourquoi ?

– Pourquoi ça n'a pas marché ?

Je hoche la tête. Si j'ouvre la bouche, je risque de me noyer dans de nouvelles larmes. Les mêmes qui glissent sans discontinuer sur les joues de Charlaine. Ses mains tremblantes trouvent les miennes, les extirpent de mes genoux pour les serrer.

– Harold… Juste avant que le juge ne statue, il est tombé gravement malade. Les services de la protection de l'enfance ont considéré qu'une telle situation, si peu de temps après la mort de tes parents, ne pourrait t'être que néfaste.

Charlaine pleure en silence. Et moi, j'ai envie de hurler. Pour Harold. Mais aussi parce qu'on n'a jamais sollicité mon avis. Parce que je n'étais qu'un pion à placer quelque part. Je rendrais bien une visite aux services sociaux, rien que pour leur demander comment ils ont pu estimer que me faire enfermer dans une cave avec l'arcade sourcilière éclatée était mieux que de vivre chez des gens aimants.

– Et Harold ? Est-ce qu'il…

Je ne peux pas finir cette phrase tellement mes mâchoires sont serrées.

– En soins palliatifs. C'est bientôt la fin.

– Est-ce que je peux aller le voir ?

– Surtout pas !

Sa véhémence me surprend, mais elle ne semble pas s'en rendre compte.

– Il ne te reconnaîtrait pas. Souviens-toi de lui comme tu l'as connu, quand il te donnait des sucreries en cachette. Quand il te faisait faire de la balançoire et te laissait croire que tu pourrais toucher le ciel. Cet Harold-là est déjà parti, ma chérie.

Quelque chose tombe sur nos mains toujours jointes. Les larmes que je pensais taries ce matin se sont remises à couler.

J'ai l'impression d'être une égoïste sans cœur, mais je n'ai qu'une envie : fuir cette maison qui me rappelle bien trop de souvenirs. Fuir l'idée d'un Harold mourant. Fuir cette Charlaine triste et fatiguée. Même si je me giflerais tellement je me hais de réfléchir de cette façon.

Sans m'en rendre compte, je me relève. Charlaine m'imite, et je ne distingue pas la déception que je pensais lire dans ses yeux à mon départ précipité. Elle comprend. Comme toujours. Alors, je ne dis rien. C'est en silence qu'elle me raccompagne jusqu'à la porte. Sur le point de l'ouvrir, elle me retient à la dernière minute.

– J'allais oublier. Ta tante t'a contactée ?

– La sœur de papa ?

Elle hoche la tête, fouille dans le petit calepin posé près du téléphone.

– Non, je ne l'ai pas vue depuis des années. Elle était à l'enterrement ?

– Non, elle n'a pas été prévenue à temps... Elle est venue nous rendre visite lorsque tu étais déjà à Baltimore. Elle voulait constituer un dossier pour récupérer ta garde, même si elle se doutait que ça allait être compliqué avec... ses antécédents. Elle était vraiment en forme, tu sais.

Je n'ai pas énormément de souvenirs de ma tante parce qu'elle s'est mariée à dix-huit ans avec un homme qui l'a entraînée dans une consommation abusive de drogues et d'alcool. Mon père a tenté longtemps de la sortir de là, mais, quand les gens ne souhaitent pas être aidés, il est difficile de les y forcer.

– Tu devrais la contacter. Elle est dans le Michigan depuis son divorce.

Je saisis le morceau de papier que Charlaine me tend, incapable de déterminer mon ressenti face au retour improbable de cette tante dont je me rappelle à peine.

– Il y a le numéro de mon portable au dos, et celui de ma sœur. Quand Harold aura rejoint notre Seigneur, j'irai m'installer près d'elle en Californie.

À nouveau, je hoche la tête. Mes larmes ne coulent plus, mais je ne sais pas pour autant quelle émotion domine en moi. Tristesse ? Soulagement ?

Je franchis la porte, la main de Charlaine sur ma nuque, comme si une part d'elle ne voulait pas me laisser partir. Mes yeux sont rivés sur Shad, et je ne crains même plus que mon ancienne nourrice lui révèle mon âge. *Le destin paraît n'en faire qu'à sa tête, de toute façon…*

Je m'arrête à quelques pas de lui, qui me dévisage. Il doit se demander ce qui se passe. Je me retiens de me jeter dans ses bras. À la place, ce sont ceux de Charlaine qui me réconfortent une dernière fois.

– Prends soin de toi, ma chérie. Et donne-moi de tes nouvelles quand tu seras installée.

Elle fait une pause, et je la sens relever la tête. Son regard est sans aucun doute braqué sur Shad, encore appuyé contre l'habitacle du Chevy.

– Et vous… Prenez soin d'elle.

Je ne suis pas surprise. Du Charlaine tout craché.

Sans un mot et sans attendre de réponse, elle se détourne et disparaît dans sa maison.

J'essaie d'ignorer le vide ressenti en me tournant vers mon ange gardien. Il a ce petit sourire au coin des lèvres, celui qui me rassure et me liquéfie en même temps. Je ne sais plus où j'en suis ni quels sont mes projets. Retrouver ma tante est sans doute la solution la plus viable. En attendant, je lui dois des explications. Mes yeux ne lâchent pas les siens. L'idée de voir nos chemins se séparer me terrifie bien plus que je ne l'aurais cru ; je ne peux pourtant imaginer aucune échappatoire.

26

Shad

Savannah, Géorgie, 11 juillet 2017

Je n'ai jamais été du genre prolixe, mais depuis hier je n'ai qu'une envie : briser ce mutisme que l'on s'inflige avec Sam. Elle, parce que cette ville où le temps s'est arrêté l'a embarquée dans des souvenirs douloureux qu'elle aurait préférés évaporés à jamais. Moi, parce que j'ai toujours été un connard narcissique et que je ne sais pas quoi dire pour la réconforter.

Ce silence-là n'a rien à voir avec celui que nous avons partagé depuis le début de notre voyage commun. Il est oppressant.

Quand Sam m'a demandé d'une petite voix de la conduire à Forsyth Park, je n'ai pas posé de question. J'imagine que les explications viendront plus tard. Il semble évident que son plan de départ est tombé à l'eau.

Elle est perdue dans ses pensées, la tête tournée vers la vitre du van. Ses cheveux me cachent en partie son expression ; pas suffisamment cependant pour que je ne remarque pas que son désespoir d'hier s'est apaisé. Elle paraît… déterminée.

Je ne peux pas m'empêcher d'avoir envie de reprendre la route sans passer par le parc. Cette ville n'a fait que rouvrir les plaies de Sam, et une part de moi se réjouit que notre parenthèse ensemble ne soit pas terminée.

Sans que j'y puisse quoi que ce soit, mon cerveau se complaît à me balancer des images de Sam et moi. Passées et futures. Dans le Chevy. À Badin Lake. Mais aussi dans tous les lieux que j'ai encore l'intention de photographier. Je ne peux pas davantage faire taire les sirènes qui hurlent dans ma tête que tout ça va beaucoup trop vite. Que les sensations sont beaucoup trop fortes, trop intenses. Que la chute n'en sera que plus violente. Et que ce n'est pas moi qui en souffrirai le plus.

Je suis tellement paumé dans mes délires, écoutant vaguement les indications de Sam pour retourner à Forsyth, que notre destination défile déjà sur ma gauche. Je trouve rapidement un emplacement pour stationner le van.

Le temps de couper le moteur, Sam descend sur le trottoir et m'attend. Alors que je la rejoins, elle glisse sa main dans la mienne, entrelace ses doigts avec les miens. Je contemple ce point de liaison entre nous, incrédule. Je n'ai jamais fait ça. Je n'ai jamais ressenti l'envie d'embrasser quelqu'un dans un lieu public, d'avancer main dans la main. Sauf avec elle. Et j'ai vingt-six ans. À quel point est-ce pitoyable ?

Sam m'entraîne sur un banc non loin de la fontaine. Le regard perdu dans les gerbes d'eau qui rebondissent sur le bassin, elle continue de se taire.

– Sam…

Comment lui dire que je ne supporte plus ce silence ? Que j'ai l'impression d'étouffer en attendant qu'elle veuille bien s'expliquer ? Finalement, je préfère la fermer.

– Désolée. J'avais besoin d'un moment pour y voir clair. Comme tu as dû le comprendre, je ne vais pas pouvoir rester chez Charlaine.

À nouveau mon esprit s'emballe, ébauche un itinéraire. Même si une petite voix continue de me hurler que c'est la pire idée que j'ai jamais eue, je la mets K.-O. Je n'en ai plus rien à foutre d'être prudent. Oui, Sam est jeune, et je ne suis pas le type qu'il lui faut. Et alors ? C'est bien une première que mon égoïsme n'aille pas plus loin que de programmer un road trip avec une fille que je connais depuis à peine plus d'une semaine.

– Charlaine est toujours la même. Elle n'a pas changé depuis… la dernière fois que je l'ai vue.

Elle prend une profonde inspiration, un vrai sourire sur les lèvres cette fois, et se lance. Elle me raconte Charlaine, leur relation aussi forte que les liens du sang. Et puis Harold, sa maladie, le moment où elle a compris que l'espoir de s'ancrer ici s'effondrait, avant de renaître quelques minutes plus tard à l'évocation de sa tante.

– Ça fait des années que je ne l'ai pas vue, mais je sais qu'elle m'attend. Elle est ma famille, même si je ne me souviens pas d'elle.

J'ai la sensation d'avoir loupé un épisode, alors qu'en fait mon cerveau refuse d'accepter ce que Sam est en train de dire.

– Une minute… Tu penses aller vivre chez ta tante ? Dans le Michigan. Mais quand ?

– Euh… Maintenant. C'est le plus simple pour moi, et c'est de toute façon ma seule alternative.

Elle détourne les yeux comme si elle n'aimait pas ce qu'elle lit dans les miens.

– Il ne me reste pas grand-chose pour prendre le bus, mais je devrais pouvoir au moins sortir de l'État. Je ferai du stop, ensuite.

Elle déconne, là ?

Je me rends compte que je me suis levé brusquement quand Sam sursaute sur le banc. Je passe une main nerveuse dans mes cheveux avant de venir tripoter la chevalière de ma grand-mère qui orne mon auriculaire. Ça fait des semaines que je n'ai pas eu autant envie d'une ligne. Imaginer Sam sur la route à la merci du moindre pervers fait remonter des pulsions que, comme un con, je pensais avoir laissées derrière moi.

Sam me regarde comme si elle ne me connaissait pas, ce qui est sans aucun doute le cas. Je lâche ma chevalière avant de venir m'agenouiller face à elle. Elle recule légèrement, les mains en appui de chaque côté de ses cuisses, sur le banc. Ça ne me dérange pas : la proximité dans ces moments-là n'est pas son truc. Je la comprends parfois mieux que moi-même. Je ne veux toutefois pas la laisser s'échapper. Mes paumes glissent sur ses mollets pour maintenir le contact entre nous, même si ses yeux ne fuient pas les miens.

– Je préférerais que tu sois en train de déconner, mais je vois que tu es on ne peut plus sérieuse.

– De quoi tu parles ?

Je soupire.

– Je parle de toi et de ta capacité à foncer tête baissée sans réfléchir.

L'ange se renfrogne.

– Attends, laisse-moi finir. Je parle du fait que tu envisages de te précipiter chez une tante que tu connais à peine. Et en stop, qui plus est. Sans prendre en compte le danger d'être sur la route.

– Charlaine m'a dit qu'elle semblait aller mieux.

– « Semblait », oui. Charlaine l'a vue combien de temps ? Elle sait où elle habite ?

Sam secoue la tête avant de hausser les épaules.

– Et si elle n'avait pas divorcé ? Ou pas décroché ?

– Tu l'as bien fait, toi.

– Et j'ai vécu l'enfer pour ça, pourtant je n'avais qu'une consommation « récréative ». On ne sait pas à quoi ta tante était accro. Ça peut faire une grosse différence.

Elle se lève, me poussant sans ménagement. Je me mets debout à mon tour.

– Tu voudrais que je fasse quoi, hein ?

– Reste avec moi. Jusqu'à ce qu'on trouve une solution.

Elle secoue la tête. Elle a l'air perturbée ; j'ignore si c'est à cause de ma proposition ou de tout ce qui lui est arrivé depuis deux jours.

– C'est très chevaleresque de ta part, reprend-elle après un instant. Mais je n'ai pas besoin de ta pitié. J'ai toujours pu me débrouiller seule et, avec toi, je ne suis qu'un poids à traîner. On ne va pas se leurrer, je sais très bien que ce voyage, tu n'avais pas vraiment envisagé de le partager.

Je pourrais rire si le moment ne s'y prêtait pas si peu.

– « Chevaleresque » ? Putain, Sam, rien ne pourrait être plus éloigné de la vérité. Et crois-moi, j'en suis le premier surpris, mais je veux simplement continuer cette route avec toi. J'en ai juste envie. Si ça te permet de réfléchir à ce que tu souhaites faire de te renseigner sur ta tante, c'est seulement un bonus.

Elle se rapproche, saisit mes mains, m'empêchant de tourner inlassablement ma chevalière que je n'avais pas conscience d'avoir reprise entre mes doigts. Je poursuis pour ne pas lui laisser le temps de cogiter :

– Rappelle-toi notre contrat : en profiter tant que ça dure. Manifestement, le destin a décidé que ce n'était pas terminé.

Je ne crois pas au destin, mais ça sonne bien dans mon speech.

– Alors ? Deal ?

– Je peux juste te demander une faveur ?

Je hoche la tête. Sam, elle, continue d'avancer dans ma direction.

– On peut quitter Savannah ?

Elle est maintenant presque collée à moi, exposant sa requête d'une toute petite voix.

– Tout ce que tu veux.

Elle se hisse sur la pointe des pieds, son souffle effleurant le mien. Ses yeux lagon me scrutent, et je me retrouve projeté à Baltimore l'espace d'une seconde.

– Deal, prononce-t-elle.

Nos lèvres se trouvent instinctivement. Nos langues se cherchent. J'ai la sensation que cela fait une éternité que je ne l'ai pas embrassée. Dans la chaleur de ce parc, au milieu des touristes, des passants et des enfants bruyants, je suis une nouvelle fois seul au monde avec cet ange dans mes bras.

27

Sam

Saint Augustine Beach, Floride, 11 juillet 2017

Dans la chaleur réconfortante du Chevy qui roule, je m'endors en quelques secondes, mon esprit choisissant de ne pas s'infliger les dernières images de la ville qui m'a vue naître et grandir.

À notre arrivée à Saint Augustine Beach, la radio diffuse Bruno Mars en sourdine. Son « *'Cause you make me feel like, I've been locked out of heaven* »[10] m'arrache un sourire. Je le trouve étonnamment de circonstance étant donné que je viens de passer cinq ans en enfer.

D'une main, j'attrape la bouteille d'eau coincée dans un des porte-gobelets entre nous. Shad semble seulement se rendre compte que j'émerge de ma sieste.

– Bien dormi ?

J'ouvre la fenêtre avant de lui répondre, la chaleur dans l'habitacle est devenue étouffante.

---

10 "Parce que tu me donnes le sentiment d'avoir été enfermé en dehors du Paradis." *Locked out of Heaven*, Bruno Mars.

– Pas trop mal. On est bientôt arrivés ?

– Notre point de chute est à deux rues.

Toujours aussi organisé, Shad a pensé à réserver un camping non loin de son prochain lieu d'exploration. Saint Augustine est à moins d'une heure de route de Jacksonville, et pile au bord de l'océan. Les embruns saturent l'air de leur fragrance iodée que je respire à pleins poumons. Je me retrouve projetée il y a quelques jours, à Virginia Beach, là où tout a commencé entre mon photographe et moi. Dire que sa proposition de poursuivre le voyage avec lui m'a soulagée est l'euphémisme de la décennie.

En quelques minutes, l'entrée du camping se trouve devant nous. Je lui trouve une forte ressemblance avec celui de Virginia Beach, nouveau rappel à ce petit havre de paix où je me suis sentie renaître, bercée par les remous de l'Atlantique et par les bras de mon photographe.

Le van est à peine installé à l'emplacement attribué que je me précipite sur mes affaires à la recherche de mon bikini. Je suis seule dans la cabine, Shad est parti signer la paperasse à l'accueil du camping. Je me change en vitesse, si impatiente de retrouver les sensations de l'océan que j'en tremblerais presque. Ça fait des jours que je ne me suis pas sentie aussi légère. Je commence à me dire que Shad n'a pas choisi Saint Augustine Beach par hasard.

Je termine de me glisser dans mon débardeur quand il coulisse la porte latérale. Son sourire fait pétiller ses yeux bleus qui effleurent mes courbes. Ça faisait longtemps que je n'avais pas aperçu ce Shad-là. Même si je n'ai pas été vraiment moi-même ces derniers jours, le voir aussi détendu que sur la plage de Virginia Beach fait grimper mon enthousiasme. Chaque seconde de cette journée semble vouloir me renvoyer en Virginie.

Alors qu'il continue de m'observer, j'avance pour lui prendre la main.

– Direction la plage ? J'ai lu à l'entrée du camping que c'est à vingt-cinq minutes à pied.

Il hoche la tête en souriant.

– Tu penses me laisser enfiler un short de bain, cette fois ?

– T'as cinq minutes, après je pars sans toi. L'océan n'attend pas, Shad.

– Bien, chef, répond-il en éclatant de ce rire qui fait vibrer son sternum.

Et une tout autre partie de mon anatomie. Mon corps se réveille ; je suis à deux doigts de renoncer à ma baignade pour séquestrer mon baroudeur dans le van.

Alors que je suis sur le point de le laisser se changer, il serre ma main pour me retenir.

– Sam ?

– Hum ?

– Tu m'avais manqué.

Ces quelques mots font vibrer mon estomac comme s'ils avaient une consistance.

Je sors de l'habitacle en essayant de faire bonne figure, mais les paroles de Shad tournent en boucle dans ma tête. Elles entraînent tout un panel d'émotions auquel je ne suis pas apte à faire face. L'espoir en première position. J'avais rayé ce sentiment inutile de ma vie et, avec Shad, espérer est synonyme de se casser la gueule dans le sable. Violemment.

La porte qui s'ouvre puis se referme dans mon dos me fait sursauter. Il n'y a pas moyen que le photographe voie le trouble dans mes yeux. *Lâcher prise.* C'est bien ce que je lui répète sans cesse, non ? Il est temps que je suive mes propres conseils.

Alors que son bras se pose sur mes épaules, je passe le mien autour de sa taille. Reléguant dans un coin de ma tête ce qui me parasite, je glisse mes lèvres près de son oreille.

– Prêt, monsieur le photographe ?

Je perçois son souffle s'accélérer alors qu'il raffermit sa prise dans mon dos pour me coller à lui. Si notre baiser à Forsyth park était empreint d'une douceur qui m'a surprise, celui-ci nous ressemble beaucoup plus. Il est intense et passionné, insatiable et dévastateur. Les lèvres de Shad me dévorent comme s'il n'y avait pas de lendemain, sa langue caresse la mienne comme pour me faire passer un message dont j'ignore la teneur. J'aimerais juste qu'il n'arrête jamais de me parler de cette façon.

Je ne sais pas qui rompt le contact, et cela n'a pas vraiment d'importance. Shad jette un dernier regard vers le Chevy, comme s'il envisageait à son tour de m'y retenir. Puis il se retourne en direction de la plage et m'entraîne dans son sillage, entrelaçant mes doigts avec les siens alors que je sais que ce n'est pas son genre.

Lorsque l'immensité bleu-gris apparaît, mon ventre se serre. Sauf que, cette fois, mon ange gardien ne me lâche pas pour aller m'acheter un bikini en douce. Il s'approche de l'eau, semblant choisir une place à l'écart des touristes.

Je souris comme une débile en remarquant qu'il a posé la serviette que je tenais dans une légère cuvette creusée par une dune, à l'abri de l'attention des autres. Mon corps devient conscient du moindre de ses mouvements, du plus furtif de ses regards. *Pourquoi on est à la plage, déjà ?*

Il semble deviner mon trouble, et s'approche de moi avec ce sourire en coin qui me rend dingue. Ses doigts saisissent le bord de mon débardeur, le font remonter le long de mon ventre avant de le passer par-dessus ma tête.

Il se débarrasse de son tee-shirt alors que j'envoie mon short en jean rejoindre le reste de nos affaires.

Tandis que je le regarde en me demandant où a disparu le Shad qui ne relâchait jamais la pression, il attrape ma main et m'attire en direction de l'eau.

– L'océan n'attend pas, Sam.

Son rire ricoche sur ma peau, me fait frissonner comme si ses mains étaient en train de me caresser. Shad me fait bien trop d'effet aujourd'hui.

Je le dépasse avant d'entrer dans l'eau, mais ses paumes se posent sur mes hanches et il chuchote au creux de mon oreille :

– Ce tatouage me rend dingue ! C'est tellement toi que je ne pourrai jamais me lasser de le regarder.

Mon corps s'enflamme ; la différence de température avec les premiers remous qui me lèchent les cuisses est saisissante. Shad passe de nouveau devant moi, percevant mon trouble sans le laisser paraître. Il plonge la tête la première sous les vagues qui déferlent dans notre direction. Il émerge dos à moi, sa peau dorée brillant au soleil, l'eau salée dévalant ses muscles. Il se retourne, fronce les sourcils en se rendant compte que je n'ai pas bougé d'un centimètre. J'avance de quelques pas avant de faire comme lui. Sous l'eau, je m'attarde quelques secondes en apesanteur dans l'immensité de l'Atlantique, consciente malgré tout de la proximité de Shad. Lorsque j'émerge, il me tend la main pour que j'approche, mais je m'éloigne d'un battement de jambes. Si je le touche maintenant, on aura marché vingt-cinq minutes pour rien. Je ris au grognement qui s'échappe de sa bouche.

– Où tu vas, Sam ?

– À ton avis, Einstein ? Je vais nager. On est venus ici pour ça, non ?

Ses sourcils se froncent davantage, mais son sourire en coin ne cache rien de son amusement. Il me fixe du regard d'un air de dire « tu veux jouer à ça ? » avant de s'éloigner à son tour dans un crawl maîtrisé. *Foutu photographe sexy!* Il est hors de question que je le suive. Même si je le voulais, je n'ai pas son endurance physique.

Je flotte dans l'eau un long moment, nageant pour me rapprocher du rivage quand le courant m'en écarte. Mes yeux reviennent régulièrement sur Shad qui continue de se prendre pour un athlète olympique.

Il réapparaît alors que je ne m'y attends plus, me surprend en posant ses mains sur mes hanches. Je sursaute avant de me retourner dans son étreinte. Ses cheveux sont plaqués vers l'arrière, son regard pétille. Cette fois, ce n'est pas l'océan qui rapproche nos deux corps. Les doigts de Shad glissent au bas de mon dos, juste à l'emplacement de mon tatouage. D'un mouvement, il me colle contre lui et j'accentue son étreinte en crochetant un bras derrière sa nuque. *Hors de question de le laisser repartir au large!*

J'enroule mes jambes autour de son bassin, me frotte sur l'érection prisonnière de son short de bain. Son souffle chaud percute ma bouche qui s'entrouvre, puis ma langue. Notre fusion est totale, je ne me préoccupe plus de ce qui m'entoure.

28

Shad

Saint Augustine Beach, Floride, 11 juillet 2017

La peau de Sam sous ma langue a une saveur incomparable : un mélange de sel, de soleil et de cette fragrance sucrée qui semble émaner naturellement d'elle. Allongés sur la serviette qu'elle a pris soin d'emporter, nous ne faisons plus qu'un ou presque. Nos jambes sont entremêlées, nos doigts entrelacés et nos bouches en complète fusion. Dans cette position plus qu'équivoque, je me félicite d'avoir choisi le creux d'une dune suffisamment à l'abri des regards pour ne choquer personne. Le risque de se faire surprendre ne m'empêche pas de glisser ma langue sous le fin tissu de son haut de bikini. Ses mamelons pointent comme s'ils en voulaient plus, l'amenant à gémir davantage.

À ce stade, je ne peux plus ignorer l'érection qui presse contre sa cuisse. Je souhaiterais un instant avoir la possibilité de nous transporter dans une crique à l'abri de tous pour me glisser en elle. Je lâche enfin prise : j'ai décidé de profiter de chaque jour qui me reste avec elle comme si c'était le dernier de ma propre vie. Est-ce qu'on va se casser la gueule ? Sans aucun doute. Est-ce que ce sera douloureux ?

Assurément. Mais ça n'a plus d'influence sur mes actions. Quoi que je fasse, je ne peux de toute façon pas résister à cette alchimie entre nous.

La température ne cesse de grimper. Nos corps s'enflamment, se consument. J'ai soif de plus, je ne sais pas comment je fais pour continuer de me maîtriser. Je finis par m'asseoir, l'entraînant avec moi d'un mouvement. Sam est désormais en équilibre sur mes genoux, ses cuisses de chaque côté de mon bassin. Mon sexe tendu en appui sur son bas-ventre. Mes lèvres frôlent son oreille.

– Tu sens à quel point tu me rends dingue ? À quel point j'ai envie de toi ?

Ma langue glisse le long de son lobe avant de venir se promener sur sa bouche, avalant des sons d'un érotisme à la limite de me faire perdre contenance.

Je me fige quand j'entends des pas sur notre gauche. Un groupe d'ados s'est approché de notre planque. Ils passent à nos côtés en riant et en nous sifflant. Leur réaction m'arrache un sourire. Sam, elle, s'est raidie, regardant partout autour de nous.

– Détends-toi, Sam. Ils sont partis.

– Je sais, mais… Ça aurait pu être pire. Un flic par exemple… Ça ne doit pas vraiment être autorisé, non ?

C'est bien la première fois que je la vois se soucier de ce genre de détail.

– Qu'est-ce qui serait interdit ? demandé-je, joueur.

Sam rougit. C'est une première. Mais elle cesse à l'instant où elle comprend que je cherche seulement à la troubler.

– D'être sur le point de baiser sur une plage publique, Shad, réplique-t-elle, ses yeux ancrés dans les miens.

Ces paroles crues m'excitent encore davantage, mais Sam a en partie raison. Il est hors de question que je nous attire des problèmes alors qu'elle devrait toujours être chez ses tuteurs.

Sans un mot, je la décale sur le côté pour faire redescendre la pression avant de me mettre debout.

– Tu n'as pas tort, avoué-je en lui tendant la main pour l'aider à se lever à son tour. On est légèrement exposés, ici. On s'en va ?

Elle hoche la tête, son souffle toujours court. Sans hésitation, elle reprend la direction du camping alors que je ne bouge pas. J'ai envie de rire en voyant l'allure à laquelle elle avance. Je partage son empressement à retrouver le van et son habitacle intimiste.

– Tu ne viens pas ? interroge-t-elle en me regardant par-dessus son épaule, les sourcils froncés.

– On va manger avant, Sam.

Elle me dévisage comme si elle essayait de deviner si je suis en train de déconner.

– Manger ? Maintenant ? Sérieusement ?

Elle a raison, c'est une idée à la con. Mais Sam n'a quasi rien avalé pendant tout le temps où on était à Savannah. Et elle n'avait déjà pas beaucoup de réserves.

– Oui, sérieusement.

Elle ne bouge pas, les bras croisés, attendant sans doute que je change d'avis. J'avais oublié à quel point elle peut être têtue.

– Sam, tu n'as rien avalé depuis deux jours. C'est non négociable. Tu vas finir par tomber, à ce rythme.

Cette dernière phrase paraît avoir raison de son obstination. Je n'irais pas jusqu'à dire qu'elle saute de joie, mais elle semble juste se ranger à mes arguments.

Côte à côte, nous longeons la plage jusqu'au restaurant le plus proche, le *Mango Mango's* ; un bâtiment recouvert de bois blanc dans un style caribéen.

Assis au bar, j'observe Sam qui décrypte le menu. Je m'abîme dans la contemplation de son air concentré, si bien que je ne sais pas quoi répondre à la serveuse quand elle me demande ce que je veux manger. Je commande la même chose qu'elle, comme si c'était ce que j'avais prévu depuis le départ.

La barmaid dépose enfin nos assiettes devant nous, mais je fais une fixation sur une perle d'eau salée qui dévale le long du cou de Sam avant d'aller se réfugier au creux de ses seins. Ses cheveux sont encore mouillés de notre baignade ; une seconde goutte finit par suivre la première. *Un restau ? Bien joué, Shad…*

Quand je relève enfin la tête, Sam me regarde, ses fossettes plus prononcées que jamais à force de retenir son rire. Elle a déjà commencé à manger alors que je me perdais dans la perfection de ses courbes. Une miette de son sandwich de mahi-mahi s'accroche à sa bouche pulpeuse. Je ne peux réfréner mon geste : je me penche vers elle sans lui laisser le temps de protester. Mon souffle heurte le sien, je glisse ma langue sur sa lèvre inférieure avant de venir l'attraper entre mes dents. Pour quelqu'un qui n'est pas branché démonstration d'affection, aujourd'hui, je fais fort.

Je recule, esquissant un sourire en coin devant l'air courroucé de Sam. Elle a délaissé son plat, son débardeur blanc se soulève au rythme saccadé de sa respiration. Avec ses joues en feu et son regard luisant, elle paraît plus sauvage que jamais.

– Tu devrais manger, ça va être froid, lui conseillé-je, taquin.

Je règle l'addition alors qu'elle est déjà debout, prête à partir. J'ignore lequel de nous deux est le plus impatient de retourner au camping.

En marchant, je lui attrape le menton, guide ses lèvres vers les miennes, impatient de la goûter de nouveau. Je ne sais pas comment nous parvenons à parcourir les quelques kilomètres jusqu'à notre destination. C'est haletants que nous nous engageons dans l'entrée du camping, Sam me tirant par la main en direction du Chevy. La chaleur de ce milieu de juillet est terrassante en Floride, nous devons tous les deux paraître avoir piqué un sprint.

Alors que ma chieuse au visage d'ange fait coulisser la porte latérale avant d'essayer de m'entraîner à l'intérieur, je l'arrête. Elle fronce les sourcils, comme si elle n'en revenait pas que je puisse de nouveau oser interrompre ce qu'elle a en tête.

– Quoi encore ? Besoin d'une collation, cette fois ? Je t'assure que j'ai assez mangé.

Je ris ; mon hilarité augmente sa contrariété.

– Je voulais juste te proposer d'aller te rafraîchir sous une douche…

L'espace d'une seconde, elle semble perdue. Je me penche et frôle son oreille de ma bouche avant de chuchoter :

– … avec moi. Si tu arrives à rester discrète, bien sûr…

Je ne lui laisse pas la possibilité de réfléchir et saisis mes affaires de toilette. Quand je pose de nouveau mes yeux sur elle, ses dents ont capturé sa lèvre inférieure. Son état d'excitation la rend encore plus désirable.

J'attrape sa main pour l'entraîner vers les sanitaires au centre du camping. Certains touristes nous dévisagent ; je sens Sam se tendre. Moi, rien ne pourrait m'arrêter. Avec elle, je me découvre une envie de liberté comme je n'en avais jamais connu.

Les douches ne sont pas mixtes ici, mais je l'attire à ma suite du côté des hommes après m'être assuré que la voie est libre. Un type sifflote dans une cabine non loin de l'entrée. Un doigt sur ses lèvres, j'intime à Sam de ne pas faire de bruit. Je m'arrête devant la porte de la dernière cabine et la conduis à l'intérieur avant que quelqu'un n'arrive et ne nous surprenne.

La main sur le verrou, je nous enferme en poussant Sam contre le battant. Elle me regarde comme si elle me voyait pour la première fois. Un bras de chaque côté de sa tête, je prends le temps de graver cette vision dans ma mémoire : cette fille sortie de nulle part la veille du 4 juillet, ses yeux d'un turquoise indescriptible, ses lèvres pulpeuses entrouvertes, son souffle saccadé.

Mon regard descend le long de son cou, plonge dans son décolleté.

– Shad, on n'a pas le droit d'être là, si ? chuchote-t-elle.

Je hausse les épaules.

– Tu vas devoir faire le moins de bruit possible, alors.

Elle sourit, une lueur de défi dans le regard. Je recule d'un pas et ouvre la douche pour qu'elle ne soit pas trop fraîche quand nous y pénétrerons. Je me rapproche d'elle, attrape le bas de son débardeur. Elle semble presque timide, comme si c'était la première fois que j'allais la voir nue.

Son top accroché à la porte, son short avec lui, je me déshabille à mon tour. Ses yeux gourmands ne perdent pas une miette du spectacle que lui offrent mon corps et mon sexe érigé de désir pour elle. Sa langue passe sur ses lèvres ; je n'attends pas d'autre signe pour la pousser sous la douche alors qu'elle porte encore son maillot de bain.

L'eau rebondit sur mon dos brûlant avant de dégringoler sur les courbes de Sam. J'ai la sensation d'avoir envie d'elle depuis des heures. J'attrape ses lèvres, la dévore pour lui faire comprendre à quel point ma faim d'elle est insatiable. Elle me rend baiser pour baiser, hissée sur la pointe des pieds. Ma main posée sur le « *Wild & Free* » de son tatouage remonte le long de son dos, trouve l'attache du bikini acheté à Virginia Beach. Le nœud cède sans difficulté ; Sam détache sa bouche de la mienne pour que je puisse la débarrasser du tour de cou qui tenait encore les deux triangles de tissu.

Mes paumes frôlent ses hanches, sa taille, le côté de ses seins, s'arrêtent juste à la frontière de ses côtes et de l'arrondi de sa poitrine. Mes pouces glissent sur cette courbe voluptueuse, s'immobilisent à quelques millimètres de ses mamelons tendus. Alors que je répète cette torture au rythme de sa respiration haletante, mes lèvres parcourent le creux de son cou, l'arête de sa mâchoire jusqu'à son oreille.

– Tourne-toi, chuchoté-je.

D'un geste tâtonnant, j'attrape mon gel douche que j'avais emporté avec moi. Sam presse son corps contre le mien, attisant mon érection. Une dose généreuse de produit dans une paume, je frictionne mes deux mains l'une contre l'autre avant de les poser sur ses épaules. Dans une alternance de douces caresses et de massages plus insistants, je commence à découvrir son corps comme si je n'avais que le toucher pour seul sens. Du coin de l'œil, je l'observe… aucune image ne me semblerait plus érotique que celle-ci. Elle est alanguie dans mes bras, la tête sur mon épaule, les yeux fermés, les lèvres rougies et gonflées d'avoir été mordues. Elle réprime tout juste un grognement de frustration quand j'échappe à ses mains qui se font baladeuses sur mes cuisses. Si elle me touche, je risque de jouir et ce n'est pas ce que je veux. Pas maintenant.

– Laisse-moi m'occuper de toi, Sam. Juste de toi…

Ma voix est rauque de désir contenu. La pulpe de mes doigts fourmille d'anticipation. La sensation en est presque douloureuse. Mes mains continuent leur chemin sur ses côtes et son ventre ; je me délecte de la perception de ses muscles qui se tendent sous mes paumes.

Je repousse son maillot, qui tombe sur ses cuisses, pour pouvoir atteindre ce que je convoite depuis que je l'ai entraînée sous la douche. Les doigts à la frontière de son intimité, je frôle son lobe de mes lèvres, la plaquant un peu plus contre moi.

– Tu sens à quel point j'ai envie de toi ?

Nouveau gémissement, beaucoup plus fort que les précédents, mais à cet instant peu m'importe que l'on nous entende.

Je touche son clitoris palpitant et me noie dans son souffle erratique alors que je coulisse un doigt en elle.

– Tourne-toi, Sam.

Elle s'exécute sans poser de question. Je me gorge de la vision de cet ange au bord de l'orgasme, les joues rouges et les yeux d'une teinte encore plus claire que d'habitude.

Les paumes sur ses hanches, je la pousse contre le mur carrelé de cette douche de camping. Sam s'y appuie, me scrute sous ses paupières entrouvertes. Je me penche sur sa poitrine. Une main dans mes cheveux, elle retient un cri quand je mords un de ses mamelons. Ses doigts attrapent les miens avant de les presser sur sa bouche et d'en glisser un entre ses lèvres.

La main toujours près de sa bouche, je m'agenouille devant elle. Je passe sa cuisse par-dessus mon épaule d'un mouvement ferme, sans perdre une seconde pour la goûter. Sam est au bord de la jouissance ; il ne lui faudra pas grand-chose pour basculer. Malgré tout, je prends mon temps. Je souffle sur son intimité trempée avant d'y poser de nouveau mes lèvres, agace son clitoris avec ma langue tout en glissant deux doigts en elle. Mes gestes sont lents, témoins d'une maîtrise que je ne suis pourtant pas certain de posséder.

La poigne de Sam dans mes cheveux se fait plus ferme. Ses gémissements n'en sont plus vraiment. Ses muscles se contractent autour de mon majeur et de mon index.

Je ne ralentis guère, profitant jusqu'à la dernière seconde, jusqu'à la dernière goutte de plaisir. Et si le bonheur se résumait à ça ?

29

Sam

Jacksonville, Floride, 12 juillet 2017

Impossible de dormir. Je dirais qu'il n'est pas loin de 2 heures du matin et je n'ai pas encore fermé l'œil. Voilà des heures que je contemple ces trucs kitschs phosphorescents datant des années 1990. Je devrais peut-être les compter, ça fonctionne sans doute aussi bien que les moutons.

J'aurais dû m'effondrer comme une masse après cette nuit de baise torride. Mais je n'y arrive pas, justement parce que ça n'en était pas une. Elle était torride, sans aucun doute, mais ça n'avait rien à voir avec du sexe sans attache. Ce soir, Shad m'a fait l'amour et j'ai eu la sensation d'être de nouveau vierge dans ses bras. Ce changement entre nous a quelque chose de terrifiant. Shad est tellement persuadé qu'il n'est pas quelqu'un de bien qu'une infime part de moi, celle qui a appris à se méfier de tout et de tout le monde, serait prête à le croire.

Sous cette douche, Shad m'a fait perdre la tête comme aucun autre auparavant. Pas uniquement avec cet orgasme dévastateur que je n'attendais pas, mais également à cause de la lueur dans son regard. Comme si pour lui non plus plus rien n'existait en dehors de moi. Alors j'en ai oublié toutes les règles de prudence. Et si un campeur choqué avait contacté l'administration ? Et si celle-ci avait à son tour appelé la police ? Je ne veux juste pas risquer de repartir à Baltimore, pas après avoir goûté à cette liberté chèrement acquise.

Les étoiles au plafond perdent de plus en plus de leur netteté, je commence à glisser lentement vers une torpeur que je suis prête à accueillir à bras ouverts. Mon corps, en tout cas, parce que mon cerveau, lui, persiste à faire de la résistance.

Shad se déplace dans son sommeil, utilisant le bras qui était sous ma tête pour me coller contre lui. C'est ce simple geste qui pousse mon esprit à déconnecter pour de bon. Cette proximité à la fois nouvelle et familière, ce parfum puissant de cèdre que je respire à pleins poumons.

Un souffle d'air marin me réveille, accompagné par le chant des oiseaux. J'ouvre un œil sur le dos de Shad assis dans l'embrasure du van, son ordinateur portable sur les genoux. L'image de ses muscles puissants, moulés dans son tee-shirt blanc, suffit à me mettre instantanément de bonne humeur.

Je passe quelques minutes à l'observer. Je sais qu'il travaille sur ses photos ou sur son prochain shooting : je le reconnais à cette bulle de concentration qui l'entoure. Il est si absorbé par sa tâche qu'il ne me remarque que lorsque je m'assieds à ses côtés. Même à ce moment-là, il ne lève pas les yeux de son écran pour me parler :

– Bien dormi ?

J'étouffe un bâillement qui répond de lui-même à cette question.

– Je t'ai réveillée ? Ça fait un moment que je suis debout.

Je secoue la tête, avant de me rendre compte qu'il ne me regarde toujours pas.

– Non, j'ai mis un peu de temps à m'endormir.

L'euphémisme de la décennie.

– Qu'est-ce que tu fais ? continué-je.

Il pianote encore quelques instants sur son clavier avant de refermer le portable. Il le pose au sol devant nous, puis glisse son bras sur mes épaules. Son regard à une lueur identique à celle d'hier soir. Un léger baiser sur mes lèvres suffit à me faire oublier comment je m'appelle.

– J'étais en train de préparer notre prochaine excursion. Enfin, shooting pour moi et visite touristique rebelle pour toi.

Je mets un long moment à comprendre qu'il répond à ma question. Je crois que sa bouche a la capacité d'atomiser tous mes neurones.

– Tu veux vraiment que je vienne avec toi ?

Son léger froncement de sourcil me prouve que ma question le déstabilise.

– J'en ai envie, oui. Mais tu n'es pas obligée. Je pensais prendre le Chevy, mais je peux sans doute faire autrement. Ou te déposer à la plage en partant. Ou encore…

Je l'arrête, mes lèvres de nouveau sur les siennes. Je bous de l'intérieur alors qu'il ne fait pas si chaud que ça dehors.

– Je vais venir. J'avais seulement peur de te déranger. Je veux dire, je ne te sers à rien, là-bas.

– Je ne te demande pas de m'être utile. Profite juste de ce que tu vois.

Je hoche la tête. Je me lève pour attraper ma brosse à dents et mes vêtements.

– Je passe aux toilettes et on pourra y aller.

Je ne lui laisse pas le temps de répondre. Ma longue et stérile introspection nocturne me perturbe toujours autant. Et que ce photographe sexy change ses plans de road trip solitaire pour moi, encore plus.

– Parle-moi de notre destination, intimé-je alors que nous entrons dans Jacksonville.

Concentré sur la route, il semble réfléchir un moment, comme chaque fois que je le surprends avec une question.

– C'est un ensemble de buildings qu'on surnomme le Laura Street Trio.

– Donc trois bâtiments différents, si je comprends bien.

– Exactement. Parmi eux, il y a l'ancien siège de Florida Life Insurance, construit en 1911. C'était l'immeuble le plus haut de Floride à l'époque.

– Haut comment ?

– Onze étages. Ridicule, aujourd'hui. Immense pour le début du vingtième siècle.

– Continue.

– Le deuxième bâtiment était un immeuble de bureaux, le Bisbee Building. Il était tellement luxueux et inédit que tout était loué avant même la fin des travaux. Ils ont dû doubler la superficie prévue.

J'ai du mal à me rendre compte de l'ampleur de ce genre d'ouvrage dans les années 1910. Ce qui aujourd'hui doit passer pour une formalité devait représenter un travail de titan.

– Et le dernier ?

– La Old Florida National Bank. Autrement nommée Marble Bank. C'est la visite qui m'intéresse le plus : construite en 1902, elle a été classée monument historique. Elle a été rachetée et redécorée plusieurs fois, mais le fameux *skylight*[11] de son plafond est de nouveau visible depuis 1978.

---

11 *Skylight* ou verrière : un vitrage faisant office de toit.

Je dévisage Shad, étonnée par cette nouvelle facette de lui que je n'avais pas encore rencontrée. Je connaissais le passionné, mais pas celui capable de me régurgiter Wikipédia par cœur. Surtout d'une manière qui me ferait presque voyager dans le temps.

Je comprends que nous arrivons à proximité de notre destination en voyant Shad chercher une place pour stationner le Chevy. Je prends conscience par la même occasion que le Laura Street Trio se trouve en plein centre-ville. Une nouvelle bouffée de panique m'envahit. Entrer par effraction dans des bâtiments classés « monument historique » n'est pas l'idée du siècle.

Alors que mon photographe manœuvre le van dans un parking public, je me tourne vers lui, camouflant mes craintes derrière une armure qui s'effrite de plus en plus.

– Shad ?

– Oui ?

– Je ne voudrais pas jouer les chieuses, mais on va entrer comment dans la banque ? Je n'ai pas vraiment l'âme d'une braqueuse, même si les coffres doivent être vides depuis longtemps.

Il rit devant mon air incertain. *Pour la carapace impénétrable, on repassera !*

– Détends-toi, Sam.

Il coupe le moteur avant de se tourner vers moi, esquissant un sourire moqueur qui me fait fondre et me donne envie de lui coller des baffes en même temps. Il faut croire que je suis un spectacle comique à moi toute seule.

– Depuis que j'ai commencé mon périple, je suis en contact avec un type croisé sur un forum de photographes urbex. C'est un milieu assez fermé pour des raisons que tu imagines très bien, mais il a fini par me faire confiance et partager beaucoup d'infos avec moi. Il connaît l'un des gardiens du Laura Street Trio qui travaille ce matin. Moyennant une certaine somme, il a accepté de me faire entrer dans la banque.

Le voir si enthousiaste à l'idée de visiter de nouveaux bâtiments construits puis abandonnés par la main de l'homme me pousse à enfouir mes craintes au plus profond de moi. Je suis incapable de me résoudre à lui pourrir ce moment.

Tout va bien se passer, je m'inquiète pour rien. Voilà ce que je ne cesse de me répéter quand nous approchons des abords de la Old National Florida Bank. La masse imposante de l'édifice me donnerait presque le vertige. Même après des décennies d'abandon, il s'en dégage toujours une impression de luxe et de grandeur.

Une étroite ruelle sépare la banque du Bisbee Building, le genre conçu pour permettre le passage des calèches. Ces bons dans le temps m'étourdissent : l'ancien et le moderne, le passé et le futur… Un homme est là, adossé à un mur dans l'ombre. Il porte un uniforme d'agent de sécurité et une casquette assortie. Sans doute notre fameux sésame. Shad s'approche de lui, me laissant légèrement en retrait. Aucun mot n'est échangé, juste une poignée de mains dans laquelle je devine que mon photographe a glissé quelques billets.

Le gardien nous guide en silence jusqu'à une porte en métal que le temps semble avoir plus ou moins épargnée. En aparté, Shad m'explique :

– C'est sûrement l'une des dernières fois qu'elle sera visitée ainsi. Le Laura Street Trio a été racheté pour être rénové. Ils ont déjà changé certaines ouvertures pour faciliter les allées et venues des architectes.

– Comment as-tu connaissance de tout ça ?

– Dans ce milieu, on a plutôt intérêt à rester informé. J'étais au courant du rachat, mais je savais aussi que les travaux n'avaient pas encore démarré. Ils ne débuteront pas avant quelques mois.

À la suite de Shad, je me glisse dans le couloir dissimulé par le battant. Je pourrais l'écouter parler pendant des heures tellement il est passionné par son sujet.

La lampe torche du photographe balaye des murs gris, des portes à la peinture écaillée, puis des bureaux en bois foncé dont certains ne tiennent plus sur quatre pieds. Puis le *skylight* apparaît, éclairant l'espace d'une luminosité presque douloureuse. L'immense verrière qui surplombe la totalité de la partie accessible au public, ou plutôt de ce qu'il en reste, est époustouflante. Je prends un coup au cœur et aux tripes que je ne m'explique pas, et qui me laisse sans voix.

Je me force à suivre Shad, qui se dirige droit vers les coffres. Contrairement à ce que je me suis toujours imaginé, ils ne sont pas en sous-sol. Leurs portes, d'une épaisseur inconcevable, sont impressionnantes. Le son du déclencheur du Leica résonne dans l'espace réduit.

Mon esprit n'arrêtant pas de revenir aux émotions brutes qui m'ont terrassée dans la partie principale, je fais demi-tour. Shad me retrouvera bien quand il aura terminé, il n'y a pas des milliers d'endroits ici où je pourrais être.

Je traverse l'immense salle qui a dû autrefois résonner des voix des clients et de leurs conseillers. Je me dirige vers l'escalier au fond de la pièce, qui mène jusqu'à une mezzanine courant sur les trois quarts de l'espace.

Je ne m'arrête qu'au moment où je me trouve face à l'entrée principale. À cet endroit, la rambarde en fonte dessine une sorte de cercle alambiqué. Je me laisse tomber sur la dalle nue, les jambes dans le vide, la tête levée vers le morceau de ciel parfait découpé dans le plafond. Je permets à toutes mes barrières de s'effondrer pour m'abandonner une nouvelle fois au besoin de croquer ce qui se trouve sous mes yeux. Je grave dans ma mémoire chaque recoin de cette banque. Parce que je sais que de retour au van, je me précipiterai pour sortir de sa cachette le matériel offert par Shad.

30

Shad

Saint Augustine Beach, Floride, 12 juillet 2017

Mon ordinateur portable sur les genoux, assis sur le siège passager du Chevy, je trie les photos que j'ai prises à l'intérieur de la Marble Bank. Du moins, c'est ce que j'essaie de faire croire. Mon doigt sur le pavé tactile s'agite dans tous les sens, mais mes yeux vissés à l'écran ne voient pas ce qui s'y passe.

Depuis notre retour de Jacksonville, Sam dessine. J'ai tout de suite compris que quelque chose clochait : elle répondait à peine à mes questions, pianotait sur l'accoudoir du van et se rongeait les ongles.

À peine étions-nous garés sur notre emplacement qu'elle a sauté de l'habitacle pour ouvrir les compartiments arrière et s'emparer d'un grand cahier à dessin et de crayons que je ne pourrais pas distinguer les uns des autres.

Je n'ai pas prononcé un mot. Elle est toujours avec moi alors que tout aurait dû s'arrêter à Savannah ; je suis suffisamment intelligent pour ne pas tenter le Diable et la faire fuir.

Les heures défilent, Sam ne bouge que pour s'installer sur le pas-de-porte du Chevy. Sans doute pour grappiller le peu de luminosité restant du soleil en train de rendre les armes à l'horizon. Comme lui, j'ai jeté l'éponge depuis une bonne demi-heure et je ne fais même plus semblant de m'intéresser à autre chose qu'à elle. Je m'absorbe dans la contemplation de sa main qui vole sur le papier.

Quand Sam se rend compte qu'elle est en train de s'abîmer les yeux, elle retourne à sa place initiale sur le lit et s'éclaire de la douce lueur de sa lampe d'appoint. Je prends soin de fermer la porte coulissante et de mettre en place la moustiquaire sur l'arrière.

Je grignote un morceau. Je n'essaie même pas de lui proposer quelque chose, elle ne m'entendrait pas.

Alors que l'obscurité gagne de plus en plus de terrain, même à l'intérieur du van, elle relève enfin la tête. Elle croise un instant mon regard, qui ne l'a pas quittée, et se met debout en s'étirant, son carnet de croquis toujours dans les mains, son matériel étalé tout autour d'elle. Elle me tend le gros cahier sur lequel elle est penchée depuis des heures.

– Voilà. Fais-en ce que tu veux, je m'en contrefiche.

Je ne suis pas surpris par son attitude contradictoire. Sam n'a pas encore compris – ou alors elle ne veut pas comprendre – qu'elle ne peut pas se passer de ça. Le dessin est pour elle ce que la photo est pour moi : un exutoire.

Sa composition m'estomaque une fois de plus. Dans un style sépia que j'ignorais pouvoir être reproduit avec de simples crayons, je découvre le hall de la Marble Bank avec son *skylight*, ses morceaux de plâtre qui s'effritent un peu partout, ses bureaux de bois sombre rongés par la vermine. Et, au milieu de tout ça, un couple qui entre dans l'établissement. Le genre riche, en costume du début du vingtième siècle.

En plus d'avoir un talent extraordinaire, Sam est dotée d'une mémoire photographique à toute épreuve.

– C'est exceptionnel. Tu veux en parler ?

– Non, souffle-t-elle en haussant les épaules.

– Tu as faim ?

– Pas vraiment, répond-elle, piochant tout de même une chips dans le sachet encore posé à côté de moi.

Pris d'une soudaine inspiration, je pose le cahier sur mon ordinateur.

– Ça te dit un bain de minuit ?

Elle jette un coup d'œil à ma montre et ses yeux s'élargissent.

– Tu ne déconnes pas en fait, il est vraiment minuit ?

– Pas tout à fait. À peine plus de 23 heures.

– Et pour le bain de minuit, tu étais sérieux aussi ?

Je hoche la tête en souriant. Elle me renvoie mon sourire ; je ne peux que me demander quand les paillettes dans ses yeux cesseront de me faire autant d'effet. Ce qui se passe entre Sam et moi n'a pas de nom. En tout cas, je refuse d'y réfléchir pour le moment. Je suis peut-être dans le déni le plus complet, mais je ne fais que suivre les directives de cet ange qui m'est tombé dessus il y a dix jours.

Sans répondre, elle prépare ses affaires et je devine que son maillot de bain est déjà sous ses vêtements. Il est tard et elle est sans doute crevée après toutes ces heures à travailler sur son dessin, mais elle ne rechigne à aucun moment. Sam vit sa vie avec une intensité telle qu'elle se pose rarement des questions. Ce soir, j'aurais peut-être dû être la voix de la sagesse que je n'entendais jamais avant ce dernier mois, mais profiter avec elle de l'immense obscurité confrontée à la profondeur de l'océan me tente beaucoup trop.

Je n'ai qu'une envie : construire avec elle des souvenirs uniques. Un peu comme un album photo mental que je pourrai me repasser quand tout ça aura pris fin. Car je ne me fais aucune illusion : Sam et moi, ça ne peut que se finir un jour. Quand elle aura découvert qui je suis, il ne me restera que quelques photos et une montagne de souvenirs.

Sur le chemin menant à la plage, je laisse le silence nous envelopper. Alors que je cherchais à le briser il y a deux jours, ce soir j'en profite pour coller Sam et m'imprégner de ce que je ne pourrai pas mettre dans mon Leica : son odeur, la douceur de sa peau sous la pulpe de mes doigts, ses cheveux qui balayent mon bras quand elle s'appuie contre moi en marchant, nos mains entrelacées, le rythme de son cœur battant en accord avec le mien.

Sur la longue bande de sable, il n'y a pas un chat à l'horizon. Les familles ont remballé leurs parasols et leurs glacières. Les nageurs ont déserté l'océan, qui ne m'a jamais paru aussi calme.

Je me tourne vers Sam alors qu'elle est en train de relever ses cheveux châtains en un genre de chignon. Je coince une mèche rebelle derrière son oreille et laisse courir mes doigts le long de sa gorge, puis de ses côtes. Je frôle ses hanches, attrape le bas de son débardeur pour le lui retirer. Mes gestes sont délibérément lents. Je voudrais pouvoir faire durer le plaisir de la déshabiller, mais j'ai trop envie de me retrouver dans l'eau avec elle, alors je fais sauter le bouton de son short en jean et passe mes mains sur ses fesses pour le faire tomber à ses pieds.

La clé du Chevy déposée dans nos affaires, je l'attire jusqu'à l'eau. Elle paraît plus froide qu'hier ; ce n'est sans doute qu'une illusion. Sam frémit, je la serre dans mes bras comme si j'avais peur que l'océan essaie de nous séparer. Je sais pourtant que ce n'est pas lui qui le fera, mais probablement moi et mon passé.

31

Sam

Cocoa Beach, Floride, 14 juillet 2017

Le son du ressac sur le sable m'hypnotise. Je pourrais m'endormir au rythme de cette musique qui a bercé mon enfance. Parfois, j'ai l'impression que Shad n'a pas débarqué dans ma vie avec son Leica, mais muni d'une pioche pour m'aider à déterrer mon passé et aller de l'avant.

Le photographe pianote sur son ordinateur à côté de moi. Nous sommes arrivés à Cocoa Beach hier après-midi, mais il peaufine les détails de notre expédition de ce soir dont je ne sais encore rien.

Sans le voir, j'ai conscience que le soleil est en train de terminer sa course à l'horizon. Les portes du van sont ouvertes et une très légère brise effleure mon front en sueur. La température a atteint des records aujourd'hui ; je flotte toujours dans une semi-torpeur, tâchant de me focaliser sur le bruit des moteurs autour de nous. Les touristes et les locaux quittent le Alan Shepard Park après une longue journée de plage.

– Shad ?

– Hmm ?

Je bascule sur le ventre pour pouvoir le regarder. Je crois ne l'avoir jamais vu aussi concentré en préparant une expédition, mais je ne le connais pas depuis si longtemps.

– Pourquoi on doit attendre le coucher du soleil, déjà ?

Il pianote encore un moment sur le clavier de son ordinateur. Je patiente, je sais qu'il finira par me répondre. Il lève enfin la tête, pose son portable et s'étire sur le siège passager orienté en direction du lit.

– Il y a beaucoup de contrôles à la Glass Bank, surtout depuis que la décision de la détruire a été prise. Il ne reste plus que quelques mois avant qu'elle disparaisse.

– Une nouvelle banque, donc ? Quel genre, cette fois ?

Je m'assieds sur le matelas, complètement réveillée. Je fouille au fond de moi, scrute le moindre tressautement de mon estomac, mais rien. Je n'ai même pas une légère crainte que les flics nous chopent, ce qui serait catastrophique pour moi. J'ai confiance en Shad… ça me mènera sans doute à ma perte.

– Plus récente que la précédente. Le bâtiment a ouvert en 1962 avec The First Federal Savings & Loan Association of Cocoa comme occupant principal des lieux et, au dernier étage, un restaurant et night-club qui faisait le plein avec les astronautes de la NASA, le *Ramon's rainbow room.*

Shad est comme mon encyclopédie personnelle. C'est une des facettes que je préfère chez lui : cette passion pour les vieux bâtiments et leur histoire. Même si j'avais du mal à comprendre son engouement au départ, depuis Jacksonville je me surprends à boire ses paroles.

– Qu'est-ce qui la rend si particulière, cette banque ?

– Pourquoi penses-tu qu'elle a quelque chose de spécial ?

– Parce que je commence à te connaître. Tu ne laisses rien au hasard quand tu choisis les sujets de tes shootings photo.

Il se tait et me scrute comme s'il venait lui aussi de se rendre compte que l'urbex est bien plus qu'un simple hobby à ses yeux. Il lui faut un instant pour se reprendre et poursuivre ses explications :

– Le bâtiment a commencé à se dégrader tout doucement à partir de la fin des années 1970, même si les occupants ont continué de s'y succéder. Les derniers en date : Huntington Bank au rez-de-chaussée, Atlantic Nautilus Fitness Center dans les étages centraux. Quant aux niveaux supérieurs, c'est Frank Wolf qui en était propriétaire.

– Frank Wolfe. Un particulier ?

– Oui, un avocat. Il a construit une *batcave*[12] au sommet de l'immeuble, si je peux l'appeler ainsi, faute de terme plus approprié. Une extension architecturale sans fenêtre, sur le toit. Il a fini par y vivre un peu comme un ermite. C'est son *penthouse* qui m'attire.

– Pourquoi le bâtiment va être détruit si un homme occupait encore les lieux ?

Il vérifie l'heure avant de me répondre. Nous n'avons plus que quelques minutes pour rejoindre le point de rendez-vous.

– Le reste du bâtiment a subi beaucoup de dommages en 2004 à cause de l'ouragan Frances. Personne n'étant enclin à faire de si grosses réparations, le *penthouse* de Wolfe a fini par reposer sur à peine plus que du vent. C'était devenu dangereux ; il a finalement perdu son combat face à ceux qui voulaient faire démolir la Glass Bank. Le jour de la décision de justice, il a essayé de revenir chez lui récupérer quelques effets personnels. L'électricité avait été coupée sans sommation, il n'a donc pas pu utiliser son ascenseur privé pour monter dans ses appartements. Il a dû tout abandonner sur place.

---

12 Référence au repaire secret de Batman.

– S'il faut un ascenseur pour accéder au *penthouse*, comment on va monter là-haut ?

– Par l'escalier de secours. Wolfe avait quatre-vingt-deux ans. Il n'avait pas la forme physique nécessaire pour grimper cinq étages à pied.

Je hoche la tête. L'adrénaline court dans mes veines : c'est l'exploration la plus risquée que j'ai entreprise avec Shad jusqu'à présent, mais je suis persuadée que si je m'aventurais à le lui faire remarquer il me laisserait derrière lui.

Brusquement, un détail me perturbe.

– Tu as dit que Wolfe « avait » quatre-vingt-deux ans ? Que lui est-il arrivé ?

– Le lendemain de la décision de justice, il s'est suicidé devant la Glass Bank. Il voulait mourir chez lui.

La chute de l'histoire me coupe le souffle. C'est morbide, mais surtout effroyablement triste. Cet homme a été dépossédé de tous ses biens par le système, jusqu'à sa dignité. Les yeux de Shad sont rivés au plafond du Chevy, le flot de ses pensées ne semble pas beaucoup plus joyeux que le mien.

Il finit par se redresser après un long silence, orientant de nouveau le siège passager en direction de la marche.

– Prête ? demande-t-il doucement.

– Prête.

Je le rejoins à l'avant du van en prenant soin de fermer les portes.

Nous quittons le Alan Shepard Park pour parcourir les dix petites minutes de trajet nécessaires jusqu'à un angle de rue proche de la Glass Bank que je peux maintenant apercevoir. Elle a une forme singulière à laquelle je ne saurais donner de style, et ce bloc sur le toit. Un cube sans fioriture ni fenêtre. Le fameux *penthouse* de Frank Wolfe.

– Comment tu vas faire pour photographier dans le noir ? Et comment on va se diriger dans l'obscurité ? Si on éclaire avec des lampes, est-ce qu'on ne risque pas de se faire repérer par les autorités ?

Shad rit doucement devant ce bombardement de questions de dernière minute. Je ne panique toujours pas, mais je suis quand même curieuse de savoir comment l'opération va se dérouler.

– T'inquiète, je ne te mettrais pas en danger comme ça. On va entrer dans le bâtiment juste avant le coucher du soleil, ce qui nous permettra de monter jusqu'au rooftop sans utiliser de source de lumière. Une fois dans le penthouse, on ne sera plus visibles de l'extérieur. Mon contact va nous prêter tout le matériel, il fait ça depuis bien plus longtemps que moi. Je n'ai pas encore de projecteur assez puissant pour ce genre de shooting.

Je hoche la tête. Évidemment, Shad a pensé à tout.

– Je ne vais pas être une gêne pour toi ?

– Il faut que tu arrêtes de me poser cette question. Non, tu n'es pas une gêne. Tu dois absolument voir ça. Tu as un regard sur les choses et les gens que je ne m'explique pas, un mélange d'innocence et de maturité. Je savais qu'en te racontant l'histoire de Frank Wolfe, toi aussi tu aurais cette soif de découvrir pourquoi il s'est battu jusqu'au bout.

Je ne trouve pas quoi répondre à ça. Shad semble me connaître mieux que je ne me connais moi-même. Le plus terrifiant, dans tout ça, c'est que ça me donne une furieuse envie de ne plus jamais le quitter.

Shad a recentré son attention sur la rue. Sur un morceau de trottoir, un homme apparaît et nous fait signe discrètement. Mon photographe coupe le moteur. C'est le signal qu'il attendait. Il attrape son sac à dos, qu'il a rempli cet après-midi de son matériel, d'eau et de lampes frontales. Je saute du van pour le suivre, étonnée par l'apparence de son contact. Là où je m'imaginais à un jeune à l'allure rebelle, c'est en fait un homme aux cheveux poivre et sel, la cinquantaine bien tassée, qui nous serre la main, le sourire aux lèvres.

– Monsieur Daggett ?

– John, s'il te plaît. Je suis peut-être une antiquité, mais aucun balai ne dépasse de mon arrière-train, je peux te le certifier !

Je ne peux m'empêcher de rire.

– La fameuse Sam, je présume.

– Fameuse, je ne sais pas, mais oui, je suis Sam.

Les présentations terminées, il nous précède d'un pas à la fois nonchalant et rapide.

– Pressons-nous avant que la volaille ne débarque. La relève commence à patrouiller vers 22 h 30, ça devrait te laisser suffisamment de marge pour *shooter* le *penthouse* sous toutes ses coutures.

Au pied du bâtiment, caché derrière un bloc de béton, John récupère un sac à dos de l'armée qui doit contenir le matériel dont il a promis le prêt à Shad.

De près, les dégâts causés par le temps et les intempéries sur la Glass Bank sont beaucoup plus visibles. C'est un peu effrayant, mais j'ai confiance en Shad : il ne me ferait pas prendre de risques inconsidérés.

Nous longeons l'immeuble jusqu'à une entrée. Les fenêtres du rez-de-chaussée sont recouvertes de panneaux de bois, comme dans le vieux restaurant de fruits de mer à Virginia Beach. Nous arrivons devant une porte qui ressemble en tout point à celle de la Marble Bank.

– Tu ne m'avais pas dit que les accès de chantier avaient été posés, s'étonne Shad.

– Je me méfie toujours des gens qui pourraient pirater mon compte ou nos conversations privées, c'est pour ça que je ne t'en ai pas parlé en ligne. Je connais beaucoup de monde à Cocoa, j'ai un *pass* pour entrer.

Je ne sais pas si John l'entend, mais je perçois très nettement le soupir de soulagement de Shad. Nous pénétrons furtivement les lieux une fois la porte déverrouillée ; même si quelques puits de lumière allègent l'obscurité, les panneaux occultants du rez-de-chaussée m'empêchent de voir plus loin que le bout de mes pieds.

Je sens les mains de Shad sur mes épaules, puis sur ma tête. Il y fixe une lampe frontale.

– Je sais que tu n'es pas très à l'aise dans le noir, explique-t-il.

– Je pourrais nier, mais ça ne servirait à rien, tu entendrais mes dents claquer de trouille.

Il rit doucement.

– Tu peux l'allumer au minimum pendant qu'on est au premier niveau, ajoute John. Après tu n'en auras plus besoin que dans le *penthouse* et au moment de redescendre. Pour ça, on attendra le changement d'équipe de ces messieurs en bleu.

Même si ma lampe me permet d'y voir un peu plus clair, les ombres semblent se refermer sur nous au fur et à mesure de notre progression.

Je serre fort la main de Shad quand nous nous engageons dans la première volée de marches de l'escalier de secours. Dire que j'appréhende la visite du *penthouse* de Wolfe est un euphémisme. J'aperçois l'enseigne du centre de fitness qui occupait ce niveau et celui du dessus. Nous ne nous arrêtons pas. Ce qui intéresse Shad, c'est l'antre de Wolfe. La tanière du loup. Le type portait bien son nom.

Une nouvelle volée de marches nous fait débarquer dans des bureaux, ceux de Frank Wolfe apparemment, puisque pour construire son *penthouse* il a dû acheter l'étage supérieur de la Glass Bank.

Nous traversons quelques pièces. La visibilité est presque nulle, mais je parviens quand même à me diriger. Un rai de lumière jaillit quand John met en route sa propre lampe frontale pour montrer quelque chose à Shad.

– Qu'est-ce que c'est ? résonne la voix de mon photographe.

– Certains des effets personnels de Wolfe. Diplômes, papiers officiels et quelques clichés personnels.

Je m'approche des deux hommes alors que Shad a déjà sorti son Leica. Je m'immobilise devant un objet posé à mes pieds. Je me penche pour le ramasser et allume ma frontale au minimum pour mieux comprendre ce que je tiens. Ma première supposition est juste : c'est un cadre photo. Le portrait qu'il contient a figé le sourire de deux jeunes garçons pour l'éternité.

– Les fils de Wolfe, m'apprend notre guide.

Je sursaute. Pas sous l'effet de la surprise, mais chamboulée par l'idée de ce vieil homme à qui on n'a même pas laissé le droit de récupérer la photo de ses fils.

John poursuit sa progression ; Shad m'incite à le suivre d'une main pressée au bas de mon dos. Je repose le cadre sur le bureau le plus proche en le disposant comme si quelqu'un pouvait encore le contempler. C'est ridicule, ce n'est qu'une photo après tout, un objet inanimé. Mais voir la vie de cet homme joncher le sol comme un vulgaire déchet me perturbe.

Nous finissons par atteindre un genre d'escalier métallique qui ressemble presque à une échelle tellement il est escarpé. Je me rends compte à quel point ce que nous sommes en train de faire est dangereux. Et illégal. Mais l'adrénaline qui flambe dans mes veines relègue ce constat au second plan.

– Passe devant, Sam : je préfère être sûr que tu ne tombes pas en bas des marches.

Je frôle Shad en souriant, même si je sais qu'il ne peut pas me voir. Seule la lampe torche de John éclaire le chemin. Je me hisse sur la pointe des pieds, souffle quelques mots au creux de son oreille :

– N'en profite pas pour enclencher ta frontale et me mater les fesses !

Son rire résonne dans l'espace clos ; je me joins à lui en commençant mon ascension.

Alors que John m'aide à me redresser une fois en haut, j'allume de nouveau ma lampe, au maximum cette fois, puisque plus aucune fenêtre ne pourrait nous trahir au monde extérieur.

J'ai du mal à analyser ce qui m'entoure. À mes côtés, notre guide déballe de puissants éclairages comme on en voit dans les shootings professionnels. Il devine ma perplexité :

– Oui, c'est bien un pont. Nous sommes exactement à l'entrée du *penthouse* : à la droite du pont, à l'origine, se trouvait une cascade. Avec de vrais rochers et tout le bazar. Frank était un original. Un personnage haut en couleurs.

– Vous l'avez connu ?

– C'était un homme assez solitaire ce Frank, mais oui, je pense pouvoir dire que je le connaissais. Je suis venu plusieurs fois ici quand il y vivait.

Tout semble encore solide. Je touche la rambarde du pont ; son bois est légèrement humide mais tient le coup. Je m'approche de la fameuse cascade et remarque que le lit d'un cours d'eau en partait carrément. Un ruisseau, dans un appartement, c'est tout simplement hallucinant.

Shad est absorbé dans ses clichés. Je me tourne donc vers John, une question aux lèvres :

– Est-ce que je peux entrer seule ? Ça ne risque pas de s'effondrer ?

– Oui : aussi bizarre que cela puisse paraître, tout est solide. À part le bâtiment en dessous, mais il ne s'écroulera pas ce soir.

J'ignore si je dois trouver sa réponse rassurante, mais je préfère ranger mes doutes dans un coin de mon esprit.

Comme à Jacksonville, un étrange besoin de me retrouver seule me pousse à m'aventurer dans l'inconnu. L'histoire de Wolfe me fascine : je sais déjà que je vais devoir ressortir le cahier de croquis et les fusains. Et ça m'effraie moins que je ne l'imaginais. J'ai compris que le dessin est le seul moyen d'expression que je possède pour montrer aux autres comment je vois le monde. Je ne serai plus jamais la Sam d'avant le funeste accident, mais je porte un morceau de cette gamine à jamais dans mon âme.

32

Shad

Cocoa Beach, Floride, 14 juillet 2017

Depuis mon départ de Chicago en juin, c'est le lieu le plus dingue que j'ai eu la chance de photographier. Je ne pourrai jamais remercier assez John pour ça.

La Glass Bank, Frank Wolfe et son *penthouse*, on en parle jusque dans les milieux clos fréquentés par les hommes d'entreprise mégalo, à l'instar de mon paternel. Des hommes ayant trouvé la poule aux œufs d'or dans l'immobilier. Je ne sais pas pourquoi, mais il me fascinait quand j'étais gosse. C'est peut-être bizarre comme passion pour un enfant de sept ans, mais les bagnoles, ça n'a jamais été mon truc. Et me voilà, vingt ans plus tard, réalisant mon rêve.

Je me régale avec l'entrée du *penthouse*, le pont et la cascade figée à jamais dans le temps. John dispose les lumières au gré de mes envies. Ce shooting, il l'a déjà fait plusieurs fois. Mieux, il a vu la *batcave* du temps où Wolfe l'habitait encore.

Alors que nous passons la double porte de bois, je prends conscience de l'absence de Sam. Pourtant, sans les lampes de John, il fait noir comme dans un four, et je sais qu'elle déteste ça.

– Tu as vu Sam ? questionné-je notre guide.

– Oui, elle fouine. Elle ne doit pas être loin.

Comme à Jacksonville quand je ne l'ai plus trouvée derrière moi dans la salle des coffres, comme à Pinehurst quand j'ai fini par la surprendre perchée sur ce vieux muret de brique en train de dessiner, je me dis qu'elle va ressortir ses crayons ce soir. J'espère juste qu'elle n'en sera pas aussi bouleversée.

Je tâche de faire taire mon inquiétude qui n'a certainement pas lieu d'être, et balaie les alentours d'une des grosses lampes torches que John a apportées en plus des éclairages sur trépieds. Je découvre le fameux salon, avec l'immense foyer ouvert censé représenter un paysage montagneux ennuagé, son plafond cathédrale qui donne sur la mezzanine et la chambre de Frank Wolfe. Un sofa arrondi de couleur rouge est encastré dans le sol. La pièce est à l'image de l'homme qu'il était : excentrique, à part. Et seul, d'après ce que j'ai lu. Avoir un canapé dix places chez soi et personne pour s'y asseoir, c'est le comble de l'ironie.

John m'installe de nouveau l'éclairage dont j'ai besoin ; je commence à mitrailler à l'aide mon appareil photo. Je ne pense plus à rien, fige dans le temps ce que personne n'aura bientôt plus l'occasion de découvrir.

Après le salon, je passe au bar, qui aurait pu connaître son heure de gloire dans n'importe quel restaurant chic des années 1980 avec son zinc recouvert de cuir rouge. Derrière le comptoir trône l'étrange vitrine dans laquelle Wolfe aimait construire un village de Noël permanent. Je m'arrête un moment dans la cuisine, avec son plafond miroir qui me donne le tournis et son électroménager futuriste pour l'époque, avant de finir par la chambre de Wolfe. Le lit ovale que j'ai pu voir sur d'anciens clichés n'est plus là, sans doute détruit ou pillé par des visiteurs sans scrupule. C'est là que je retrouve enfin Sam, devant le dressing délirant de l'ancien propriétaire dont les portants défilaient électriquement. Il n'y a pas à dire, l'homme était en avance sur son temps.

Je prends encore quelques photos et me tourne vers mon ange, qui me semble légèrement perdu.

– Sam ?

– Hum ?

– Ça va ? J'ai bientôt terminé.

– Oui, ne t'inquiète pas. Je n'ai pas vu les heures passer.

– Moi non plus, ajouté-je doucement. Comme d'habitude, en fait. Je crois qu'il est l'heure de redescendre.

– Oui, confirme John. Je remballe mes lampes, on se retrouve sur le pont.

Je n'ai pas le temps de lui répondre qu'il est déjà sorti, nous laissant plongés dans l'épaisse obscurité que nos frontales peinent à percer.

Sam est toujours postée devant le dressing, comme si ce dernier pouvait l'éclairer sur des questions dont j'ignore tout. Je m'approche d'elle, pose les mains sur ses épaules et plaque mon torse contre son dos.

– Tu es certaine que ça va ? C'était un peu trop morbide, peut-être.

– Un peu triste, surtout.

Je hoche la tête : je comprends ce qu'elle veut dire. Je dépose mes lèvres dans son cou avant d'entrelacer mes doigts avec les siens pour l'attirer vers la sortie.

Nous redescendons au rez-de-chaussée, où nous retrouvons John qui a eu le temps de ranger son matériel. Il regarde sa montre avant de nous faire signe que le moment de quitter les lieux est arrivé. À mes côtés, Sam se retourne une dernière fois vers les doubles portes en bois.

Nous finissons par nous glisser dans l'escalier de secours, moi en premier et John fermant la marche. La descente est rapide. L'obscurité a fondu sur tout le bâtiment, rendant la progression impossible sans nos lampes frontales. D'après notre guide, nous ne risquons rien avant 22 h 30, heure à laquelle la nouvelle patrouille de la police locale se mettra en route.

Une fois sortis de la Glass Bank, nous ne nous attardons pas devant, à la vue de tous. John nous suit jusqu'au van pour nous dire au revoir. Je lui serre longuement la main, incapable de lui exprimer ma reconnaissance. Son blog, toutes nos discussions en ligne, son matériel ; sans ça, je n'aurais jamais pu vivre cette expérience hors du commun.

– John, merci. Vraiment. C'était encore mieux que je l'imaginais.

– Ne me remercie pas, fiston. Entre passionnés, on s'entraide. Et quand je découvre un photographe qui a de l'avenir, je le sais tout de suite. On se revoit dans une galerie, Shad.

– Je ne sais pas si j'en arriverai là un jour, mais c'est gentil.

– Tu ne le sais pas, mais moi si. Et je ne me trompe jamais sur le talent des gens.

Mon père ne m'aurait jamais accordé autant de crédit, j'en suis certain. Inconscient du malaise qui m'habite, notre guide d'un soir se retourne vers mon ange. Il me trouve doué, mais que dirait-il en voyant ses dessins ?

– Sam, enchanté d'avoir fait ta connaissance.

– Moi de même, John, répond-elle en souriant, ses fossettes faisant une apparition.

John finit par s'éclipser, et je grimpe dans le Chevy pendant que Sam s'installe côté passager. Les mains sur le volant, je ne démarre pas. Je me laisse porter par le silence confortable que j'apprécie toujours avec mon ange. Même si, ce soir, j'ignore où ses pensées se sont envolées, si elle se sent bien ou si cette visite a exhumé des émotions qu'elle aurait préféré garder enfouies. Comme je suis un lâche, je n'ose pas lui poser la question. De peur, surtout, de ne pas savoir quoi lui répondre. *Typique, Shad.* J'ai de la chance, Sam a du courage pour deux.

– J'ai du mal à analyser ce que je ressens après cette visite, murmure-t-elle dans le calme étouffant de l'habitacle. Je ne me sens pas triste, mais perturbée. Tu as cette sensation aussi ? De t'être tenu au bord de la falaise, confronté au vent pendant des heures ? Ce mélange de la crainte de chuter et de l'excitation de contempler le plus beau paysage du monde ?

Jamais je n'aurais pu trouver des mots plus justes pour exprimer ce que je ressens à chaque shooting.

– Oui, ça me fait souvent ça. Parfois, je me demande si je ne suis pas devenu accro à ce *feeling*. Je ne suis pas sûr qu'un psy verrait du bon œil le fait d'avoir remplacé une addiction par une autre, mais je n'ai rien trouvé de plus efficace pour décrocher.

– Comment tu fais pour retrouver ton souffle après ça ?

– L'habitude, d'une part. Et le besoin de me retrouver au calme dans le van à visionner mes clichés. La satisfaction quand j'ai réussi à transmettre ce que j'ai ressenti sur place n'a pas de prix.

– Je crois que c'est ce qui m'a fait replonger dans le dessin, tu sais.

Je me tais. Je n'ai aucune envie de la brusquer sur un sujet qui était encore si délicat il y a quelques jours.

– À Pinehurst, j'ai été tellement perturbée de ne pas comprendre ce qui m'arrivait que je me suis tournée vers cet exutoire qui a été naturel pour moi pendant des années. En traçant les ruines de ce vieil hôtel au crayon, j'ai eu l'impression de respirer de nouveau. Mais la première inspiration a été si douloureuse que, sur le moment, je ne pensais pas pouvoir recommencer.

– Je suis désolé d'avoir essayé de te pousser à le faire.

– Non, je crois que tu as eu raison. Le matériel m'a donné l'excuse nécessaire pour réessayer après Jacksonville. Et la douleur n'a pas été aussi insupportable que je l'imaginais.

Je fais finalement gronder le moteur du Chevy, plus pour m'occuper que par empressement à regagner notre emplacement pour la nuit.

– Tu penses recommencer ? demandé-je doucement.

– Oh oui ! Cette fois, je n'imagine pas comment faire autrement, tu vois ? J'aurais l'impression de laisser tomber Franck Wolfe. Je sais, c'est débile, je ne le connaissais même pas, mais…

– C'est loin d'être débile. Souvent, c'est ce qui me motive à reprendre vingt fois la même photo. Cette envie au fond de moi de ne pas laisser totalement pourrir les lieux qui continueront d'exister tant qu'on pourra les contempler, a minima à l'intérieur d'un cadre photo.

Elle hoche la tête. J'entrelace un instant mes doigts avec les siens avant de démarrer pour rejoindre notre point de chute, à quelques minutes de ce rêve de gosse que je n'aurais jamais pensé réaliser un jour.

33

Sam

Cocoa Beach, Floride, 15 juillet 2017

Mes doigts me font souffrir. J'avais oublié cette sensation, cette douleur sourde, comme si ma main menaçait de ne plus pouvoir porter le fusain que je tiens maintenant depuis quelques heures. C'est un mal nécessaire que j'accueille avec plaisir. Un peu comme les courbatures après une bonne séance de sport.

Je me suis levée presque en même temps que le soleil, ce matin, des images du *penthouse* de Frank Wolfe plein la tête. Mon corps me démangeait tellement j'avais hâte de coucher ces souvenirs sur papier. Il était tôt, mais mon photographe était déjà à l'ouvrage, triant et classant ses clichés. Je me suis donc installée dans l'ouverture du Chevy, le dos contre la porte coulissante, mon carnet sur les genoux et mes crayons à mes côtés, dans une fraîcheur toute relative. J'ai médité un long moment sur ce qui représenterait le mieux Frank Wolfe et sa *batcave* avant de me rendre compte que mes dessins avaient très peu à voir avec Frank Wolfe et tout à voir avec moi. Je me suis lancée, tête la première, pressée, empressée, heureuse. Je n'aurais jamais cru ça possible il y a quelques jours.

Shad a fini par aller nous chercher des cafés et, à son retour, j'ai demandé à contempler quelques-unes de ses photos. Non pas parce que j'avais peur que mes souvenirs me fassent défaut, mais pour vérifier l'exactitude de chaque détail.

Il y a une trentaine de minutes, il m'a glissé un « je vais nager » au creux de l'oreille avant de déposer ses lèvres sur le dessus de ma tête.

Je range mon fusain, presque déçue d'avoir déjà terminé malgré mes doigts douloureux et mes cervicales qui me crient de les épargner. Je regarde mon travail avec un sourire satisfait. Évidemment, ce n'est pas parfait. Quand je prenais des cours à Savannah, je mettais des jours à finir une pièce comme celle-ci. Mes dessins sur la route sont plus bruts, plus sauvages et, finalement, ils me correspondent beaucoup mieux.

Je jette encore un coup d'œil au doux visage de Frank Wolfe, debout une main sur son bar en cuir rouge, le village de Noël dans sa vitrine en arrière-plan. Ou du moins ce qu'il en reste, puisque je n'ai pas la chance de l'avoir vu en bon état. Il n'y avait plus sur place que les fausses montagnes enneigées, un père Noël délabré et un bonhomme de neige loin d'être immaculé. C'est ce qui m'a perturbée le plus dans tout le *penthouse*. Alors que je ne me rappelle plus vraiment ce que sont des fêtes de fin d'année digne de ce nom, cet homme vivant comme un ermite aimait tellement cette période qu'il voulait l'avoir sous les yeux en permanence. Sur le bar à ses côtés, j'ai croqué la photo de ses fils, celle qu'il n'a jamais pu récupérer.

Je referme mon carnet, et prends une grande bouffée d'air avant de permettre à mon regard de dériver sur l'océan. C'est devenu un endroit privilégié pour Shad et moi. Un lieu où je ne suis plus la gamine paumée qui ne sait pas de quoi demain sera fait, et où mon baroudeur ne se laisse plus malmener par ses démons.

Je ne perds plus une minute. Shad est parti il y a un bon moment déjà. Une fois en maillot de bain, j'attrape les clés sur le tableau de bord du Chevy et en verrouille les portes avant de m'éloigner d'un pas rapide.

La plage n'est qu'à quelques mètres. Une piscine de luxe dans le jardin de notre point de chute temporaire. Difficile de repérer Shad au milieu de la marée humaine qui occupe l'endroit, mais je réussis néanmoins à retrouver ses affaires.

En me déshabillant, je me rends compte que j'ai oublié de prendre une serviette ; ça n'a pas grande importance vu la chaleur qui sévit de nouveau sur la Floride aujourd'hui.

Je me glisse dans l'eau en soupirant de bien-être. Sa fraîcheur par rapport à la température extérieure détend mes muscles meurtris par la position précaire dans laquelle je suis restée des heures.

Je bascule sur le dos, profitant du calme de cette fin de matinée, flottant comme si mon passé et moi ne pesions pas plus qu'une plume. J'inspire, j'expire. Je laisse ma peau se gorger de soleil. Si je ne connaissais pas les dangers que représente l'océan, je pourrais presque somnoler.

Mon cœur menace de s'échapper de ma poitrine quand deux bras me soulèvent et brisent ma tranquillité. Toujours prisonnière de cette étreinte surprise, je me tourne pour faire face à un Shad hilare. *Merde, qu'est-ce qu'il est canon, comme ça…* Ses cheveux sont plaqués en arrière, sa peau encore plus hâlée que lorsqu'il m'a alpaguée devant la *townhouse* de West Baltimore. Ses yeux pétillent… Il me fait souvent manquer une ou deux respirations ; cet idiot n'en a même pas conscience.

– Tu cherches à te débarrasser de moi, avoue ! m'exclamé-je en envoyant une gerbe d'eau vers son visage.

– Jamais.

Ses iris ont foncé d'un ton : mon cœur rate de nouveau quelques battements.

– Shad…

– Ne t'inquiète pas, je ne suis pas devenu dingue subitement : je n'ai juste pas envie de penser au moment où nos chemins devront se séparer.

Je ne réponds rien. Je continue de l'observer, mon palpitant bien décidé à poursuivre sa course anarchique. Mes jambes trouvent leur place autour de sa taille et je passe mes bras derrière sa nuque, les mains dans ses cheveux trempés. Toujours muette, je pose mes lèvres sur les siennes, caresse lentement sa langue de la mienne.

Je finis par me détacher de lui, et reprends mon souffle.

– Alors, Captain, quel est notre prochain port d'attache ?

– Les Everglades.

– Tu veux dire les étendues d'eau dans lesquelles Horatio[13] se déplace avec un genre de bateau à hélice ?

– Un *airboat*, oui. Mais c'est qui ce Horatio ?

– Cherche pas, la mère Reed passait ses journées à regarder *Les Experts* à la télé.

Les vibrations de son rire se répercutent dans chaque partie de mon anatomie.

– Je suis sûr que ton Horatio n'a jamais fait de *airboat* avec ce vieux Buster Jones.

– S'il n'est pas expert à Miami, alors je suis certaine que non.

– Oh ! Il est expert en chasse à l'alligator, mais je ne pense pas que ce soit le sujet de la série.

– T'es sérieux ? Comment tu connais ce type ? Encore une combine d'explorateur ?

Une image de Shad en tenue d'Indiana Jones me vient immédiatement en tête, mais je m'empresse de la repousser. Pas besoin de le désirer encore plus.

---

13 Horatio Caine, héros de la série télévisée *Les Experts, Miami* dans laquelle il est le chef de la police scientifique.

– Non, c'était un ami de mon grand-père. Question visite des Everglades, tu ne trouveras pas mieux. Il les connaît comme sa poche.

– On part quand ? demandé-je, avide de nouvelles découvertes comme je ne l'ai pas été depuis longtemps.

– On mange un morceau et on y va ?

Je hoche la tête sans répondre, ma bouche à nouveau plaquée sur celle de Shad. Avec lui, depuis deux semaines, j'ai la sensation de rattraper cinq années à penser uniquement à ma survie. Avec lui, je vis, et le sentiment est si grisant que, par moments, le souffle me manque.

34

Shad

Everglades National Park, Floride, 15 juillet 2017

Sous une pluie diluvienne, je me dépêche de faire les dernières vérifications du Chevy pour que nous puissions dormir dedans en toute sécurité. Nous avons pas mal traîné sur la route, profitant des abords d'Okeechobee Lake pour faire une pause dans ce trajet de quatre heures jusqu'à Homestead où j'avais repéré un camping.

Au final, il était plus de 20 heures quand j'ai garé le van sur son emplacement désigné. C'est à ce moment-là que l'averse nous a surpris. Le déluge tropical, plutôt, comme seuls ces coins des États-Unis savent en faire.

J'ai repoussé Sam dans l'habitacle quand elle a insisté pour me filer un coup de main. Inutile qu'on soit deux à être trempés jusqu'aux os. Il ne fait pas froid, mais c'est tout de même désagréable.

Ma tâche effectuée, je me précipite à l'intérieur. Sam m'attend avec une serviette ; je ne peux que l'en remercier quand je vois l'eau que je déverse partout en quelques secondes. Je sacrifie le linge qu'elle m'a donné pour pouvoir me tenir dessus et limiter les dégâts.

Assis sur le lit, mon ange se marre doucement.

– Je suis si drôle que ça ?

– Drôle, non. Un cliché ambulant dans tes fringues qui te collent à la peau, oui. Sexy, le cliché.

Je connais cette lueur dans son regard : elle fait immédiatement circuler un frisson dans tout mon corps.

– Laisse-moi t'aider, tu vas choper la mort, ajoute-t-elle en s'approchant.

Je ris. Avec elle, je l'ai plus fait en deux semaines qu'en vingt-six ans.

– C'est si mignon de te préoccuper de ma santé, Sam.

– C'est intéressé, réplique-t-elle.

– Parce que tu veux que je sois capable de t'emmener chez Buster demain comme promis ?

Elle secoue la tête. Ses fossettes creusent ses joues alors qu'elle attrape l'ourlet de mon tee-shirt.

– Non, c'est parce que je te préfère sans vêtements, Shad.

Cette minuscule phrase fait exploser mon état d'excitation que la lueur dans ses yeux avait déjà bien allumé. Ses doigts frôlent mes abdominaux alors qu'elle les remonte pour décoller mon haut de ma peau, avant de le passer au-dessus de mon crâne et de le laisser tomber au sol. Ses lèvres se posent sur les miennes avec urgence. Ses mains agiles volent sur la ceinture de mon bermuda. Je gémis dans sa bouche, rendu fou par sa langue qui mène la danse autour de la mienne, par ses seins pressés contre mon torse à travers la fine paroi de son débardeur, par ses paumes qui effleurent ma queue érigée dans mon boxer quand elle me débarrasse de mon short.

Je suis nu avant d'avoir le temps de m'en rendre compte. Sam me pousse sur le matelas du Chevy. Je lui laisse la place de me rejoindre. Un instant, elle a l'air indécise. Ce n'est pas une impression qu'elle me donne souvent quand il s'agit de sexe.

– J'aimerais essayer quelque chose… Je n'ai jamais fait ça.

Mon cerveau part carrément en vrille quand elle glisse le long de mon corps, les mains en appui sur mes cuisses. Je perds la tête, mais il me reste suffisamment de jugeote pour avoir le réflexe de lui attraper les poignets avant de ne plus pouvoir réfléchir.

– Sam, je… tu…

Brillant, Shad, vraiment…

– Tu n'es pas obligée…

– Bien sûr que non. J'en ai envie, c'est tout.

Elle m'achève en se dégageant pour se saisir de la base de mon sexe.

– Et je ne te croirais pas si tu me disais que tu n'en as pas envie, toi aussi.

Agenouillée entre mes jambes, ma verge dans sa main, elle me jette un regard incendiaire.

– Putain, tu me tues, Sam.

– Alors, meurs en silence.

J'éclate de rire, mais celui-ci s'étrangle dans ma gorge quand la langue de Sam passe sur mon gland. Elle me lèche sur toute la longueur comme si j'étais la meilleure crème glacée de sa vie, les yeux toujours sur moi. Une vision d'un érotisme qui me ferait presque décoller aussitôt. Je ne réfléchis plus et me laisse aller à la sensation de sa bouche qui m'avale. Ce sont les vibrations de ses gémissements qui manquent d'avoir raison de ma retenue. Je me redresse, capture de nouveau ses fins poignets.

– Sam, stop. Je veux jouir en toi. S'il te plaît.

– C'est demandé si gentiment, souffle-t-elle en souriant.

Je la soulève pour l'installer sur moi alors qu'elle a déjà les mains dans le tiroir contenant la réserve de capotes. Elle s'étire un peu pour les atteindre ; j'accroche ma bouche à une de ses pointes tendues à ma portée.

Elle étouffe un gémissement d'impatience, peinant à attraper ce qu'elle cherche.

– Besoin d'aide, peut-être ?

– Absolument pas. N'arrête surtout pas ce que tu faisais !

Qu'elle soit si directive dans ces moments me fait perdre la tête.

Alors que je me délecte de son autre mamelon, ma main disparaît entre ses cuisses. Mes doigts glissent sur ses chairs trempées à la recherche de son clitoris, que je malmène en attendant qu'elle plonge de nouveau ses yeux dans les miens, le Saint Graal en aluminium enfin récupéré.

Elle le déchire d'un coup de dents et m'en recouvre quasiment d'un même mouvement. Au lit, Sam n'est jamais en reste, mais ce soir elle est survoltée.

J'empoigne ses fesses alors qu'elle se laisse coulisser sur moi. Nos fronts moites se touchent, nos nez se frôlent, nos souffles se mélangent. Elle se fige quelques instants, comme si elle voulait savourer la sensation. De mon côté, je m'en délecte. J'essaie de la graver dans ma mémoire, pour plus tard.

Quand elle commence à bouger, je sais déjà que je ne tiendrai pas longtemps. Pas avec ce genre de préliminaires. Sam mène une danse sensuelle, lente d'abord, puis de plus en plus rapide. Je reconnais les signes de sa jouissance toute proche. D'un mouvement souple, elle enlace ma taille de ses jambes et croise ses chevilles derrière mon dos. Je me sens perdre pied.

– Putain, Sam !

Mon cri se perd dans le sien. Son orgasme décuple le mien.

Je finis par la soulever avant de la reposer sur le lit. Allongée contre moi, elle peine à garder les yeux ouverts. La voir planer de cette manière me fait sourire comme un amoureux transi.

Je me débarrasse du préservatif, et c'est à ce moment que je me rends compte du problème.

– Merde !

Sam doit percevoir mon ton proche de la panique parce que ses paupières s'ouvrent brusquement.

– Tout va bien ?

– Euh… Je ne sais pas trop. La capote a craqué.

Cette fois, elle est tout à fait réveillée.

– Je suis clean, je te le promets. J'ai fait un test avant de partir de Chicago.

– Je suis clean aussi, Shad, je n'ai jamais fait ça sans protection. C'est ça qui te fait paniquer à ce point ?

– Je ne panique pas.

– Tu flippes, je l'entends au son de ta voix, se fout-elle ouvertement de moi.

Je respire profondément en espérant chasser ce creux à l'estomac qui ne s'apaise pas.

– En fait, je ne t'ai jamais vue prendre la pilule, alors…

Elle sourit, attrape ma main sans me laisser finir. Elle dépose mes doigts sur le côté de son biceps, me pousse à faire pression sur la chair tendre de son bras. Sous la peau, je sens une irrégularité, comme un morceau de plastique de quelques centimètres.

– Qu'est-ce que c'est ?

– Un implant contraceptif. C'est le planning familial qui me l'a prescrit.

Je ne cherche pas à retenir le soupir de soulagement qui franchit mes lèvres. Sam recommence à se foutre de moi, mais je m'en tape. J'ai la sensation qu'on vient d'échapper à la catastrophe.

– J'aurais dû te le dire avant, ça t'aurait évité de paniquer, s'excuse-t-elle.

Je l'attire dans mes bras, l'embrasse furtivement. *Hors de question qu'elle culpabilise !*

– Finalement, elle aura eu du bon cette capote craquée, ajoute-t-elle.

– Comment ça ?

– On sait maintenant qu'on est clean tous les deux et que je suis sous contraception. Plus besoin de préservatif !

– Tu peux aussi en tirer les leçons qui s'imposent.

Elle lève les yeux vers moi, se demandant sans doute où je veux en venir.

– Ne jamais ouvrir l'emballage du préservatif avec tes dents, Sam !

Un sourire se dessine sur ses lèvres et elle planque sa tête dans mon torse, secouée de ce rire que j'ai appris à adorer. Je la serre plus fort contre moi en soupirant.

Je laisse mes doigts parcourir sa peau de lentes caresses. Je les passe sur ses fesses, souris en sentant la chair de poule que je provoque et glisse sur ses cuisses. J'y remarque trois belles piqûres de moustique auxquelles je n'avais pas fait attention.

– Depuis quand tu as ça ?

– J'ai dû me faire piquer au lac, tout à l'heure, quand on s'est arrêtés. Les moustiques ont dû bien se marrer en me voyant arriver avec ma citronnelle.

– Oui, ils sont coriaces ici. On dirait que tu fais une allergie. On ira à la pharmacie demain.

Elle hoche la tête ; je sens qu'elle est en train de s'endormir.

Chose rare, je sombre dans un sommeil sans rêves. Bercé par la respiration douce de Sam, mon cerveau m'accorde une nuit de répit.

35

Sam

Everglades National Park, Floride, 16 juillet 2017

Devant le CVS[14] rouge pétant, je me marre encore de la tête du préposé à la caisse quand Shad lui a demandé s'ils vendaient des moustiquaires à taille humaine pour m'emballer dedans. En voyant la composition dégueu du spray antimoustique « zone infestée », je rigole un peu moins. Finalement, la moustiquaire n'était peut-être pas une si mauvaise idée.

– Je sais, c'est bourré de produits chimiques, mais sur l'*airboat* tu risques de déguster, sinon.

– Et toi, non ?

– Avec toi à côté, apparemment pas, ajoute-t-il en éclatant de rire.

J'attrape le tube de pommade anti-démangeaisons qu'il me tend.

– N'oublie pas ça. Je te conseille de prendre les comprimés ce soir, ça fait dormir.

– C'est peut-être toi qui devrais en prendre, alors.

---

14 CVS Pharmacy : chaîne de drugstores populaire aux États Unis.

Le sourire aux lèvres, Shad démarre le Chevy alors que je tartine de crème les énormes bosses qui ont poussé à l'arrière de ma cuisse.

– Je crois me souvenir maintenant que je suis plus ou moins allergique aux piqûres de moustique. J'ai toujours réagi violemment, en tout cas. Ça m'était sorti de la tête. J'ai oublié un tas de détails comme ça.

– C'est normal, tu sais. Le cerveau compartimente. Pendant cinq ans, il n'a gardé que ce qui était utile à ta vie à West Baltimore.

Ma vie ? Ma survie, plutôt ! Je n'ajoute rien et me perds dans la contemplation de la route qui s'enfonce au milieu des immenses marais des Everglades.

Shad finit par ralentir et tourne sur le parking d'une maison en bois qui semble être construite sur pilotis. Les moustiques et les alligators à l'année ? Il faudrait me payer cher pour que j'accepte de vivre ici.

Une pancarte rouillée est accrochée sur la façade. Je fronce les yeux pour distinguer ce qu'elle annonce : « **Buster Jones, airboat & gator hunting** ».[15]

Nous allons donc enfin rencontrer ce fameux Buster dont Shad me parle depuis que nous sommes partis de Cocoa Beach. La maison est tellement en piteux état qu'on pourrait se croire sur un des lieux d'urbex chéris par Shad.

– Tu es sûr qu'il est toujours là ? Ça a l'air abandonné.

Mon photographe attrape mon poignet pour m'attirer près de lui. Il répond à ma question en pointant un doigt en direction du ponton derrière la cabane de Buster. Un *airboat* qui semble flambant neuf à côté de la bâtisse y est arrimé.

---

15 « Buster Jones, *airboat* et chasse à l'alligator. » L'*airboat* est un hydroglisseur, notamment utilisé pour se déplacer dans les Everglades.

– Il est là, ne t'inquiète pas. C'est dimanche.

– Ah ! Le jour du Seigneur ?

Shad éclate de ce rire qu'il utilise quand je dis une connerie aussi grosse que moi, ce qui arrive assez souvent, je dois le reconnaître. Je hausse un sourcil dans sa direction pour bien lui faire comprendre que ses moqueries me laissent de marbre. Il a le bon sens de prendre un air légèrement coupable.

– Pardon. Le seul seigneur de Buster, c'est le Dieu alligator. Et parfois le Jack Daniels. Non, le dimanche, il n'accepte tout simplement pas de clients.

– Et il voudra bien de nous ?

Il hoche la tête et me fait signe de descendre. Il contourne le van, la bombe antimoustique en main.

– Tourne-toi, je vais t'en mettre derrière les jambes.

– Les moustiques arrivent à piquer même avec la vitesse de l'*airboat* ?

– Non, mais ils te sauteront dessus dès qu'on s'arrêtera pour essayer de repérer des alligators.

Il marque un point. Je le laisse m'enduire de produit, et attache mes cheveux pour qu'ils ne s'imprègnent pas de l'effluve immonde qui se dégage maintenant de ma petite personne. Si les moustiques ne me fuient pas, en revanche, tout l'État de Floride risque de le faire !

– Hum, je t'embrasserais bien dans le cou, là, mais… tu empestes !

– Je ne vais jamais pouvoir me débarrasser de l'odeur, grogné-je.

– Mais si, je t'aiderai, me susurre-t-il, sa bouche toujours près de mon oreille.

Alors que j'essaie de récupérer quelques neurones après cette image mentale de Shad et moi sous la douche, la porte de la cabane s'ouvre sur un homme auquel je serais incapable de donner un âge. Les cheveux gris hirsutes, une barbe de trois jours, une chemise à manches courtes sous laquelle apparaît un marcel qui a dû être blanc à un moment, Buster Jones pourrait bien avoir cinquante ans comme soixante-dix.

– Je me disais bien que j'avais entendu un bruit de moteur. C'est dimanche, m'sieurs dames, revenez demain ! nous crie-t-il en s'avançant dans notre direction.

– Bust, enfin, qu'est-ce que tu pourrais avoir de mieux à faire ?

Je dévisage Shad, qui est rarement aussi détendu. Son sourire ressemble à celui d'un gosse de huit ans qui retrouve ses potes après de trop longues vacances.

– Caldwell ? Si je m'attendais à ça ! Et en bonne compagnie, en plus. En tout cas, bien meilleure que la dernière fois que tu as débarqué avec ton soi-disant ami.

Je me tends aux côtés de mon photographe. Si j'ai appris une chose à son sujet, c'est qu'il déteste parler de son passé. Mais, avec le vieux Buster, il continue à sourire comme si de rien n'était.

– Keith ne fait plus partie du paysage, Bust. Chicago non plus, d'ailleurs.

– Tant mieux, gamin. Ça aurait tué ton grand-père de savoir quel genre de vie tu menais. Trêve de bavardages, laissons ça aux bonnes femmes. Sans vouloir vous offenser, mademoiselle.

Je n'ai même pas le temps de lui répondre qu'il marche à grandes enjambées vers le ponton, attrapant au passage une casquette qui semble aussi usée que la baraque.

Shad saisit ma main pour m'entraîner à sa suite.

Nous rejoignons le vieil homme qui s'agite autour de son embarcation. D'un grommellement, celui-ci m'incite à prendre place sur l'un des deux sièges juste devant celui du conducteur. Je ne me fais pas prier et m'installe, regardant Shad en faire de même à mes côtés. Sans attendre, il attrape un casque sous chacune de nos assises.

– C'est pour quoi faire ? demandé-je en examinant la protection auditive dans sa main tendue.

– Pour que tu ne deviennes pas sourde comme un pot, contrairement à moi, me répond Buster. Mon bébé fait un bruit d'enfer quand je le pousse un peu. Et j'espère que tu sais bien nager, parce que les *gators* dans ce coin sont sacrément rapides.

Je le scrute en me demandant s'il déconne, mais il monte sur son siège en hauteur juste derrière nous sans qu'une once d'humour apparaisse sur son visage buriné. Je me tourne vers Shad, qui me regarde en se marrant.

– Hein ?

Je reconnais que, parfois, je ne sors pas les phrases les plus intelligentes qui soient.

– Ne t'inquiète pas, mon ange, me souffle Shad en me prenant mon casque des mains. Ce vieux Bust a toujours eu un humour douteux.

Je jette un coup d'œil rapide à l'intéressé, qui met le contact après avoir allumé un cigarillo. Le bruit du moteur est mis en sourdine par la protection que Shad me pose délicatement sur les oreilles. Je ne l'aurais de toute façon pas entendu, perturbée par le « mon ange », qu'il a glissé l'air de rien dans sa phrase.

L'engin démarre. J'agrippe ma main à celle de Shad, moins par peur que pour contenir l'adrénaline qui rugit soudainement dans mes veines. Nous évoluons dans un premier canal où la vitesse est, semble-t-il, contrôlée, avant de nous engouffrer dans un dédale bordé de mangroves. Buster accélère, le paysage autour de nous devient flou. Je me demande comment il fait pour ne pas nous crasher dans les palétuviers.

36

Shad

Everglades, Floride, 16 juillet 2017

Je ne pourrai jamais me lasser de la regarder. Elle rit à en avoir mal aux côtes sous l'effet de la vitesse. Comme si elle se moquait du danger, ce qui, la connaissant, est probablement le cas.

Alors que nous revenons enfin à destination après des heures passées dans les marais à naviguer entre les palétuviers et à essayer de repérer des alligators, j'enlève le casque de Sam, avant d'essuyer une larme qui a roulé sur sa joue. Une larme d'ivresse, celle de l'adrénaline déclenchée par la vitesse.

Je ne regrette pas de l'avoir emmenée.

– Tu n'as pas perdu la main, vieux brigand ! taquiné-je notre guide du jour.

– Je conduirai encore cet engin au paradis, Caldwell, tu le sais bien.

– Toujours le même tarif ?

– Rien pour toi, gamin, en souvenir du bon vieux temps.

Je ne le contredis pas, mais il est hors de question que je ne le paie pas. J'ai conscience que ce vieux Buster Jones a du mal à joindre les deux bouts. Je lui tape dans le dos chaleureusement, feignant d'accepter son offre.

– Je dois te dire que ce vieux Chevy et cette fille qui a quelque chose dans le cerveau, ça te va beaucoup mieux que l'allure de fils de bourge que tu affichais depuis quelques années. Allez, profitez, les jeunes !

Il serre la main de Sam avant de faire demi-tour vers sa maison, qui se détériore un peu plus chaque fois que je la vois. Cette baraque va finir par lui tomber sur la tête.

Nous regagnons le van en silence. Je fais quelques mètres en direction de la route et marque un arrêt rapide devant la boîte aux lettres de Bust. Je glisse une liasse de billets à l'intérieur. La somme représente plus que le tarif habituellement appliqué par ce vieux brigand, mais il la mérite amplement. Depuis son siège, Sam me regarde, interrogative.

– Si j'avais essayé de le lui donner en personne, il se serait vexé. De cette façon, il peut faire semblant de ne pas savoir que ça vient de moi.

– Il se doute bien que les gens ne s'arrêtent pas au hasard pour mettre de l'argent dans sa boîte aux lettres, Shad.

– Faire semblant, j'ai dit. Mais son honneur est sauf. En quelque sorte.

Je reprends la route, son regard toujours braqué sur moi.

– Quoi ?

Elle secoue la tête, un léger sourire aux lèvres.

– Tu répètes tout le temps que tu n'es pas un type bien… Mais je continue de penser que tu as tort, et toutes tes actions le prouvent.

– Je ne suis pas un saint, c'est tout.

– Qui peut se vanter de l'être ? Tu n'es pas un monstre non plus…

Comme souvent, elle clôt la conversation en tournant la tête vers le paysage qui défile à sa fenêtre. Je me concentre sur la route, mais ses mots résonnent en boucle dans mon esprit. Il est certain qu'à côté de la violence qu'elle a connue ces cinq dernières années, je pourrais presque passer pour un ange. Alors, certes, je ne suis pas un monstre, mais ça ne veut pas dire que je suis bon pour elle.

Allongé sur le matelas du Chevy, j'embrasse le front de Sam presque collé au mien avant de porter mon attention vers le ciel étoilé, que nous contemplons dans une sérénité post orgasmique.

Après notre virée avec Buster, nous nous sommes arrêtés dans un restaurant chez l'habitant, comme ça se fait beaucoup ici. Le genre qui propose de l'alligator au menu. J'ai failli éclater de rire en voyant la tête de Sam quand la cuisinière nous a dit que c'était sa spécialité. Je ne suis pas végétarien, mais j'ai mes limites. Apparemment, Sam aussi. Ça ne nous a pas empêchés de nous goinfrer de *crab cake* et de beignets de tomates vertes.

À notre campement, mon ange a foncé dans une des douches précaires pour se débarrasser de l'odeur de répulsif à insectes qui collait à sa peau depuis notre virée en *airboat*.

Profitant de l'absence d'autres touristes, elle est revenue vêtue d'une simple serviette. Je n'ai pas perdu une seconde pour l'attirer dans le van, prenant mon temps pour lui faire l'amour. Oui, je lui ai fait l'amour, puisque c'est de ça qu'il s'agit maintenant entre elle et moi. Je ne veux plus baiser Sam, elle mérite mieux que ça. Mieux que moi, même. Si j'étais raisonnable, je la laisserais partir.

Alors que nous sommes toujours enlacés sous la voûte céleste, Sam finit par me poser la question qui revient régulièrement :

– Alors, c'est quoi notre prochaine étape ?

– Je ne sais pas du tout.

Il y a un tas d'endroits que je voudrais voir mais, ce soir, je ne prévois pas de quoi demain sera fait, et ça me convient bien plus que je ne l'aurais cru.

– Glass Bank, c'était mon rêve de gosse, ajouté-je. Tu n'as pas un rêve d'enfant, toi aussi ?

Elle réfléchit un long moment.

– La maison d'Ernest Hemingway.

– Laquelle ? Il a vécu dans tellement de lieux différents.

– Celle de Key West. Je sais que ça peut paraître surprenant, mais je n'ai jamais aimé les romans à l'eau de rose que mes copines adoraient quand j'habitais Savannah. Alors dès qu'il m'en a laissé la possibilité, j'ai commencé à piocher dans la bibliothèque de mon père. J'ai lu *The Old Man and the Sea*[16] et, après ça, j'ai tanné mes parents pendant des semaines pour qu'ils m'emmènent voir sa maison. On devait y aller, mais…

Je la serre plus fort contre moi pour chasser, momentanément du moins, toute la douleur qu'elle tait.

– Alors, Key West ce sera.

Elle s'apprête à protester, mais elle renonce, et dépose simplement un léger baiser sur mes lèvres.

– Merci.

Après quelques minutes, je sens sa respiration s'approfondir alors qu'elle plonge vers le sommeil. Comme d'habitude, l'insomnie me guette. Même si je dors beaucoup mieux depuis quelques jours, il m'arrive encore de passer des heures le regard rivé sur les étoiles phosphorescentes collées au plafond du van.

En prenant garde de ne pas la réveiller, je me décale légèrement pour pouvoir attraper mon téléphone resté

16 *Le vieil homme et la mer*, Ernest Hemingway.

dans la poche de mon short, au pied du lit. Je fais quelques recherches sur Key West et me rends compte qu'on ne pourra pas poser le Chevy facilement dans le quartier historique, celui qui vaut le plus le coup. Je fais donc quelque chose que je n'ai pas fait depuis que je suis parti de Chicago : j'ouvre l'application AirBnb sur mon smartphone. Pas sûr que ce soit simple de dénicher quelque chose pour demain soir, mais, mon budget n'étant pas limité, je garde quand même espoir.

Je finis par trouver une maison dans un groupement locatif avec piscine commune. Je parlemente un moment avec la gestionnaire, qui tique devant le fait que je doive caser mon van sur son minuscule parking. Je ne la blâme pas, les places de stationnement sont rares dans Historic district.

Elle ne flanche pas, même quand j'argue que, si elle n'a toujours personne pour demain, elle ne devrait pas refuser une telle opportunité. Je fais donc la seule chose qui pourrait la faire plier : je lui propose de réserver sa maison pour deux semaines pleines. À presque cinq cents dollars la nuit, difficile de décliner l'offre, surtout quand j'accepte de payer d'avance.

Je culpabilise un peu. D'une part, parce qu'aligner les billets de cette façon est une vieille habitude de gosse de riche que m'étais persuadé d'avoir perdue. D'autre part, parce que Sam ferait une syncope et essaierait de m'étrangler dans la foulée si elle savait ce que je viens de dépenser. Je ne pense pas qu'elle s'en doutera, cela dit. La maison est belle, mais d'un style caribéen qui n'a rien de clinquant. Le quartier est tout simplement cher. Je ne compte d'ailleurs pas lui dire tout de suite que j'ai réservé pour deux semaines. J'ai trop peur qu'elle flippe et choisisse de prendre la tangente. Je pourrais la comprendre, je m'effraie moi-même.

Alors que je finis par couper mon téléphone, Sam bouge dans son sommeil pour venir se coller de nouveau à moi. Je tire la couette sur nous pour pouvoir laisser les portes du Chevy ouvertes et profiter de cette nuit la tête dans les étoiles.

37

Sam

Key West, Floride, 17 juillet 2017

J'ignore depuis combien de temps nous sommes sur la route quand je me retrouve malgré moi le nez collé à la fenêtre du van qui roule en direction de Key West. Je ne peux pas détacher mon regard du paysage qui défile sous mes yeux. Shad m'a fait découvrir des coins magnifiques en deux semaines : Kill Devil Hills, Badin Lake, les Everglades. Mais rien n'aurait pu me préparer à ça. Si je ne savais pas où nous sommes, je pourrais croire que nous avons changé de pays. C'est comme si nous n'étions plus en Floride, sans pour autant avoir quitté l'État. La vie ici semble suivre un rythme en complet décalage avec le reste du monde.

Je pense halluciner quand nous longeons un pont laissé au bon vouloir des embruns et des vagues qui s'écrasent contre lui. Pourtant, à certains endroits, des piétons et des cyclistes y circulent.

– Tu ne rêves pas, ça ressemble à un lieu d'urbex dans lequel on n'aurait pas besoin d'entrer par effraction.

Shad doit avoir lu en moi. J'imagine déjà la façon dont je vais faire rendre ça dans mon carnet de croquis. Cette fois, le fusain ne suffira pas. Je m'en voudrais de ne pas essayer de reproduire la couleur de l'océan autour de nous.

– Ce turquoise. Je pensais que c'était une illusion d'optique dans les films. C'est encore plus beau en vrai.

Il me scrute quelques secondes avant de reporter son attention sur la route devant lui.

– C'est la couleur de tes yeux, Sam.

Je grogne quelque chose d'inintelligible. Je le saurais si mes iris étaient aussi clairs. Mais je n'ajoute rien de plus, bien trop occupée à contempler ce qui m'entoure. Je ne me lasse pas de lire les noms de ces fameux Keys que nous traversons avant d'arriver à destination. Key Biscayne. Key Largo. Big Pine Key. Islamorada. Summerland Key. Et enfin, le Graal : Key West.

Je me retourne vers Shad alors que nous entrons sur l'île.

– Tu ne m'as toujours pas dit où nous allons dormir !

Il en fait un genre de secret depuis que nous nous sommes réveillés enlacés ce matin. Comme je ne suis pas patiente, c'est au moins la dixième fois que je lui pose la question.

– On y est presque. Ça serait bête de craquer si près du but, non ?

Je continue de le dévisager, suspicieuse.

– J'espère juste que tu n'as pas payé une fortune…

Quand il fait mine de se concentrer plus que nécessaire sur l'itinéraire, je comprends que mes doutes sont fondés. Quoi qu'il arrive, Shad garde des réflexes de fils à papa. Je sais que, quel que soit le prix, il en avait certainement les moyens. Je sais aussi que ce fameux réflexe de gosse de riche, Shad a tendance à en avoir honte. Est-ce que je vais lui mettre le nez dans ses contradictions alors que je ne suis pas la fille la plus droite dans mes bottes ? Sûrement pas.

Je me prépare à débarquer dans un camping de luxe, mais Shad stationne le Chevy sur le minuscule parking d'une propriété du plus pur type caribéen. Je me tourne de nouveau vers lui. Cette fois, il faudra bien qu'il m'explique.

– Pas de camping ?

– Ils étaient tous trop loin d'Historic district et, crois-moi, se garer ici c'est la galère. On aurait pu prendre un Uber, mais j'ai pensé que ça serait plus simple de loger directement sur place. Ça te changera des douches rustiques des Everglades.

Je ne peux pas le nier. Je ne suis pas regardante, mais les araignées grosses comme des chatons au-dessus de ma tête pendant que je me lave, j'apprécie moyennement. Même si je n'ai rien dit sur le coup, Shad m'a bien vue sortir de là comme si j'avais le feu aux fesses…

Je jette un dernier coup d'œil à la propriété avant de suivre mon photographe dans l'habitacle du van. Il attrape un sac de voyage et y rassemble quelques affaires.

– Donne-moi ce que tu veux emporter, je te fais de la place. Et si tu oublies quelque chose, au pire, on est juste à côté.

Je lui tends le peu de vêtements que je possède et mon nécessaire de toilette. Shad me voit hésiter, la main sur mon carnet à croquis.

– Tu devrais le prendre, glisse-t-il, avant de détourner son attention de nouveau.

Il a raison. Les images de la cabane du vieux Buster et des ponts traversant les eaux turquoise résonnent encore dans ma tête comme une mélodie entêtante.

Je me saisis de mon vieux sac à dos, compagnon de fuite de la première heure, et le remplis d'une partie du matériel acheté par Shad. J'ai un peu honte en repensant au foin que je lui ai fait quand j'ai découvert tout ça dans le van.

Je le suis jusqu'à une grande porte. Il tape un code sur un boîtier numérique fixé à côté et me fait pénetrer dans une allée qui s'enfonce dans la végétation.

– La résidence comprend plusieurs logements qui partagent une piscine commune, m'explique-t-il en avançant, mais cette location a sa propre entrée.

Je saisis mieux ce privilège quand nous arrivons devant une belle maison de bois gris qui s'élève sur deux niveaux.

– C'est un peu grand pour nous deux, non ?

Shad hausse les épaules, embarrassé.

– Comme je m'y suis pris à la dernière minute en pleine saison, il ne restait pas grand-chose…

– Je suis désolée, c'est ma faute… Moi et mes idées à la con. Key West en plein mois de juillet… Tu aurais dû me dire que c'était trop compliqué, ça ne m'aurait pas dérangée.

Ce qui est vrai, même si, maintenant que nous sommes là, je meurs d'envie d'aller explorer la ville et de flâner dans les rues pleines de charme que je n'ai pu qu'apercevoir depuis le Chevy.

– Rien de compliqué, Sam, regarde.

Tentant de me rassurer, il déverrouille une sorte de boîte à code dans laquelle sont cachées les clés de la maison.

– J'espère surtout que tu ne t'es pas ruiné…

– Ne recommence pas avec ça. Ce n'est pas le *Ritz* non plus.

Il saisit ma main alors que je cherche à me débarrasser de la culpabilité qui me titille, et, d'un mouvement, m'attire contre lui.

– Détends-toi, OK ? Pour une fois, c'est à toi de lâcher prise, mon ange. Profite. Key West, c'est une ville magnifique avec un air de Cuba qu'on ne retrouve nulle part ailleurs aux États-Unis. J'ai toujours adoré ce coin, mais depuis que tu en as parlé hier je ne rêve que d'une chose : le redécouvrir avec toi. Alors, c'est ce qu'on va faire. Et on va prendre le temps, en plus.

Il attend sans doute que j'acquiesce, ou que je formule ne serait-ce qu'un son qui lui montrerait que j'ai encore un semblant de cerveau, seulement je crois que tout a fondu à mesure que ses mots atteignaient mon cœur. Son « mon ange » qu'il ne cesse de répéter depuis hier. *Fais quelque chose, Sam, bordel !* Je me hisse sur la pointe des pieds et colle mes lèvres aux siennes, tentant de cette manière de lui faire comprendre ce que je n'arrive pas à exprimer.

– Heureux de voir que tu te ranges à mon avis, alors, dit-il en éclatant de ce rire *made in* Shad qui me fait tellement d'effet.

Il pénètre dans la maison et m'entraîne avec lui.

Tandis que que mon photographe grimpe à l'étage, sans doute pour y déposer nos affaires, je suis attirée par la grande baie vitrée au fond de la cuisine. Ma mâchoire se décroche à la vue de la terrasse qui se trouve derrière. C'est un patio privé, avec guirlande lumineuse et jacuzzi. *Pas le* Ritz *? Mais ça ressemble à quoi, une chambre au* Ritz *?*

Je tente de retrouver contenance quand j'entends les pas de Shad derrière moi.

– Alors ? Tu en penses quoi ?

Ses lèvres sont légèrement pincées, ses épaules tendues, comme s'il appréhendait ma réponse. Je m'approche de lui et me hisse sur la pointe des pieds pour lui souffler à l'oreille :

– J'en pense que je vais foncer enfiler mon maillot de bain.

Ce que je vois sur son visage vaut toutes les maisons luxueuses du monde entier. Ses traits se détendent, son sourire se fait joueur. Je suis une foutue égoïste d'avoir voulu lui reprocher de claquer trop de fric dans ce logement.

– Tu ne préfères pas aller manger un morceau en ville avant ?

– Ah, non, tu ne vas pas me refaire le coup du restau !

38

Shad

Key West, Floride, 18 juillet 2017

Mon bras passé sur les épaules de Sam, nous descendons Duval Street, l'artère principale d'Historic district. D'habitude, c'est moi qui l'abreuve d'informations sur les lieux que nous allons visiter, mais ce matin c'est elle qui ne s'arrête pas de parler. Elle me nourrit de sa passion pour l'écrivain dont nous allons découvrir la maison. Je ne me lasserai jamais d'écouter sa voix douce m'expliquer comment elle est tombée amoureuse des écrits d'Hemingway.

Quand nous arrivons au croisement de Whitehead Street, j'attrape sa main pour la faire traverser dans la bonne direction. Elle est tellement plongée dans ce qu'elle raconte qu'elle aurait pu manquer la bifurcation. Je passe de nouveau mon bras sur ses épaules, mon geste balayant ses cheveux laissés détachés pour cacher le petit suçon que je lui ai fait dans le cou hier soir. Comme un putain d'ado…

J'ai vite compris une fois nos vêtements envolés que nous ne quitterions pas la location pour aller manger. On peut dire que le jacuzzi nous a fait beaucoup d'effet à tous les deux.

– Je parle trop, dit Sam en riant contre moi. Je vois bien que je t'ai complètement perdu.

Merde, quel con ! Je ne l'écoute plus vraiment depuis que l'image de nos deux corps dans l'eau chaude m'est revenue en mémoire.

– Euh… Non… Désolé. En fait, je pensais à… hier soir.

Je bredouille maintenant ! Mais bordel, t'as quel âge, Caldwell ? Quatorze ans ? Sam étouffe son fou rire dans mon tee-shirt ; j'en profite pour la serrer un peu plus contre moi et fourrer mon nez dans l'odeur de coco de ses cheveux. Cette fille aura ma peau ou me rendra complètement cinglé, au choix.

– Tu peux te foutre de moi, soufflé-je toujours près de son oreille. Attends que je te kidnappe pour une autre soirée jacuzzi.

– Ce n'est pas du kidnapping si je me livre à mon ravisseur, si ?

Elle lève son visage vers moi, bat des cils, et ouvre de grands yeux pour prendre l'air d'une jeune innocente. Je grogne parce qu'avec nos conneries, je me retrouve dans un état d'excitation qui menace de se voir à travers mon short.

– Parle-moi d'Hemingway, ça me calmera. Mais tu ne perds rien pour attendre.

Elle rit de plus belle. De ce son non plus, je ne peux plus me passer.

– Hummm, réfléchit-elle, pensive. Tu savais que le jardin de sa maison contient une soixantaine de chats ? Dont une trentaine sont polydactyles.

– Poly… quoi ?

– Polydactyles. Ça veut dire qu'ils ont six orteils, contrairement aux chats classiques qui n'en ont que quatre ou cinq. Ils sont les descendants de ceux qu'Hemingway avait recueillis au fil de ses années à Key West.

– Comment peut-on être sûrs que ce sont leurs descendants ? Après tout, un félin, ça va, ça vient.

– Pas tant que ça, en fait. Pas les chats domestiqués, en tout cas. Quand il vivait ici, Hemingway s'est fait offrir un chat à six orteils, c'est une caractéristique génétique assez rare.

Son savoir et son talent me scotchent. J'ai encore passé des heures hier soir à la regarder ébaucher un croquis de la cabane du vieux Buster. J'en ai connu des filles avant Sam – celles du lycée, des filles à papa issues du même milieu que moi ; celles de la fac qui choisissaient soit de m'éviter comme la peste soit de me coller dès qu'elles en avaient l'occasion ; celles que Keith et moi payions pour venir participer à des fêtes qui ressemblaient à des orgies –, mais aucune ne lui arrive à la cheville.

Une fois à la maison d'Hemingway, je me charge de régler les entrées alors que Sam ne sait déjà plus où donner de la tête. L'employé nous précise qu'une visite guidée partira dans un quart d'heure, mais mon ange s'est engouffré à l'intérieur sans attendre. Elle n'a pas d'appareil photo à la main, mais je reconnais chez elle ce moment où son œil d'artiste enregistre le moindre détail. Rien ne lui échappe dans la maison qui a été aménagée comme si le célèbre écrivain y vivait encore avec sa femme. C'est trop reconstitué pour mes propres goûts : j'aime quand les choses restent brutes et authentiques. Mais je connais la capacité de Sam à voir au-delà des apparences. Elle a bien vu au-delà de mon costume de baroudeur que rien n'atteint.

Je jette un coup d'œil par la fenêtre, et décide de m'intéresser d'un peu plus près au jardin et à ces fameux chats.

– Sam, je vais faire un tour dehors.

– Hum hum.

Je ne suis pas certain qu'elle ait réellement entendu ce que je lui ai dit, mais je me détourne quand même et descends les escaliers depuis l'étage où nous nous trouvions pour pénétrer dans la moiteur des espaces luxuriants qui entourent la propriété.

Je passe devant la piscine. Un panneau explique que c'est le premier bassin privé construit sur l'île. On dit qu'Hemingway a embelli la maison pour sa seconde femme, Pauline, et il n'a pas lésiné. *Un peu comme un type qui paie sept mille dollars pour une location à Key West!*

Je fais taire la petite voix qui me hurle ce que je ne veux absolument pas entendre, et continue mon exploration en prenant de temps en temps un cliché de ces drôles de chats alanguis partout.

Sur le côté de la maison, je tombe sur une boutique de livres d'occasion. J'entre, mes yeux automatiquement attirés par un exemplaire de *The Old Man and the Sea* sur le comptoir. Un petit carton en mentionne le prix – une fortune –, et le fait qu'il est signé de la main de l'auteur.

– C'est un exemplaire rare, j'imagine? questionné-je la vendeuse.

Je suis du genre méfiant: qui me dit qu'il n'en a pas signé des dizaines de milliers à l'époque?

La femme rit de ma question, apparemment ridicule.

– Oui, monsieur, authentique, évidemment. Une édition originale.

Sans un mot de plus, je lui tends ma carte bancaire et planque le livre soigneusement emballé dans la sacoche où est rangé mon appareil photo. Je joue avec le feu. Je fais des cadeaux onéreux à cette fille qui a pris une importance dans ma vie à laquelle je ne veux pas réfléchir. Je sais que Sam ne s'achète pas, et ce n'est pas ce que je cherche à faire. Je me souviens seulement de la façon dont son obsession pour Hemingway est née.

Quand je ressors de la boutique, j'aperçois ses cheveux châtains flotter au vent alors qu'elle fait une pause sur un banc, sous un arbre énorme qui la protège du soleil. Je m'approche ; elle a le visage baissé en direction de ses genoux où un chat a posé la tête. Je m'empresse de saisir mon appareil, et prends quelques photos avant qu'elle se rende compte de ma présence.

Je m'assieds à ses côtés alors qu'elle poursuit son monologue avec le félin, qui la regarde comme s'il la connaissait depuis toujours. *Je comprends ça, mon vieux...*

– Mon père en avait un comme ça, lui aussi. Un polydactyle, je veux dire. Je ne sais pas si je te l'ai déjà expliqué, mais il était professeur de littérature américaine à la fac de Savannah. Il rêvait d'être écrivain, mais je crois qu'il n'a jamais osé publier ses textes... Alors quand il a vu ce chat dans un refuge, il a dit à ma mère : « Au moins, j'aurai un point commun avec Hemingway. » J'étais petite au moment où Ernest est arrivé chez nous, mais, après que mon père m'a raconté cette histoire, j'ai voulu absolument découvrir les récits de cet homme. Mon père m'a alors sorti *The Old Man and the Sea* de sa bibliothèque, jugeant que ce serait le livre le moins difficile de tous.

Elle fait une pause, semble se laisser hypnotiser par le ronronnement du chat comme je le suis par ses paroles.

– J'ai adoré. Je l'ai lu deux fois d'affilée, et un nombre incalculable depuis. Je ne vois pas bien en quoi il est moins dur que les autres. Mon père devait imaginer que je ne comprendrais pas la fin, comme lui la comprenait en tant qu'adulte.

– Je crois que ce n'est pas une question d'âge. Plutôt de sensibilité.

Elle me regarde intensément, comme si elle goûtait la saveur de ce que je viens de lui dire. Je passe mon bras derrière elle et ferme les yeux, mon visage levé vers les branchages au-dessus de nos têtes, qui laissent échapper quelques rayons du soleil brûlant de Floride.

Quand Sam m'a parlé de Key West et de ce rêve d'enfant, j'ai omis de lui dire que c'était notre point de chute privilégié avec mon ex-meilleur ami Keith. Sa tante possède une suite à l'année au *Westin* sur le front de mer, et elle ne l'occupe jamais. Alors, c'est ici que se déroulaient une grande partie de nos étés. Est-ce que je connais bien la ville pour autant ? Absolument pas. Nous passions le plus clair de notre temps à nous défoncer et à baiser des touristes. Parfois, Keith ramenait même deux ou trois escorts depuis Miami. Ma conception du bon temps à l'époque me dégoûte.

Cette ville ne fait remonter en moi aucun souvenir particulier, mais elle me rappelle celui que j'ai été. Je pensais avoir peur de ces réminiscences, craindre qu'elles ne menacent de m'engloutir en d'entraînant Sam dans ma chute. En réalité, j'ai à peine songé à ça depuis que nous sommes ici.

39

Sam

Key West, Floride, 20 juillet 2017

Je repose mon carnet à croquis sur la table extérieure près de laquelle je me suis installée. Mon photographe, en face de moi, est en train de trier ses clichés sur son ordinateur portable. Il lève un œil et son sourire s'élargit en voyant mon dessin. Il s'empare du carnet pour examiner le projet sur lequel je travaille depuis quelques jours. J'ai décidé en le commençant de mettre un peu de couleur dans certaines de mes futures créations. L'ensemble reste majoritairement noir et blanc, mais une touche de couleur ressort par-ci par-là. La casquette de Buster. Quelques feuilles de palétuvier. C'est ce que Shad a apporté à ma vie : des touches de couleur dans un monde de gris.

– Tu es vraiment douée en portraits, Sam… Je m'attendrais presque à entendre ce vieux Bust et son accent traînant.

Gênée par ses compliments, le feu aux joues, je me penche pour essayer de récupérer mon dessin. C'est à ce moment que je me vois sur l'écran du portable de Shad, avec le chat d'Hemingway, sur le banc de sa maison. La photo est tellement belle que les mots me manquent. Je continue de m'observer sans me reconnaître, tout en prenant conscience que Shad a réussi à capter dans son objectif celle que je suis vraiment. Émue, je repousse l'ordinateur dans sa direction.

– Toi aussi, tu es doué en portraits, contrairement à ce que tu dis tout le temps. Quand tu l'exposeras, je veux que tu l'appelles « La jeune fille et le polydactyle ».

Il secoue la tête comme si c'était la chose la plus grotesque de la terre.

– Quoi ? Ne me dis pas que tu n'as pas l'intention d'exposer un jour. Je ne crois pas au fait de prendre des photos pour soi-même, Shad… C'est comme un écrivain qui ne partagerait pas ce qu'il écrit. Quel en serait l'intérêt ?

– Celui de ne pas se ridiculiser, peut-être…

Je sens que j'ai touché un point sensible. Même si je n'ai pas dessiné pendant cinq ans, j'ai toujours eu confiance en mes capacités. Peut-être parce que mes parents et mes professeurs ne cessaient de me répéter que j'avais un don. Mais Shad ne mesure pas la portée de son talent.

Délaissant mon carnet de croquis, je m'approche de lui et m'assieds sur ses genoux. Je m'empare de nouveau de son ordinateur pour naviguer de cliché en cliché, comme je l'ai vu faire de nombreuses fois.

– Comment ne peux-tu pas voir à quel point tu es doué ? S'il faut croire en toi à ta place, alors je le ferai.

J'entoure son cou de mes bras, et plonge mon regard dans ses iris qui sont en train de virer à l'orage.

– Ces photos, Shad, je les vois déjà dans une galerie, moi. Tu pourrais aussi sortir un bouquin.

– Comme si les gens allaient payer pour ça…

– Ils le feront, crois-moi. Mes parents adoraient me traîner dans des galeries et je n'y ai jamais rien vu d'aussi beau.

– Je ne suis pas sûr que mon père me considère encore comme son fils, mais après ça je peux être certain qu'il fera tout pour que je ne fasse plus partie de sa vie.

Il a dit ça avec désinvolture, mais je reconnais l'amertume qui teinte ses paroles. J'aimerais consoler le petit garçon en lui qui a été enseveli sous des tonnes de fric, mais privé d'affection parentale.

– Ton père a déjà vu tes photos ?

Il secoue la tête.

– Et ta mère ?

– Elle a disparu de la circulation quand j'avais onze ans.

Le choc me percute aussi sûrement qu'une des baffes du père Reed. Je ne savais même pas que Shad avait grandi sans sa mère. Il ne parle jamais de sa famille, ni même de son passé en général.

– Je suis désolée. Je ne savais pas.

Il hausse les épaules comme si ça n'avait pas d'importance, et je raffermis ma prise sur lui parce que je sais à quel point cela en a. Je pourrais laisser tomber, mais ça ne serait pas moi, alors j'enfonce le bouchon un tout petit peu plus loin :

– Si tu n'as jamais montré tes photos à personne, comment peux-tu savoir qu'on ne te soutiendra pas ?

– Parce que, mon ange, pour Walter Caldwell, rien ne compte plus que l'argent, le paraître et sa putain d'entreprise.

– Mais on s'en tape des pleins de fric de Chicago, Shad. C'est en partie à cause d'eux que ce pays part en déconfiture, que des hommes comme Frank Wolfe se suicident devant une maison qu'ils ne voulaient pas quitter. Si tu n'exposes jamais tes photos, le monde n'en saura jamais rien…

Je l'embrasse doucement et le laisse poser sa tête au creux de mon cou. Je passe une main dans ses cheveux, tentant d'apaiser les peurs qu'il tait.

Quand je finis par regagner ma place après un temps que j'aurais voulu infini, je reprends mon carnet de croquis, tentant de me concentrer de nouveau sur Buster Jones et sa cabane en bois branlante.

Après quelques heures, Shad referme son ordinateur portable d'un coup sec avant de s'étirer. Je fais de même avec mon carnet, attendant de voir ce qu'il va me proposer. Je connais la lueur d'amusement dans son regard.

– Va te changer, Sam. Je t'embarque voir le coucher de soleil sur le front de mer avant d'aller manger un morceau.

– Comment ça « me changer » ? Je ne suis pas bien comme ça ?

Je lui jette un regard faussement offusqué en balayant d'un geste le bikini qu'il m'a offert à Virginia Beach.

Il éclate de ce rire grave qui fout mes hormones en vrac.

– Pas si tu veux que je casse la tête de tous les mecs qui vont te reluquer.

– Hum… Monsieur Caldwell serait jaloux… ?

– Très, mon ange. Mais uniquement quand il s'agit de toi.

Je me fige un instant. Pas suffisamment longtemps pour que Shad le remarque. Juste le temps d'un battement de cœur. Le mien tambourine comme s'il voulait foutre le camp. Adoptant la technique de l'autruche qui me permet depuis quelques jours de passer outre tous ces petits signes qui me crient que notre relation est en train d'évoluer et que je ne contrôle plus rien, je me hisse sur la pointe des pieds pour lui coller un baiser sonore sur la joue, avant de sautiller en direction de notre chambre pour m'habiller rapidement.

Je n'ai pas un choix énorme dans ma garde-robe, alors j'espère que Shad ne m'emmène pas dans un endroit trop guindé. Je passe un short en jean propre et mon débardeur noir le plus récent avant d'enfiler des nu-pieds achetés en solde dans le dernier Walmart croisé sur la route.

Dans la salle de bains, je me passe un coup d'eau fraîche sur le visage avant de remonter mes cheveux en une espèce de chignon flou : je sais que mon photographe l'adore.

Dans l'entrée de la location, Shad pianote sur son téléphone portable. Cette fois, c'est le feu du désir que je déchiffre dans ses iris quand il les pose sur moi. Alors qu'il ferme la porte à clé, je lui prends son téléphone des mains sur une impulsion.

– Qu'est-ce que tu fais ?

– J'immortalise ce moment. C'est bien ce que tu fais parfois avec ton Leica, non ?

Il ne répond pas, et je prends ça pour un assentiment. J'ouvre la fonction appareil photo et enclenche le mode selfie avant de pointer l'objectif sur Shad, contre lequel je me love. Je fais quelques clichés, dont un où je tire la langue parce qu'après tout mon âme de sale gosse n'est jamais très loin, et finis par rendre le téléphone à son propriétaire.

Alors que nous marchons depuis quelques minutes, main dans la main, mon compagnon de route se retourne vers moi, un sourire en coin.

– Tu immortalisais le moment, hein ? Ça veut dire quoi, ça ? Que nous sommes immortels ?

– Dans la mémoire de ton téléphone, en tout cas. Tant que tu ne décides pas de nous effacer.

J'ai conscience que nos mots ont un double sens, mais je décide de faire semblant de rien. Shad lâche ma main pour passer son bras autour de mes épaules et coller ses lèvres dans mes cheveux.

– Je n'ai aucune intention de faire ça, mon ange. Ni ce soir, ni jamais.

Je n'ai pas les mots pour répondre. En tout cas, pas ceux qu'il faudrait.

Arrivée sur le front de mer, je prends conscience que nous ne sommes pas les seuls à avoir eu cette idée en voyant tous les gens qui avancent dans la même direction que nous.

– Il a quoi de plus que les autres, ce coucher de soleil ?

– C'est celui qu'il faut voir au moins une fois dans sa vie.

– Tu veux dire que c'est un truc en plus à cocher dans ma *bucket list* ?

Mon ironie le fait rire, mais je profite d'un ralentissement de la foule pour lui glisser quelques mots à l'oreille :

– Sans rire, Shad : grâce à toi, en quelques jours, j'ai vu plus de choses que dans tout le reste de ma vie.

Il hausse les épaules. Je ne sais pas si c'est parce qu'il ne sait pas quoi rétorquer ou parce qu'il veut me faire comprendre que ce n'était pas grand-chose.

La ruelle vers laquelle Shad nous entraîne est tellement blindée de monde que nous avons du mal à avancer. Je me saisis alors de sa main pour l'attirer dans une allée parallèle. Elle semble passer entre les deux bâtiments d'un même hôtel, mais aucun panneau n'indique qu'il est interdit de l'emprunter.

– Qu'est-ce que tu fais ?

– J'évite le bain de foule, expliqué-je en me calant de nouveau sous son bras alors que la circulation devient plus fluide.

Je le sens soudain se tendre contre moi. Je le regarde avec curiosité. Ses yeux reflètent les démons qui l'empêchent encore de dormir régulièrement. Ses mâchoires sont tellement tendues que j'aurais peur qu'il se casse une dent à les serrer comme ça.

– Qu'est-ce qui se passe, Shad ?

Il ne répond pas.

– Tu sais que tu peux me parler, non ?

Il semble finalement se rendre compte que je l'observe depuis un moment, et se force à retrouver un comportement plus détendu.

– Ce n'est rien, mon ange. Ne t'inquiète pas.

– Non, ce n'est pas rien. Mais je comprends que tu ne veuilles pas en parler. Si un jour tu en éprouves le besoin, je suis là.

Il hoche la tête alors que nous poursuivons notre marche jusqu'à une barrière longeant le bord de l'eau. Il ne reste pas beaucoup de place aux premières loges, mais Shad réussit à nous trouver un interstice entre des copines qui trinquent avec des mojitos dans des verres en plastique et une famille qui se prend en photo sous toutes les coutures.

Je m'accoude à la barrière, et mon photographe prend place juste derrière moi, ses mains ne cessant de jongler entre ma taille, mes hanches et la courbe de ma nuque.

– Si tu n'arrêtes pas de me tripoter comme ça, on aura bravé toute cette foule pour rien.

– Tu veux que j'arrête de te toucher ? Ne me demande pas l'impossible, mon ange.

Il finit quand même par glisser ses mains sur les miennes, entrelaçant nos doigts et s'appuyant un peu plus contre moi.

J'assiste au plus beau coucher de soleil qu'il m'a été donné de voir, et je ne saurais même pas expliquer ce qui le rend si spécial. Peut-être toutes ces nuances allant du jaune au rouge, en passant par l'orange et le violet, qui se reflètent dans l'immensité à nos pieds. Ou alors c'est parce que le pays qui m'a vue naître et grandir s'arrête ici, sur ce petit coin de paradis. Après l'immensité de l'océan, là où est en train de disparaître l'astre du jour, il y a autre chose, d'autres pays, d'autres couchers de soleil.

Les touristes autour de nous s'écartent de la rambarde et retournent à leurs occupations de vacanciers. Les étudiantes à notre droite reprennent une tournée des bars qu'elles semblent avoir déjà bien entamée. Les membres de la famille à notre gauche se chamaillant pour des futilités. Moi, je n'ai pas envie de bouger. D'une part parce que sous mes yeux, le spectacle continue et que je n'ai jamais rien vu d'aussi beau. D'autre part, parce que je ne me suis jamais sentie aussi bien que dans les bras de Shad.

Ses pensées doivent suivre les miennes, parce qu'il resserre ses bras autour de moi. Sa bouche glisse de mes cheveux à mon cou. Le désir est là, toujours présent entre nous, comme un courant électrique invisible qu'il nous est impossible d'ignorer.

J'ignore combien de temps nous passons ainsi enlacés.

– Tu avais parlé de manger un morceau, finis-je par lancer. C'est toujours en projet ? Parce que ça ne me dérange pas si tu préfères rentrer.

Conscient que le trouble qui m'habite fait sans doute écho au sien, Shad rigole. Oui, il me rit au nez !

– Pas moyen. Il faut que tu manges, Sam.

Il ne me laisse pas l'occasion de répondre, et attrape ma main pour m'attirer dans la direction opposée de celle d'où nous sommes arrivés.

Nous ne marchons pas longtemps avant d'arriver dans un restaurant qui n'est pas sans me rappeler les photos que mon père avait de Cuba dans son bureau. Ma mâchoire se décroche quand je lis le panneau au-dessus de l'entrée. « *Blue Heaven.* »

– Mais… Ce n'est pas le… C'est là que…

La surprise me fait perdre les mots. Shad me sourit en hochant la tête.

– Si, c'est le bar où Hemingway venait arbitrer des combats de boxe quand il vivait ici.

– Tu veux dire le bordel où il avait ses habitudes et où il arbitrait des matchs de boxe à l'occasion ?

– Oui, c'est ce que je voulais dire. Je ne savais pas si tu connaissais l'aspect plus ou moins glamour d'Ernest.

– Je sais tout ce qu'on peut savoir sur lui sans l'avoir rencontré. Glamour ne peut pas être un adjectif plus éloigné de la réalité quand on parle de lui.

Je continue de regarder autour de moi, et n'en perds pas une miette quand nous passons à l'intérieur pour annoncer notre arrivée à l'hôtesse qui nous place à une petite table, sur la galerie qui fait le tour de la bâtisse.

La faim m'a rattrapée ; je dévore la carte des yeux avant de commander du vivaneau, tandis que Shad demande du homard et un verre de rhum dont le nom ne me dit rien. C'est la première fois que je le vois commander de l'alcool depuis le début de notre périple. Alors qu'il savoure la première gorgée les yeux fermés, je l'observe comme si je le découvrais. Shad est rarement aussi détendu.

Le service est rapide, nous mangeons en parlant de tout et de rien. La nourriture est tellement bonne que, parfois, j'en oublie de respirer ou de répondre à mon photographe qui me dévisage d'un air amusé.

Quand la serveuse vient nous desservir, je ne peux pas résister au sorbet coco et mangue maison qu'elle vante avec tant d'enthousiasme.

Je ne sais pas quelle tête je fais quand j'entends Shad commander un second verre de rhum, mais mon manque de tact le pousse à se justifier :

– Ne t'inquiète pas, je n'ai jamais été accro à l'alcool… J'ai juste évité d'en boire jusque-là parce que tous les sites sur lesquels je suis allé en me sevrant à la sauvage le conseillaient. Un excès en appelle un autre, ou quelque chose du genre.

Je repose ma petite cuillère dans mon sorbet qui, sans exagérer, devrait être inscrit sur la liste des merveilles nationales, et pose ma main sur la sienne.

– Je n'ai aucune inquiétude, Shad. Tu n'as pas besoin de te justifier…

– Je ne vais pas en faire une habitude, de toute façon. Mais le rhum ici… J'avais oublié le goût d'un bon…

Je fronce les sourcils alors qu'il s'interrompt au milieu de sa phrase. Ses yeux devenus orageux fixent un point derrière moi. Je me retourne pour voir qui il dévisage avec autant d'animosité, et frissonne en tombant nez à nez avec un type à qui je donne le même âge que mon photographe. Il me regarde comme s'il détaillait une marchandise. Je connais ce genre de regard : c'est celui du type qui ne sait pas encore s'il va vous violer ou vous tuer directement.

– Putain, Caldwell, si on m'avait dit que je te trouverais ici cette année !

Il parle à Shad, mais son regard ne dévie pas du mien. Je ne cède pas de terrain. Ce genre de cinglé sent la peur à dix kilomètres. Je ne prête attention à Shad que quand l'empêcheur de déguster un repas tranquille finit par détourner ses yeux de moi. L'homme que j'ai alors devant moi ne ressemble en rien au type posé que j'ai appris à connaître et à aimer. Si un regard pouvait tuer, ce mec serait étendu à nos pieds. Quand il répond, sa voix trahit la tension qui l'habite et dont je ne comprends pas l'origine :

– Je ne vais pas nier que j'aurais préféré que nos chemins ne se croisent pas, Swenson. Ni maintenant ni jamais.

– Ça fait des mois que je n'ai pas eu de tes nouvelles et c'est comme ça que tu m'accueilles ?

Je crois presque entendre mon photographe grogner comme un animal enragé, mais le malaise ambiant doit me faire avoir des hallucinations auditives.

– Tu crois que j'avais envie de te revoir après avoir dû nettoyer tes conneries dans mon appart, Keith ? Mais dans quel monde tu vis ?

– Dans quel monde je vis ? Le même que le tien, mon pote, tu l'oublies un peu vite… Tu n'étais pas le dernier à baiser des putes, je te rappelle ! D'ailleurs, depuis quand tu as arrêté de payer les petits culs que tu t'envoies ?

De nouveau, son regard se porte sur moi, et je frissonne alors qu'il ne fait pas loin de trente degrés.

– Qui te dit que je ne paie pas celle-là ? répond Shad d'une voix basse.

À ces paroles, c'est vers lui que je me tourne. Je ne sais pas si je suis plus choquée par le fait de l'entendre parler comme ça ou parce qu'il insinue que je suis une escorte. Mais tout, dans le regard de mon photographe, me crie un « Ne dis rien, joue le jeu » qui m'apaise. Je ne sais pas qui est ce type, mais ce n'est clairement pas le genre de pote que Shad pensait me présenter un jour.

Quand je reporte mon regard sur le fameux Keith, il a tiré une chaise à notre table pour s'installer, sans prendre la peine de nous demander notre avis. Avant Shad, c'est comme ça que j'imaginais les fils à papa : des gens qui pensent que tout leur est dû et que le monde tourne autour de leur nombril. Peut-être que l'homme qui m'a plus ou moins sauvé la peau à Baltimore a été comme ça un jour, mais je sais sans l'ombre d'un doute qu'il a changé.

– Tu te rappelles que c'est ma tante qui m'a élevé, non ? Les putes, j'en ai vu défiler plus que je ne pourrais les compter. Je sais les reconnaître à des kilomètres. Cette fille…

Il se tourne vers moi comme s'il attendait que je remplisse le silence de mon prénom. Je croise les bras en haussant les sourcils.

– Elle a du caractère, en plus. J'adore quand elles me résistent, tu le sais mieux que personne, mon vieux. Comment je sais que tu ne la paies pas pour sucer ta queue ? J'étais au restau du *Westin* quand vous vous êtes pointés pour mater le coucher de soleil comme un gentil couple d'amoureux transis.

Shad fait un signe en direction de la serveuse pour qu'elle nous apporte l'addition, puis se lève après avoir réglé la note. Son ancien pote le retient par le poignet, lui montrant discrètement un petit sachet de poudre blanche dont je peux aisément deviner le contenu.

– Allez, mec. En souvenir du bon vieux temps. J'ai des tas d'autres friandises dans ma suite, tu ne vas pas te tirer sans venir y goûter, quand même.

Shad blêmit ; je peux voir la sueur couler le long de ses tempes. Alors qu'il reste muet, c'est moi qui interviens, attrapant ses doigts entre les miens.

– Non merci, « Keith ».

Je lui crache son prénom au visage comme s'il n'était qu'une vermine. Alors que Shad ne bouge toujours pas, les démons de son passé dansant dans son regard flou, je m'approche de lui avant de poser une main sur sa joue.

– Ça t'embête si on rentre, Shad ?

Je ne sais pas si c'est ma voix qui le fait sortir de sa torpeur ou le contact de ma paume, mais peu importe.

– Oui, on y va.

Il se dégage de la poigne de ce mec qui a dû compter plus que je ne l'imagine dans sa vie, et m'entraîne hors du restau sans un mot de plus.

C'est dans un silence total que nous rentrons à la location. J'ai la sensation que Shad est en train de m'échapper, ce qui me terrifie. Le seul contact entre nous alors que nous regagnons notre havre de paix d'un pas rapide réside dans nos doigts entrelacés. Je m'y accroche, comme si nos vies en dépendaient.

Une fois sur place, je ne sais plus comment agir. Comment lui montrer que son passé m'importe peu et que je suis en train de tomber amoureuse de lui ?

Il lâche ma main à peine la porte d'entrée franchie et grimpe les escaliers en trombe jusqu'à la salle de bains de notre chambre. Je le suis, reste un peu en retrait alors qu'il s'asperge le visage d'eau. Quand il se relève, son regard croise le mien dans le miroir au-dessus du lavabo. Pour une fois, je suis incapable de comprendre ce que j'y lis.

Il se retourne. Quand je prends conscience qu'il ne s'approchera pas plus près, c'est moi qui fais le premier pas vers lui. Il m'arrête d'un geste, comme s'il avait peur que je le touche.

– Est-ce que ça va ?

– Non, Sam. Ça ne va pas… Je n'aurais jamais dû t'entraîner ici. Sur les routes avec moi…

Ça ne me blesse même pas de l'entendre dire ça. Je sais qu'il ne le pense pas, il veut juste me faire fuir. Il ne comprend pas à quel point c'est impossible.

– Je vais retourner en ville. Pour quelques heures.

Cette phrase me percute comme s'il m'avait frappée. Il n'attend pas de réponse et file dans les escaliers. Je les dévale à mon tour et me plante dos à la porte au moment même où il pose la main sur la poignée. Je sais très bien que s'il décide de sortir quand même, je ne pourrai pas l'en empêcher, mais il faudrait qu'il me bouscule un peu pour ça et, si j'ai une certitude, c'est que Shad ne me ferait jamais de mal.

– Il est hors de question que je te laisse repartir en sachant que tu fuis pour te détruire. Je ne peux qu'imaginer à quel point c'est dur, à quel point tu en as envie, là, maintenant, mais tu es plus fort que ça, plus fort que lui. Si tu vas le voir dans sa suite, il aura gagné.

Je déteste voir son regard vaciller entre rage et désespoir. Je sais qu'il lui faut une distraction, qu'il faut qu'il arrête de penser à ça, mais je crains de faire le moindre mouvement. Comme si j'étais face à un animal sauvage qui risquerait de m'échapper.

– Tu n'es pas seul, ce soir. Dis-moi ce que je peux faire pour que tu renonces.

Il se rapproche jusqu'à poser son front contre le mien. Son souffle est erratique, comme s'il venait de courir un sprint.

– Tu veux savoir quoi faire pour que mes mains arrêtent de trembler, pour que mon cœur arrête de battre la chamade juste à l'idée de… ?

Il s'interrompt en serrant les poings. Je hoche la tête fébrilement.

– Distrais-moi, Sam.

Il a à peine soufflé ces trois mots, si bien que, si je n'avais pas été collée à lui, je ne les aurais pas entendus. Je n'attends pas une seconde pour l'attirer à moi et poser ma bouche sur la sienne.

Pour la suite, alors que j'aime prendre les rênes habituellement, ce soir, je le laisse mener la danse.

Sa bouche est impérieuse, elle me dévore plus qu'elle ne m'embrasse. Il me laisse enfin appréhender cette quasi-bestialité que j'ai déjà eu l'occasion d'apercevoir chez lui avant. Ses lèvres ne me quittent que l'espace d'un instant ; mon débardeur noir s'envole sur le carrelage blanc. Mon short en jean et mes sous-vêtements suivent le même chemin. Je me rends compte que nous sommes toujours dans le hall d'entrée quand mon dos heurte la porte fraîche. Les mains de Shad, qui étaient en train de malmener mes seins, passent à l'arrière de mes cuisses pour me soulever comme si je ne pesais guère plus qu'une plume.

Alors que son sexe frôle mon entrée, ses iris toujours troublés se vrillent aux miens, puis il me pénètre d'un seul mouvement. Je gémis parce que ce moment n'a jamais été aussi intense, mais je ne quitte pas mon beau photographe des yeux. Je veux qu'il comprenne ce qu'il représente pour moi.

Il s'agenouille au sol et me pose sur les carreaux de marbre blanc qui ornent le sol de toute la maison. Il n'a jamais été aussi brutal, mais ça ne m'effraie pas. Au contraire : je n'ai jamais été proche de l'extase aussi rapidement.

Ses hanches qui tapent contre mon bassin, sa bouche qui se referme sur mes mamelons achèvent de me rendre dingue. J'explose autour de Shad dans un orgasme dévastateur qui me fait venir les larmes aux yeux. Les spasmes de mon vagin me font crier alors qu'il accélère encore le mouvement, accédant dans un râle à sa propre délivrance.

Je n'ai aucune idée du temps que nous passons à même le sol, couverts de sueur. Je pense même que je m'assoupis un instant. Ce sont mes frissons qui font réagir Shad.

– Tu vas avoir froid, Sam. Viens.

Il se relève d'un mouvement et m'aide à me mettre debout. Je ne prends même pas la peine de ramasser mes vêtements étalés un peu partout : je gravis les marches menant à notre chambre comme un zombie pour m'allonger dans le lit.

Shad ne me regarde plus, mais il n'hésite pas une seconde à s'étendre à côté de moi, rabattant sur nous le drap dans la chambre tempérée par la clim.

Je sais très bien que son comportement n'est pas normal, mais je n'ai pas l'esprit assez clair pour le titiller avec ça.

J'ai confiance dans le fait qu'il n'ira pas voir Keith cette nuit… mais je préfère quand même lui demander :

– Tu ne me laisses pas, hein ?

Ce n'est pas sorti comme je le voulais, mais peu importe. Il ne répond pas tout de suite ; je ne peux pas m'empêcher de retenir ma respiration jusqu'à ce qu'il m'attire contre lui.

– Je reste là, ne t'inquiète pas. C'est passé.

Rassurée, je sombre doucement. Quelque chose continue à me tourmenter, une petite voix qui me souffle que Shad m'échappe, mais le sentir contre moi apaise mes doutes.

40

Shad

Key West, Floride, 21 juillet 2017

Après cette soirée catastrophique, c'est sans surprise que je ne ferme pas l'œil de la nuit. Il me faut du temps pour me défaire de la sensation de manque qui m'a assailli au *Blue Heaven*. Je ne m'attendais pas à y retrouver Keith. Je ne l'avais pas croisé depuis ce jour de mars où j'ai coupé les ponts avec celui que je considérais comme un frère. Le voir a fait ressurgir des images que j'aurais préféré oublier, et le sachet entre ses doigts m'a rappelé que tous les moments que j'ai vécus avec lui sont liés à la consommation de substances en tous genres. C'est lui qui m'a mis le nez dedans quand nous n'étions encore que des ados, lui qui a failli me faire replonger ce soir.

Sam m'a aidé à garder les idées claires pour que je ne craque pas. Mais à quel prix ? Je ne me suis pas perdu dans mes addictions, mais, dans ce hall d'entrée, j'étais de nouveau le Shad que j'aurais voulu ne plus jamais être.

Vers 5 heures du matin, je n'en peux plus de ressasser toutes ces merdes qui tournent dans ma tête. Sam dort depuis des heures et si je me détache d'elle délicatement, elle ne se réveillera pas.

Je prends une douche rapide dans la salle d'eau du rez-de-chaussée et enfile mes vêtements sur ma peau encore humide. Je ne fuis pas comme j'en avais l'intention hier : j'ai juste besoin de marcher dans cette ville que j'ai de nouveau appris à aimer, en la redécouvrant à travers les yeux de Sam.

J'erre sans but pendant quelques heures, conscient que je ne risque pas de croiser Keith à cette heure. Je passe à *Croissant de France*, une boulangerie de tradition française qui fait des viennoiseries à se damner. J'en prends un sac plein alors même que je sais que Sam ne déjeune jamais grand-chose. J'en profite aussi pour acheter deux grands cafés à emporter quand je me rends compte qu'il est pas loin de 8 heures. Sam n'est pas ce qu'on peut appeler quelqu'un de matinal, mais je ne perds quand même pas de temps à rentrer.

Quand je franchis la porte, je la trouve assise sur une chaise du patio, les genoux contre la poitrine et les yeux rouges. Elle ne m'entend pas arriver, jusqu'à ce que je pose notre petit-déjeuner sur la table devant elle. Elle se redresse d'un bond et me dévisage, sans doute à la recherche d'une quelconque preuve que j'ai failli à l'engagement que j'ai pris hier soir.

– J'ai cru… j'ai cru que…

– Je sais. Je suis un abruti, je n'ai pas pensé à te laisser un mot. Je suis allé marcher quand le soleil s'est levé. Rien de plus, je te le promets.

Elle me saute au cou comme si elle était soulagée que je sois encore là, en possession de tous mes moyens. Je frotte son dos pour la réconforter, mais ne lui rends pas vraiment son étreinte comme je l'aurais fait avant que toute cette merde ne me pète à la gueule. Je suis un connard, de toute façon, impossible qu'elle n'ait pas compris cette fois. Elle finit par se détacher, prenant sans doute conscience de la distance que je nous impose.

– J'ai apporté le petit-déjeuner.

Elle ne répond pas. À la place, elle me scrute comme si elle essayait de lire en moi. Je ne sais pas ce qu'elle voit à cet instant, mais je m'installe en face d'elle pour ne pas être tenté de la toucher, comme chaque fois qu'elle est à proximité. Elle se rassied sur sa chaise, les bras croisés. Je me doutais qu'elle finirait par m'en vouloir.

– Tu me fais quoi, là, Shad ?

L'entrée en matière me déstabilise un peu.

– Comment ça ?

– J'ai compris pourquoi tu étais mal hier soir. Revoir ce type a ravivé de mauvais souvenirs. Je peux aussi accepter que tu aies eu besoin de faire le vide ce matin, même si j'ai cru devenir dingue en me réveillant et en prenant conscience que tu étais parti.

J'essaie de m'excuser une nouvelle fois, mais Sam lève une main, les sourcils froncés, pour me signifier qu'elle n'en a pas fini avec moi.

– Peu importe. Tu as oublié de me prévenir, ce qui n'a rien de dramatique. Ce que je ne pige pas, c'est à quoi tu joues, là, maintenant. Tu es froid, distant et… Je ne sais pas. Ce n'est pas toi, ça, bordel !

Je soupire, pousse un café devant elle en espérant l'amadouer, mais rien n'y fait. Son regard ne dérive pas du mien.

– Tu ne me connais pas, Sam.

– Détrompe-toi. Je te connais bien plus que tu ne le crois. Je sais que malgré ton enfance aisée, tu es la preuve vivante que l'argent ne fait pas le bonheur. Je sais que tu as eu des parents qui n'en avaient que le titre, que les seules personnes présentes – je veux dire, réellement présentes – dans ta vie étaient tes grands-parents. J'ai compris hier soir qu'à un moment de ton adolescence tu as dû penser trouver une sorte d'affection fraternelle avec ce Keith. Je sais aussi que ce n'était rien de plus qu'une mauvaise influence au moment où tu étais le plus fragile. Je devine que tu as fait des trucs qui m'auraient dérangée si je t'avais connu à cette époque. Mais c'est le passé, Shad ! On a tous droit à une seconde chance et toi, tu l'as saisie. Tu as décidé de changer et tu l'as fait !

Mon cœur bat tellement fort que je le sens dans ma gorge.

– Mais Sam, putain. Je n'ai pas changé ! Le vrai Shad, c'est celui que tu as aperçu hier soir. C'est ça, le vrai moi. Le type que tu croies connaître est celui qui t'a baisée comme si tu n'étais rien sur le sol de cette baraque !

Elle a les larmes aux yeux ; je m'en veux de la faire pleurer, mais il est temps qu'elle voie la vérité en face. Elle se lève et, alors que je pense qu'elle va fuir à l'intérieur de la location, elle fait le tour de la table et vient s'asseoir sur mes genoux. Je me raidis, mais elle s'en fout. Elle saisit mes mains pour les serrer entre les siennes.

– À Baltimore, j'ai dû finir par trouver un exutoire à ce que je vivais. Au lycée, je me défoulais en faisant du *cheerleading*, mais ce n'était pas quelque chose d'envisageable quand le père Reed m'en collait une dès que ça lui prenait. Alors j'ai opté pour le sexe.

Je me tends encore davantage. Je ne sais pas ce qui me fait le plus grincer les dents : qu'elle mentionne ses expériences intimes passées ou la violence de son tuteur à son égard.

– Je ne dis pas que c'est sain, mais dans ma tête ça l'est toujours plus que se droguer. C'est ce que je t'ai offert hier : un exutoire. Je savais qu'il fallait que tu penses à autre chose. C'était ma décision, Shad ! Tu ne m'as forcée à rien et, crois-moi, j'ai apprécié au moins autant que toi.

J'entends les mots qui sortent de sa bouche, mais je ne suis pas sûr d'en capter le sens profond. Je ne suis pas certain de le vouloir, non plus. Qui ferait ça pour moi ?

– Pourquoi tu accepterais que je me serve de toi comme ça ? Ça n'a aucun sens.

Elle déglutit bruyamment, puis attrape le gobelet de café le plus proche pour en boire une gorgée. Elle semble mal à l'aise soudain, ce qui ne lui ressemble pas. Est-ce que mes paroles ont fait mouche ?

Toutefois, quand elle recommence à parler, ses yeux sont à nouveau rivés aux miens.

– Premièrement, tu ne t'es pas servi de moi. Tu considères ça comme ça parce que, depuis qu'on s'est rencontrés, tu ne cesses de te faire passer pour un connard. Mais en matière d'enflures j'en connais un rayon, alors crois-moi quand je te dis que celui qui m'a quasi sauvé la vie à Baltimore n'a rien à voir avec ces types-là.

– Justement, Sam. Ton jugement est faussé par tout ce que tu as vécu là-bas.

Elle fronce les sourcils, furieuse.

– Mon jugement n'est pas faussé. Je relativise, voilà tout. Mon père s'est tué en prenant le volant après avoir trop bu et il a entraîné ma mère avec lui. Ce n'était pas un pourri pour autant, juste quelqu'un qui a fait une erreur.

Elle me balance des bribes de son passé qui m'étaient encore inconnues, et ça me déstabilise. Elle n'en a pas fini avec moi, mais je n'ai plus aucune envie de l'interrompre.

– Je disais donc, reprend-elle, tu ne t'es pas servi de moi. Je t'ai juste aidé à gérer ce que tu as ressenti hier, de la même façon que tu m'as aidée à Savannah. Je l'ai fait parce que c'était inconcevable pour moi de te laisser replonger sans lever le petit doigt. Je l'ai fait parce que je suis en train de tomber amoureuse de toi, Shad.

Ses paroles me font l'effet d'une bombe. Je n'ai jamais eu de crise de panique, mais je suis certain que ça doit y ressembler. Je n'angoisse pas à cause de ses mots : ils ne sont que le reflet de ceux que je pense et que je n'ose tout simplement pas exprimer. Ce qui me terrifie, c'est plutôt la responsabilité qu'ils engendrent.

– Shad ? Ça serait quand même bien que tu dises quelque chose…

Elle a raison. Il faudrait. Je dois lui faire peur à ne rien répondre à cette déclaration qui lui a fait venir le rouge aux joues.

– Je suis nul avec les mots, mon ange…

– Je ne te demande pas de mots précis, Shad…

– Attends, je n'ai pas fini. À ton tour de me laisser parler. Je n'ai jamais éprouvé ce que je ressens pour toi avant. Je ne me le suis jamais permis. Il n'y avait pas de place pour ça dans ma vie. Alors quand ce « nous » est devenu beaucoup plus que juste « toi et moi », j'ai mis un moment à percuter.

Je l'aime autant qu'il est possible d'aimer quelqu'un, mais je ne parviendrai pas à le lui dire. Pas aujourd'hui, en tout cas. Cela reste coincé au fond de ma gorge.

– Alors même si ces mots que tu mérites d'entendre n'arrivent pas à quitter la barrière de mes lèvres, je veux que tu comprennes à quel point je les pense.

– Je n'ai pas besoin que tu les prononces. Tant que tu cesses de fuir, de me fuir, je n'attends rien d'autre.

Quand je me vois dans son regard, j'ai tendance à imaginer que je suis digne de cette rédemption que je recherche. Mais je sais que je flipperai encore, que j'aurai sans doute de nouvelles rechutes. Seulement, maintenant, je vais me raccrocher autant que possible à ce qu'on ressent l'un pour l'autre.

41

Sam

Pigeon Key, Floride, 22 juillet 2017

Le visage offert au soleil, je me laisse bercer par la houle et la conversation du pêcheur cubain qui nous sert de guide aujourd'hui. Je ne peux m'empêcher de sourire en pensant aux points communs entre l'homme affable qui nous accompagne et le personnage de *The Old Man and the Sea*. Santiago a eu la chance de venir ici légalement, embauché par une grosse société qui propose des activités nautiques aux touristes du coin. Sa femme et ses trois enfants, en revanche, ont dû rester à Cuba, et tout son salaire part là-bas pour les faire vivre. Il organise des sorties privées sur ses jours de repos pour pouvoir payer son loyer et subvenir à ses besoins. C'est ce genre d'histoire qui me permet de relativiser ce que j'ai connu à Baltimore.

– Hors de question de vous laisser sur la plage principale. Vous devrez marcher un peu plus pour rejoindre 7 miles bridge, mais ça vaut bien plus le coup. Il y a moins de touristes, beaucoup plus de poissons à observer.

Santiago nous décrit la crique de Pigeon Key dans laquelle il nous emmène. Après avoir tenté d'approcher un maximum de vestiges de ponts ce matin, nous avons demandé à notre pêcheur de nous conduire sur ce petit morceau de terre réputé idéal pour le snorkeling.

Quand je descends de l'embarcation, c'est pour me retrouver face au paysage le plus paradisiaque qu'il m'ait été donné de contempler. Pourtant, j'en prends plein la vue depuis trois semaines avec Shad.

Je me retourne pour aider ce dernier à récupérer le matériel qu'il a acheté hier à Key West : un kit complet pour aller jeter un coup d'œil à la faune et la flore aux abords de Pigeon Key.

Je serre la main de notre guide avant que Shad ne le paie et ne fasse de même. Santiago se confond en remerciements devant le généreux pourboire ; je ne sais pas lequel, du Cubain ou de mon photographe, est le plus gêné.

Alors que la petite embarcation repart en direction de Key West, j'installe nos affaires à l'ombre d'un palmier. Vu la couleur de mes bras, je pense que je ne suis pas loin du coup de soleil. Je me déleste de mes vêtements sous l'œil gourmand de Shad.

– Ne me regarde pas comme ça, je veux aller me baigner et profiter de chaque minute.

– Je te regarde comment ?

– Comme si tu ne le savais pas ! On dirait un affamé devant son plat favori.

J'ai parlé en même temps que je me débarrassais de mon tee-shirt, et je remarque en le laissant tomber sur le sol que Shad n'est plus qu'à quelques centimètres de moi.

– C'est exactement ça. Mon plat favori.

Il s'approche encore, frôle le lobe de mon oreille avant de souffler :

– Je n'ai jamais rien mangé de meilleur que toi, mon ange.

Mon corps prend feu, et mon coup de soleil n'y est pour rien. Shad, lui, s'est déjà éloigné en s'esclaffant. *Il ne perd rien pour attendre, celui-là !*

Le Shad avec lequel je vis depuis deux jours n'a plus rien à voir avec celui d'avant-hier. Il a tout de l'homme parfait, de *mon* homme parfait. Mais je ne me fais pas d'illusions : je sais que tout prendra fin quand il découvrira que je ne suis qu'une gamine indigne de l'attention qu'il me porte depuis le début de ce voyage.

Je le rejoins sur la plage, à l'endroit où les vagues me lèchent à peine les orteils. Notre matériel dans une main, il me tend l'autre et nous conduit tous les deux dans l'eau, qui ne nous rafraîchit même pas tant elle est chaude. Il s'arrête quand elle nous arrive aux mollets et s'assied sur le sable doré.

– C'est beaucoup plus facile d'enfiler les chaussures dans cette position, m'explique-t-il devant mon air perplexe.

Je l'imite, et enfile difficilement mon pied dans un chausson qui semble être fait d'un composant similaire à celui des tenues de plongée.

– J'ai toujours cru qu'il fallait des palmes pour ce genre d'activité. Ça ne ressemble pas à ce que j'avais en tête.

– D'après ce que j'ai lu, il n'y a pas besoin d'aller très loin de Pigeon Key pour découvrir de beaux poissons. Les palmes ne sont pas utiles quand on n'a pas à nager beaucoup, ou à aller à contre-courant. On va surtout longer les rochers qu'on voit là-bas.

Ça me semble loin, à moi. Et profond aussi. Très profond. J'adore l'eau et je nage bien, mais je ne peux pas m'empêcher d'appréhender un peu. Shad doit le sentir, parce qu'il s'approche de moi. Il ajuste mon équipement sur mon visage avec délicatesse, laissant l'embout du tuba près de ma bouche.

– Tu respires par là. Si on doit aller un peu profond, je te préviendrai, que tu ne sois pas surprise par l'eau qui rentre dans le tube. En remontant à la surface, tu souffles un grand coup pour éjecter ce qui reste dedans. C'est bon ?

Je souris et obtempère en prenant le morceau en plastique entre mes lèvres. J'observe mon photographe pendant qu'il s'équipe à son tour, puis attrape sa main tendue quand il a fini. Un signe de sa part m'incite à mettre la tête sous l'eau. Les couleurs sont tellement plus vibrantes que je l'imaginais ! Une chose est sûre : je sortirai les aquarelles en rentrant.

À l'approche des rochers dont Shad parlait, je constate que la profondeur n'est pas si impressionnante que ça. Le fond paraît presque à portée de main. La faune est encore plus magnifique ici qu'aux abords de la plage. Mes yeux ne savent plus où se poser. Des poissons multicolores évoluent juste à nos côtés. Shad m'incite à descendre le long de la roche pour me montrer une murène qui se cache dans son trou et, même elle, je n'arrive pas à la trouver répugnante. Elle est toute tachetée, et du jaune presque phosphorescent lui trace une Iroquoise sur la tête. J'ai tout de même un mouvement de recul quand elle ouvre sa gueule pleine de dents acérées. Shad le sent, et nous fait remonter pour évacuer nos tubas puis avancer le long du rocher.

Soudain, je repère une tortue de mer qui se découpe dans l'immensité turquoise. Je tire sur la main de Shad pour qu'il la voie aussi. Rien n'est plus beau ni plus paisible. Elle nage tranquillement à quelques mètres de nous. Je fais du surplace en position verticale pour la détailler. Je veux graver ce moment dans ma mémoire.

Shad m'a imitée, et nous passons ainsi un temps qui me semble infini. Quand elle disparaît de notre champ de vision, je me tourne vers l'homme dont je suis tombée amoureuse. Nous restons face à face sans nous quitter du regard. Nos mains se touchent, le seul mouvement autour de nous est celui de nos pieds. Je commence à fatiguer, mais je ne dis rien. Je n'ai pas envie de briser ce moment d'intimité d'un tout autre genre.

Mon photographe doit finalement se rendre compte que je peine à me maintenir à flot, car il fait un geste en direction de notre plage avant de m'entraîner à sa suite.

Arrivé près du rivage, Shad se redresse. Je l'imite avant de me débarrasser de mon masque et j'éclate de rire en découvrant la tête de l'homme à mes côtés.

– C'est la trace du masque qui te fait rire, Sam ?

Je redouble d'hilarité, et m'échappe avec vivacité quand il essaie de me rattraper pour me couler.

– Parce que tu crois que ta tête est mieux ?

À son tour de s'esclaffer. Je sais qu'il ne plaisante pas, je sens encore la pression du plastique sur mon visage. Peu importe, c'était pour la bonne cause.

Je finis par revenir vers lui, et glapis quand il tente de nouveau de mettre son plan à exécution.

– Je t'ai fait mal ?

– Je pense que j'ai dû prendre un coup de soleil.

– Tu ne t'es pas repassé de crème avant d'aller dans l'eau ? s'exclame-t-il.

– Non, papa, j'ai oublié.

– Tu rigoleras moins quand je ne pourrai plus te toucher pendant deux jours. Tourne-toi.

Merde, il n'a pas tort.

– Je n'ai pas une peau fragile, tu sais. Je rougis, mais demain il n'y aura déjà plus rien.

– J'ai des doutes, Sam. On s'arrêtera à la pharmacie en rentrant, sinon tu risques de ne pas fermer l'œil de la nuit.

– Tu me tiendras compagnie. Je suis certaine qu'on trouvera de quoi s'occuper.

Seul un grognement me répond, mais la paume de Shad intensifie sa prise sur ma hanche. Ses lèvres se posent sur mon dos, là où la brûlure est la plus cuisante.

– Tu es intenable, mon ange.

– C'est un reproche ?

– Jamais de la vie.

Il me contourne avant d'attraper ma main et de m'attirer vers nos affaires, à l'ombre. Je l'observe alors qu'il s'assied à mes côtés et déballe la mini-glacière qu'il a apportée. C'est le moment de la fameuse surprise gustative de la journée, sur laquelle je n'ai pas réussi à lui soutirer le moindre indice.

Il sort une petite boîte en carton dont le couvercle blanc affiche un simple encadré noir sur lequel est écrit dans une belle cursive dorée : « *Better than sex*[17] ». Je lève un sourcil et peine à retenir un fou rire.

– « *Better than sex* » ? Rien que ça.

– Il paraît, répond-il en haussant les épaules. On dit qu'ils font la meilleure *Key lime pie*[18] des Keys.

– Ah ! Le fameux dessert dont on fait tout un plat. Elle a quoi de spécial, cette tarte au citron ?

Il dépose la boîte entre nous et plante une fourchette dans une des parts.

– Ce n'est pas une simple tarte au citron. Plutôt un hybride de tarte et de *cheesecake*, cuisinée avec les citrons verts des Keys.

Tout en m'expliquant le mystère de la *Key lime pie*, il en approche un morceau de mes lèvres.

Le *snorkeling* était une explosion de couleurs qui m'en a mis plein la vue ; dans ma bouche, c'est une détonation

---

17 Meilleur que le sexe.

18 Dessert originaire du sud de la Floride à base de jus de citron vert, d'œufs et de lait concentré qui repose sur une pâte à tarte.

de saveurs. La texture crémeuse, la douceur acidulée du citron vert et le croquant du biscuit. *Bordel, ça devrait être interdit ce genre de dessert.*

J'émets des sons à la limite de l'indécence et Shad finit par se racler la gorge à côté de moi.

– Je ne sais pas si cette tarte tient les promesses vantées par le nom de la pâtisserie, mais te voir la manger, ça s'approche quand même pas mal du sexe.

Je ne peux pas m'empêcher de le taquiner en me léchant les lèvres. Je lui vole la fourchette des mains pour lui donner à mon tour un morceau de la tarte. Pendant qu'il savoure sa première bouchée, j'en profite pour en engloutir trois ou quatre.

Après une dégustation des plus sensuelles, je me jette sur mon photographe, qui tombe en arrière sous mon assaut. Sa bouche s'entrouvre pour m'accueillir ; je lèche ses lèvres au goût divin. Notre festin a déclenché un tout autre genre d'appétit chez moi, alors je m'allonge sur lui pour qu'il le comprenne. Notre désir réciproque grimpe au fil de notre baiser, mais des cris d'enfants me coupent dans mon élan. Mon besoin de Shad m'avait fait oublier que cette plage n'est pas totalement déserte. La famille qui la partage avec nous s'est installée assez loin, mais il est évident nous ne passerions pas inaperçus si je déshabillais Shad pour le chevaucher.

J'ai la sensation d'être une ado avec son premier flirt. Sauf qu'à Baltimore, je n'ai jamais connu ça.

Nous nous détachons l'un de l'autre et la fatigue me prend par surprise.

42

Shad

Sand Key Reef, Floride, 24 juillet 2017

Une semaine que nous sommes à Key West. Une semaine que je voudrais revivre à l'infini malgré l'incident Keith, que j'ai définitivement enterré. Dans ma tête, en tout cas. Sam me voit encore comme le type qui l'a sortie de Baltimore, de la misère et de la violence dans lesquelles elle vivait. En vérité, c'est elle qui m'a sauvée. Et pas seulement la nuit où j'ai failli replonger. Aussi en me faisant comprendre que j'ai droit à une seconde chance.

Aujourd'hui, j'ai décidé de l'emmener découvrir la plongée. Son émerveillement lors de notre escapade *snorkeling* n'avait pas de prix. Nous sommes donc sur le bateau de Lost Reef Adventures et approchons de Sand Key Reef.

Mon ange souffle un grand coup comme pour se donner du courage. Même si elle n'a rien dit, je vois bien qu'elle n'en mène pas large depuis notre départ. N'y tenant plus, je prends son menton dans mes doigts pour l'inciter à me dévisager.

– Tout va bien ?

– Oui, oui.

Je hoche la tête comme si je gobais son mensonge, mais mon regard ne quitte pas le sien. Silencieusement, je lui transmets que je ne suis pas dupe.

– Ils ne risquent pas de nous oublier, hein ?

Je ne peux pas m'en empêcher, j'éclate de rire. Lorsque ses sourcils se froncent, je comprends que ce n'était pas la réaction idéale. Je lève les mains en guise d'excuse.

– Je ne me moque pas de toi, ta question m'a juste surpris. Pourquoi voudrais-tu qu'on nous oublie ?

– J'ai vu un film avec Jake, une fois. Un couple faisait de la plongée, et le type chargé de compter les participants faisait mal son boulot, du coup le bateau repartait sans eux et ils finissaient bouffés par les requins.

On ne peut pas reprocher à Sam de manquer d'imagination. Je réprime un sourire.

– Te fous pas de moi, c'était tiré d'une histoire vraie.

– S'ils sont morts, comment peut-on être sûrs qu'ils ont été attaqués par des requins ? Ils ont simplement pu se noyer de fatigue.

– C'est censé me rassurer ? s'insurge-t-elle.

– Mon ange, les gens dont tu parles devaient être qualifiés pour plonger par eux-mêmes.

– Oui, et alors ?

– Alors toi tu ne l'es pas, il y aura donc un instructeur avec nous.

– Je pensais que tu avais ton brevet ou un truc du genre.

– C'est le cas. Mais je ne suis pas instructeur. Je ne peux pas t'emmener seule en plongée. Il y aura quelqu'un avec nous et je te promets qu'on ne nous laissera pas ici. En plus, nous ne sommes pas en pleine mer, regarde : il y a le vieux phare de Sand Key à proximité.

Une fois l'embarcation ancrée, je me lève et l'incite à faire de même. L'instructeur approche et nous sourit avec affabilité.

– Prête ? demande-t-il à Sam.

– Prête !

Il l'aide à s'équiper avant de lui expliquer comment descendre dans l'eau.

– Si tu n'es pas très sûre de toi, tu peux emprunter un des escaliers sur le côté du bateau. Sinon, tu te mets dos à l'océan, juste là, au milieu, et tu te laisses tomber en arrière. Mais je peux concevoir que ça soit un peu brutal pour une première fois.

Sam attend à peine qu'il ait fini : elle tourne le dos à l'eau en arrivant proche du bord. Elle me regarde, me sourit et, après un clin d'œil, bascule à la renverse comme si elle avait fait ça toute sa vie. Clyde, l'instructeur, se retourne et s'esclaffe :

– Elle n'a pas froid aux yeux, ta copine.

– Non, ce n'est rien de le dire.

Elle a cru en moi et m'a fait confiance, si ce n'est pas la preuve que Sam n'a peur de rien…

Il saute à son tour, et je les imite quelques secondes plus tard, alors que Clyde rappelle rapidement la conduite à tenir et les codes gestuels dont on se sert une fois sous l'eau. Sam acquiesce, je sais qu'elle a déjà retenu tout ça la première fois qu'il le lui a expliqué.

– Alors, en avant, les jeunes !

Je me marre. Le type doit avoir à peine un ou deux ans de plus que moi. Il aide Sam avec le stabilisateur de son gilet, et nous descendons tous les trois de quelques mètres.

J'oublie toujours à quel point c'est magnifique. Je n'ai pas pris la peine d'acheter une protection étanche pour mon Leica parce que je sais que les photos sous-marines ne rendent jamais aussi bien que la réalité. À moins d'être un expert, ce qui n'est pas mon cas. Je vais donc devoir me contenter de ma mémoire, et des esquisses, de plus en plus exceptionnelles, que Sam ne manquera pas de croquer sur son carnet.

Après quelques secondes, je lui jette un regard. Elle me tient la main depuis que nous sommes descendus sous l'eau, et Clyde nous guide, légèrement devant, en nous montrant les poissons de toutes les couleurs qui ornent le Reef.

Ce que je vois sur le visage de Sam m'arrête un instant. L'émerveillement. Pur. Celui qu'on ne connaît souvent plus à l'âge adulte, en tout cas pas dans le milieu d'où je viens. Je savais après notre sortie *snorkeling* qu'elle apprécierait encore plus la plongée. Elle a été difficile à convaincre, peut-être à cause de ce film, mais je ne regrette pas d'avoir insisté.

À partir de cet instant, je regarde beaucoup plus Sam que la faune et la flore qui nous entourent. Je ne suis pas sûr qu'une espèce marine puisse rivaliser avec les paillettes dans ses yeux Caraïbes.

Alors que la sortie se termine, je me fais un genre de promesse à moi-même : ce n'est pas la dernière fois que je vivrai des expériences comme celle-ci avec Sam. Je ne sais pas ce que l'avenir nous réserve, mais je ne suis pas certain de vouloir d'une vie dans laquelle elle n'a pas sa place.

Pendant le trajet retour, nous nous séchons avant de renfiler nos vêtements. Je regrette presque que ce moment soit déjà terminé. Sam, elle, a encore des étoiles dans les yeux. Alors que nous arrivons en vue de la marina, je vais récupérer mon sac que j'avais laissé à l'intérieur par précaution. Clyde est en train de ranger le matériel ; j'en profite pour le remercier.

– Merci beaucoup ! C'était super. Ça faisait une éternité que je n'avais pas plongé dans les Keys.

– Pas de quoi ! N'hésitez pas à revenir. Si ta copine passe son brevet un jour, on a des sorties sur épaves qui valent vraiment le coup.

– On n'y manquera pas.

Je ne sais pas pourquoi je lui réponds ça. Je prends sans doute mes désirs pour des réalités.

Alors que je me retourne pour aller retrouver Sam, Clyde me hèle.

– Hé, n'oublie pas de récupérer vos pièces d'identité.

Il me tend les deux petits rectangles de plastique en question. Je les attrape et le remercie vivement avant de sortir de nouveau sur le pont.

Je range mon permis de conduire dans mon sac, puis jette un coup d'œil sur celui de Sam avant de le lui rendre. Je me fige, interpellé. Je relis plusieurs fois les infos sur la carte. Elles sont toutes exactes, sauf son âge.

Je m'approche d'elle par-derrière et l'entoure de mes bras en lui collant ses papiers sous le nez.

– Depuis quand tu as vingt-et-un ans, Sam Owens ?

Je sens qu'elle se fige, pourtant mon ton est juste curieux. Je ne suis pas surpris que Sam ait une fausse pièce d'identité. Quand on a dix-huit ans et qu'on ne peut entrer dans aucun bar, c'est frustrant. Ce que je ne m'explique pas, c'est pourquoi elle a jugé bon de l'utiliser avec l'organisme qui nous a emmenés plonger.

– C'est la carte que Jake m'avait fait faire à Baltimore, argumente-t-elle sur la défensive. Juste pour pouvoir sortir avec des copines le week-end. Je ne m'en suis quasiment jamais servi.

– Ça ne me dit pas pourquoi tu as donné celle-ci à Clyde. S'il était arrivé quelque chose, on aurait pu avoir des problèmes.

Je ne suis pas en colère, et je ne veux pas qu'elle pense que c'est le cas. Il ne s'est rien passé de grave, ce qui est fait est fait. J'essaie simplement de comprendre.

– J'ai juste paniqué. Je ne sais pas jusqu'où mon tuteur pourrait aller pour me ramener chez lui et continuer de toucher sa pension jusqu'à ce que je puisse « subvenir à mes propres besoins ».

– Jusqu'à ce que tu finisses tes études, tu veux dire ?

– Soyons réalistes une minute, Shad. Des études ? avec quel argent ?

Je ne réponds rien, me rendant de nouveau compte de ma chance d'avoir pu intégrer une fac sans me soucier de ce genre de détails.

– Je suis désolée pour la pièce d'identité. C'était un vieux réflexe, c'est tout, ajoute-t-elle alors que nous descendons du bateau après un dernier au revoir à Clyde et à son équipe.

– Ne t'inquiète pas, je comprends. C'est juste que ça aurait pu mal tourner.

Elle acquiesce sans un mot, et je devine qu'elle se sent coupable. Comme je ne suis pas très doué à ce petit jeu, je reste silencieux mais attrape sa main pour l'emmener chez *Bo's*. La gargote faite de bric et de broc se situe non loin de la marina, et nous y avons pris nos habitudes. Bo n'est pas sans rappeler l'idole de Sam, Ernest, et il nous régale toujours avec ses histoires abracadabrantes et ses sandwiches garnis de la pêche du jour. De plus, ici, je suis certain de ne pas tomber sur Keith.

Assis à une des tables branlantes, je repense à notre conversation précédente.

– Tu ferais quoi s'il n'était pas question d'argent, ou tout du moins si tu n'avais pas à t'en soucier ?

Elle repose son thé glacé, les sourcils froncés.

– Comment ça ?

– Comme études. Tu as dit tout à l'heure que tu n'en ferais pas faute de moyens. Si l'argent n'était pas un problème, tu choisirais quoi ?

Ses sourcils sont toujours froncés ; elle croise même les bras sur sa poitrine.

– Tu crois que je ne te vois pas venir ? m'accuse-t-elle.

– C'est une simple question.

– Non, avec toi rien n'est jamais vraiment simple. Je te préviens : je refuse catégoriquement que tu finances une université pour moi.

– Ce n'est absolument pas la raison de ma curiosité !

Est-ce que je mens mal ? Tout à fait. Et Sam n'est pas dupe.

– Franchement, mon ange, tu me vois payer tes études ? Pourquoi je ferais ça ?

Elle éclate de rire. Apparemment, je m'enfonce.

– Parce que tu le peux. Et parce que tu penses que c'est ton rôle de réparer tout ce qui ne va pas dans ma vie. L'argent ne résout pas tout.

– En l'occurrence, il n'y a pas grand-chose d'autre pour arranger la situation, répliqué-je en haussant les épaules.

Je ne nie même plus. Ça ne sert à rien.

– Peut-être. Mais ce n'est pas à toi de faire ça, Shad.

– Pourquoi ?

– Parce que ce n'est pas comme ça que j'ai envie que ça se passe entre nous. Je ne ferai peut-être pas d'études, mais je m'en sortirai par mes propres moyens.

Mon admiration pour Sam est sans limite. Et c'est encore plus vrai ce soir.

– Je ne te forcerai jamais à accepter un arrangement qui ne te convient pas. J'aimerais quand même que tu répondes à ma question. Je ne vais pas t'inscrire à la fac en douce, j'ai intégré il y a un moment que je ne ferais pas long feu si je faisais à nouveau de l'ingérence dans ta vie.

Elle me sourit, joue avec la condensation sur son verre.

– Si je pouvais, je crois que je choisirais une école d'art.

– Je ne t'imagine pas dans une autre branche, avoué-je.

Elle hausse les épaules. Je comprends qu'elle n'a pas spécialement envie de parler d'un avenir qu'elle ne connaîtra peut-être jamais.

– C'est grâce à toi, tu sais? poursuit-elle, ignorante du tumulte qui agite mon cerveau.

– De quoi?

– Si j'ai repris le dessin. Comme tu l'as dit, je n'ai jamais pu m'empêcher de représenter les belles choses, alors en m'emmenant sur tes lieux de shooting, l'envie a fini par être plus forte que le blocage.

– Je t'emmène voir de belles choses, moi?

– Tu sais bien que oui.

Elle me sourit de nouveau, et moi, je pense à tous ces endroits que je voudrais qu'elle dessine. Un jour, la vie devra reprendre son cours. Sam a une tante quelque part sur laquelle je devrais d'ailleurs bientôt en apprendre plus grâce au détective privé que j'ai contacté dans le Michigan. Mon ange avait une vie avant la mort de ses parents, et elle mérite plus que tout de retrouver un semblant de normalité. Même si j'aimerais être celui qui peut la lui offrir, je ne suis pas certain d'en être capable.

43

Sam

Key West, Floride, 30 juillet 2017

Allongée sur le transat de la terrasse, je somnole. Shad est parti courir. Je crois qu'il commence à avoir des fourmis dans les jambes à force de rester au même endroit. Une chance, finalement, qu'on reprenne la route demain. Moi, je me suis levée pour me traîner ici et terminer ma nuit.

Je finis par émerger en entendant du bruit dans la maison. Shad ne peut pas être revenu, il n'est parti que depuis quelques minutes. Alors que je monte silencieusement les marches jusqu'à l'étage. Je me heurte à un mur sur le palier menant à notre chambre. Un mur de muscles, nu et recouvert de fines gouttelettes d'eau.

– Oh ! Putain de merde ! Quelle trouille j'ai eue !

Shad éclate de rire en me dévisageant.

– J'ai cru qu'on nous cambriolait, tu n'es parti que depuis quinze minutes.

– Plutôt une heure ! J'ai même eu le temps de te regarder dormir et de prendre ma douche.

– Je ne pensais pas avoir dormi aussi longtemps…

Il me serre dans ses bras, et je savoure la sensation de ses abdominaux tendus sous la pulpe de mes doigts.

– Ça te dirait de célébrer notre dernière nuit ici dignement ? me propose-t-il.

– Évidemment. Tu veux aller quelque part en particulier ?

– Non, j'envisageais d'aller acheter à manger chez *Bo's*. Et peut-être à une ou deux surprises supplémentaires. Tu en penses quoi ?

– Si tes surprises contiennent de la *Key lime pie* de chez *Better than sex*, alors je suis partante.

Il sourit en se détachant de moi.

– Je vais bientôt croire que leur pâtisserie porte bien son nom.

– Je ne te remplacerai jamais par une tarte, Shad, sois sans crainte.

Il rit à nouveau.

– Je m'occupe de tout, mon ange.

– Tu es sûr ?

Il hoche la tête d'un air mystérieux. Je le suis dans la chambre et avise le bazar que j'ai disséminé un peu partout en deux semaines. Je crois que ça m'avait manqué de ne pas pouvoir m'étaler à mon aise dans le van.

– Je vais en profiter pour ranger mes affaires.

Il descend les escaliers en grommelant un « ça ne serait pas du luxe ». Cette fois, c'est moi qui éclate de rire. Je ne suis pas bordélique, c'est juste que mon système de rangement a une conscience qui lui est propre, je n'y peux rien.

Alors que je suis en train de finaliser mon dessin du phare de Sand Reef Key après avoir mis de l'ordre, Shad revient. Il s'affaire dans la cuisine, puis me rejoint avec un sac de chez *Bo's* dans une main et un seau dans lequel il a inséré une bouteille de champagne et des glaçons dans l'autre.

– On fête quelque chose ?

– Absolument. On va trinquer à la suite du voyage. Je sais que ça risque d'être un peu bizarre de reprendre la route après deux semaines ici, mais je suis certain qu'on verra encore des tas d'endroits qui en valent la peine.

– Cette ville a un drôle d'effet. J'ai presque hâte d'en partir parce que j'ai la sensation que je n'aurai bientôt plus jamais envie de la quitter.

– Je comprends…

Il débouche la bouteille de ce qui doit être un grand cru, à en juger par sa magnifique couleur dorée et sa forme particulière. Je repousse mon carnet à croquis alors qu'il me tend une coupe et décale une chaise pour l'inciter à s'asseoir à côté de moi.

– Alors, trinquons à de nouvelles aventures !

Nos verres se percutent dans un léger tintement. Je me rapproche davantage de Shad pour lui murmurer au creux de l'oreille :

– C'est pour me faire boire que tu voulais qu'on dîne ici ?

Mes lèvres happent son lobe, et je sens sa respiration s'accélérer.

– Mange, Sam. Ça va être froid.

J'obtempère et engloutis le poisson frit de Bo qui fond sous ma langue. Un soupir de contentement m'échappe.

– Bordel, la nourriture de Bo va me manquer.

– Dis tout de suite que je suis un lamentable cuisinier.

– Ce n'est pas ce que j'ai dit. Tu te débrouilles carrément bien dans la mini cuisine du Chevy avec le peu d'ustensiles que tu as. Difficile de faire du *fish & chips* dans un wok.

Je cale à la moitié de ma portion, et reste les mains sur mon estomac plus que plein et la tête levée vers les étoiles scintillantes.

Quand je finis par sortir de ma torpeur, Shad me scrute. La lueur dans ses yeux fait crépiter cette étincelle dans mon bas-ventre. Alors que je me mets debout et que j'entreprends de me déshabiller, mon photographe ne prononce pas un mot. Il sait très bien où je vais.

J'emporte ma coupe et le seau à champagne et grimpe dans le jacuzzi, plus consciente que jamais du regard de Shad qui détaille la moindre de mes courbes.

– Pas de dessert ?

– Si. Je l'attends en ce moment même dans une eau dont la température frôle la perfection. Il est photographe et canon. Tu ne l'aurais pas vu, par hasard ?

Il sourit et se lève pour se déshabiller à son tour. J'ai à peine le temps de savourer le spectacle qu'il enjambe déjà le rebord du bain bouillonnant. Il a dû m'hypnotiser avec sa plastique divine. Shad est un cliché ambulant, de ceux qu'on ne retrouve que dans les romans aux couvertures affichant des Apollons moins habillés que Channing Tatum, et je m'en délecte autant que je peux.

Quand mes doigts glissent sur sa musculature parfaite, j'en profite pour remercier ma bonne fée. Elle a sacrément bon goût, quand même. Je ne peux toutefois pas m'empêcher de me demander à quel moment mon carrosse va se transformer en citrouille. Lorsque les lèvres de Shad se posent sur les miennes, j'oublie tous mes doutes.

Échauffée par notre baiser, je grimpe sur les genoux de mon photographe. Je veux le sentir palpiter contre mon intimité. Je me frotte sur son sexe érigé alors qu'il étouffe un son entre le gémissement et le grondement.

– Attends, Sam.

Je le laisse se défaire momentanément de notre étreinte. Je l'admire alors qu'il se penche par-dessus le bord du spa pour se délester de nos verres, et me délecte au passage de la vue de son fessier rebondi.

– Hum… Je crois que je vais t'obliger à poser pour moi, un jour.

– Et pourquoi donc ? ricane-t-il.

– Parce que je n'ai pas d'appareil photo pour immortaliser ce moment.

– Si j'accepte de poser pour toi, il faudra me rendre la pareille.

Alors qu'il reprend sa place et moi la mienne, je hoche la tête, le sourire aux lèvres et les yeux déjà dans le flou à l'idée de ce que pourrait donner ce genre de séance.

Je me perds de nouveau dans un baiser que j'aimerais faire durer des heures. C'est sans compter Shad et ses mains expertes qui ne semblent pas savoir se décider entre mon clitoris et la pointe de mes seins.

Je me détache légèrement. Je meurs de chaud, et les joues de Shad affichent une couleur entre le carmin et l'écrevisse.

– J'ai beaucoup trop chaud. On sort de là ?

Il hoche la tête et passe ses paumes derrière mes cuisses pour me coller à lui.

– Accroche-toi, mon ange.

Mes bras autour de son cou, je le laisse me soulever comme si je ne pesais pas plus qu'une plume. Je souris dans son étreinte alors qu'il prend place dans la chaise longue dans laquelle je suis restée des heures à regarder les étoiles.

– Tu préfères monter dans la chambre ?

– C'est parfait.

Je réponds d'un souffle, parce que je ne veux plus parler. Je crève d'envie de le sentir en moi, ce que je lui fais comprendre en saisissant son sexe dans ma main. Il ne perd pas de temps, et je le laisse me remplir d'un seul mouvement. Après la chaleur du spa et l'air moite sur ma peau, la sensation est presque trop intense. Mon regard ancré au sien, je tente de reprendre ma respiration avant d'onduler sur lui.

Les vagues de plaisir s'accentuent dans mon bas-ventre, et mes mouvements deviennent très vite anarchiques. Je ne maîtrise plus rien, et je crois que Shad non plus.

Au-dessus de nous, le ciel sombre n'a jamais été aussi beau ni aussi scintillant. Une étoile filante vient compléter ce spectacle magique ; la tête de mon photographe pressée contre mon cœur battant la chamade, je ne peux pas m'empêcher de faire un vœu. C'est peut-être ridicule et sans aucun doute enfantin, mais je me dis que ça ne peut pas faire de mal de mettre toutes les chances de notre côté.

Il n'y a pas que Cendrillon qui ait droit à son « *happily ever after* ».

44

Sam

Big Cypress, Floride, 31 juillet 2017

De nouveau sur les routes, je prends conscience que le van m'avait manqué. J'aime le huis clos protecteur dans lequel il nous place. Toutefois, Key West restera ce coin de paradis hors du temps que je n'oublierai jamais. L'hémisphère de mon cerveau qui rêve devant les étoiles et les couchers de soleil, qui croit à sa bonne fée et à une fin heureuse, ne peut s'empêcher d'imaginer un futur là-bas avec Shad. Mais mon côté rationnel est plus fort et étouffe rapidement ces pensées. Shad et moi sommes beaucoup trop différents pour qu'un futur soit ne serait-ce qu'envisageable. Sans compter que je lui mens depuis des semaines maintenant. J'ai confiance en lui, mais comment l'inverse pourrait-il être possible alors que je ne suis pas honnête ?

– Sam ?

– Hum ?

Je détache mon attention du paysage qui défile. Shad me jette des coups d'œil intrigués tout en restant vigilant à la bande d'asphalte que le Chevy avale à bonne allure.

– Je ne sais pas où tu étais, mais ça n'avait pas l'air d'être sur cette planète.

– Où j'étais ? Un peu partout. Je me remémorais tous les endroits que j'ai visités depuis que je te connais. Il faudra que je trouve une façon correcte de te remercier, un jour.

Je brode pour ne pas lui livrer le fond de ma pensée.

– Ne sois pas ridicule. Ta présence à mes côtés, c'est déjà une récompense plus que suffisante. Et que je ne mérite pas, par-dessus le marché.

– Tu recommences, grogné-je. Tu penses qu'un jour tu arrêteras de te déprécier ?

– Tu penses qu'un jour tu comprendras que tout ce que je fais avec toi c'est par pur égoïsme ?

Je hausse les épaules, un semblant de sourire aux lèvres. On ne se défait pas du jour au lendemain de cinq années de violence ni de l'image qu'on a construite de soi, de toute évidence. Qu'importe qu'elle soit faussée.

– Tu ne m'as pas expliqué où on allait, au fait, enchaîné-je pour changer de sujet.

– Encore environ deux heures de route…

– Ça ne me dit pas quelle est notre étape du soir.

Il ricane en secouant la tête. Shad sait que je déteste les surprises, je suis trop impatiente pour ça.

– Big Cypress ! C'est une réserve nationale à mi-chemin de notre prochain lieu d'exploration.

Je suis sûre qu'il ne me dit pas tout, mais je le connais suffisamment pour comprendre que ce n'est pas la peine d'insister : il ne lâchera pas le morceau.

Je me renfonce dans mon siège et pose mes pieds sur la console devant moi.

J'ai dû m'assoupir, car c'est la main de Shad sur ma joue qui me réveille alors que nous sommes installés dans un camping bordé de cyprès. Je m'étire en sortant du van et jette un coup d'œil sur le lac à quelques mètres de notre emplacement. J'ai intérêt à me badigeonner d'antimoustique ce soir si je ne veux pas me retrouver gonflée de la tête aux pieds demain matin.

Notre aire de campement est deux fois plus vaste que la plupart de celles dans lesquelles nous avons passé nos nuits jusque-là. Elle me rappelle celle de Badin Lake.

Shad installe correctement le Chevy. Je fronce les sourcils en découvrant la grande couverture qu'il extrait d'un des coffres pour l'étendre à quelques mètres du véhicule.

– On dort à la belle étoile, ce soir ?

– Si tu ne te fais pas dévorer par la faune aérienne du coin, oui.

– Pourquoi ici ? On n'a jamais fait ça avant.

Il poursuit son installation avant de sortir du van deux lampes que je n'avais jamais vues.

– Elles sont censées repousser les moustiques, m'explique-t-il devant mon air inquisiteur. On va mettre toutes les chances de notre côté.

– Je comprends, mais pourquoi ?

– J'ai remarqué que tu adorais regarder les étoiles, reprend-il avec ce sourire qui ferait bouillir n'importe qui. Ici, c'est une « *International dark sky place* ».

– Ce qui veut dire ?

– Qu'à part en se gelant les miches un hiver dans le Montana, on a peu de chances de voir aussi bien la Voie lactée qu'ici !

– On voyait déjà vraiment bien les étoiles dans les Everglades, non ?

– Oui… Mais il y a une différence entre contempler les étoiles et la Voie lactée. Enfin, c'est ce qu'on dit.

Alors que Shad entreprend d'allumer un feu dans un des barbecues mis à disposition des visiteurs, il m'indique

que Big Cypress ne comporte pas moins de huit campings et que, comme nous sommes en semaine, cela explique pourquoi celui-ci est pratiquement vide. Personnellement, ça me va bien. Les tête-à-tête avec mon photographe, j'ai appris à aimer ça et à en redemander.

La viande grillée est délicieuse, mais je ne suis encore pas remise du quasi-brunch gargantuesque pris à la location avant de la quitter ; j'en laisse donc la plus grande partie à Shad.

À la table de pique-nique, nous discutons un moment avant qu'il n'aille chercher son ordinateur et mon matériel à dessin. Je suis agréablement surprise qu'il se décide à garder cette routine née des longues soirées dans le patio de la maison de Key West. J'ouvre mon carnet de croquis sur celui d'Ernest, le chat polydactyle que j'ai nommé comme celui de mon père. À chacune de mes visites dans la demeure d'Hemingway — oui, j'ai conscience qu'aimer un lieu à ce point est obsessionnel —, il est venu se coucher sur le banc à mes côtés, ronronnant sous mes caresses. Alors, j'ai fini par le dessiner. J'aurais préféré l'embarquer avec nous, mais, un peu comme la location de Key West ou le van, il n'a jamais été à moi.

Après un moment, je relève le nez de mon carnet, le regard attiré par le lac non loin qui prend feu dans la lumière du soleil qui disparaît. Les couleurs sont presque aussi belles que celles de Key West. Je commence à me demander si c'est un effet de la Floride ou de la personne avec laquelle je me trouve.

Je ne quitte plus le spectacle des yeux, perdue dans mes pensées, jusqu'à ce que l'astre du jour s'éteigne tout à fait à l'horizon. Shad est déjà debout ; j'attrape sa main tendue et le suis jusqu'au Chevy, où je pose mon carnet à croquis. Je m'installe à côté de mon photographe sur notre couchage d'appoint après m'être aspergée de citronnelle. Je sais que ce n'est pas le plus efficace, mais hors de question de passer la nuit avec des trucs chimiques qui sentent plus fort qu'un labo de meth clandestin.

Je me glisse dans le duvet, ma tête sur le bras de Shad qui vient me serrer un peu plus contre lui.

Depuis Key West, quelque chose a changé entre nous. Nous partageons une intimité qui n'existait pas avant. Comme si, à présent, la moindre de nos interactions signifiait quelque chose de plus. De plus puissant.

Je me laisse happer par le bleu foncé des cieux. Cette couleur entre chien et loup, plus tout à fait le jour, mais pas encore vraiment la nuit. Si je pouvais peindre précisément cette nuance, je le ferais, mais c'est comme le coucher du soleil : presque impossible à reproduire. Comme si ces teintes ne pouvaient avoir ce rendu que dans la nature.

Difficile de cerner l'instant exact où la nuit tombe complètement. C'est comme de regarder une fleur éclore. À un moment la lumière est encore trop présente pour distinguer les étoiles, et la seconde d'après vous en remarquez quatre ou cinq qui clignotent dans l'étendue céleste.

Aucun de nous ne prononce le moindre mot… jusqu'à ce que la Voie lactée apparaisse.

– Waouh !

C'est le seul terme qui me vient. Et je l'ai chuchoté, de peur qu'il impacte ce spectacle inédit. Quand on mentionnait la Voie lactée avant, j'ai toujours pensé que c'était une façon de parler, quelque chose qui existait dans l'espace, mais qu'on ne pouvait pas voir depuis la Terre. Même quand Shad l'a évoquée, j'ai eu un doute. Alors, ce spectacle, juste devant nos yeux, c'est tout simplement époustouflant. On a l'impression que le ciel s'est ouvert en deux et qu'il laisse se déverser des milliers de diamants, de saphirs, de rubis, de pierres ambre et de citrines. C'est indescriptible, majestueux.

Je finis par m'installer encore plus confortablement contre celui que je ne quitterais plus, même pour toutes les pierres précieuses du monde. Et, même si l'avenir immédiat est incertain, je m'enveloppe dans mes certitudes et sombre dans le sommeil, bercée par la lente respiration de l'homme dont je suis tombée amoureuse.

45

Shad

Tampa, Floride, 2 août 2017

Lorsque je jette un coup d'œil à ma montre, elle affiche 4 heures du matin. C'est la première fois que je suis aussi minutieux pour préparer une expédition. Sam n'y est pas pour rien, même si ce n'est pas le premier shooting de ce genre que je vais faire avec elle. Depuis notre arrivée à Tampa hier, je ne peux pas m'empêcher de me demander si cette exploration est une bonne idée.

Derrière moi, Sam grogne dans le lit que j'ai quitté il y a déjà quelques heures. Je soupire, et éteins la lampe d'appoint qui m'évitait de me bousiller la vue sur mes notes. Je relis ma dernière conversation avec John et son « Aucune crainte à avoir, fiston. Casques, masques et lampes de poche. C'est tout ce dont tu as besoin. À côté de Cocoa, Tampa c'est un jeu d'enfant. »

Je retourne alors me lover contre Sam. John est un pro, s'il dit qu'il n'y a pas de risque je peux lui faire confiance. Plus qu'à mon instinct, en tout cas. Mon ange bouge dans mes bras ; je tâche de me détendre. Je ne me rendormirai pas, mais quelques heures de repos avant de nous mettre en route ne seront pas du luxe.

Il est environ 11 heures du matin, quand je stationne le Chevy à l'endroit conseillé. Nous roulons depuis une heure, et la boule que j'avais dans l'estomac a fini par s'estomper devant l'enthousiasme de Sam alors que je lui racontais l'histoire du WT Edwards Hospital.

J'attrape une partie du matériel, et confie à Sam le casque que j'ai acheté spécialement pour sa petite tête. Le masque censé la protéger des moisissures et de l'amiante repose déjà en bas de son menton. Je l'ai forcée à enfiler un jean et une de mes chemises à manches longues dans lesquels elle doit crever de chaud, mais peu importe.

Nous marchons environ cinq minutes avant d'atteindre l'entrée de l'établissement. Je m'arrête un instant pour faire quelques photos de la végétation qui a repris ses droits sur l'hôpital, le plongeant dans une obscurité toute particulière.

– Je crois que je trouve ça encore plus glauque depuis que tu m'as dit que des enfants étaient hospitalisés ici. Ça se soigne la tuberculose, maintenant, non ?

– Ça se soigne, oui. Et on est vaccinés, aussi.

– Mais on faisait quoi aux gamins ici dans les années 1950 s'il n'y avait pas de traitement ?

– Ça devait se résumer à quelque chose comme prendre l'air.

– L'air étouffant et humide de Floride, tu veux dire ? Quel bien ça pouvait leur faire ?

– Aucune idée. Les forums sont bourrés de témoignages d'expériences paranormales dans cet hôpital, alors je ne suis pas sûr qu'ils s'en soient tous sortis. Si tu as envie de faire demi-tour, c'est encore le moment.

J'ai beau être moins angoissé que ce matin, je reconnais qu'une ambiance étrange plane sur les lieux. Sam balaie le bâtiment du regard comme si elle jaugeait la possibilité d'y trouver un ou deux fantômes, mais elle ne croit pas aux revenants.

– Nope. On y va. On est ici, non ? On ne va pas faire demi-tour maintenant !

Elle a raison : autant ne pas avoir fait tout ce chemin pour rien.

J'enveloppe sa main dans la mienne et me mets à la recherche d'un panneau qui aurait un peu de jeu, sur une fenêtre ou sur une porte. À quelques mètres de l'entrée principale, nous tombons sur une ouverture secondaire qui n'est plus protégée. Je me demande si cet endroit est encore bien surveillé. La vitre de la porte est éclatée ; je repousse du pied un morceau de verre accroché au montant avant de faire passer Sam.

– On va commencer par l'étage supérieur, si ça te va. Je voudrais profiter au maximum de la lumière naturelle, et ça sera sûrement mieux là-haut.

– Je te suis.

Ma lampe de chantier à bout de bras, je nous guide entre les brancards abandonnés jusqu'à un symbole indiquant des escaliers. D'après ce que j'ai lu, l'établissement ne comportait pas de sous-sol : la cage d'escalier conduit donc forcément au premier.

L'atmosphère est étouffante, limite angoissante, mais pas plus que dans beaucoup de lieux d'urbex que j'ai visités. Je ne dis pas que je ne crois pas aux fantômes… ni que j'y crois. Mais ces lieux abandonnés ont toujours un côté « arrêt sur image », ou même « retour dans le passé », qui pourrait nous faire adhérer à n'importe quelle histoire de revenants.

L'étage est en effet plus lumineux. Les fenêtres ne sont pas obstruées et, même si la végétation les recouvre en partie, le soleil est suffisamment fort à cette heure de la journée pour que je puisse faire des photos correctes. Surtout avec ce nouvel éclairage que je regrette de ne pas avoir acheté plus tôt.

Sa lampe en main, Sam commence à progresser dans la direction opposée à la salle de bains dans laquelle j'allais rentrer.

– Tu vas où ?

– Je ne vais pas te coller, ça va te gêner.

Je pourrais la contredire, mais je sais que si elle s'éloigne c'est surtout pour nourrir sa propre inspiration.

– Fais attention, mon ange.

– Que veux-tu qu'il m'arrive avec mon armure ?

Elle ricane et s'éclipse en direction de ce qui semble être le bureau des infirmières.

Disposant ma lumière artificielle dans un coin, je commence à prendre un tas de photos : la baignoire en train de pourrir, les chariots avec de vieilles seringues en verre ; plus loin, des montants de lit en métal, des brancards à moitié rongés par la vermine.

Je pense être dans ma bulle depuis une petite demi-heure quand un hurlement déchire le silence.

Aucun fantôme ne pourrait m'effrayer davantage que ce cri de détresse et de douleur de Sam.

– Shaaaad !

Je me rue dans la direction de ses cris. Mon cœur semble vouloir sortir de ma poitrine alors qu'elle m'appelle, des sanglots dans la voix.

– Sam ! J'arrive. Tu es où ?

Je deviens dingue à tenter de deviner la source de ses hurlements. Mais c'est son absence de retour qui me fait le plus peur.

– Sam ? Tu m'entends ? Essaie de me dire où tu es !

La réponse met un peu de temps à me parvenir.

– Euh… Je sais plus trop. Une pièce vers un brancard marron.

Je repère la civière tout au fond du couloir et ne perds pas une seule seconde pour me précipiter dans cette direction.

– Tiens bon, Sam !

J'ouvre une ou deux portes avant de la trouver dans ce qui ressemble à un bureau. Elle est passée à travers le plancher. J'ai la sensation d'étouffer en la retrouvant comme ça. Si le sol a cédé sous son poids, il s'effondrera davantage sous le mien. Je m'arrête juste à l'entrée de la pièce, mais il me faut toute la volonté du monde pour ne pas me précipiter vers elle.

La fenêtre à côté de Sam est brisée, et les intempéries saisonnières fréquentes dans la région ont sans doute fragilisé la structure. Ajoutons le poids des années, et on obtient la recette idéale pour le scénario catastrophe qui se déroule sous mes yeux.

Je m'accroupis pour me mettre à sa hauteur. Ses bras la maintiennent en équilibre ; j'y distingue déjà les sillons ensanglantés laissés par les débris de verre de la vitre. Je scrute autour de moi sans trouver quoi que ce soit qui me permettrait de la hisser. *Réfléchis, putain !*

Dans un flash, je revois une armoire pleine de draps que mon Leica a immortalisée. *Pourvu que tout ne soit pas rongé par les mites.*

– Sam ?

– Oui…

Je crois n'avoir jamais lu autant d'angoisse dans son regard, pas même quand elle s'est fait éjecter de son squat à West Baltimore.

– Est-ce que tu penses pouvoir tenir encore quelques minutes ?

– Pourquoi ? Ne me laisse pas, Shad…

– Je ne t'abandonnerai jamais, tu le sais. Je vais juste chercher quelque chose pour te tirer de ce trou. Si je m'approche trop, on risque de passer tous les deux à travers.

– OK. Je vais essayer de tenir. Mais… Fais vite, s'il te plaît.

Je cours en direction de ce placard aussi rapidement que je le peux. Je ne le retrouve pas du premier coup, et m'insulte de tous les noms quand je me rends compte que je ne suis pas du bon côté du couloir.

Alors que j'ouvre la porte du vieux meuble qui semble sur le point de s'effondrer, j'adresse une prière silencieuse à un dieu auquel je ne crois pas vraiment pour que le tissu soit encore résistant malgré les années. Je sélectionne les pièces le moins détériorées par la vermine pour les attacher les unes aux autres en revenant vers Sam. Je ne l'entends plus.

– Sam ?

Je pousse un soupir de soulagement quand elle lève la tête pour me regarder. Des mèches sont collées par la sueur et la poussière sur son front, et son masque est descendu sous son menton. Son casque est toujours en place même si, en l'occurrence, il ne lui sert pas à grand-chose. Sous ses bras, le sang se mêle maintenant aux morceaux acérés qui ont entaillé sa peau.

– Comment tu te sens ?

– J'ai connu mieux.

– Je vais te sortir de là, OK ?

Elle hoche la tête. Je cherche le meilleur angle pour la tirer de ce morceau de plancher dans lequel son corps est enfoncé jusqu'à la taille.

– Si je lance une boucle autour de toi, tu penses pouvoir passer le bord du drap sous tes bras, l'un après l'autre ?

Elle fait un essai. Je m'arrête de respirer quand une partie du sol s'effrite sous elle au moment où elle soulève le bras gauche.

– Ça devrait le faire, acquiesce-t-elle alors que je cherche déjà une autre solution.

– Je ne sais pas. Le plancher pourrait lâcher quand tu vas bouger.

– On n'a pas le choix, Shad. C'est la seule option. Ça finira par s'effondrer, quoi qu'il arrive.

– OK. Alors on va faire très vite.

Je ne tergiverse plus. Elle a raison : il n'y a pas d'autre solution, et je ne veux pas la voir chuter à l'étage en dessous. Je crée un genre de lasso avec ma corde faite de draps moisis puis le lance autour d'elle. Je ne ferai peut-être pas un mauvais cow-boy si je dois me reconvertir, après que Sam aura compris qu'elle risque sa peau à me suivre dans mes conneries. *L'urbex, putain. Mais quelle idée à la con !*

Prestement, Sam passe un bras, puis l'autre, par-dessus le tissu ; de mon côté, j'ai calé un pan derrière mon dos. Les pieds bien campés au sol, je suis prêt à tirer.

– Je pense que c'est bon.

– Alors, accroche-toi bien.

Je commence à reculer en direction de la porte, pour être certain d'avoir suffisamment d'espace.

Ses jambes frôlent le bord de l'orifice, et elle gémit. Je ne sais pas si elle s'est écorchée en tombant, mais j'appréhende ce que je vais découvrir quand elle sera près de moi.

– Mets-toi sur le dos, je vais t'éloigner le plus possible du trou. J'ai trop peur que le sol finisse par céder. Dès que je te tiens, on sort directement de là, OK ?

– Je ne sais pas si je vais pouvoir marcher.

Cette réponse me glace le sang, mais j'essaie de ne rien laisser paraître.

– Je te porterai.

Elle hoche la tête et se crispe en basculant sur le sol recouvert de débris. À part ses avant-bras qui continuent de saigner, je m'efforce de ne pas chercher les blessures qu'elle peut avoir. Je dois me concentrer pour la tirer de là en un seul morceau.

Je la fais glisser jusque dans le couloir, et même un peu plus loin, alors que l'obscurité nous enveloppe. Ma lampe de chantier est restée à l'entrée de la pièce.

– On va sortir de là, Sam, OK ? Je vais te porter et on évaluera les dégâts à la lumière du jour.

– Je peux essayer de marcher.

– Hors de question.

Je la contourne pour récupérer mon éclairage et passer mon sac en bandoulière.

– Tu penses que tu arriveras à monter sur mon dos ? Je préfère avoir les mains libres pour redescendre.

– Oui. Je ne suis pas si blessée, Shad. Tu es certain que tu ne veux pas que je marche ?

– J'en suis certain, oui. J'ai eu assez de frayeurs aujourd'hui pour dix ans, n'en rajoute pas.

Mon ton est sec et cassant. Je n'ai pas souvenir d'avoir un jour eu aussi peur pour quelqu'un, et ce n'est pas une sensation que j'apprécie.

En silence, je m'accroupis auprès d'elle et tente d'ignorer mon estomac qui se retourne au son de la plainte qui s'échappe de ses lèvres serrées. Elle passe ses jambes de chaque côté de ma taille et ses bras autour de mon cou. Je fais abstraction du liquide tiède et visqueux qui coule le long de mes avant-bras soutenant les cuisses de Sam. M'y attarder ne m'apporterait rien de bon, alors que nous sommes en haut de la cage d'escalier dans laquelle ne filtre aucune autre lumière que celle de ma lampe.

Si j'ai été prudent jusque-là, avançant à pas mesurés, testant le terrain avant de faire peser dessus mon poids et celui de Sam, je redouble d'efforts dans les marches. La sueur coule le long de mes tempes et de mes mâchoires, se logeant dans mon masque que j'ai glissé sous mon menton. Désormais, l'amiante et les moisissures m'apparaissent comme un risque ridicule.

La descente jusqu'au rez-de-chaussée me paraît interminable. Dans mon dos, Sam est beaucoup trop silencieuse pour ma propre santé mentale ; sa tête ballotte, heurtant mon épaule.

– Sam ?

– Hum ?

– Je sais que c'est long et que tu dois être crevée, mais il faut que tu essaies de rester éveillée.

Je la soupçonne d'être au bord de l'évanouissement plutôt que de l'endormissement, mais je me retiens de laisser mon angoisse la contaminer.

– Il fait chaud, c'est tout.

– Je sais, mon ange. Regarde, la porte est juste à quelques marches. Encore quelques minutes et on sera dehors. Tiens le coup.

Sa prise autour de mon torse se resserre, et j'essaie d'accélérer la cadence.

Quand nous déboulons au premier niveau du bâtiment, je prends conscience que tout risque d'effondrement est écarté ; je me mets alors à courir autant que je peux sans secouer Sam dans tous les sens.

Arrivé dehors, je ne m'arrête pas. Je préfère déposer Sam dans le van que sur le béton plein de débris de verre, de planches et de morceaux de structure qui se sont détachés au gré des intempéries. Elle est déjà suffisamment amochée comme ça.

– Tu es toujours avec moi, Sam ?

– Plus ou moins.

– Tiens-toi bien, je dois te lâcher d'un côté pour récupérer les clés du Chevy.

Elle hoche la tête en silence, comme si le moindre mot lui coûtait. La porte latérale déverrouillée, je grimpe dans l'habitacle et la dépose sur le lit. Je n'ai pas fait un pas qu'elle est déjà debout, vacillante, la main tendue vers un des placards du van.

– Tu fais quoi, là ?

– Si je m'assieds comme ça, je vais tacher les draps.

– J'en ai rien à foutre des draps. Tu es à deux doigts de tomber dans les pommes. Allonge-toi !

Me revoilà avec ma voix autoritaire.

– Non, ça va mieux. C'était vraiment la chaleur. Et puis, quand tu auras décidé que je suis un boulet et que tu ne veux plus de moi, je n'ai pas envie que cette tache soit le seul souvenir qu'il te reste de nous.

Est-ce qu'elle délire ?

– Tu dis n'importe quoi, grogné-je en l'aidant à sortir un drap de bain du placard dans lequel elle fouillait.

Autant aller dans son sens : elle est si butée qu'elle pourrait se coucher par terre juste pour avoir raison.

– Maintenant, allonge-toi, ajouté-je d'une voix plus douce.

Cette fois, elle s'exécute. N'ayant même pas une trousse de secours dans ce fichu van, j'attrape une autre serviette et une bouteille d'eau pour pouvoir nettoyer ses plaies un minimum. Je donne une seconde bouteille à Sam en lui intimant de s'hydrater.

– Honnêtement, je ne pense pas pouvoir garder la moindre goutte, Shad.

Je ne suis pas un expert, mais quelque chose me dit que ce n'est pas bon signe. Ce pourrait être la chaleur, mais je ne peux pas ignorer plus longtemps son jean déchiré et trempé de sang au niveau de sa cuisse droite.

Je décide que les blessures de ses avant-bras sont mineures à côté de celle-ci, et déboutonne son pantalon avant de le faire glisser délicatement le long de ses jambes. Sam gémit, les yeux clos, les lèvres pincées, plus blanche que jamais.

Peut-être que je devrais directement l'emmener aux urgences, mais la quantité de sang m'alerte. Et s'il valait mieux appeler une ambulance ? Et si le pire arrivait ?

Je prends une grande inspiration. Ce n'est pas le moment de paniquer. Je lui retire ses Converse en même temps que son jean, puis compresse la plaie qui me ferait tourner de l'œil si je n'étais pas concentré sur ma tâche. Je passe également en revue les coupures sur ses avant-bras. Les entailles ne sont pas trop profondes.

– J'ai pourri ta chemise, je crois…

– On s'en fout de ma chemise : ce qui m'inquiète, c'est toi. Si ta cuisse n'arrête pas de saigner…

Je ne termine pas ma phrase parce que je refuse d'envisager le pire, et aussi parce que je ne suis pas médecin.

Quand elle finit par boire une gorgée d'eau, je me décide à lever la serviette. Je pousse un soupir de soulagement qui fait ouvrir les yeux à Sam.

– Ça ne saigne plus. On fonce aux urgences les plus proches.

– Quoi ?

– Oui, je ne veux pas aller trop loin au cas où ça se remette à saigner.

Je redresse la tête pour rencontrer un regard couleur Caraïbes déformé par… la panique ? la peur ? l'angoisse ? Un contrecoup de l'accident, sans doute.

– Je pense que la pharmacie suffira. Un peu de crème antibiotique, un bon bandage… Mes vaccins sont à jour, c'est à peu près la seule chose que les services sociaux s'évertuaient à vérifier.

Comme le jour où elle m'a annoncé qu'elle allait faire du stop jusque dans le Michigan, je me demande si elle déconne. L'hémorragie a cessé, certes, néanmoins la plaie sur sa cuisse est profonde et large. Je ne m'appelle pas docteur Mamour, mais je sais qu'elle aura besoin de points de suture.

– Sam, le pharmacien ne fera rien pour une entaille aussi grosse. Tu crois que je vais accepter qu'on reprenne la route comme ça ? Avec les conséquences que ça peut engendrer ?

– Mais…

– Ce n'est pas négociable. Maintenant, accroche-toi, je vais essayer de passer les virages doucement. Le plus prudent serait que tu viennes devant, mais je ne veux pas prendre le risque de te faire bouger la jambe.

– Arrête d'imaginer le pire ! Je vais bien…

Je m'assieds derrière le volant. Dans le rétro, je la vois s'installer un peu mieux sur le lit. Elle est parfois tellement têtue que je craignais qu'elle se sauve à cloche-pied.

Alors que je cherche les urgences les plus proches sur mon téléphone, je me rends compte que mes mains sont couvertes de sang à moitié séché. Le sang de Sam. Mes doigts tremblent sur l'écran tactile. J'ai eu si peur de la perdre…

46

Sam

Tampa, Floride, 2 août 2017

Le regard rivé sur les étoiles en plastique collées au plafond du Chevy, je continue d'espérer que Shad renonce à l'idée de m'emmener aux urgences même si je sais, au fond, que c'est nécessaire. Ma jambe me lance tellement que j'en ai les larmes aux yeux, pourtant les valeurs éducatives du père Reed m'ont habituée à la douleur. Et, si j'en crois cette impression que l'habitacle tournoie dès que j'essaie de soulever la tête, je dois avoir perdu une quantité de sang considérable.

Sauf que je ne peux pas me retrouver face à des médecins qui me poseront des tas de questions, chercheront à connaître mon identité ou la raison pour laquelle je parcours les routes dans un van avec un type rencontré par hasard. Si le personnel soignant apprend que je suis mineure, il voudra parler à un responsable légal. Et ça, c'est inenvisageable. Je ne retournerai pas à Baltimore. Je préférerais mourir d'une septicémie ou du tétanos. Bon, peut-être pas, mais l'idée est là.

Je comprends que je n'ai pas le choix quand Shad stationne le Chevy sur un emplacement réservé aux urgences. Il repasse à l'arrière, le visage aussi fermé que depuis qu'il m'a sortie de ce trou. Il doit commencer à regretter de s'être encombré d'une gamine comme moi.

En attendant, il m'aide à enfiler un short en coton pour que je ne me retrouve pas en sous-vêtements au milieu de la rue.

– Il faut que tu emportes une pièce d'identité. Elle est où ?

– Dans mon sac à dos.

– OK. Je vais te porter, j'ai trop peur que les saignements reprennent si tu poses le pied par terre.

Je hoche la tête et tente d'abattre ma dernière carte.

– Shad, tu sais que je n'ai pas d'assurance maladie. Un passage aux urgences, ça va coûter une blinde.

– Oublie ça, tu veux, se contente-t-il de répondre.

L'argent n'est pas un problème pour mon photographe, même une facture de plusieurs milliers de dollars.

Il me prend dans ses bras et, n'ayant plus de moyen de reculer, je me cale contre sa poitrine. Je prends conscience que c'est sans doute une des dernières fois que je peux le faire. Je vais être obligée d'avouer la vérité à Shad ; après ça, il ne perdra pas de temps avant de me renvoyer chez ma tante ou, pire, chez les Reed.

Nous passons les portes d'entrée des urgences du Florida Hospital of Tampa.

– S'il vous plaît !

L'infirmière qui s'occupe du triage à l'entrée du service nous regarde avec attention quand Shad l'interpelle :

– S'il vous plaît ! Ma petite amie est blessée. Est-ce que vous pouvez nous aider ?

Elle s'approche et m'examine rapidement. Ma cuisse s'est remise à saigner quand Shad m'a pris dans ses bras.

– Venez avec moi, je vais vous installer dans un box. Cette plaie n'est vraiment pas belle.

Son ton est professionnel, mais son regard m'enveloppe de douceur quand elle aide Shad à me déposer sur le brancard.

Elle ne perd pas une minute pour me brancher à des tas d'appareils.

– Ta pression sanguine n'est pas bonne…

Elle attend que je lui donne mon prénom.

– Sam.

– Tu as perdu beaucoup de sang, Sam ?

– Pas mal, oui, lui répond Shad, sa voix éraillée par l'angoisse et la culpabilité. J'ai fait un point de compression et je l'ai amenée dès que ça s'est calmé.

– Vous pouvez me raconter comment c'est arrivé ?

Cette fois, je ne laisse pas la possibilité à Shad de s'exprimer.

– On est explorateurs urbex. Shad est photographe et moi, je dessine. On est en vacances dans le coin donc on s'est dit que c'était l'occasion de visiter le WT Edwards Hospital.

– Le sanatorium abandonné ?

J'acquiesce, l'air faussement contrit. Elle sourit en secouant la tête.

– Tu as eu de la chance. J'ai déjà vu pire accident dans ce vieux machin. Vivement qu'ils le détruisent. Je vais aller prévenir l'urgentiste de garde. Je te laisse sortir tes papiers pour que je puisse remplir ta fiche d'informations.

Une fois qu'elle a quitté les lieux, Shad dégage mon sac de son épaule et me l'apporte. C'est le moment de vérité. Je croise les doigts pour qu'il me permette de donner ma fausse carte, mais je ne rêve pas.

Il l'attrape, et relève la tête pour me dévisager.

– Sam, pas besoin d'avoir vingt-et-un ans pour les anti-douleurs, je te le promets. Tu peux sortir ta vraie identité, ils n'ont aucun moyen de savoir que tu étais en famille d'accueil il y a quelques semaines.

Il a le sourire aux lèvres pour la première fois depuis des heures. Et je suis sur le point de tout détruire. Je me noie dans ses yeux l'espace d'une seconde. Je me gave de ses traits, me repais du timbre de sa voix qui résonne encore dans la pièce. J'en profite, tant que je le peux.

– Je ne peux pas te donner la vraie.

– Pourquoi ?

Son sourire disparaît. Il n'est pas en colère : il ne comprend tout simplement pas.

– Parce que si je la donne à l'infirmière, elle ne me laissera pas repartir. Ni avec toi, ni seule. Pas avant d'avoir appelé les services sociaux.

En parlant, je plonge la main dans la poche bien cachée où se trouve la preuve de mon mensonge. Je la lui tends en flippant qu'il décide d'en finir avec moi sur-le-champ. Il détaille le petit morceau de plastique rectangulaire, soudain blême. Sa paume tremble, il garde les yeux baissés pour ne pas me regarder. Mon estomac se serre ; la nausée qui m'avait quittée me reprend, accompagnée de sueurs froides qui ne sont pas seulement liées à mon état.

– Je suis désolée.

Je pensais parler plus fort que ça, mais c'est un léger filet de voix qui s'échappe de ma bouche.

L'infirmière choisit ce moment pour entrer à nouveau dans le box. J'ai la sensation que je suis à deux doigts de perdre connaissance. Je perçois plus que je ne vois Shad fermer précautionneusement mon sac et le poser au sol. Je parviens néanmoins à ouvrir une paupière pour me rendre compte qu'il tend ma pièce d'identité contrefaite à la femme qui s'occupe de moi ; j'en pousse un énorme soupir de soulagement avant de laisser ma tête retomber lourdement sur le brancard à l'odeur d'antiseptiques.

– Comment te sens-tu, Sam ? me demande la soignante en remplissant mon dossier médical sur l'ordinateur parallèle au lit.

– Pas très bien, à vrai dire. Faible. Nauséeuse. Douloureuse aussi. Pourtant je n'ai presque pas eu mal jusque-là.

– C'est l'adrénaline qui chute. Et les conséquences de la perte de sang. Je vais te poser une perfusion en attendant que le médecin arrive.

Elle marque une pause pour taper quelque chose sur son clavier.

– Est-ce que tu as une assurance maladie ?

Je secoue la tête, prise par des vertiges de plus en plus violents.

– Le paiement ne sera pas un souci. Je peux vous donner mes coordonnées bancaires dès maintenant si besoin, ajoute Shad.

– Quelqu'un de l'administration viendra pour ça, ne vous en faites pas.

Je voudrais lui dire de ne pas faire ça, que je me débrouillerai pour régler l'hôpital plus tard. Mais avec quel argent ? J'aimerais aussi lui crier de me regarder, que sa froideur est pire que sa colère, mais j'imagine que celle-ci finira par arriver. De toute façon, je n'en ai pas la force.

– Je te pose une perfusion, Sam. Ça servira à te réhydrater et à te donner quelques antidouleurs. Tu as des allergies particulières ?

– Non, aucune. Enfin, pas que je sache. Je n'ai jamais mis les pieds à l'hôpital avant aujourd'hui. Pas pour moi, en tout cas.

Je n'ouvre pas les yeux alors que je l'entends s'affairer sur mon avant-bras droit, celui qui a le moins ramassé dans ma chute. Une poigne solide s'empare de ma main gauche et la serre. Un pouce trace des cercles dans ma paume. Ce geste d'une douceur infinie fait couler les larmes que je retenais depuis quelques minutes.

L'infirmière continue de s'occuper de moi. Elle injecte des produits dans la perfusion qu'elle vient de poser et nettoie les coupures les plus superficielles.

Alors que je dérive dans le monde cotonneux dans lequel m'ont envoyée les antidouleurs, une voix inconnue m'incite à ouvrir les yeux.

– C'est une bien méchante plaie que vous avez là.

L'homme, la quarantaine, que je suppose être le médecin, enfile des gants et m'examine sans douceur. Je serre les dents parce que je n'aime pas me plaindre d'une situation dans laquelle je me suis foutue toute seule, mais, du coin de l'œil, je vois que Shad est à deux doigts de reporter sa colère sur quelqu'un d'autre que moi. Heureusement, l'urgentiste est rapide et laisse ses consignes à l'infirmière alors qu'une interne qui semble à peine plus vieille que moi débarque à son tour avec du matériel.

– Je suis le docteur Delgado, se présente-t-elle. C'est moi qui vais suturer ta plaie et panser celles de tes bras.

– Vous êtes celle à qui le chef de service refile tous les trucs chiants ?

Merde, je crois que la morphine me fait dire tout ce qui me passe par la tête…

– Comment tu as deviné ?

– Je regardais *Urgences*… là où j'habitais avant.

Il faut que je me taise avant de mentionner les Reed et West Baltimore.

Le docteur Delgado jette des coups d'œil appuyés à Shad. Je me retiens de lui balancer qu'il sera bientôt libre si elle patiente un peu, mais l'attention de Shad est focalisée sur moi. Nos doigts, cette fois entremêlés, m'insufflent un espoir que je ne devrais pas ressentir. Il me touche, mais son regard m'évite toujours. Ses traits sont fermés ; il émane de lui une froideur que je ne l'ai vu adopter qu'une fois. Avec son ex-meilleur ami, Keith.

L'interne m'explique des choses que je n'entends pas. Je capte vaguement qu'elle évoque une anesthésie locale et des sutures, mais je ne m'en préoccupe pas. Je ne bronche même pas quand elle utilise une seringue emplie de je ne sais quel produit pour endormir les bords de ma plaie. La froideur de Shad me paralyse. Je ne sais pas si je trouverai les mots justes pour lui expliquer pourquoi je ne lui ai pas dit la vérité, pour lui faire comprendre que seize ou dix-huit ans ça ne change pas grand-chose.

Je ne veux pas le perdre, mais je le sens déjà me glisser entre les doigts comme le sable fin de Virginia Beach. Je n'ai pas les armes pour le retenir. J'ai toujours été consciente que ça s'arrêterait un jour ; je pensais simplement que tout se passerait plus en douceur. Je me leurrais. Mes sentiments pour Shad sont beaucoup trop intenses pour que la fin ne soit pas explosive.

Je finis par m'assoupir, assommée par les antidouleurs et la fatigue. Quand je me réveille, je suis seule dans la pièce. Mon estomac se serre à l'idée qu'il ait pu me laisser là sans un au revoir.

– Comment tu te sens, Sam ?

Je sursaute. Cette voix n'est pas celle que j'espérais. L'infirmière vient d'entrer avec un petit sachet en papier.

– Mieux. Quelle heure est-il ?

– 22 h 30. Je vais enlever ta perfusion et tu pourras partir. Je t'ai donné assez d'antidouleurs pour attendre l'ouverture des pharmacies demain, ajoute-t-elle en déposant près de moi le sac qu'elle tenait.

– Où est… euh…

– Ton ami ?

Je hoche la tête, l'estomac toujours noué, même si j'ai décidé de faire confiance à Shad il y a longtemps et qu'il n'y a pas de raison que ça change aujourd'hui.

– Il est allé déplacer votre véhicule pour que tu n'aies pas à marcher. Je te débranche et je t'accompagne en fauteuil roulant.

– Je dois pouvoir marcher.

– Peut-être, mais c'est la politique de l'établissement.

Elle me débarrasse de ma perfusion, puis m'aide à me mettre debout pour que je puisse m'installer dans la chaise roulante qu'elle a apportée jusqu'au brancard. Je ne vois mon sac nulle part, j'imagine que Shad a dû le récupérer. Je tiens le sachet contenant mes analgésiques et me laisse guider hors de cet endroit qui marque un nouveau tournant dans ma vie.

Shad est appuyé au Chevy. Il n'évite pas mon regard comme tout à l'heure, mais la douleur que j'y lis me le ferait presque regretter.

– Accroche-toi, m'intime-t-il en se penchant vers moi.

Je passe les bras autour de son cou, et le laisse à nouveau me porter comme si j'étais une brindille menaçant de se rompre. Il me dépose sur le siège passager puis remercie l'infirmière. Je retiens la porte avant qu'il ne la referme pour pouvoir faire de même.

– Soyez prudents, les jeunes ! J'imagine que vos photos doivent être magnifiques, mais ne risquez pas votre vie pour ça.

– Reçu cinq sur cinq !

Nous quittons l'hôpital et le cœur de Tampa.

– Shad, je…

– Pas maintenant, Sam.

– Je suis désolée, balancé-je à toute vitesse avant qu'il ne me coupe de nouveau.

– Je ne veux pas parler. Pas tout de suite, OK ? Laisse-moi juste un peu de temps.

Je ne réponds rien. Je ne sais pas si je vais pouvoir supporter sa froideur et son silence. Ce dont je suis certaine, c'est que les choses seront bien pires si je le pousse dans ses retranchements.

47

Shad

Pruitt Trailhead, Floride, 3 août 2017

Depuis que j'ai découvert le mensonge qu'entretenait Sam, je suis anesthésié. J'ai coupé volontairement le flux de sentiments qui m'a assailli sur le moment, et je n'ai toujours pas laissé tomber cette muraille. J'ai beaucoup trop peur de ce que je pourrais faire si c'était le cas.

Je ne lui en veux même pas : c'est sur moi que repose le poids de toute ma culpabilité. Parce que je n'ai pas été capable de me retenir de l'embrasser à Virginia Beach, parce qu'après ça je n'ai pas pu m'empêcher de continuer à la toucher, à la garder près de moi, à découvrir une nouvelle vie avec elle.

J'ai eu la sensation qu'elle me prouvait un peu plus tous les jours que j'y avais droit. *Mais qu'est-ce que j'imaginais, putain ?* Je ne peux pas avoir une fille comme Sam. Elle est mineure, bordel ! Elle n'a même pas dix-sept ans. Je me dégoûte. Je ne vaux pas mieux qu'un pervers qui fait la sortie des lycées pour y récupérer des ados à peine pubères. En quoi je me distingue de cette pourriture de Keith, finalement ?

– Shad ?

Je tourne la tête vers mon ange. Parce qu'elle le sera toujours. Un ange du genre intouchable, cette fois. Comme elle aurait dû l'être depuis le début.

– Ça fait au moins vingt minutes que tu as coupé le contact sur ce parking…

Je le sais. Je me suis juste perdu dans mes pensées.

– C'est quoi Pruitt Trailhead ?

Sam fait la conversation seule. J'ai besoin de temps, comme je le lui ai dit hier quand nous sommes revenus de l'hôpital. Toutefois, il va bien falloir que je lui explique. Je ne vais pas me barrer sur cette explo sans elle, et sans la prévenir.

– Je… Tu…

Ma voix est rauque, comme si je ne l'avais pas utilisée depuis des semaines. Je bois une gorgée d'eau pour me donner une contenance et repousser l'inévitable.

– Je vais aller voir un site que des explorateurs urbains m'ont conseillé. Sur un forum.

J'ai la sensation qu'elle ne s'attendait pas à ça. Je sais qu'elle voudrait qu'on parle de ce que j'ai découvert hier, mais elle devra patienter.

– Un avion s'est crashé non loin de ce chemin qui traverse la forêt. Je voudrais aller jeter un coup d'œil, prendre quelques photos. Je ne pense pas être très long, mais en réalité je ne sais pas si c'est facile d'accès ou non.

– *Tu* veux aller jeter un coup d'œil, répète-t-elle en mettant l'accent sur le premier mot. Je ne viens pas ?

Je n'arrive pas à cerner si elle est déçue, soulagée ou effrayée. Peut-être qu'elle non plus ne parvient pas à démêler les sentiments qui l'habitent.

– Je préfère que tu restes là. Et puis, tu dois faire attention avec ta jambe.

– Et tu as besoin d'être seul.

– En effet.

Elle hoche la tête, le regard fixé droit devant elle.

– Je comprends. Mais il faudra qu'on discute, Shad. On ne peut pas s'ignorer comme ça. Ou faire comme si rien ne s'était passé.

– Ce n'est pas ce que je fais. Je ne nie pas que les choses ont changé hier.

– Je ne parlais pas de ça, mais de ces dernières semaines. Je ne peux pas faire comme s'il n'y avait rien eu entre nous. C'est probablement ce que tu voudrais, mais ça m'est impossible.

Elle a tort. Si je pouvais oublier les sentiments que j'ai pour elle, et le fait qu'elle a réussi à me faire sentir plus vivant que pendant toute ma vie, je le ferais. Mais pour moi aussi, c'est impossible.

J'attrape mon sac et jette un dernier regard à cet ange au tempérament de feu sans qui je ne sais plus comment exister.

– Je laisse ouvert, et les clés sur le contact. On est stationnés plus ou moins à l'ombre, mais n'hésite pas à mettre la clim si tu as trop chaud. Il y a de l'eau et de quoi manger dans le frigo. Les antidouleurs sont dans le placard au-dessus du lit.

– Vas-y, Shad. Je peux me débrouiller toute seule, tu sais.

Oui, je sais. Sam n'a pas besoin de moi. C'est ce qui rend cette situation encore plus instable qu'elle ne l'était déjà. Tout ce qu'on a construit en quelques semaines est en train de s'effondrer comme un château de cartes.

Je n'ai même plus envie de voir ce foutu avion : je ne marche que pour m'éloigner du Chevy, et de Sam par la même occasion. J'ai réussi à me convaincre que c'était pour réfléchir, mais je sais que je me mens à moi-même. Si je prends de la distance, c'est parce que j'ai peur de mes réactions : de mes mots qui pourraient dépasser mes pensées, de ma propre vérité qui pourrait s'étaler au grand jour, dans son entièreté cette fois.

Distrait, je tente tout de même de garder un œil sur le GPS de mon téléphone et les coordonnées géographiques que j'ai paramétrées avant de partir.

Je finis par tomber sur l'avion de Theodore Weiss après deux bonnes heures de marche. Quand je regarde la carcasse du petit biplace, j'ai la sensation fugace, mais étouffante, de contempler ma vie. Je me suis moi aussi écrasé à pleine vitesse après avoir appris que Sam n'est même pas majeure. Mon cœur a explosé sous l'impact lorsque je me suis rendu compte que tout ce que j'avais espéré ne pourrait jamais se produire.

Je me laisse tomber sur le sol humide de la forêt tropicale et scrute le squelette du Sonex comme si c'était le mien. Il n'en reste pas grand-chose, même si les débris ont été bien préservés des intempéries par l'épais feuillage des arbres qui le surplombent.

Je m'adosse à un tronc, et une certitude me heurte de plein fouet. Je suffoque; l'air dense autour de moi ne m'apporte aucun bienfait. J'ai envie d'une ligne. J'ai besoin de me défoncer comme cela ne m'est plus arrivé depuis des mois. Le manque n'a jamais été aussi impérieux, pas même quand ce connard de Keith m'a agité son sachet de poudre sous le nez. Ce soir, j'en ai mal à la poitrine tellement ça me bouffe. Voilà exactement pourquoi j'avais dressé cette foutue barrière autour de ma cervelle malade: pour ne pas créer ce manque auquel je ne pourrais pas résister. J'essaie de remonter les murs qui me protégeaient jusque-là, mais n'y parviens qu'en partie.

Je regarde ma montre lorsque la luminosité autour de moi devient incertaine. Il est plus de 18 heures. Il va falloir que je marche plus vite au retour qu'à l'aller, mais je ne sais pas si j'en suis capable. J'ai l'impression d'avoir été percuté par l'avion que je détaille une dernière fois en m'éloignant dans la direction indiquée par mon GPS. Je n'ai pas pris une seule photo.

Je progresse d'un pas rapide, mais le soleil se couche au moment où je regagne le Chevy. Sam est installée dans l'entrebâillement de l'ouverture latérale ; elle me dévisage un instant, comme si elle avait vu un fantôme, avant d'attraper une bouteille d'eau dans le frigo pour me la tendre.

– Tu devrais t'asseoir, tu as une sale tête, assène-t-elle en reculant.

Je ne sais pas si je lui fais peur ou si elle prend mon besoin de distance un peu trop au pied de la lettre. Je ne veux pas qu'elle me fuie ; c'est d'ailleurs pour ça que j'ai dormi dans le même lit qu'elle cette nuit. Mon désir d'espace n'est que psychologique. Mais j'ignore comment le lui expliquer sans qu'elle me voie comme un cinglé.

Elle continue de me regarder avec ce mélange de crainte et de soulagement.

– Je ne te ferai jamais de mal, Sam, tu le sais ?

Elle fronce les sourcils comme si elle ne comprenait pas le sens de ma phrase.

– J'étais juste tellement inquiète. Tu es parti toute la journée, Shad…

À mon tour de froncer les sourcils. J'essaie de me remémorer l'heure qu'il était quand je me suis engagé sur le chemin de trail, mais mon cerveau ressemble à une espèce de purée de pois et mes pensées moulinent dans cette bouillie.

– Je ne m'en suis pas rendu compte. Je suis désolé.

Dans le frigo, elle attrape un emballage plastique contenant un wrap de poulet et me le propose d'un geste, ses traits toujours déformés par l'inquiétude.

– Tu devrais manger. Tu trembles.

Elle a raison. Mes mains tressaillent tellement que l'eau dans ma bouteille clapote contre les parois. La sueur coule le long de mes tempes, et la vue de ce sandwich sous vide me file la nausée.

– J'ai surtout besoin de dormir. Je n'ai pas fermé l'œil la nuit dernière.

Quand je la regarde de nouveau, des larmes roulent le long de ses joues, collant ses cheveux fins à sa peau avant d'aller se perdre dans la courbe de son cou.

– Je suis désolée, Shad. Je ne pouvais pas te dire mon âge au début, et ensuite… Tu as eu tellement de mal à lâcher prise que je n'avais pas envie tout gâcher. Je te voulais, toi. Plus que tout. Même si je me rends compte à quel point j'ai été égoïste, maintenant.

Il faut que je l'empêche de parler pour éviter de craquer et de gober tous les médocs qu'on lui a prescrits à l'hôpital.

– On va essayer de trouver un endroit pour se poser. On ne peut pas passer la nuit sur ce parking, l'accès au trail va fermer dans quelques minutes.

Je suis un lâche, incapable de lui dire ce que je ressens, incapable de passer outre son âge malgré cette minuscule voix qui me répète que la Sam d'aujourd'hui est exactement la même que celle d'il y a deux jours. Heureusement, elle est plus brave que moi. Elle hoche la tête, range le sandwich à sa place, s'installe sur le siège passager et attend que je démarre.

Nous nous retrouvons rapidement sur la route en direction de Tallahassee. Être occupé me permet de ne pas penser à autre chose.

C'était l'itinéraire que j'avais prévu au départ, et je n'ai pas la force de réfléchir à un autre plan. Il faudra cependant s'arrêter avant d'arriver à destination : je ne tiendrai pas la distance sur autant de kilomètres ce soir. J'aurais besoin d'une douche, dans l'idéal, mais j'ai fait une croix sur mon idéal aujourd'hui.

J'immobilise le van sur le parking d'un motel abandonné tout en me demandant si c'est une bonne idée. Les réminiscences de notre première nuit au *Skyline* se rappellent à mon souvenir.

Le *Red Carpet Inn* est, cela dit, abandonné depuis bien plus longtemps, et je peux toujours rêver pour trouver une douche en état de marche dans ce gourbi. Je finis donc par sortir la réserve d'eau que je remplis régulièrement pour parer à ce genre d'éventualités. Je me défais de mon tee-shirt dans un coin, puis me verse la moitié de la première bonbonne dessus. Juste assez pour me débarrasser de la sueur et de l'humidité qui m'ont collé à la peau tout l'après-midi.

Sur le pas de la porte, Sam m'observe. Elle me regarde avec une émotion proche du désespoir. Je me demande comment on a pu passer de l'alchimie qui nous a toujours liés à ça.

Après m'être changé, comme hier, je m'allonge à côté de Sam qui scrute, les yeux grands ouverts, le plafond d'étoiles phosphorescentes. Je suis un hypocrite, mais je ne peux pas me résoudre à dormir loin d'elle.

Quand elle finit par me tourner le dos, je fais exactement ce que je ne devrais pas. Je réduis à néant la distance que je nous impose pour venir me coller à elle. C'est le nez dans les cheveux de cet ange que je ne peux plus avoir, la main sur ses hanches que je devrais me refuser de toucher, que je finis par rattraper ce sommeil qui me fuit.

48

Shad

Tallahassee, Floride, 4 août 2017

Après un dernier regard au motel dans lequel nous avons posé nos valises pour quelques nuits à Tallahassee, je monte dans le Uber réservé il y a quelques minutes. Je regrette de ne pas avoir pu prendre une chambre dans un vrai hôtel, toutefois en plein mois d'août je ne pouvais pas faire le difficile. J'aurais sans doute pu nous installer dans un camping du coin, mais je me doutais que je fuirais de nouveau et je ne voulais pas que Sam se sente en insécurité.

Elle ne sait plus quoi me dire ni comment se comporter avec moi. Je la comprends : je ne sais pas comment me comporter avec moi-même non plus.

Si je quitte le motel ce soir, c'est parce que je ne tiens plus. J'ai besoin de faire taire mon dégoût de moi-même. Dans la poche arrière de mon jean, j'ai glissé un petit sachet avec quelques oxy[19] empruntés à Sam. Je ne les ai pas volés. Pas vraiment. Elle se contente de prendre de l'ibuprofène

---

19 Oxycodone : antalgique stupéfiant de la famille des opioïdes. Il peut provoquer une forte dépendance physique et psychologique.

depuis sa sortie des urgences et, vu où elle avait planqué le reste, je me rends compte que c'est par respect pour moi.

Alors que le taxi roule en direction du centre-ville, je relis les messages que j'ai envoyés plus tôt.

Quand on a eu la vie que j'ai eue, on connaît beaucoup de monde, des gens un peu partout aux États-Unis, voir dans d'autres pays. Personne de très recommandable. Fitz n'est pas le pire. Il n'est pas Keith. D'ailleurs, il ne le porte pas en odeur de sainteté non plus. Je ne risque donc pas de les retrouver tous les deux au même endroit. Pourquoi est-ce lui que j'ai choisi de recontacter ? Parce que c'est un plus grand fêtard que celui que j'ai été, les escorts en moins. Je pensais qu'il ne viendrait pas, mais il a fait la route depuis Tampa, où son paternel à une villa, pour passer du bon temps avec moi. Autrement dit, se mettre minable.

En arrivant au bar lounge dans lequel nous avons rendez-vous, je me dirige vers l'hôtesse qui gère le carré VIP. Fitz ne m'a rien dit, mais il ne prendrait jamais une table au milieu de tout le monde. Il a été élevé de cette manière : dans le m'as-tu-vu et le clinquant.

Comme je le présumais, après avoir entendu mon nom, l'hôtesse me conduit à une table à l'étage.

– Caldwell !

Fitz a commencé les hostilités sans moi. Les deux bouteilles de champagne qui reposent dans un seau de glace me le prouvent. Je ne crois pas avoir déjà vu ce type sobre, de toute façon.

– Comment tu vas, Fitz ? On attend du monde ?

– Non. Pourquoi ?

Je regarde autour de moi. À la vue de tous ces sièges vides, la réponse me semble évidente, mais je laisse couler. Je ne suis pas venu pour faire la conversation. Ce que j'avais oublié, c'est que quand Fitz commence à boire il devient plus prolixe que la normale.

– Qu'est-ce qui t'amène en Floride ? Plus assez de distraction à ton goût à Chicago ?

– Et toi ? Tu passes toujours tes vacances à Tampa ? embrayé-je pour ne pas répondre à ses questions.

J'ai de la chance : si Fitz Charming aime parler, il préfère encore que ce soit de lui.

– Mec, je passe ma vie en Floride, maintenant. Plus loin de mon père je suis, mieux c'est.

Alors qu'il déblatère sur son paternel, je fais signe à une serveuse pour qu'elle apporte une bouteille de leur meilleur bourbon. Le champagne me rappelle bien trop Sam, notre ultime nuit à Key West et ses cris de jouissance s'envolant en direction des étoiles. Je déglutis pour me concentrer sur le bla-bla du type à mes côtés. Tout vaut mieux que de songer à elle.

– Tu ne connais pas la dernière du Patron.

– Le Patron ?

– Charming Senior, Shad. Faut suivre, un peu.

– Désolé, j'étais perdu dans mes pensées. Continue.

– Il veut que je reprenne mes putains d'études !

Fitz est plus jeune que moi d'un ou deux ans. Il est l'héritier d'une chaîne de casinos de Vegas, actuellement dirigée par le fameux « Patron », comme il l'appelle. Je ne connais pas son histoire, mais je crois surtout que Fitz est le trou du cul le plus pourri-gâté de l'univers. Bien que je sois mal placé pour le critiquer.

– Je pensais que tu les avais terminées.

– Nope. Une désintox par-ci, une désintox par-là. Tu sais ce que c'est.

Je ricane. Les cures n'ont pas vraiment l'air de lui avoir fait de l'effet.

– Non, pas vraiment, ajouté-je.

– Ce n'est pas ce que j'ai entendu, pourtant. On m'a dit que tu étais clean et que tu faisais un pèlerinage je ne sais pas trop où.

Un pèlerinage ? Qu'est-ce qu'il ne faut pas entendre ! Je me marre de nouveau. Le bourbon que je descends à grandes lampées doit commencer à agir.

– Je suis clean, oui. Mais je ne suis pas passé par la case désintox, j'ai juste pris la route. Histoire de changer d'air et de m'éloigner des influences néfastes.

– Swenson ? Je n'ai jamais pu blairer ce type. Il est dérangé et pas très à cheval sur le consentement, d'après ce que j'ai entendu. Si tu veux mon avis, tu as bien fait de rompre le contact. Et je suis content que tu ne me comptes pas dans tes influences néfastes.

Néfaste, non… Mais, si je n'avais pas l'intention de replonger les deux pieds dans mes addictions, je ne l'aurais jamais appelé. Ce qui est très con, finalement. J'avais oublié à quel point il peut être de bonne compagnie.

Il vide sa coupe et se tourne vers moi en fouillant dans sa poche.

– J'imagine que tu préfères que j'aille aux chiottes pour me faire une ligne, du coup. Je voudrais pas te tenter ou avoir l'air irrespectueux, quoi.

– Tu peux rester là. J'ai emporté ma propre réserve.

Je sors les oxy de mon jean et en gobe deux avec un énième verre. C'est exactement pour ça que j'ai pris ces cachetons avec moi : pour résister aux lignes que Fitz agiterait sous mon nez. La coke a toujours été ma drogue de prédilection, Keith le savait quand il nous est tombés dessus à Key West.

– Donc j'imagine qu'on ne peut plus dire que tu es clean…

– La semaine a été compliquée.

Avec une envie proche de l'hystérie, je le regarde sniffer la poudre qu'il a disposée sur le plateau de verre avec sa carte bancaire. *L'avantage de réserver une table au VIP...*

– Laisse-moi deviner, reprend-il après un instant. Une gonzesse ?

– Qu'est-ce qui te fait dire ça ?

Il ricane, et je me surprends à l'imiter. Les oxy m'embrument déjà le cerveau. Mais pas assez pour me sortir Sam de la tête. Je commence d'ailleurs à me demander comment j'ai pu penser qu'un peu d'alcool et quelques pilules magiques pourraient me la faire oublier.

– Shad, mon pote... On est blindés, on n'a à se soucier de rien. Je ne vois rien d'autre qu'une nana pour te pousser à reprendre tes bonnes vieilles habitudes de junkie. Mec, tu as décroché tout seul. Tu as réussi là où j'ai échoué des dizaines de fois avec l'aide de spécialistes grassement payés par le Patron. Ça sent l'histoire d'amour foireuse. Raconte tout à tonton Fitz.

À mon tour d'éclater de rire. Pour ne pas pleurer, peut-être. Ce qu'il vient de dire me touche bien plus que je ne l'aurais pensé. J'avale un comprimé supplémentaire pour faire bonne figure.

– Sam.

– Merde, c'est un mec ou une nana ?

– T'es con. Elle s'appelle Samantha. Elle m'est tombée dessus quand j'étais de passage à Baltimore. Je l'ai plus ou moins prise en stop, et une chose en entraînant une autre...

– Tu l'as plus ou moins prise tout court, achève-t-il.

Je serre les dents. Je sais qu'il déconne et qu'il est bourré et défoncé, mais je ne supporte pas qu'il parle de Sam comme ça.

Mon plan ne fonctionne pas du tout. Me sortir mon ange de la tête à coups de médocs et de picole n'a aucun effet.

Je prends conscience qu'il me faudra quelque chose de bien plus fort pour noyer la violence du manque d'elle et la culpabilité qui m'assaille depuis deux jours.

Je tergiverse un long moment, bois encore plus de bourbon, comme pour reculer l'échéance. Alors que je vois Fitz se préparer une nouvelle ligne, je n'y tiens plus.

– Je veux bien accepter ta proposition de tout à l'heure, finalement.

Il me dévisage un instant, incertain, avant que tout ce qu'il a ingurgité ce soir reprenne le dessus. Il me tend le billet de cinquante dollars qu'il a roulé, et je me penche au-dessus de la table pour inspirer la poudre blanche qui m'apparaît comme une oasis au milieu d'un désert. *Ne dit-on pas des oasis qu'elles ne sont que des illusions ?* C'est la dernière pensée cohérente de mon cerveau. Enfin, j'oublie ce pour quoi je suis venu.

49

Sam

Tallahassee, Floride, 5 août 2017

Cela fait des heures que je tourne en rond dans cette chambre. Je me rongerais les ongles au sang si c'était mon genre. Comme ce n'est pas le cas, j'allume la télévision et zappe jusqu'à trouver une chaîne d'infos, juste pour avoir une idée de l'heure.

Il est 2 heures du matin. Shad est parti depuis une éternité. Il a fui le motel en me jetant à peine un dernier regard alors que je le dévisageais sans réussir à le reconnaître dans son jean hors de prix et son tee-shirt moulant. Disparu le type au look décontracté et au sourire franc. Ce soir, c'est un étranger qui a quitté notre chambre.

Je n'ai pas peur qu'il voie une autre fille. Ça serait un moindre mal.

Je ne veux pas m'endormir, je crains trop de me réveiller demain et qu'il ne soit toujours pas rentré. Seulement mes nerfs, mis à rude épreuve ces derniers jours, ne semblent pas de cet avis. La télévision dont j'ai coupé le son me plonge dans un état proche de l'hypnose, et je finis par m'assoupir les larmes au bord des yeux, l'estomac retourné par l'angoisse.

Un bruit sourd contre la porte active mes alertes. Je n'ai pas dormi longtemps : à peine quarante-cinq minutes d'après la chaîne d'informations qui continue de diffuser les mêmes images en boucle. Le silence règne toujours dans la pièce ; je me demande un instant si j'ai rêvé le fracas qui m'a tirée de ma somnolence.

Alors que je m'allonge de nouveau, tentant de calmer les battements désordonnés de mon cœur, un nouveau bruit se fait entendre. Cette fois, c'est celui de la poignée qu'on essaie d'abaisser frénétiquement sans succès, et du lecteur de clé électronique qu'on malmène. Je me demande si quelqu'un est en train de se tromper de chambre, mais le « Putain ! » qui suit ne me laisse plus aucun doute sur la personne s'acharnant sur cette pauvre porte.

Le soulagement me fait bondir du lit. Il est rentré ! Il ne m'a pas abandonnée sans un au revoir comme je me le suis imaginé toute la soirée. Même si c'était ridicule. Toutes ses affaires, y compris son Leica, sont là, mais je n'ai pas arrêté de vérifier que le Chevy était toujours stationné sur le parking.

Quand j'arrive près de la porte, le vacarme a cessé. Je me précipite pour ouvrir de peur qu'il ait renoncé à me réveiller et reparte. Je ne comprends son état qu'au moment où il s'écroule à mes pieds. Il devait être assis à même le sol, appuyé contre l'entrée de notre chambre.

Je mets quelques secondes à réagir tellement son apparence me choque : son teint cireux, ses pupilles dilatées, la couche de transpiration qui le recouvre comme une seconde peau.

– Saaaam ! Mon ange. Tu es à l'envers, non ? Reviens à l'endroit, tu me fous le tournis.

Je me penche pour l'aider à se relever. Il empeste le bourbon comme s'il était tombé dans le baril.

– Je ne suis pas à l'envers, expliqué-je en attrapant sa main. Tu es couché par terre, Shad.

Il fronce les sourcils. Ce que je lui dis à l'air de lui sembler farfelu. *Bordel, mais dans quel état il s'est mis ?* Je tire un peu fort sur son bras pour l'aider à se relever, et il s'affaisse sur moi dès qu'il est sur ses pieds.

– Ça va ?

– Si tu pouvais arrêter de me faire tourner comme ça.

– Je suis immobile.

– Je crois que je vais être malade.

Il énonce ça comme on parle de la météo. Je m'attends à le voir se précipiter vers la salle de bains, mais il ne bouge pas d'un pouce, toujours à moitié avachi sur moi.

– Tu penses pouvoir aller jusqu'aux toilettes seul ?

– Je crois que je ne sais pas où sont les toilettes.

Son ton est incrédule. Il ne semble pas comprendre ce qu'il fait là ou pourquoi son cerveau ne fonctionne pas correctement. Moi non plus, je ne comprends pas, mais le doute commence à s'infiltrer en moi.

Un bras autour de sa taille, je l'accompagne jusqu'à la petite salle de bains. Il a à peine le temps de se pencher au-dessus de la cuvette qu'une violente nausée le prend. Pendant qu'il vide son estomac, j'en profite pour aller chercher une bouteille d'eau dans le réfrigérateur de la chambre.

Quand je reviens, il est toujours en appui sur les toilettes, la tête sur les paumes. J'attrape une serviette à côté du lavabo pour la tremper d'eau fraîche. Lorsque je m'approche de lui, je ne peux m'empêcher de remarquer qu'il tremble de tous ses membres.

– Shad ?

Ma main sur sa nuque me fait l'effet d'un électrochoc.

– Merde, t'es bouillant…

Il se recule enfin et s'appuie contre le mur. Si son apparence m'a frappée quand il est entré dans la chambre, c'est encore pire maintenant. Il est à la limite de la conscience ;

sa température crève le plafond. Il tremble et, si j'applique correctement les quelques cours de secourisme qu'on nous donnait au lycée, son rythme cardiaque est beaucoup trop rapide.

– Sam…

– Mais qu'est-ce que tu as pris, putain ?

– Je suis désolé.

Ses yeux papillonnent, j'ai peur pour lui comme jamais.

– Où est ton téléphone, Shad ? Il faut que j'appelle les secours.

Mes paroles semblent le faire revenir légèrement à lui.

– Non ! Si tu fais ça, ils me garderont. Et toi… Je ne sais pas ce qu'ils feront de toi, Sam.

– On s'en fout de ça… Tu ne vois pas dans quel état tu es ?

– Moi, je ne m'en fous pas. J'ai déconné. Hors de question que tu en paies les conséquences. Fais-moi juste couler un bain. Froid, le bain.

Je tergiverse un instant. Il a l'air plus conscient, mais est-ce que j'ai le droit de me montrer égoïste à ce point ?

– Sam. S'il te paît ! Un bain… Si tu appelles une ambulance, je me lève et je quitte ce motel.

La peur qu'il mette ses menaces à exécution me pousse vers la baignoire où je fais couler l'eau. Un filet tiède s'échappe du robinet ; je grogne de frustration.

– Il faut que ça soit très froid ?

– Ça serait mieux.

– Pourquoi j'ai l'impression que tu as déjà fait ça ?

– Parce que c'est le cas.

Une larme roule sur ma joue. Je ne m'étais même pas rendu compte que je pleurais.

– Reste éveillé, OK ? Je vais chercher des glaçons au distributeur.

Après avoir attrapé le seau à glace de la chambre, je cours sur la galerie du deuxième étage du motel avec une seule idée en tête. *Mon Dieu, faites qu'il aille bien!* Je ne suis plus croyante depuis que mes parents sont morts. J'ai été élevée comme une bonne petite chrétienne, mais j'ai toujours pensé que Dieu m'avait abandonnée il y a presque six ans. C'est donc sûrement hypocrite de faire appel à Lui aujourd'hui alors que je le snobe depuis des années, mais je m'en fous. Si ça peut aider Shad, rien d'autre ne compte.

Je remplis mon seau à ras bord, et comprends que ça ne suffira pas vu la taille du récipient. Impossible de penser à autre chose pour récupérer la glace dans la machine automatique qui fait un boucan d'enfer. Mais ça aussi, je m'en fiche. Je pourrais réveiller tous les résidents, ça me laisserait complètement indifférente.

Quand j'arrive dans la salle de bains, Shad est toujours conscient, mais il est cette fois allongé sur le carrelage, ses yeux rougis posés sur le plafond. J'arrête le robinet de la baignoire pour qu'elle ne déborde pas au moment où il s'installera dedans. J'y verse le pauvre seau de glaçons que j'ai réussi à rapporter. Je vais devoir faire un nombre considérable d'allers-retours si je veux que l'eau refroidisse suffisamment. La chaleur n'a jamais été aussi étouffante que cette nuit, et la climatisation de la chambre laisse à désirer.

– Il faut que tu t'assoies pour que je puisse t'aider à te déshabiller et te mettre dans la baignoire, chuchoté-je à Shad en m'accroupissant à ses côtés.

Il acquiesce en silence et s'exécute. Je fais passer son tee-shirt trempé de sueur par-dessus sa tête. Je dénoue ensuite sa ceinture ; je m'y reprends à plusieurs fois tellement mes mains tremblent. Quand je réussis enfin, Shad soulève ses hanches pour que je puisse finir de le déshabiller. Je l'ai déjà vu nu à plus d'une occasion, mais sa vulnérabilité me fout un coup de poignard en plein cœur. Je retiens mes larmes. Il n'a pas besoin de quelqu'un qui s'apitoie sur son sort.

– Appuie-toi sur moi, lui ordonné-je en passant d'autorité un bras sur ses épaules.

– Je vais me débrouiller, Sam, ne t'inquiète pas.

– Tu tiens à peine assis. Et si, je m'inquiète.

La boule dans ma gorge est devenue énorme. Je cesse de parler de peur de m'étouffer avec l'angoisse qui me ronge.

Son poids reposant en partie sur moi, il parvient à rejoindre la baignoire et se met à trembler de tous ses membres dès que sa peau touche l'eau.

– C'est normal que tu trembles autant ? Tu es vraiment sûr que c'est indiqué de prendre un bain aussi froid quand on a de la fièvre ?

– Je ne sais pas si c'est indiqué pour tout le monde, mais ça a toujours marché pour moi.

Je hoche la tête alors qu'il respire profondément pour essayer de calmer ses tremblements.

– Tu as besoin que ça soit plus froid ? Le seau à glace est minuscule.

– J'ai un grand sac plastique dans mes affaires, ça sera plus pratique.

– Je peux te laisser le temps d'aller le remplir ?

Il ouvre les yeux et accroche mon regard pour la première fois depuis qu'il est rentré. Pour la première fois depuis des jours.

– Ça va aller, OK ?

– OK.

Je n'ajoute rien, et sors de la salle de bains pour m'emparer du sac et reprendre ma course jusqu'à la machine à glaçons. À mon retour, Shad a fermé les paupières ; il glisse dangereusement sur le fond de la baignoire.

– Merde ! Shad ?

– Hum ?

– Quelques minutes de plus et tu te noyais.

– Je me suis juste endormi, mon ange.

Ce surnom! Je pensais ne jamais plus l'entendre sortir de ses lèvres.

J'avise ma tenue. Je porte un des débardeurs un peu trop grands que Shad m'a achetés à Key West. Je n'hésite qu'une seconde, et enjambe à mon tour le rebord de la baignoire.

– Fais-moi de la place.

– Qu'est-ce que tu fais ?

– Je m'assure que tu ne te noies pas.

Il ne proteste pas. Je m'installe derrière lui avant de l'envelopper dans mon étreinte, mes bras autour de sa poitrine toujours aussi brûlante. Je ne sens même pas la morsure de l'eau glacée tellement sa peau est bouillante contre la mienne.

– Pourquoi tu fais ça, Sam ?

– Tu ne comprends toujours pas ? Je t'aime, putain. Je t'aime plus que j'aurais imaginé ça possible. Je suis mineure, et alors ? Comme je te l'ai dit, ça ne change rien. Je suis la même qu'avant.

– Je…

Il fait une pause, semble réfléchir.

– Je crois que mon cerveau n'est pas en mesure de fonctionner. Mes sentiments pour toi sont intacts, Sam. C'est juste que…

– On en parlera demain, d'accord ?

Il hoche une fois de plus la tête, puis s'affaisse un peu plus dans mes bras.

– J'ai besoin de dormir. Mais je vais mieux, OK ?

– Tu veux sortir de là ?

– Non. Pas tout de suite. Ça t'embête ? Tu peux me laisser seul, si tu préfères.

– Sûrement pas. Ce n'est pas comme si j'allais réussir à trouver le sommeil après ça.

Il ne répond rien. À sa respiration, je comprends qu'il s'est déjà assoupi.

Je n'arrive pas à m'expliquer comment il a pu sombrer de nouveau à ce point. Enfin, si. Ce sont mes mensonges qui l'ont fait replonger. Il était sobre depuis des mois, et j'ai tout brisé en quelques semaines. Je ne peux pas attendre qu'il me pardonne en le regardant se détruire à petit feu.

Il est plus de 4 heures du matin. Je suis dans un bain avec l'homme que j'aime et que j'aimerai toujours quoiqu'il arrive, et je viens de prendre une décision qui changera tout. Quand je serai sûre qu'il est remis, je partirai. J'essaierai de retrouver ma tante dans le Midwest. Tout vaudra mieux que de le regarder se tuer à petit feu à cause de moi.

50

Shad

Tallahassee, Floride, 5 août 2017

Je ne crois pas avoir jamais eu une descente aussi tumultueuse. Je n'ai jamais été proche de l'overdose à ce point. Hier soir, je suis parti en roue libre. Même Fitz m'a conseillé de freiner à un moment.

Les paupières closes, je profite du calme revenu dans mon cerveau pour remercier je ne sais quel Dieu qui m'a permis de rester un peu plus longtemps du côté des vivants. Mais celle qu'il faut que je remercie plus que tout, c'est Sam. Ces dernières heures, elle a été ma seule constante.

Dans la chambre, la luminosité diminue, mais Sam n'est nulle part en vue. Elle a sûrement dû sortir pour aller s'aérer la tête, ou manger. Ou simplement s'éloigner du déchet que je suis. Même si je ne compte pas réitérer ce qui s'est passé hier soir, comment je pourrais lui en vouloir ?

Je me lève, toujours pas très frais, mais l'esprit bien plus clair que depuis l'épisode aux urgences. D'un pas que j'essaie de rendre énergique, je pénètre dans la salle de bains et tire le rideau le long de la baignoire pour pouvoir allumer la douche. Je grimace devant l'image que me renvoie le miroir.

Ma main s'immobilise à mi-chemin de mon rasoir. Mon rythme cardiaque accélère alors que la panique m'envahit. Je fouille toute la pièce, mais il n'y a pas une trace des affaires de Sam.

Je me précipite dans la chambre pour essayer d'y trouver une preuve qu'elle ne serait pas partie, mais rien. Il n'y a pas un vêtement qui traîne, alors que Sam a toujours eu l'habitude de s'étaler. Pas de sac à dos. Pas de carnet de croquis. Le vide. Le même que je ressens dans ma poitrine.

Mes conneries ont finalement eu raison de sa patience. Je devrais peut-être la laisser s'en aller, mais j'en suis incapable. Lorsque j'ai découvert qu'elle n'est pas majeure, je me suis senti comme un immonde pervers. J'ai eu l'impression que je l'avais forcée et que je ne valais pas mieux que Keith. J'avais tort sur toute la ligne. Sam, elle, le savait. Elle est bien plus mature que moi. C'est en me comportant de la façon dont je le fais depuis trois jours que je laisse ma nature de connard refaire surface. Sauf que ça s'arrête maintenant. Je ne compte pas garder Sam contre son gré et je ne suis pas idiot : la vie devra reprendre son cours, elle devra finir le lycée. Cependant, je ne peux pas accepter qu'elle s'échappe de cette manière. Pas avant de lui avoir parlé. Pas avant d'être certain qu'elle est en sécurité quelque part.

Je ne prends pas le temps de me doucher. Je me passe de l'eau fraîche sur le visage pour me redonner allure humaine et saute dans mes vêtements avant de me précipiter jusqu'au Chevy. Certaines de ces affaires sont encore là. Connaissant Sam, elle n'a pas voulu risquer que je me réveille en faisant des allers-retours au van.

En démarrant, j'essaie de rester logique. Quoiqu'il arrive, elle ne retournerait pas à Baltimore. Où peut-elle avoir choisi d'aller ? Chez sa tante ? Elle se souvient à peine de la sœur de son père, mais ça ne l'arrêterait pas. C'est elle qui a gardé les coordonnées de cette femme, mais je les connais par cœur pour les avoir utilisées en communiquant avec le détective privé que j'ai engagé. Et dont je n'ai toujours pas de nouvelles.

Je prends la direction de la gare routière. Je ne pense pas qu'il y ait beaucoup de trains en partance de Floride pour le Michigan, mais des bus, certainement.

Je regarde l'heure, me maudissant de ne pas m'être réveillé plus tôt. Moi qui ne dors jamais, j'ai réussi à me plonger dans un état proche de l'inconscience et à louper la fuite de Sam !

Une fois sur place, je démarre un sprint. Je ne m'attendais pas à une gare de cette taille.

Je cours dans tous les sens comme un abruti pendant plusieurs minutes avant de me calmer pour procéder par élimination. Sur mon téléphone, j'affiche une des rares photos que j'ai de Sam. Tout en continuant à jeter des coups d'œil désespérés autour de moi, je me glisse dans la file menant au guichet. J'essaie de rester patient, mais, au regard que me lance la femme devant moi, je prends conscience que taper du pied au sol n'est pas vraiment un signe de politesse.

Quand mon tour vient enfin, j'inspire profondément pour ne pas effrayer la vendeuse.

– Excusez-moi, est-ce que vous avez des bus en partance pour le Michigan ? Grand Rapids peut-être ?

– Pas avant demain matin. 8 h 15. Vous voulez un billet ? C'est 150 $.

Merde ! Si elle veut prendre le bus demain matin, où va-t-elle passer la nuit ?

Je balaye encore une fois du regard les bancs à proximité dans l'espoir de la trouver, mais rien.

– Monsieur ? Vous souhaitez le réserver, ce trajet ? Je n'ai pas la journée, et les gens derrière vous non plus.

– Pardon. Non, je ne veux pas de billet. Est-ce que vous pourriez me dire si vous avez vu cette fille dans la gare ? Peut-être vous a-t-elle acheté un ticket ?

Son air devient suspicieux ; elle pousse un soupir avant de poser les yeux sur mon téléphone.

– Non. Pas vue.

– Vous êtes le seul guichet ouvert ?

– Oui. Et je suis là depuis ce matin. Heureusement que tous les clients ne sont pas comme vous, sinon mes journées seraient longues.

Je grimace sous le coup de sa remarque acerbe et sors de la file en la remerciant.

Sam, putain, où es-tu ? Soudain, je repense à un détail que m'a donné la guichetière. Le prix du billet : 150 $. Je vérifie par acquit de conscience, mais je sais déjà que Sam ne m'a pas pris d'argent liquide ni aucune de mes cartes de crédit. *Quelle tête de mule !* J'aurais préféré. Elle aurait été en sécurité pour la nuit, et pas sur la route à la merci de tous les cinglés qui vont la repérer comme la proie facile qu'elle est.

Je remonte dans le van en essayant de me mettre à la place de Sam. Elle n'a pas une patience d'ange et elle est intelligente. Elle tentera les autoroutes pour pouvoir sélectionner des chauffeurs qui lui inspirent confiance. J'en frémis. *C'est de la folie !*

Sur le GPS, je repère un relais juste à l'entrée de l'autoroute, accessible à pied. C'est le dernier endroit où je peux avoir l'espoir de la retrouver. Si elle a déjà réussi à amadouer quelqu'un pour l'emmener dans la bonne direction, c'est foutu : je ne la rattraperai jamais.

Je peste contre le trafic qui me ralentit, même s'il me permet de scruter les trottoirs dans l'espoir de trouver mon ange. Sans succès.

Il n'y a pas beaucoup de camions sur le stationnement ; je les examine rapidement dans l'espoir de l'apercevoir en train de monter dans une cabine. Puis je rentre dans le restaurant, tout en continuant de m'imaginer les pires scénarios possibles. Je fais le tour des tables et sors de nouveau mon téléphone pour le montrer à la serveuse qui se tient derrière le comptoir.

– Oui, elle était là il y a vingt minutes environ. Elle a juste bu un jus d'orange et elle a filé.

– Plutôt trente minutes, surenchérit sa collègue qui vient chercher ses commandes en cuisine.

– Vous savez par où elle est partie ?

– Aucune idée. Je n'ai pas vraiment regardé.

Je les remercie toutes les deux en posant un pourboire conséquent sur le formica collant. Je ressors dépité et découragé. Je ne la retrouverai pas. Il faut que je retourne à l'hôtel pour récupérer mes affaires et rouler en direction du Michigan. Il est improbable que je la croise en route, mais je la rejoindrai chez sa tante. En espérant qu'elle veuille encore me parler.

Je fais un nouveau tour de parking avant de repartir quand je la vois, assise à même le sol, le dos contre le mur extérieur du *dinner*, à l'opposé du Chevy. Je l'aurais manquée sans mon obsession à la chercher dans une cabine de poids lourds.

Elle me regarde comme si elle ne comprenait pas ce que je fais là, et moi, je n'ose pas l'approcher.

Mais je suis venu pour la retrouver, pour parler. Peu importe que j'utilise les bons mots ou non : la situation ne pourra être pire qu'elle l'est déjà. Alors, pour la première fois depuis que je l'ai rencontrée sur ce trottoir de West Baltimore, je m'autorise à être réellement celui que je planque sous des faux-semblants depuis des années. Je la rejoins en quelques enjambées, la soulève et la serre contre moi. Je me recule pour pouvoir tenir son visage entre mes mains.

– J'ai eu tellement peur. Je… Tu… Je sais que c'était trop pour toi et je comprends, mais tu aurais dû me dire que tu voulais partir. Je… Je t'aurais payé un billet de bus ou je t'aurais emmenée chez ta tante. Ou n'importe où ailleurs…

Je bafouille tellement j'essaie de lui faire passer ce que j'ai ressenti en me réveillant sans elle à mes côtés pour la première fois depuis cinq semaines.

– J'ai attendu d'être certaine que tu allais mieux pour partir…

– Sam. Je suis un abruti. Je sais que ce que j'ai fait vendredi, c'était la goutte d'eau dans un vase sûrement déjà bien assez plein de mes conneries. Je voudrais juste que tu me laisses t'emmener là où tu as besoin. Et te parler. T'expliquer pourquoi je suis comme je suis. Ce que j'aurais dû faire depuis longtemps si je n'avais pas été aussi lâche.

– Shad… Je ne suis pas partie parce que j'en avais marre de toi !

Je mets quelques secondes à assimiler.

– Mais alors pourquoi ?

– Parce que mes mensonges t'ont fait rechuter, Shad. Je ne pouvais pas te regarder t'autodétruire par ma faute.

– Mon ange… Si j'ai replongé, c'est à cause de mon caractère de merde et de mon incapacité à me confier à cœur ouvert. Si j'avais pris mon courage à deux mains, je ne serais pas sorti vendredi, pas sans toi, pas pour finir dans cet état. Si je t'avais parlé comme à Key West, je n'aurais pas succombé à mes pulsions. Ce n'est pas ton mensonge qui m'a poussé à voler tes antidouleurs et à sniffer chaque ligne qu'on me proposait.

Des larmes coulent sur ses joues. Je m'en veux tellement de lui faire subir ça.

– J'ai cru que tu allais mourir. Quand je t'ai vu brûlant de fièvre et tremblant, j'ai pensé que tu allais y rester. Et dans ma tête, c'était de ma faute. C'est pour ça que je suis partie. Tu t'en sortais bien avant que je vienne squatter ton van…

Je suis à court de mots, mais je lui dois bien de faire l'effort d'aligner les idées qui se bousculent dans mon cerveau encore légèrement léthargique.

– Je ne m'en sortais pas « bien » avant, Sam. Je survivais, c'est tout. Je réapprenais à me débrouiller sans toutes mes saloperies chimiques, surtout. Tu as débarqué de nulle part et tu m'as appris à vivre pleinement. Je m'en veux de t'avoir laissée tomber ces derniers jours, mais je suis incapable de te voir partir. Pas comme ça. Rentre avec moi, OK ?

Elle hoche la tête en essuyant ses larmes qui coulent toujours et se mélangent à la poussière de la route. Je n'en reviens pas : elle aurait vraiment fait du stop jusque dans le Michigan pour retrouver une tante qu'elle connaît à peine.

Le retour au motel se déroule dans un silence total, sous une chape de plomb constituée de tous nos non-dits.

La chambre est dans un état déplorable, comme si une bombe y avait explosé. C'est simplement le bordel que j'ai créé en cherchant les affaires de Sam partout.

– Euh… Désolé. J'ai légèrement paniqué en me rendant compte que tu étais partie.

Elle sourit pour ce qui me semble la première fois depuis des jours et je respire à nouveau, comme si un poids s'envolait soudain de ma poitrine.

– Est-ce que tu as faim ?

– Un peu, répond-elle, timidement.

– Je vais commander une pizza et on pourra parler, d'accord ?

– D'accord.

Je n'ai jamais vu Sam aussi peu prolixe. Je ne sais pas ce qui me fait le plus peur : qu'elle ne dise rien pour me laisser m'exprimer à ma guise, ou qu'elle n'ait juste plus envie d'être ici, avec moi.

Je pianote un moment sur une application de livraison de pizza, puis je prends conscience que je ne peux plus reculer. Il est temps de me mettre à nu.

Sam s'est installée sur le lit dans lequel je me suis réveillé seul il y a quelques heures. Son dos contre le mur, les jambes en tailleur, elle attend que je me lance puisque c'est ce que je lui ai promis. Je m'assieds au bout du matelas pour instaurer la distance qui m'aidera à garder l'esprit clair. *Inspire. Expire.*

– Je t'ai déjà raconté à quoi ressemblait ma vie avant d'entreprendre ce périple.

Elle hoche la tête sans rien ajouter.

– C'était une version très édulcorée de la réalité, mais ça, je crois que tu l'avais compris. Enfant, j'ai grandi entre Chicago et New York au gré des besoins de mes parents. J'étais inscrit dans deux écoles privées très sélectes et il y avait toujours une fille au pair avec nous. Même avant que ma mère disparaisse du jour au lendemain, mes géniteurs ne m'ont pas vraiment élevé. Nous n'étions une famille unie que pour le décorum.

– Quand tu dis que ta maman a disparu… Ça veut dire quoi exactement ?

Inspire. Expire. Je devais m'attendre à ce genre de questions, après tout. Je ne peux pas balancer à Sam des demi-vérités, elle est beaucoup trop perspicace pour ça.

– Elle était dépressive depuis des années. Elle a toujours plus ou moins refusé de se soigner. Elle ne prenait pas ses traitements, n'allait pas à ses rendez-vous avec son psy. Un jour, elle s'est volatilisée. Sa voiture avait disparu, son sac à main aussi. Ils ont retrouvé sa Jaguar vide, mais pas elle ni ses affaires. Je pense qu'elle s'est suicidée. C'est d'ailleurs un des seuls sujets sur lequel nous sommes d'accord avec mon père.

Sam s'est rapprochée pendant que je parlais. Suffisamment pour pouvoir me toucher, mais sans le faire pour autant. Elle m'apporte son soutien alors que je n'ose même pas la regarder.

– J'ai continué d'être élevé par des filles au pair de passage et des nounous, ce qui n'a pas changé grand-chose à mon quotidien, même si ça a façonné ma manière de voir le couple, les sentiments, pendant longtemps.

Alors que je m'apprête à poursuivre, on frappe à la porte. Je me lève pour récupérer la pizza et donner un pourboire au livreur.

– Tu veux manger ?

– Je veux que tu finisses de me parler, Shad. Je vois à quel point c'est dur pour toi et je ne pense pas que tu auras le courage de recommencer si tu t'interromps maintenant.

Du Sam tout craché !

– Quand je suis arrivé au lycée, j'ai arrêté de suivre mon père dans ses allées et venues entre Chicago et New York : il m'a inscrit dans un établissement pour gosses de riche. C'est fou à quel point les gens qui naissent dans mon milieu ont peur de se mélanger aux autres.

Elle hoche la tête pour m'inciter à continuer.

– C'est là que j'ai rencontré Keith. À l'époque, j'étais un ado populaire, mais mal dans sa peau. Il a débarqué avec ses pilules magiques, sa poudre blanche et ses soirées que tout le monde nous enviait. Il m'a donné une vie, même si j'ai mis du temps à comprendre que ce n'était pas la mienne. Tout ça, ce n'était pas moi. J'y ai juste cru parce que c'était plus simple. Il a fallu que tu entres dans ma vie pour que j'en prenne enfin conscience.

– Je n'ai rien fait, Shad. Tu étais déjà comme ça quand on s'est rencontrés. Le type que tu n'as cessé de me décrire ne se serait pas inquiété de moi sur ce trottoir de West

Baltimore. Il ne m'aurait pas emmenée jusqu'à Savannah. Il ne m'aurait pas fait découvrir tout ce que j'ai découvert. Et, surtout, il ne se serait pas rendu malade d'avoir couché avec une gamine de seize ans. Parce que c'est là le fond du problème, non? Tu es au courant que l'âge de la majorité sexuelle est à seize ans dans presque tout le pays?

Je soupire, parce que je savais qu'elle aurait ce genre d'arguments. Ça serait tellement plus simple si j'avais la capacité de penser comme elle.

– Pas en Floride, Sam.

Elle semble décontenancée par ma réponse; je me hâte de poursuivre:

– Même si je suis d'accord sur le principe, ce n'est pas un vrai problème en soi. Mais il faut que je t'explique ce qui s'est passé à Chicago pour que tu comprennes pourquoi j'ai réagi comme ça.

– OK, je t'écoute.

Inspire. Expire.

C'est la partie la plus difficile de mon récit. Celle qui me hante depuis des mois, mais que je n'ai jamais racontée à personne.

– Keith ne m'a pas seulement initié à la drogue. Sa tante avait une agence d'escorting de luxe. Je pense qu'il n'a jamais connu d'autre femme que les employées de celle qui l'a quasiment élevé. Moi, si, mais pas tant que ça quand on y regarde bien. Encore une fois, c'était la solution de facilité. Il suffisait de payer. Pas besoin de plans drague compliqués, de sorties au restau… La seule différence entre Keith et moi, c'est qu'il n'était pas toujours très tendre avec les filles. Maintenant, je comprends que quelque chose ne tourne pas rond chez lui, comme une violence qui ne demande qu'à exploser.

– Je l'ai senti au premier regard.

– C'est parce que ta vie à Baltimore t'a préparée à reconnaître les ordures dans son genre. Moi, c'était mon meilleur ami. Ou du moins je le croyais. Et puis, il n'avait jamais dérapé devant moi. Il avait toujours pris soin de rester dans les termes du contrat imposé par l'agence de sa tante.

– Il avait ?

Inspire. Expire.

Même après quatre mois, je garde en tête les preuves de la violence de Keith.

– Un jour de mars, il m'a demandé de lui prêter mon *penthouse* à Chicago. C'était là qu'on faisait nos grosses soirées, Keith le connaissait bien. Il voulait y faire venir une escorte et je n'y ai pas vu d'inconvénient. J'étais à New York, je ne suis rentré que le lendemain après-midi. Keith comatait encore dans une des chambres. Ce sont les sous-vêtements déchirés que j'ai découverts en premier. Et puis il y a eu le sang sur le tapis. Je ne l'oublierai jamais. Je l'ai confronté. Il a juste dit qu'elle ne voulait pas faire ce pour quoi elle était payée. Qu'il l'avait un peu bousculée, mais rien de méchant. Mais je savais que c'était pire que ça…

– Comment ?

– Comment je le savais ? Je crois que je m'attendais depuis longtemps à ce que ça finisse comme ça. J'avais simplement fourré ma tête dans le sable pour ne pas me confronter à l'évidence. Mais quand bien même j'aurais douté de sa culpabilité ce jour-là, il avait les mains pleines de sang, Sam. J'en ai été malade. Littéralement. Je l'ai foutu à la porte ; je ne l'ai pas revu avant qu'on le croise à Key West.

Elle ne dit rien pendant un moment. J'ai tellement peur de ce qu'elle pense de moi que je n'ose pas faire un mouvement dans sa direction.

– Je ne comprends pas pourquoi tu portes le poids de cette culpabilité sur tes propres épaules, finit-elle par lâcher.

Tu n'étais pas là. Et je te connais suffisamment pour savoir que tu n'aurais jamais fait un truc comme ça.

– Mon ange…

– Non. Explique-moi. C'est important : ça te poursuit toujours, Shad.

– Mais justement, comme tu le dis si bien : je n'ai rien fait… Je n'ai pas prévenu la police, je n'ai pas essayé de contacter cette fille pour voir si elle allait bien. Je me suis terré et j'ai consommé encore plus qu'à mon habitude. Je me suis détruit à petit feu jusqu'à l'overdose de cette fille que je connaissais depuis la primaire.

Je n'arrive toujours pas à la regarder, mais elle parvient encore à me surprendre en s'emparant de ma main pour entrelacer ses doigts avec les miens.

– Tu crois que cette fille avait envie de parler de ça ? Et puis, si tu n'as pas été interrogé par la police, c'est qu'elle n'a pas dû porter plainte. Tu te vois la mettre dans cette situation sans lui demander son avis ?

Elle a partiellement raison : je dois reconnaître que je n'avais jamais analysé les choses de cette façon. Mais ça n'enlève pas cette culpabilité que je me suis habitué à porter comme un poids supplémentaire.

– Et puis, reprend-elle, tu m'avais dit que tu m'expliquerais pourquoi tu as réagi comme ça, mais je ne comprends toujours pas…

Comment ne peut-elle pas voir le parallèle ? J'ignore si j'arrive à faire passer tout le dégoût que j'ai de ma personne dans mon regard, mais Sam se lève d'un bond, lâchant ma main au passage.

– Tu ne te compares pas à ce psychopathe qui a violé une fille, j'espère !

– Je sais que tu étais consentante, Sam, mais tu es si jeune, si innocente… J'ai l'impression de t'avoir volé ça. En quoi c'est différent ?

– Mon innocence ? En parlant comme ça, tu me mets au même rang qu'une enfant, Shad ! Et tu salis quelque chose qui était si beau.

Je la regarde sans comprendre.

– Nous ne sommes parfaits ni l'un ni l'autre, mais entre nous ça a toujours été magnifique, intense et évident. Ne jette pas ça aux oubliettes pour une pseudo culpabilité qui ne devrait pas exister. Ce type est un manipulateur né. Je ne l'ai vu que quelques minutes mais ça m'a suffi à sentir à quel point il était furieux que tu ne lui appartiennes plus. Il aurait tout fait pour que tu retombes dans ses filets, mais tu as résisté. Parce que tu vaux cent, mille fois mieux que lui.

– J'ai résisté parce que tu m'as aidé.

– C'est comme ça que ça marche en équipe.

– C'est ce qu'on est, toi et moi ?

– Oui. Et bien plus encore.

Je la serre contre moi. Je la serre à l'étouffer. Je l'aime tellement que ne pas parvenir à le lui dire me fait physiquement mal.

– Tu m'as manqué, mon ange.

Contre moi, elle prend une grande inspiration, comme si elle pouvait respirer de nouveau pour la première fois depuis Tampa. Je le sais parce que c'est ce que je ressens moi aussi.

– Et maintenant ? demande-t-elle d'une voix minuscule.

Je me recule un peu, ancre mon regard au sien parce que je voudrais qu'elle puisse lire en moi en cet instant, comme elle l'a toujours fait.

– J'ai chargé un détective privé du Michigan de trouver des infos sur ta tante.

– C'est marrant, j'étais certaine que tu ferais ça.

– Je n'ai pas encore eu de nouvelles, mais la première étape serait de le relancer.

Elle se fige dans mon étreinte.

– Pourquoi ça me donne l'impression que tu veux te débarrasser de moi ?

– Parce que je me suis comporté comme un con depuis deux jours. Mais je peux t'assurer que ce n'est pas de ça qu'il s'agit. On ne peut juste pas vivre en vase clos éternellement. Tu as besoin de racines, de te reconstruire.

Je prends une grande inspiration, moi-même choqué de la conclusion à laquelle je suis arrivé.

– Et moi aussi, je crois que j'ai besoin de ça.

Elle me regarde toujours, espérant sûrement que je retrouve la raison et que tout redevienne comme avant. Je le voudrais autant qu'elle.

– Je ne veux pas qu'on soit séparés.

– Tu imagines que c'est ce dont j'ai envie, Sam ? Je pense juste qu'on a besoin de se reconstruire avant de se lancer dans quelque chose de solide ensemble.

– Comment est-ce que je peux être certaine que tu ne vas pas finir par m'oublier, retrouver ta vie, rencontrer quelqu'un qui aura le bon âge, cette fois ?

Elle a dit ça sur un ton amer que je serais incapable de lui reprocher.

– Mon ange, est-ce que tu me pardonneras un jour d'avoir réagi comme ça ?

– Tu sais très bien que je ne t'en veux pas. J'ai juste peur que tu m'échappes.

– Ça ne risque pas. J'ai compris que l'âge n'était qu'un chiffre, pourtant aux yeux de la loi ça vaut quelque chose. Mais dès que tu auras dix-huit ans je serai devant ta porte.

– T'as intérêt.

Je relâche le souffle que j'ai dû retenir sans m'en rendre compte et attrape la pizza avant d'attirer Sam avec moi plus haut sur le lit.

– Alors c'est quoi le plan ? demande-t-elle.

– Je recontacte le privé pour savoir s'il a trouvé ta tante. En attendant, on patiente.

– On pourrait faire quelque chose pendant ce temps, non ?

– Comme quoi ?

– Aucune idée. C'est toi le photographe urbex.

Je ris : je ne m'imaginais pas qu'elle voudrait retenter l'expérience après la dernière fois.

– OK. Je vais me renseigner. Mais pas de vieux hôpitaux désaffectés.

– Tu sais, je pense que tu as été bien plus traumatisé que moi.

Je hoche la tête en silence.

– Je n'ai jamais eu aussi peur de ma vie.

– L'avantage, c'est qu'on s'en souviendra longtemps.

J'aime que, dans la bouche de Sam, un avenir auquel on appartient tous les deux soit toujours d'actualité. Nous n'avons aucune certitude, mais elle choisit d'y croire envers et contre tout.

– Je ne pense pas que je parviendrai à oublier le moindre moment de ce road trip avec toi.

– Moi non plus.

Nous mangeons tous les deux en silence, et je me surprends une fois de plus à regretter les sandwiches de Bo. Même si c'est sans doute Key West et l'ignorance dans laquelle nous nous bercions qui me manquent le plus.

Je ne connais qu'un seul autre endroit à visiter en Floride, et je me mettrais des baffes pour ne pas y avoir songé plus tôt. Une ville entière transformée en lieu d'exploration urbaine. Une aubaine pour moi, alors que je commence à avoir les doigts qui me démangent rien que d'anticiper le son du déclencheur de mon Leica. Je suis certain que Sam adorera ça.

– Je sais où on va aller.

Elle me regarde avec un air interrogateur, attendant que j'expose mon idée.

– Ellaville !

– Ella… quoi ?

– Ellaville, c'est une ville fantôme à un peu plus d'une heure d'ici. On quitte le motel demain matin et on verra où on dormira le soir.

– Ça me semble parfait.

– Alors c'est décidé !

La pizza terminée, je débarrasse nos déchets puis m'éclipse dans la salle de bains pour prendre la douche que je n'ai pas pu m'accorder ce matin.

Alors que j'attends que l'eau soit à la bonne température, j'envoie un message à Harry Preston, le détective privé de Grand Rapids que j'ai contacté pour dénicher des infos sur la tante de Sam. C'est une connaissance de mon grand-père, et il sait qui je suis. Ça m'étonne d'autant plus qu'il ne m'ait pas rappelé, mais peut-être qu'il a eu plus de difficultés que prévu à trouver cette femme. Peut-être qu'elle n'est pas apte à s'occuper de sa nièce. Je ne devrais pas ressentir de l'espoir en l'imaginant.

Je me remue pour me défaire de ces illusions dans lesquelles je ne dois pas me laisser glisser.

La douche achève de me remettre les idées en place. Même si le manque est là, presque aussi fort qu'au début de mon voyage, il ne me submerge plus. J'ai réussi à m'en sortir il y a quelques mois, j'y parviendrai de nouveau. Et, cette fois-ci, je ne le fais pas que pour moi.

Sam est ma motivation première ; c'est fort de cette idée que je m'allonge près de son corps déjà assoupi. J'hésite un instant avant de me serrer contre elle et de m'endormir paisiblement.

51

Sam

Ellaville, Ghost town, Floride, 6 août 2017

Je finis de ranger mes affaires dans le Chevy lorsque Shad sort du motel, son téléphone portable à l'oreille. D'où je suis, je n'entends pas ce qu'il dit et il ne s'approche pas de moi, comme s'il voulait que ça reste le cas.

Shad ne reçoit jamais de coups de fil. Est-ce que ce sont des nouvelles de ma tante ? Je suis partagée entre la curiosité, et l'angoisse que tout change quand je saurai qui elle est et où elle vit. La dernière émotion a bien sûr tendance à l'emporter. Je ne veux pas quitter ce cocon que nous nous sommes créé avec Shad.

Il raccroche enfin et me rejoint.

– Tout va bien ?

– Hum.

Il grimpe dans le van, où il range son appareil photo et son ordinateur.

– Quelque chose te tracasse ? C'est ce coup de fil qui te met dans cet état ?

– Quoi ? Ah ! Non, c'était une vieille connaissance qui prenait des nouvelles. Ce taré de Keith lui a dit qu'il nous avait vus à Key West. Il m'a posé des tas de questions à la con, mais ça lui passera. Je suis juste fatigué. Je n'ai pas bien dormi.

C'est vrai, son sommeil agité a fini par me réveiller moi aussi, même si je ne l'ai pas laissé paraître.

– On y va, me lance-t-il.

– OK!

Le GPS de Shad nous indique une heure trente de trajet avant d'arriver à destination.

L'habitacle est silencieux. Ça a été notre norme pendant des semaines, mais j'ai la sensation que rien ne sera plus comme avant. Qu'on ne sait plus comment interagir l'un avec l'autre. Pourtant, mes doutes s'affaiblissent quand je songe à la façon dont il m'a serrée dans ses bras cette nuit. Et puis, même si les choses changent entre nous, ça pourrait aussi être en bien maintenant que les mensonges que nous avions empilés entre nous sont de l'histoire ancienne, non ?

Un bip me sort de mes pensées qui ne mènent nulle part. C'est au moins le quatrième depuis que nous avons quitté Tallahassee, mais je ne reconnais pas la sonnerie caractéristique des messages de Shad.

– Pourquoi ton téléphone s'affole comme ça depuis tout à l'heure ?

– Une alerte météo, sûrement. Je vérifierai quand nous serons arrêtés.

– On arrive bientôt ?

– Regarde, me répond-il en désignant un panneau.

Mes yeux rivés sur la pancarte, je ne me rends compte que Shad a stationné le van sur le bas-côté qu'au moment où il coupe le moteur.

– On ne va pas plus loin ?

– Le Chevy est résistant à tout, mais je crois qu'il ne survivrait pas aux barrières au milieu de la route.

Il se marre devant mon air ahuri, et je ne peux pas lui reprocher de se foutre de moi. Au beau milieu de la voie sur laquelle nous roulions, des barrières de sécurité bloquent le passage.

– Je lisais le panneau sur le côté, je n'ai pas fait attention, tenté-je de me justifier.

– C'est étrange de fermer l'accès à Ellaville mais d'en expliquer les origines sur une pancarte.

– Que disent tes amis explorateurs urbains ?

– Sur les forums ?

Je hoche la tête tout en découvrant l'histoire de la ville fantôme qui se situe au bout de la route.

– Ils disent que c'est une des visites les plus cools qui existent. Il ne reste pas beaucoup de bâtiments entiers, mais les ponts en ruines ne manquent pas, des ponts typiques du vieux sud. Il paraît qu'il ne faut pas louper la partie du bureau de Poste qui a fermé en 1942. J'emmène les casques quand même, on ne sait jamais.

– Je croyais qu'après ce qui s'est passé la semaine dernière tu m'interdirais de m'approcher de la moindre construction branlante.

– Depuis quand j'ai le pouvoir de t'interdire de faire quoi que ce soit ?

Je ris, mais ne réponds rien. Il a raison : je ne suis pas du genre à obéir aux consignes qui brident ma liberté. Mais pour lui je suis prête à beaucoup de concessions.

Je lui prends mon casque des mains et ignore ses protestations. *Hors de question qu'il transporte tout le matériel !* Je l'attache à mon sac qui contient mes carnets de croquis et mon nécessaire à dessin, comme il l'a fait avec le sien.

Je suis déjà dehors quand Shad sort du Chevy, le nez collé sur son téléphone.

– Alors ? C'était bien une alerte météo ?

– Oui. Apparemment, j'en ai eu quelques-unes ces derniers jours. Je crois que je n'étais pas en état de les voir. Une tempête tropicale doit arriver sur les côtes du sud de la Floride ce soir.

– Ils prévoient des dégâts ?

Je ne peux pas m'empêcher de penser à la ville où nous nous sommes fabriqué un cocon pendant deux semaines.

– Non, ça ne devrait pas être trop méchant.

– On ne craint rien ?

– Nous, non. On aura sans doute un peu plus de vent et de pluie, mais le temps qu'elle parvienne ici ça ne sera rien de plus qu'un gros orage.

Je me dirige vers le pont aux armatures métalliques menant à Ellaville. Shad me suit de près, son Leica déjà en main. La moindre partie de ce qui faisait Ellaville a été laissée à l'abandon dans les années 1940. Les rues et ce qu'il reste de bâtiments sont figés dans le temps, engloutis par la végétation luxuriante de Floride. Ça ne ressemble à rien de ce que Shad m'a déjà fait visiter, et à tout en même temps. Le vieux cimetière dans la propriété en ruines de George Franklin Drew, le fondateur de la ville, n'est pas sans me rappeler Holy Rood. Les vestiges en brique de certaines habitations me ramènent à celles du *Chalfont Hotel*. Il n'y a plus qu'une demeure encore debout : une maison avec des airs de plantation du Sud. Je m'en approche alors que Shad prend quelques photos, et souris quand il me demande si je veux entrer, sur un ton tout sauf décontracté.

– Je vais rester dehors et faire quelques croquis. Elle est magnifique, cette maison.

– Je ne t'empêche pas d'y aller, hein !

– Non, je n'en ai juste pas envie. Je t'attends là.

Je commence à dessiner le bâtiment. Je sens que ça sera un de mes projets les plus importants depuis que j'ai repris les crayons il y a quelques semaines. Je l'immortalise sous tous les angles. Je m'approche pour saisir les détails gravés dans le bois sur une nouvelle page de mon carnet. Je m'essaie même à quelques personnages en tenue de la fin du XIXe sur une autre. Je ne sais pas quelle taille fera le dessin final ni quand je pourrai vraiment m'y consacrer, mais je donne tout ce que j'ai, noircissant des dizaines de pages alors que Shad mitraille l'intérieur de son Leica.

Quand il ressort, je suis installée sur le tronc d'un chêne qui a dû être abattu par une tempête.

– C'est surprenant comme nom, tu ne trouves pas ? demandé-je à Shad alors qu'il est en train de feuilleter mon carnet de croquis.

– Quel nom ?

– Pourquoi Ellaville ? Le fondateur du bourg s'appelait George Drew. Pourquoi pas Georgeville ou Drewville ? C'était en hommage à sa femme, peut-être…

Shad secoue la tête, perdu dans les détails des galeries de la maison dont j'ai noirci plusieurs pages.

– D'après ce qu'on m'a dit, c'était le nom d'une de ses servantes afro-américaines.

La ville a été fondée en 1861, d'après ce que j'ai pu lire avant de passer le premier pont. Plus d'un siècle avant qu'on ne parle de droits civiques pour les personnes de couleur.

– Tu sais pourquoi ?

– Non, pas vraiment. J'ai lu que c'était en son honneur, qu'elle était à son service depuis longtemps, mais je n'ai pas réussi à trouver de détails. Peut-être en fouillant dans des vieux articles…

– Je n'ose pas imaginer ce que ça devait représenter à l'époque.

– Imagine ce que ça représenterait aujourd'hui et tu en auras une idée.

Je hoche la tête et range mes dessins dans mon sac, puis je suis Shad qui continue à faire le tour de la ville. Le vent commence à se lever, mais, vu la chaleur, c'est plutôt agréable.

Quand on repasse le pont, mon photographe fait quelque chose qui me surprend plus que je ne pourrais l'avouer : il s'approche de moi et entrelace ses doigts avec les miens. Je me délecte de ce moment devenu si rare alors que nous avons vécu en symbiose pendant des semaines. Je crois que c'est ce qui me manquait le plus. Pas le sexe. Pas les baisers langoureux ou les regards enflammés. Des gestes comme celui-ci, intimes et chargés de sens.

Il finit par se tourner vers moi. Je fais de mon mieux pour que mon visage ne trahisse pas mes émotions embrouillées.

– Ça te dit d'aller acheter à manger et de revenir dormir ici ? C'est vraiment calme avec la rivière juste à côté. Ce n'est pas un stationnement officiel, mais je ne pense pas qu'on sera dérangés cette nuit.

Je hoche la tête avec enthousiasme en lui répondant que c'est une excellente idée. Je n'ose pas lui demander où nous passerons la nuit suivante. Après tout, qui sait de quoi demain sera fait ?

52

Shad

Ellaville, Floride, 6 août 2017

Allongés sur une roche plate au bord de la rivière Suwannee, nous profitons des derniers rayons du soleil après avoir dévoré un *fish and chips* acheté dans une minuscule guinguette non loin.

Sam a semblé tergiverser un moment avant de venir se coller contre moi, sa tête sur ma poitrine, sa main sur mon abdomen. Je ne peux pas lui en vouloir d'avoir hésité, mon comportement n'a pas de quoi l'encourager. Ce n'est pas que je redoute ces moments d'intimité, mais j'ai peur de finir par les regretter. Pas seulement à cause de son âge – j'arrive à ne plus en faire une obsession –, mais parce que je sais à quel point ils vont me manquer dans peu de temps.

Ce matin, j'ai dû mentir à Sam tellement le coup de fil que j'ai reçu m'a perturbé. Harry Preston n'a eu aucun problème à retrouver la tante de Sam. À vrai dire, il la connaissait déjà quand je l'ai engagé pour la chercher. Je n'ai pas exactement compris le pourquoi du comment, mais elle travaillerait dans un hôtel tenu par quelqu'un de très proche de Preston. Lorsque je lui ai demandé pourquoi je l'avais payé puisqu'il ne m'avait pas transmis ces informations, il m'a répondu d'un ton franc que je devrais surveiller mes comptes un peu plus souvent. Il a en effet refusé mon virement. S'il a mis tant de temps à me recontacter, c'est parce que la tante de Sam a souhaité qu'il vérifie que tout ça n'était pas une grosse arnaque. Il a donc fait des recherches sur moi et sur la famille d'accueil de Sam. Qu'il ait pu décider de me faire confiance après avoir enquêté sur moi reste un mystère. Son amitié avec mon grand-père n'y est sûrement pas étrangère. Même si Sam ne cesse de me répéter que je ne suis pas un monstre, je ne suis pas un saint non plus. Les escorts et la drogue, rien ne les effacera de mon passé. Et puis, si j'étais vraiment un type bien, je lui aurais déjà dit ce que j'ai appris.

Je sais que je ne pourrai pas repousser mon aveu éternellement, pour la simple raison que Janet Owens, la tante de Sam, nous attend dans quelques jours. Mais je voudrais la garder pour moi encore un peu, profiter de ces derniers instants pour réparer ce que j'ai brisé avec mes conneries. La distance entre nous me rend dingue, mais je n'ai aucune idée de la manière de la réduire à néant.

– Shad ?

– Oui ?

– Tu crois que les choses redeviendront comme avant ? Je suis contente qu'on ait pu parler hier, mais tu me manques…

– Je suis juste là.

– Tu sais très bien ce que je veux dire.

En effet. Sam a lu dans mes pensées.

– Tu te dis que c'est mieux que je retrouve ma tante, poursuit-elle, et même si tu as certainement raison ce n'est pas ce que je veux. J'ai accepté, mais j'aimerais au moins ne pas avoir l'impression de te perdre avant qu'on se sépare.

Elle n'a pas tort. Quitte à être un sale égoïste, autant l'être jusqu'au bout. Je me mets debout et m'empare de nos déchets d'une main en m'accrochant à sa paume de l'autre.

– Viens, mon ange.

– Où ? Pourquoi ?

– Je vais te montrer que rien n'est brisé entre nous. Ou en tout cas que rien n'est irréparable.

En marchant jusqu'au van, je l'attire à moi et passe un bras sur ses épaules en me traitant mentalement d'idiot. *Cette fille, je ne la mérite pas !* À l'intérieur du Chevy, je ferme la porte latérale, mais ouvre les portes arrière tournées vers la rivière. Le vent qui s'est levé cet après-midi rend l'atmosphère plus respirable dans l'habitacle. Sam me regarde avec ses grands yeux de la couleur des lagons des Keys. C'est à cet instant que je me fais la promesse de ne plus fuir, de faire ce qu'il faut pour la retrouver un jour et pour rééquilibrer nos vies. Je me promets aussi de toujours lui montrer que je l'aime même quand je ne sais pas le lui dire. Mes paumes se posent sur ses joues chauffées par le soleil de Floride. Je me penche pour m'emparer de ses lèvres et l'embrasse comme je ne l'ai pas fait depuis longtemps. Comme si je voulais graver ce moment dans ma mémoire. Mes bras autour de sa taille, je la soulève et approfondis mon étreinte pour qu'elle comprenne que, cette fois, je n'ai plus peur de ce qui nous sépare, que ça nous rend plus forts et que je lutterai de toutes mes forces pour le lui prouver.

Après quelques pas sur ma droite, je nous fais tomber sur le matelas du Chevy. J'entrelace mes doigts avec les siens, et quitte sa bouche pour continuer mon exploration des traits de son visage. Je laisse courir mes lèvres le long de ses mâchoires, glissant dans la courbe de son cou pour remonter sur sa clavicule, son épaule, puis le lobe de son oreille que je mordille avec gourmandise. De sa gorge s'échappent des sons que je voudrais pouvoir enregistrer pour me les repasser plus tard.

Je délaisse le contact de sa peau pour me hisser sur un coude et l'observer dans la lumière de la *golden hour*. Ses joues ont rosi, et n'ont rien à envier aux couleurs du ciel en train de prendre feu.

– Tu es tellement belle, mon ange.

– Je t'aime, Shad. Je t'aime tellement que l'avenir sans toi me fait bien plus peur que tout ce que j'ai vécu ces cinq dernières années.

– Je…

Une fois de plus, les mots se bloquent dans ma gorge. Mon cœur bat la chamade, essayant sans doute de s'exprimer à ma place.

– Sam, je… Putain, mais pourquoi je suis incapable de te dire ça ? Tu sais que ce n'est pas parce que je ne le pense pas, hein ?

– Oui, je le sais.

Je m'applique alors à lui prouver mes sentiments avant que l'avenir dont nous parlons, mais qui reste incertain, nous rattrape. Je la déleste de ses vêtements lentement, prenant soin de redécouvrir chacune de ses courbes. Avec mes mains dans un premier temps, puis avec ma bouche. Je m'imprègne de sa douceur et de son odeur pendant ce qui me semble des heures. Je me délecte de ses gémissements, de ses cris d'extase, de l'effet qu'elle arrive à avoir sur moi.

Nous passons la nuit à savourer le corps de l'autre sans jamais nous lasser, uniquement bercés par le clapotis de l'eau de la rivière en contrebas. Cette nuit a un goût de fin, d'au revoir, mais je me refuse d'y penser. Je me force à vivre dans le présent pour profiter de celle que j'aime plus que ma propre vie, tant que je le peux encore.

Ce n'est pas la luminosité qui me réveille, mais le bruit du vent qui a gagné en intensité depuis hier. Je suis surpris de constater qu'il est déjà presque 11 heures du matin. Je ne sais pas à quelle heure nous nous sommes assoupis, mais je ne m'attendais pas dormir aussi bien peu de temps après ma rechute.

À mes côtés, Sam s'étire, les yeux toujours clos.

– Hmmm… Quelle heure est-il ?

– Presque 11 heures. Mais peu importe. Tu peux somnoler encore un peu, si tu veux.

– Non, c'est bon. Je suis réveillée, assure-t-elle sans desserrer les paupières.

– Il faut que j'aille faire le plein dans la ville à côté. On pourra décider après ce qu'on fait.

Je pourrai surtout essayer de lui dire que j'ai retrouvé sa tante et que tout ça doit maintenant prendre fin.

– Ça te convient ? demandé-je en l'absence de réponse.

– Hmmm, hmmm, acquiesce-t-elle, à moitié assoupie.

Je l'embrasse en souriant. Quelle que soit l'heure de la journée, Sam n'est pas vraiment du matin.

– Ne te rendors pas… Je vais me rafraîchir un coup à la rivière.

– Je suis parfaitement réveillée, m'assure-t-elle, les yeux toujours clos.

Je rigole en descendant d'un pas rapide sur le rocher où nous étions allongés hier. L'eau n'est pas très chaude, mais ça ira très bien pour se débarrasser des dernières traces de sommeil.

Quand je remonte vers le van, les cheveux encore humides de ma toilette sommaire, Sam est en train de se brosser les dents au-dessus d'une bouche d'égout.

– Tu crois qu'ils vendent des cafés à la station-service ?

– Du mauvais café, sans aucun doute. Tu ne préférerais pas un vrai petit-déjeuner ?

Je regarde de nouveau ma montre.

– Enfin, un vrai déjeuner, plutôt.

– Eurk ! Il est beaucoup trop tôt pour ça. Mais des pancakes, pourquoi pas.

– Va pour les pancakes, alors. On trouvera bien ça quelque part.

Nous reprenons la route sous un ciel de plus en plus noir. Lorsqu'il vire au vert, je commence à me poser des questions. Pas sûr que ça soit bon signe. Après vingt minutes, le van dépasse la pancarte indiquant l'entrée de Live Oak et je me dirige vers la station essence. C'est en m'arrêtant au stop à côté de l'église de la ville que je prends réellement conscience que quelque chose cloche. Sur le parking de la paroisse, des gens courent dans tous les sens. Sam, qui regarde dans la même direction, finit par me dévisager, les sourcils froncés.

– C'est la fin du monde ou quoi ?

On pourrait le croire en observant deux hommes décharger une fourgonnette remplie de vivres.

– Je pense qu'on ne risque rien à aller poser la question, proposé-je.

Je ralentis et tourne pour faire passer le Chevy juste devant l'entrée de l'église où se tient le prêtre, qui nous scrute avec attention quand on s'arrête à sa portée.

– Excusez-moi de vous déranger, mon père. Il se passe quelque chose ?

– Vous n'avez pas entendu l'alerte ? Elle est diffusée en boucle sur toutes les radios, et sur les smartphones aussi normalement…

– On a dormi vers Ellaville, je ne pense pas que la couverture réseau…

– Alerte tornade. Ils annoncent un niveau 3, peut-être 4… Vous avez quelque part où vous abriter ?

Celle-là, je ne l'avais pas vue venir... À mes côtés, Sam blêmit.

– On n'a que ce van. On ne connaît personne dans le coin.

– Alors, garez-vous là, nous presse-t-il, et rejoignez-nous. On a un abri pour les gens du quartier qui n'ont rien chez eux. Dépêchez-vous, je n'aime pas la couleur du ciel.

Il parle tout en jetant des coups d'œil inquiets aux alentours. Je ne perds pas de temps pour stationner le Chevy à l'emplacement indiqué. J'attrape mon téléphone portable et la main de Sam pour me ruer à l'intérieur de l'église.

À mi-chemin, Sam lâche ma paume pour faire machine arrière et repartir vers le van.

– Sam ! Mais qu'est-ce que tu fous ?

Je me précipite à sa poursuite.

Quand j'arrive au Chevy, elle en ressort avec ma besace dans laquelle elle a réussi à caser mon ordi en plus de mon appareil photo. Sur son épaule, elle porte le sac que je lui ai offert rempli de ses carnets de croquis. Je m'en veux de ne pas y avoir pensé à sa place. Si mon matériel est remplaçable et la majorité de mes clichés sur un drive en ligne, Sam pourrait perdre tous ses dessins.

Nous retournons à l'église en courant, opération rendue difficile par le vent d'une violence incroyable. Sur le parvis, le prêtre nous attend. Il nous pousse à l'intérieur avant d'essayer de fermer les portes. Confiant mon sac à Sam, je pèse de tout mon poids sur les battants récalcitrants que notre sauveur sécurise avec un système que je n'avais jamais vu.

– C'était moins une ! Venez avec moi, c'est au sous-sol que nous serons le plus à l'abri.

Nous le suivons dans un escalier en colimaçon, puis jusqu'à une grande pièce fermée d'une lourde porte dans laquelle sont installées une vingtaine de personnes qui nous dévisagent comme les étrangers que nous sommes.

– Des brebis égarées, clame haut et fort l'homme d'église.

Ses paroissiens rient, et une femme dans le fond nous fait signe qu'il reste de la place non loin d'elle.

Le sol est parsemé de matelas de yoga et de coussins sans doute destinés à adoucir l'attente qui, d'après le prêtre, pourrait être longue. Installé le plus confortablement possible sur un tapis et adossé au mur, je prends la main de Sam dans la mienne.

– Je suis désolé.

– Désolé de quoi ?

– J'aurais dû faire plus attention aux alertes qu'on a reçues hier.

Elle me scrute en secouant la tête de droite à gauche.

– Quoi ? demandé-je.

– Cesse de porter le poids des malheurs du monde sur tes épaules.

Du regard, je fixe un point devant moi pendant un temps qui me semble interminable. Je réfléchis à ce que Sam vient de me dire.

– Je fais vraiment ça ?

– Soutenir le poids du monde sur tes épaules ?

Je hoche la tête.

– Oui, tu fais vraiment ça. Enfin, tu essaies, parce que c'est une tâche impossible. Et l'échec te frustre. Tu n'es pas responsable, Shad. Pas des tornades en tout cas. Le pire, c'est que je suis certaine que tu fais ça depuis bien plus longtemps que ce road trip.

– Ça, je n'en suis pas sûr. J'étais vraiment un connard égoïste avant.

– Permets-moi d'en douter.

Je ne vois pas comment elle pourrait savoir qui j'étais sans même m'avoir connu à l'époque, mais elle a raison :

j'ai une fâcheuse tendance à me déprécier. Si elle n'avait pas été là pour me renvoyer l'image d'un type bien, je serais toujours persuadé du contraire. Alors, j'appuie ma tête sur le mur derrière moi et, de nouveau, je réfléchis.

Après de longues minutes d'un silence dans lequel mon ange m'a laissé me replier, quelque chose me revient. Une époque de ma vie à laquelle j'ai évité de penser pendant des années. Une époque pendant laquelle la culpabilité me rongeait comme un poison.

– Tu as raison.

– À propos de quoi ? Comme j'ai toujours raison, mieux vaut que tu précises.

Je souris à sa tentative d'humour. Elle aussi, même si son expression n'illumine pas ses beaux yeux clairs. Je suppose que la mienne non plus…

– Quand tu as dit que j'avais toujours porté une culpabilité qui ne m'appartient pas. Tu avais raison. Ça a commencé vers mes onze ans. Au moment où ma mère est partie. Je suis resté longtemps persuadé que c'était de ma faute. Keith a effacé ce qui me bouffait à coups de drogues et de cachetons mais, lorsque j'ai découvert ce qu'il avait fait dans mon appartement, cette culpabilité est réapparue.

– Est-ce que tu as enfin compris que tout ça n'était pas à cause de toi ?

– Je crois qu'il va falloir me le répéter souvent.

– Compte sur moi pour ça.

Elle clôt la conversation, et je n'ajoute rien de plus. Elle pose sa tête sur mon biceps ; j'écoute le bruit du vent qui gronde de plus en plus fort. Les gens autour de nous lèvent les yeux au ciel comme s'ils attendaient qu'il leur tombe dessus.

Je passe mon bras sur l'épaule de Sam et la colle un peu plus contre moi, comme si je pouvais la protéger d'une tornade avec mon propre corps. Dans un coin, un couple d'un certain âge prie. À l'autre bout de la pièce, quatre ados en tenue de scout entament une chanson en canon. Je ne connais pas les derniers tubes à la mode, mais je ne tarde pas à reconnaître *Praying* de Kesha. Le titre parle de rédemption : il tombe fort à propos.

Tout le monde s'est tu pour les écouter. J'en frissonne alors que leurs voix résonnent dans le sous-sol. Je pense à Keith, mais aussi à mon père qui n'a jamais fait l'effort d'être présent pour moi. Plus que tout, je pense à Sam et à l'enfer dont elle a réchappé. Je prends conscience que j'ai sans doute fait une petite différence dans sa vie. Je la regarde du coin de l'œil sans oser interrompre les larmes qui roulent sur ses joues. Cette chanson doit lui parler encore plus qu'à moi.

« *'Cause you brought the flames and you put me through hell*
I had to learn how to fight for myself[20] »

« *I'm proud of who I am*
No more monsters, I can breathe again
And you said that I was done
Well, you were wrong and now the best is yet to come[21] »

Sam finit par se tourner vers moi ; je ne peux m'empêcher de sécher les traînées humides qui subsistent sur sa peau.

– Je n'aurai jamais cette force, me chuchote-t-elle une fois la chanson terminée.

---

20 Parce que tu as attisé les flammes et que tu m'as fait vivre un enfer
J'ai dû apprendre comment me battre pour moi-même.

21 Je suis fière de celle que je suis
Délivrée de mes démons, je peux enfin respirer à nouveau
Tu as dit que j'étais foutue
Eh bien tu avais tort car le meilleur reste à venir

– La force de quoi, mon ange ?

– De pardonner à ma famille d'accueil. À lui, en particulier, puisque les raclées venaient de lui.

Je serre les poings sans le vouloir. J'ai toujours autant de mal à entendre les violences qu'elle a subies quand elle était à Baltimore.

– Personne ne te demande ça. Je ne pense pas que ça t'empêche d'avancer dans la vie, Sam, de ne pas lui pardonner ce qu'il t'a fait subir.

– Peut-être pas maintenant.

– Si ça perturbe ton bonheur dans le futur, il sera temps d'y songer. Te connaissant, je suis surtout certain que tu t'assureras un jour qu'il n'accueille plus d'enfants. Mais tu dois prendre des forces avant de te jeter dans la bataille.

Elle hoche la tête, un timide sourire aux lèvres.

– Moi non plus, je ne sais pas si je suis capable de pardonner à Keith. Je ne pense pas que ce soit mon rôle. Ce qu'il a fait, et ce que ton tuteur a fait, personne ne peut l'excuser.

– Il faudrait déjà surtout que tu te pardonnes à toi-même ! réplique-t-elle

Je la serre un peu plus fort contre moi, conscient qu'elle a raison, une fois de plus. Pourtant, je vais devoir réapprendre à vivre sans elle dans quelques jours.

– Sam ?

– Oui ?

– Ne m'en veux pas, OK ? Je ne t'ai pas menti pour te faire du mal, mais j'ai été un sale égoïste, comme souvent. Je voulais juste t'avoir pour moi tout seul un peu plus longtemps.

– De quoi tu parles ?

– Le coup de fil que j'ai reçu hier matin. Ce n'était pas une vieille connaissance.

– Tu as retrouvé ma tante, c'est ça ?

– Le détective privé l'a fait, oui. En fait, pour être tout à fait exact, il la connaissait déjà. Un coup du hasard.

– Pourquoi il a mis aussi longtemps à te rappeler, alors ?

– Parce qu'en accord avec ta tante, il voulait être sûr de qui j'étais et que je disais bien la vérité sur toi.

Elle se tait pendant quelques minutes, semblant peser le pour et le contre de ce qu'elle aimerait savoir en premier. Moi, je connais déjà mes priorités.

– Est-ce que tu m'en veux ? Je t'ai reproché de m'avoir menti il y a quelques jours, et hier j'ai fait exactement la même chose.

– Je ne pense pas pouvoir t'en vouloir. J'ai eu le droit à un jour supplémentaire avec toi, et ça, ça n'a pas de prix.

Sam est mille fois plus mature que je ne le serai jamais.

– Tu te rappelles quoi de ta tante ?

– Pas grand-chose. Elle a rencontré son futur mari peu de temps après ma naissance. Il l'a rendue accro à l'alcool, puis à toutes sortes de drogues. Mon père a essayé de l'aider. Je me souviens qu'elle a atterri chez nous une fois parce qu'il l'avait battue, mais elle a fini par lui pardonner. Après ça, on n'a plus eu de nouvelles.

Elle se tait de nouveau, et je comprends pourquoi. Entendre des détails sur la vie de cette femme qu'elle connaît à peine va rendre cette séparation imminente plus tangible. Je le sais parce que c'est ce que j'ai ressenti.

Elle finit par se tourner vers moi pour me demander d'une toute petite voix :

– Vas-y. Dis-moi tout. Je suis prête.

53

Sam

Live Oak, Floride, 8 août 2017

Adossée au Chevy, j'ai du mal à quitter des yeux les dégâts causés par la tornade sur les maisons en face de l'église. Cette dernière n'a pas une égratignure mis à part quelques tuiles manquantes, mais les constructions de l'autre côté de la rue n'ont pas eu cette chance. Je peux presque apercevoir les fondations de certaines.

– Il n'y a pas de blessés, c'est le principal, me dit une voix qui me tire de mes réflexions.

Le prêtre sans qui on ne serait peut-être plus là s'approche de moi, deux gobelets de café en main.

Quand l'alerte a été enfin levée tard hier soir, il nous a offert de rester sur le stationnement de l'église pour passer la nuit dans le van. Nous n'avons pas rechigné, Shad était de toute façon trop crevé pour conduire.

Si Dieu existe, je ne peux que le remercier d'avoir épargné le Chevy.

– Je me suis dit que vous aimeriez un café pour vous réveiller, ajoute l'homme de foi en nous tendant les deux gobelets alors que Shad vient d'apparaître à mes côtés.

– Merci, mon père, lui répond mon photographe. Je n'en reviens pas que la tornade ait épargné une partie de la rue et pas l'autre.

– La nature fait des choix terribles, parfois.

– Qu'est-ce qui va se passer pour tous ces gens ? demandé-je en désignant les maisons.

– On va les aider à reconstruire. Comme on le fait toujours. Les sanitaires de l'église vous sont grands ouverts si vous avez besoin. N'hésitez pas.

– Merci beaucoup.

Shad s'appuie contre le Chevy juste à côté de moi. Son regard oscille entre les dégâts causés par la tornade et mon visage. Je détaille encore ce champ de ruines en ayant la sensation de contempler ce qui a existé entre mon photographe et moi. Voilà ce qu'il reste de notre lien si particulier, ou ce qu'il en restera dans quelques jours. *Quel optimisme ce matin, Sam !*

– Où est-ce qu'on doit retrouver ma tante ?

– Sur son lieu de travail. Dans le restaurant du *resort* du Michigan dont je t'ai parlé.

– Pourquoi sur son lieu de travail ? Pourquoi pas dans un endroit neutre ou chez elle ? Et dans combien de temps ? Et si elle ne réussit pas à obtenir ma garde, je deviens quoi ? Je retourne à Baltimore ?

J'ai conscience d'avoir l'air d'une gamine qui fait sa crise. Devant ce déferlement de questions, Shad me prend mon café des mains et le dépose sur le toit du van avec le sien. Ses bras m'enserrent brusquement. Il me colle à son torse comme s'il essayait de me transmettre sa force avec ses gestes.

– Si je pouvais répondre à toutes tes angoisses, je le ferais sans hésiter. Mais je ne peux pas. Tu avances vers l'inconnu, n'importe qui serait effrayé à ta place.

– Je ne suis pas sûre que ça soit de la peur que je ressente. Ou même de ressentir quelque chose, à vrai dire. Je suis comme anesthésiée. J'ai conscience que tu m'as dit tout ce que tu savais cette nuit, mais…

Il recule pour pouvoir arrimer ses iris aux miens et poser ses paumes sur mes joues.

– J'ignore pourquoi ta tante veut que l'on se retrouve là-bas. Peut-être que pour elle ça correspond à un endroit neutre. Preston ne m'a donné qu'un minimum d'informations. Mais ce type était un ami de mon grand-père, et j'ai tendance à lui faire confiance. Est-ce que toi, tu as confiance en moi ?

– Évidemment.

– Tout se passera bien. Et si jamais ta tante n'arrive pas à obtenir ta garde, ce qui me paraît impossible, tu m'appelles et je viens te chercher. Le comble de l'ironie, c'est que je ne serai qu'à quelques heures de toi.

– Tu appelles ça de l'ironie ? J'appelle ça de la torture.

– C'est se quitter pour mieux se retrouver plus tard.

– Je ne parviens pas à être aussi zen à l'idée de ne plus être avec toi.

– Je ne le suis pas, mon ange, je te le promets. Je suis juste très doué pour faire semblant. J'ai des années d'entraînement derrière moi. Je ne veux pas te quitter, je pense simplement que c'est la meilleure chose à faire pour toi. Pour que ta vie ne se résume pas à moi et à ce Chevy.

– Ça me convient bien, m'entêté-je.

– Maintenant, oui. Mais tu es trop sauvage et indépendante pour te contenter de ça longtemps.

Je hausse les épaules. Il a peut-être raison, mais je ne suis pas prête à l'entendre.

Après nous être lavés rapidement dans les sanitaires de l'église et avoir remercié avec effusion celui qui a eu la gentillesse de nous accueillir dans son lieu de culte, nous reprenons notre chemin. Il est tôt, nous aurions pu traîner encore un peu dans le coin, mais je crois que ni Shad ni moi n'avons envie de retarder l'inévitable. Cette histoire de sparadrap qu'on retire d'un coup sec…

Il y a seize heures de trajet pour atteindre Heaven Harbor. Deux jours. Presque deux mille kilomètres qui défilent dans un grand brouillard incertain. Des routes qui paraissent toutes se ressembler alors que j'ai toujours adoré regarder le paysage. Des stations-service identiques les unes aux autres. Même le motel dans lequel nous dormons à mi-chemin pour soulager nos lombaires semble encore plus anonyme et impersonnel que d'habitude.

Nous traversons Heaven Habor en fin de journée. Mentalement, je note la date. Mercredi 9 août. Plus d'un mois après notre rencontre sur ce trottoir pourri de West Baltimore. Plusieurs semaines, ce n'est rien à l'échelle d'une existence et pourtant j'ai l'impression d'avoir vécu une vie entière avec Shad. Mais ce n'est pas assez, ça ne le sera jamais. Le temps ne passera jamais assez vite d'ici à ce qu'on se retrouve.

– Est-ce que tu veux t'arrêter un peu ? me demande mon photographe. On est à environ dix minutes de route une fois sortis du village.

Je secoue la tête en évitant de le regarder. Je ne fais pas du tout confiance à mes canaux lacrymaux en ce moment.

– Si tu t'arrêtes, je vais essayer de te convaincre de faire demi-tour. Et crois-moi, là, tout de suite, je saurais me montrer très persuasive.

Il pousse un son entre le grognement et le rire, ne sachant sans doute pas s'il doit m'engueuler ou se marrer de mes conneries.

– On continue, alors, parce qu'il ne faudrait pas grand-chose pour me convaincre.

Quelques kilomètres après la sortie du patelin, Shad fait tourner le van sur une petite route annexe surplombée d'un immense panneau à la fois indicateur et publicitaire.

Pine Lake Resort & Spa – 1 km

Je suis plutôt surprise quand Shad finit par stationner le Chevy dans le parking prévu à cet effet. Lorsqu'il m'a appris que ma tante travaillait dans le restaurant d'un établissement de vacances, je m'attendais à une de ces chaînes insipides et froides comme nous en avons croisé des centaines sur la route. Le *Pine Lake Resort* est en fait un hôtel de grand standing. La vue sur le lac est tout simplement magnifique, et n'est pas sans me rappeler Badin Lake.

Mon photographe attrape ma main pour lier ses doigts aux miens.

– Prête ?

– Non.

Ce que je lis dans ses yeux, cette douleur et cette incertitude, me donne encore plus envie de prendre mes jambes à mon cou, mais la porte principale s'ouvre sur une femme que je reconnais immédiatement. Ce n'est pas de ma propre mémoire qu'il s'agit, mais de celle des quelques clichés que mon père a toujours gardés dans notre maison de Savannah.

– Samantha ?

Mon cœur manque d'exploser en entendant ce prénom. Plus personne ne m'appelle comme ça depuis la mort de mon père, qui était le seul à continuer de s'entêter à ne pas utiliser mon diminutif. Mon estomac déjà noué se crispe encore davantage, et je ne lâche pas la main de Shad sous peine de m'effondrer. Il ne proteste pas, même si je suis certaine qu'il aurait préféré être moins démonstratif devant ma tante.

J'ai juste le temps de remarquer à quel point elle ressemble à son frère avant que deux bras se referment sur moi dans une étreinte que je ne suis pas sûre d'apprécier. Se rendant sans doute compte de ma raideur, Janet Owens recule, un sourire d'excuse sur le visage.

– Je suis désolée. Cela fait tellement longtemps que j'essaie d'obtenir ta garde. Je n'arrivais même pas à savoir si tu allais bien…

Je ne réponds pas. Pendant qu'elle se désespérait d'avoir de mes nouvelles, je tentais de survivre à Bodymore[22]. Ses traits me sont familiers, mais je prends soudain conscience que face à moi se trouve une étrangère. Venir ici était sans doute la plus mauvaise idée que nous ayons eue. Trop tard. Au-delà de me laisser avoir une vie bien à moi, Shad mérite de se reconstruire dans le monde réel. Et ça, jamais il ne pourra y parvenir dans un van avec une gamine collée à ses basques. Je ne veux pas rester, mais, pour cet homme que j'ai appris à aimer, je vais le faire quand même.

22 Bodymore ou Bodymore Murderland : surnom familier donné à Baltimore, en rapport avec son taux de criminalité élevé.

54

Shad

Heaven Harbor, Michigan, 9 août 2017

Sam n'a pas lâché ma paume. Notre histoire n'étant pas légale dans tous les États-Unis, j'aurais préféré rester discret, mais je ressens la détresse de mon ange alors au diable la législation. Ma priorité, c'est elle, et ça le sera toujours.

Sans doute déstabilisée par l'absence de réaction de sa nièce, Janet Owens me tend une main incertaine.

– Tu dois être Shad, je présume. Je suis Janet. Harry m'a expliqué que tu as recueilli Sam quand elle a fui sa famille d'accueil. Je ne sais pas comment te remercier…

– Ne me remerciez pas. Je ne pouvais quand même pas la laisser dans ces conditions à Baltimore. Et puis, vraiment, tout le plaisir était pour moi.

Bravo, Shad. Très subtil!

Janet scrute un instant nos mains jointes, mais ça ne semble pas la gêner. Elle n'en fait du moins rien paraître.

– Suivez-moi. Je suis certaine que vous mourez de faim. J'ai fait en sorte qu'on ait une table dans un coin de la salle à manger.

Mon ange ne dit toujours rien, mais elle emboîte le pas à la femme qu'elle n'a pas vue depuis des années.

Dans le hall d'entrée, un couple se trouve derrière le comptoir de la réception. Ils nous regardent arriver en souriant, j'imagine que ce sont les patrons de l'hôtel. Le type aux cheveux longs a une carrure de bûcheron, du genre que tu n'as pas envie d'emmerder ; la femme à ses côtés, une brune aux yeux verts, nous dévisage avec curiosité.

– Samantha, Shad, je…, débute Janet.

– C'est Sam, la coupe abruptement celle qui s'agrippe toujours à ma main.

Sa tante la regarde, incertaine une fois de plus.

– Pas Samantha, s'il te plaît, ajoute mon ange d'un ton presque suppliant.

– Bien sûr. Pardonne-moi. Sam, Shad, je voudrais vous présenter Charlie et Chris, les propriétaires et gérants du *Pine Lake Resort*. Ceux qui m'ont offert une chance quand j'en ai eu besoin, l'année dernière.

– Bienvenue, Sam. Janet ne parle que de toi depuis qu'on la connaît. Profitez du repas, je vous donnerai vos clés de chambre après et on vous aidera à vous installer, nous accueille Charlie d'une voix chaleureuse.

Janet fait un signe à sa patronne et commence à s'avancer vers la double porte en bois au fond du hall d'entrée. À mes côtés, Sam est toujours aussi tendue. Je crois que c'est encore pire depuis la mention des chambres d'hôtel. Elle freine des quatre fers avant de lancer de but en blanc :

– Comment ça, des chambres ? questionne-t-elle sa tante.

– Je vis ici en attendant que Chris, qui a une entreprise de rénovation, retape la petite maison que j'ai réussi à acheter. Cela faisait partie du plan prévu par mon avocat pour mettre toutes les chances de mon côté afin que tu puisses vivre chez moi. C'est pour ça que je suis infiniment reconnaissante envers Charlie. Avant ça, je n'arrivais jamais à trouver un employeur prêt à m'offrir un contrat définitif. Les anciennes junkies, ce n'est pas toujours fiable, il paraît. Mais je suis certaine que ton ami peut comprendre ça mieux que personne.

Je dois blêmir ostensiblement. Cette femme affable ne se laisse pas démonter : elle connaît mon passé et me le fait savoir. Il n'y a pas de méchanceté dans ses mots, juste une manière de me transmettre le message qu'elle m'aura à l'œil.

– Je… Je ne voulais pas…

Sam bafouille, et je perçois son malaise. Sa tante s'approche d'elle comme elle le ferait d'un animal sauvage pour poser une main sur son épaule.

– Mais ne t'inquiète pas. Dans quinze jours maximum les travaux seront finis. Même si, tu verras, on s'habitue vite à la vie de château, dit-elle avec un petit rire en pénétrant dans la vaste salle à manger du *resort*.

Elle nous conduit jusqu'à une table ronde qui offre une perspective magnifique sur le lac à travers une baie vitrée.

Le silence pesant s'éternise jusqu'à ce qu'un serveur vienne prendre notre commande. Janet regarde sa nièce, et Sam ballade ses yeux clairs entre son assiette et moi. Elle finit par relever la tête après quelques minutes, incapable de contenir sa curiosité plus longtemps.

– Je croyais que tu étais la chef du restaurant…

– C'est le cas.

– Alors qui est en cuisine ce soir ?

– Le sous-chef et un commis. Il n'y a pas grand monde, comme tu peux le voir. Beaucoup de touristes ont profité du beau temps pour pique-niquer sur les rives du lac, d'autres sont allés se promener à Heaven Habor.

Mon ange hoche la tête, elle semble s'imprégner de la vie de sa tante qu'elle s'apprête à partager.

– Je peux te poser une question à mon tour ? lui demande Janet.

Sam hausse les épaules, mais je vois bien qu'elle se détend progressivement.

– Shad a raconté à Harry Preston que tu n'étais pas bien traitée chez les Reed, est-ce que tu veux bien m'en dire plus ?

Je me crispe alors que Sam se fige.

– Il n'y a pas grand-chose à dire. Ils ne s'occupaient pas vraiment de nous, et quand ils le faisaient c'était pour nous mettre une raclée. C'était l'enfer. C'est pour ça que je me suis barrée. Shad était peut-être un étranger, mais je savais que rien ne pourrait être pire que ce que je subissais.

– Samantha, je…

– Sam ! Je ne veux pas que tu m'appelles Samantha. Papa m'appelait comme ça. Seulement lui.

– Je suis désolée. Je n'étais pas au courant.

– C'est bien ça le problème. Tu n'étais pas là, Janet ! Tu n'étais pas là quand mes parents sont morts ! Quand il a fallu affronter l'hôpital, les funérailles, le foyer d'accueil et ensuite Baltimore. Tu n'étais pas là. Alors, laisse-moi te demander : pourquoi maintenant ?

Sam n'a pas crié, mais ses mots semblent avoir l'effet d'une gifle. Le visage de la tante se referme et des larmes lui montent aux yeux. Elle prend une grande inspiration, se recompose petit à petit. Dans le regard qu'elle pose sur Sam, je ne trouve pas trace de colère. Juste de la culpabilité, de la tendresse et même un peu d'espoir.

– Tu as raison, je n'étais pas là. J'étais plus jeune que toi quand j'ai rencontré Rick. Et la première chose qu'il a faite, c'est de m'éloigner de mes proches. La seconde a été de me rendre accro à toutes sortes de substances. J'étais seule, dans une ville que je ne connaissais pas, sans famille et sans amis. Je n'avais plus que lui.

– Mon père a essayé de t'aider, non ? Je me rappelle que tu as logé chez nous un moment.

– Ton père m'a donné tellement de chances que je ne peux plus les compter. Mais je ne voulais pas quitter Rick. Son emprise sur moi était sans limite. Il m'a fallu huit années et une mâchoire fracturée pour réussir à le faire. Si tu savais comme je culpabilise de ne pas avoir pu dire merci à ton père… Quand j'ai appris pour… pour l'accident, c'était trop tard. Tu étais déjà à Baltimore. Depuis, je n'ai cessé de faire des démarches pour pouvoir te récupérer. J'ai commencé à reprendre vraiment espoir au moment où j'ai rencontré Charlie. J'avais postulé à son annonce pour rejoindre le personnel du *resort*. J'ai voulu être franche avec elle et je lui ai parlé de mon passé, de Rick, mais aussi des drogues et de la désintox, de la réhabilitation qui m'avait permis de faire une formation professionnelle. Elle m'a appelée le soir-même pour me dire que j'avais le poste. À partir de ce moment-là, tout s'est accéléré. J'ai pu prétendre à un prêt, acheter une maison… Rien ne réparera ce que tu as vécu là-bas, mais est-ce que tu es prête à aller de l'avant ?

Pendant son discours, le serveur a apporté nos assiettes, mais je ne suis pas certain que l'un d'entre nous ait beaucoup d'appétit. Sam joue avec ses couverts, plongée dans ses réflexions. J'ai conscience que, si elle ne veut pas rester avec sa tante, je ne pourrai pas l'y forcer ni la laisser derrière moi.

– Ça fait un mois que je vais de l'avant. À partir du moment où j'ai fui cette baraque pourrie, j'avais pris la décision d'aller de l'avant. Et c'est ce que j'ai fait avec Shad. Je me suis retrouvée, j'ai arrêté d'avoir peur, j'ai recommencé à dessiner. Mais je sais aussi que, pour des raisons évidentes, on ne peut pas continuer à être ensemble. Pour l'instant.

Alors que je préférerais disparaître, elle me jette un regard qui ne signifie rien moins que « n'oublie pas ta promesse », avant de reprendre à l'intention de Janet :

– Alors, oui, je veux bien poursuivre ce que j'ai entrepris en quittant Baltimore. Ici, avec toi. En espérant qu'on te confie ma garde.

– Depuis ta fuite, Harry a mené sa petite enquête sur ta famille d'accueil et il a réuni assez de preuves pour qu'on se tourne vers la justice. Ils ne peuvent d'ores et déjà plus prendre en charge d'enfant, et ce jusqu'à la fin de l'investigation a minima. Les services sociaux vont très certainement vouloir te parler à ce sujet. Quant au fait que tu restes ici, mon avocat me dit que ce ne sera qu'une formalité. Je ne m'attends pas à ce que tout fonctionne parfaitement entre nous dès le début, mais une fois que nous aurons appris à nous connaître…

Je comprends que Sam ne compte pas répondre, mais, devant l'air dépité de sa tante, elle ajoute tout de même :

– Je te promets d'essayer. Papa l'aurait voulu.

Sur ces paroles, nous commençons à manger. Je ne dirais pas que le dîner se déroule dans une ambiance détendue, mais Sam n'est plus aussi crispée qu'en arrivant.

Le repas achevé, je laisse Sam et Janet récupérer les clés de nos chambres à la réception et sors sur le parking pour aller chercher nos affaires. J'ai eu beau protester que je pouvais très bien dormir dans le van, la propriétaire n'a pas voulu entendre raison.

Alors que je regroupe le peu que possède Sam, une boule se forme dans ma gorge. Je n'ai pas pleuré depuis le départ de ma mère. En prenant conscience qu'elle m'avait laissé seul dans un appartement déserté par mon paternel en déplacement professionnel, j'ai sangloté jusqu'à en perdre le souffle, mais ça n'a servi à rien. Ma mère n'est pas revenue. Pourtant, ce soir, même si je sais que ça ne changera rien, je suis à deux doigts de craquer dans le Chevy chargé des souvenirs de cet ange qui m'a sauvé la vie.

Alors que je finis par me reprendre et sortir du van, je tombe nez à nez avec Janet.

– Désolé, j'ai été plus long que prévu.

– Ne t'inquiète pas, me rassure-t-elle. Ce n'est pas pour ça que je suis là.

Elle fait une pause, semble mesurer ce qu'elle va me dire. J'en profite pour me délester de ce qui me ronge depuis que nous sommes arrivés :

– Il ne se serait jamais rien passé entre Sam et moi si j'avais été au courant qu'elle était mineure. Je tenais à ce que vous le sachiez.

– Tu veux dire que tu ne savais pas ?

– Non. Elle m'a menti sur son âge depuis le début. Je reconnais que je n'ai pas cherché à vérifier. Sam est bien plus mature que moi. Je n'aurais jamais pensé qu'elle n'avait même pas encore dix-sept ans.

Contre toute attente, Janet éclate de rire. Je reste bête, à me demander ce qui lui prend.

– Vu le discours qu'elle vient de me tenir dans le hall d'entrée, ça ne m'étonne pas. Têtue, hein ?

– Obstinée et déterminée, je dirais plutôt. Que s'est-il passé ?

– Elle a refusé que tu dormes dans une autre chambre que la sienne. Elle a argué que de toute façon, je n'allais pas l'enfermer de l'extérieur et qu'elle te rejoindrait dès que j'aurais le dos tourné.

Elle n'a quand même pas fait ça ?

– Ensuite, elle a menacé d'aller dormir dehors.

Ah ! Si. Elle l'a fait…

Je secoue la tête, incrédule, avant de retrouver l'usage de la parole.

– Je suis désolé. C'était plutôt mon idée qu'elle vienne vous retrouver ici. Je n'avais pas envie que nos chemins se séparent, mais son indépendance est plus importante à mes yeux.

– Tu voulais surtout qu'elle ait l'âge légal.

Sam et sa tante ont le chic pour diffuser une brume de malaise dans leurs conversations, ce soir. Je scrute mes pieds, parce que le lâche que je suis est incapable de faire autrement. Cela dit, je choisis la vérité.

– Oui, je ne peux pas le nier. Je ne souhaite pas vivre une demi-vie avec elle. Je veux pouvoir en profiter pleinement et ne pas avoir peur du regard des autres.

– Elle m'a dit que tu reviendrais quand elle aurait dix-huit ans. Tu ne lui as pas promis ça juste pour qu'elle accepte de venir ici ?

– Non. C'est bien mon intention. Sauf si elle ne le souhaite plus, évidemment.

Elle me dévisage un instant, essayant sans doute de lire en moi comme sa nièce le fait tout le temps. Elle finit par me tendre une clé électronique.

– Chambre 207. Elle doit déjà être montée, Charlie devait lui montrer le chemin.

– Merci. Je partirai demain matin.

– Pourquoi si tôt ?

– Parce que sinon je n'en aurai jamais le courage.

Alors qu'elle me sourit, je la contourne pour entrer de nouveau dans le bâtiment et grimper la double volée de marches qui conduit aux chambres de l'étage.

Quand je pénètre dans la pièce alliant modernité et ce petit quelque chose d'ancien qui lui donne tout son charme, Sam est appuyée à la fenêtre ouverte qui offre une vue sur le lac. Le soleil est désormais couché, mais les lumières installées sur le bord de l'eau et sur les chemins menant aux bungalows chassent cette impression d'obscurité.

Je pose ses affaires dans un coin pour m'approcher d'elle sans savoir ce que je vais pouvoir lui dire. Elle doit sentir que je ne trouverai pas les mots, car elle se retourne pour me couper l'herbe sous le pied.

– Je n'ai pas très envie de parler… Est-ce qu'on pourrait juste dormir ? Faire semblant que tout va bien, une dernière nuit…

– Mais, mon ange, tout va bien.

– Je ne vais plus te voir, Shad. Je ne vais plus me réveiller auprès de toi chaque matin. Tu ne pourras plus me faire goûter toutes les merveilles culinaires que je ne connais pas ou m'emmener visiter des lieux insolites oubliés du monde entier. Non, tout ne va pas bien.

Je pose un doigt sur sa bouche, parce que je ne suis pas certain d'avoir la force de l'écouter énumérer tout ce que nous ne ferons plus.

– C'est seulement temporaire. Tu as besoin de recréer des liens avec ta tante. Tes parents ne sont plus là, mais il te reste une famille. Tu ne peux pas rejeter ça comme si ça ne comptait pas. Tu finirais sans doute par m'en vouloir et je culpabiliserais toute ma vie. Tu sais que j'excelle dans cette discipline.

– Champion olympique toutes catégories !

Son sourire est timide, mais il est là, et il me rend la tâche un peu moins difficile.

– Passe du temps avec ta tante, finis le lycée, et on se retrouvera quand personne ne pourra plus nous le reprocher.

– Tu me le promets ?

– Je te l'ai déjà promis, non ?

– Je m'en tape. Fais-le encore. Une double promesse. Tu n'auras pas d'autre choix que de te pointer ici le 27 août de l'année prochaine.

– Je te le promets, mon ange.

– Je n'en reviens pas de ne plus te voir pendant un an. Et s'ils veulent m'obliger à retourner à Baltimore ?

– Harry Preston a mon numéro de portable, mais ne songe même pas à le lui demander. Je lui ai expliqué la situation, il ne te le donnera qu'en cas d'urgence.

– Je ne comprends pas pourquoi tu ne veux pas qu'on se parle par téléphone, se plaint-elle, le ton presque boudeur.

– Parce que je ne serai pas capable de résister si j'entends le son de ta voix régulièrement.

C'est face à cet aveu, sorti tout droit de mes tripes, que je la sens enfin rendre les armes. Elle m'entraîne vers le lit duquel elle vire tous les coussins ornementaux. En quelques secondes, elle s'est glissée hors de son jean pour se faufiler sous les draps. Je ne tarde pas à l'imiter, bien décidé à en profiter pour la serrer dans mes bras pendant que je le peux encore.

Elle se coule dans mon étreinte comme si elle voulait se fondre en moi. Sa tête sur ma poitrine, sa main sur mon ventre qui se contracte par réflexe, je la colle contre mon torse et soupire. Aucun de nous ne parle : il n'y a plus rien à dire.

Les rayons du soleil me tirent du sommeil. Je me rends compte que j'ai dormi beaucoup plus longtemps que je ne l'aurais voulu. Je n'ai pas mis d'alarme sur mon portable pour ne pas risquer de réveiller Sam, mais si j'attends trop c'est la luminosité qui finira par le faire.

Je m'extirpe de son étreinte et me prépare sans bruit en continuant de la regarder. J'attrape le peu d'affaires que j'avais monté dans la chambre, puis m'approche du lit en essayant de trouver le courage de quitter cette fille qui a changé ma vie.

J'hésite sans doute un peu trop longtemps, car elle commence à s'étirer. Je n'ai que quelques secondes pour réagir. Je m'agenouille à ses côtés, ma bouche au plus près de son oreille.

– Mon ange, je veux que tu aies confiance en moi et que tu n'ouvres pas les yeux, OK?

– Shad? Pourquoi je ne peux pas ouvrir les yeux? se plaint-elle, en obéissant toutefois.

Je pose mes lèvres sur les siennes, et elle semble soudainement comprendre ce que je suis en train de faire. Pourtant, ses paupières restent closes.

– Ne me dis pas que tu t'en vas déjà…

– Maintenant ou plus tard, ça ne change rien, Sam. Ou plutôt: plus on attend et plus ça sera dur.

– Je ne veux pas.

De ses yeux fermés, des larmes s'échappent.

– Je ne veux pas non plus. C'est pourtant ce qui est le mieux. Tu sais déjà que la vie n'est pas toujours facile et, à côté de ce que tu as vécu, ces quelques mois vont te paraître un jeu d'enfant.

– Un an, ça fait un peu plus que quelques mois.

– Tu ne les verras pas passer.

– Ben voyons!

J'essuie ses joues humides de mon pouce et l'embrasse de nouveau. Plus profondément, plus intensément.

– Je ne crois pas en grand-chose, mais si ce n'est pas le destin qui nous a réunis sur ce trottoir de Baltimore, alors je ne sais pas ce que c'est. Je t'ai fait une promesse. On se retrouvera.

Je pose mon front contre le sien, respire son odeur à pleins poumons, frôle la douceur de ses lèvres.

– Je t'aime, Shad.

– Mon ange… je t'aime.

En entendant ces mots que je n'avais jamais réussi à lui dire, elle se fige. J'en profite pour ramasser mes affaires et sortir de la chambre. Elle a sans aucun doute ouvert les yeux dans mon dos, mais ça n'a plus d'importance. Si je lui ai demandé de garder ses paupières closes, c'est uniquement pour ne pas faire face à ses iris couleur Caraïbes qui m'ont foutu à terre dans une banlieue pourrie de Baltimore. Pour ne pas me confronter à tout ce qu'ils expriment.

55

Sam

Heaven Harbor, Michigan, 27 août 2017 – J-365

Assise sur le ponton de Pine Lake qui m'a accueillie plus d'une fois depuis mon arrivée, je me laisse bercer par le doux clapotis de l'eau contre les pilotis de bois.

Un regard derrière moi m'indique que le repas donné en mon honneur sur la terrasse flambant neuve du *resort* est toujours aussi animé. J'ai dix-sept ans aujourd'hui, un an me sépare encore de celui que j'aime. Autant dire que je n'avais pas spécialement envie de faire la fête en me levant ce matin dans la maison nouvellement rénovée de ma tante.

Chaque minute qui défile résonne dans ma tête comme un compte à rebours bruyant.

Un an. Tic toc.

365 jours. Tic toc.

8 760 heures. Tic toc.

Alors, être le centre de l'attention d'un repas en grande pompe avec le staff du *resort*, très peu pour moi. Sauf que Janet n'a pas voulu entendre raison. Elle m'a mouchée avec un « il ne reste plus qu'un an, sois positive un peu, bon sang ! », et je n'ai pas eu d'autre choix que de mettre ma plus jolie tenue pour me prêter à l'exercice.

Dès que j'en ai eu l'occasion, je me suis échappée de l'assemblée des convives bruyants qui, semble-t-il, n'attendaient qu'une excuse pour se retrouver autour de la cuisine de Janet. Il faut l'avouer : c'est une sacrément bonne cheffe.

En cette fin d'été, les touristes ont déserté l'hôtel, je suis donc seule sur le ponton. Exactement ce que je recherchais. Je n'ai envie d'être qu'avec une personne, et elle n'est pas assise à la table de fête.

Sur ma gauche, le téléphone portable offert par Janet quelques jours après mon arrivée émet un bip.

Jake: Je peux t'appeler ?

Je souris en répondant. La première chose que j'ai faite avec ce téléphone est de contacter la sœur de mon pilier à Baltimore, ce frère de cœur. Je lui ai laissé mon numéro, et il m'a rappelée à peine quelques heures plus tard, et tous les jours depuis.

Quand la sonnerie retentit, je décroche avec enthousiasme.

– Joyeux anniversaire, sis !

– Merci, frangin ! J'aurais préféré que tu me le souhaites en personne…

– Bientôt, Sam. Promis. Pour le moment, je ne peux pas me permettre de manquer le travail.

Comme je m'y attendais, Jake a fait pas mal de conneries après avoir quitté les Reed. Il a fini par se reprendre quand sa sœur lui a balancé qu'il allait terminer de la même manière que leur père, soit mort dans un règlement de comptes entre gangs.

– Je sais, t'inquiète. De toute façon, si tu merdes à nouveau, c'est moi qui vais venir te botter le cul.

– Bien sûr, terreur ! Je n'en attends pas moins de toi.

– Tu m'as manqué, Jake.

– Toi aussi, sis. Demain, c'est ta rentrée, non ? Tu m'appelleras à la sortie des cours ?

– Ça marche ! Ou peut-être que je vais me planquer et espérer que ça passe.

– Là, c'est moi qui vais venir te botter le derrière !

– Au moins, je te verrai ! À demain, frangin !

Je raccroche sur ce rire qui a si souvent déclenché le mien même dans les pires moments. Je suis tellement contente de l'avoir retrouvé, ça adoucit un peu tout le reste.

Furtivement, je jette un énième coup d'œil au paquet rectangulaire posé à côté de moi et me décide enfin à l'ouvrir. Je l'ai trouvé au fond de mes affaires le matin où Shad est parti, après avoir pleuré pendant des heures au fin fond du lit encore saturé de son odeur aux accents boisés. Un mot était écrit à même le papier kraft qui emballe toujours l'objet mystérieux.

« À n'ouvrir que le jour de ton anniversaire. »

Je déchire le papier en prenant soin de garder le mot de Shad intact. Ma gorge se serre en lisant le titre sur la couverture du livre qui se trouvait à l'intérieur. *The Old Man and the Sea*, d'Ernest Hemingway. Ma bouche s'ouvre de stupéfaction en tournant les premières pages. *C'est une putain d'édition originale !* Je manque de m'étouffer en découvrant qu'elle est dédicacée par l'auteur. Voilà, Shad est dingue, aucun doute maintenant.

Je peine à respirer en imaginant ce que ça a dû lui coûter, et je comprends par la même occasion pourquoi il ne me l'a pas donné plus tôt. Il sait que je déteste qu'il dépense de l'argent pour moi de manière si ostentatoire. Pourtant, pour lui ce n'est qu'une preuve de ses sentiments parmi d'autres. Shad est peut-être blindé, mais il n'a jamais essayé de m'acheter.

Je suis tellement sous le choc que je n'entends même pas ma tante s'asseoir à mes côtés.

– On est en train de servir le dessert. Je ne t'ai pas fait l'affront de prévoir des bougies sur ton gâteau, mais j'aimerais quand même que tu partages ce moment avec nous. Après tout, c'est ta journée.

– OK. J'arrive.

Janet et moi marchons encore sur des œufs la plupart du temps, mais je dois reconnaître qu'on se ressemble plus que je ne l'aurais cru. Et qu'elle me comprend bien mieux que je l'aurais pensé venant d'une adulte.

– Tu es une fan d'Hemingway aussi, à ce que je vois. Tu es bien la fille de ton père ! J'ai toujours eu beaucoup de mal avec le côté misogyne du personnage.

– Ce n'est pas ce que je préfère de lui non plus, avoué-je en riant.

– C'était un cadeau ? demande-t-elle en apercevant le papier sur le ponton.

– Oui. Une édition originale dédicacée.

Elle lâche un sifflement approbateur.

– Ça vient de Shad, précisé-je. Il a laissé ça dans mes affaires avant de partir.

– Il te connaît bien.

– Oui.

Je n'ai pas raconté à Janet notre road trip, dont ces deux semaines à Key West, et je ne le ferai sans doute jamais. Ces moments, c'est un peu comme notre jardin secret. C'est forte de tous ces souvenirs que j'essaie d'affronter la vie sans lui. Cette nouvelle vie et tout ce qui en découle : ma tante, le lycée…

56

Shad

Chicago, Illinois, 4 septembre 2017 – J 25

Allongé sur le canapé de mon *rooftop*, désormais mon endroit favori, je suis aveuglé par la luminosité du ciel de ce début septembre. Je cherche des formes dans les nuages, comme un gosse, pour m'empêcher de penser que le temps défile bien trop lentement depuis que j'ai laissé Sam dans le Michigan.

Vingt-cinq jours. Plus de trois semaines à crever du besoin de toucher sa peau de nouveau, d'entendre son rire et de sentir ses lèvres douces sur les miennes. Elle me manque encore plus que je l'avais craint. J'ai pourtant essayé de m'occuper du mieux que je le pouvais. À mon retour à Chicago, je me suis installé à l'hôtel et ma première tâche a été de confier la vente de mon *penthouse* à une agence immobilière sans aucune affiliation avec mon paternel. Je n'avais pas envie qu'il me sache de retour, même s'il finira inévitablement par l'apprendre. L'appartement rempli des souvenirs de ma vie d'avant est parti en moins de temps qu'il n'en faut pour le dire. L'agence a ensuite pu m'aider à trouver ce loft dans un quartier en pleine expansion. Un duplex avec une terrasse sur le toit dans un magnifique immeuble en brique rouge, fraîchement réhabilité. Il est beaucoup moins clinquant et tape à l'œil que l'ancien, beaucoup plus en phase avec le nouveau moi.

Depuis, je passe la plupart de mon temps sur ce toit, à travailler mes photos et, je dois le reconnaître, à me faire du mal avec les clichés de mon ange.

Aujourd'hui, je ne vais pas pouvoir traîner des heures puisque je dois aller récupérer un extrait de naissance chez mon père, de préférence sans qu'il le sache. Impossible de remettre la main dessus dans les cartons du *penthouse*. J'ai choisi minutieusement mon jour. C'est la fête du Travail, et mon paternel n'a jamais manqué la *garden party* de son *country club*. Il ne sera donc pas sur place.

Prenant mon courage à deux mains, je pianote un instant sur mon téléphone pour commander un Uber et descends les escaliers de mon duplex, puis ceux de l'immeuble, pour monter dans la voiture qui m'attend déjà.

Comme tous les bourrés de fric de cette ville, mon père réside à Gold Coast, un quartier clinquant ; dans la même maison que celle que j'habitais petit.

C'est un jour férié, le personnel n'est donc pas présent. N'ayant rien oublié de mes habitudes d'adolescent qui aimait s'éclipser en douce, j'entre par la cuisine et débranche l'alarme dont le code n'a pas changé depuis la dernière fois. Je grimpe à l'étage, et ne mets pas longtemps à trouver ce que je cherche dans un tiroir de mon ancien espace de travail. Celui que mon père m'avait fait faire quand il pensait encore que j'allais reprendre le flambeau de Caldwell & Cie.

Le document en main, je redescends par l'escalier principal et me fige en apercevant de la lumière dans le bureau de mon paternel. Comme il ne reçoit jamais de clients ici, il a l'habitude de travailler avec les stores clos.

Sauf qu'aujourd'hui, il ne devrait pas être là. Je ne pense pas qu'il m'ait entendu. Le dilemme s'offre pourtant à moi : dois-je faire semblant de ne pas avoir remarqué qu'il était là ou cesser d'être un lâche et le confronter ?

Ces vingt-cinq derniers jours, j'ai pris l'habitude de me demander ce que ferait Sam. J'applique donc cette technique et je me retrouve à heurter le battant de bois un peu plus fort que je l'avais prévu. Je ne suis pas encore devant lui que je sens déjà la colère me parcourir.

– Oui ?

Sa voix a un timbre impatient que je connais bien. Il n'est même pas surpris d'entendre frapper alors qu'il devrait être seul dans la maison.

– Tu vas rester devant la porte longtemps, fils ?

Regrettant de ne pas avoir foutu le camp quand j'en avais l'occasion, je pousse le battant. Il ne s'est pas levé, mais me regarde entrer dans son bureau comme s'il m'attendait.

– Comment tu savais que c'était moi ?

– Même si je n'avais pas fait installer des caméras le mois dernier, j'aurais pu le deviner. Mon personnel est en congé, tu es la seule autre personne à avoir les clés et à connaître le code. De plus, je commençais à me demander quand tu allais me rendre visite. Ça fait plus de trois semaines que tu es rentré.

Je m'assieds sur un des fauteuils disposés devant lui, incertain de ne pas essayer de l'étrangler si je reste debout.

– Et comment as-tu appris mon retour à Chicago ?

– Tu croyais vraiment pouvoir vendre le *penthouse* sans que je sois au courant ? Tout le monde me connaît et me respecte dans cette ville.

Je ne réponds pas. Si je ne dis rien, j'ai moins de risque de l'insulter.

– Est-ce que ta crise d'adolescence est passée, cette fois ? On va pouvoir se mettre sérieusement au travail, tu penses ?

– Une crise d'adolescence ? Tu ne manques pas d'aplomb. Je me suis barré pour me sevrer de toutes les drogues que je consommais presque quotidiennement depuis des années. J'ai fui les gens néfastes que je fréquentais. Et je t'ai fui, toi, parce que tu n'as jamais voulu comprendre que je ne désirais pas cette carrière que tu m'offrais.

Il marque un léger temps d'arrêt, comme perturbé. Est-ce mon passage sur les drogues qui l'a déstabilisé ? Impossible qu'il ne se soit rendu compte de rien.

– Et de quoi vas-tu pouvoir vivre ? reprend-il.

– Même si je ne faisais rien, l'argent de grand-mère me durerait plus d'une vie. Je sais encore comment gérer mes biens et m'entourer de conseillers compétents.

– C'est ce que tu veux ? Vivre de tes rentes ? Ce n'est pas comme ça que je t'ai élevé.

Je ris, ce qui le fait sursauter. Je peux le comprendre : mon expression n'avait rien de joyeux, mais tout de cynique.

– Justement, tu ne m'as pas élevé. Des nourrices et des filles au pair l'ont fait.

– Tu n'as jamais manqué de rien.

– Si. D'affection. De présence. J'ai manqué de quelqu'un qui se soucie suffisamment de moi pour me demander comment s'est passée ma journée d'école, quelqu'un qui n'est pas payé pour le faire, j'entends. Quelqu'un qui ne m'aurait pas ordonné « d'arrêter de pleurer comme un bébé » quand ma mère a disparu de la circulation du jour au lendemain.

Je ne sais pas si mes paroles ont fait mouche et je m'en moque. Le but n'était pas de le faire réagir. J'ai perdu cet espoir depuis longtemps. Toutefois, je me sens un peu plus léger de lui avoir dit ce qui me pourrit les entrailles depuis des années. Je comprends pourquoi on dit que la thérapie a parfois du bon.

Quand il se reprend enfin, sa voix n'est plus aussi hautaine qu'avant.

– Je t'ai élevé de la seule manière que je connais, c'est-à-dire comme mon père m'a éduqué.

– Tu plaisantes ? Grand-père a été plus un père pour moi que tu ne l'as jamais été et que tu ne le seras jamais.

– Oui, pour toi, Shad. C'est sans doute plus simple d'être là pour nos petits-enfants, je ne sais pas. Il a été beaucoup plus strict pour moi que je ne l'ai été pour toi, et encore moins présent. J'avais une mère douce et aimante, je le reconnais. Ce que tu n'as pas eu. Mais je ne pouvais pas la remplacer.

– Pourquoi ? C'est pourtant ce dont j'aurais eu besoin. À dix ans, c'est la seule chose dont on a besoin.

Nous restons silencieux tous les deux pendant un long moment. Je finis par me lever, convaincu que rien de bon ne ressortira de cette conversation.

– Attends, fils. Je ne savais pas pour les drogues. Je ne m'en suis jamais rendu compte.

– Alors tu étais aveugle.

– Je pensais que le plus important était de te construire un avenir et je ne t'ai pas vu te détruire. Tu as conscience que j'aurais essayé de t'aider, sinon ?

– Non. Ça ne me semble pas si évident…

Je me détourne pour rentrer chez moi. Parce que cette maison ne l'a jamais été.

Quand je jette un dernier coup d'œil en arrière, je pourrais jurer que Walter Caldwell a perdu de sa superbe. Je ne sais pas si j'aurai un jour une relation normale avec lui. Ou même si j'en ai envie. Tout ce que je sais, c'est que les non-dits et l'argent ont pourri cette famille jusqu'à la moelle.

57

Sam

Heaven Harbor, Michigan, 19 avril 2018 – J-130

Alors que je sors du gymnase, les cheveux encore humides, une ombre sur ma gauche me fait sursauter.

– Putain, Nick ! Tu veux que je fasse une crise cardiaque ou quoi ?

– Une crise cardiaque, rien que ça ? Allez viens, Drama Queen, ton carrosse t'attend.

Nicholas, alias Nick, est le meilleur ami que je n'aurais jamais pensé avoir un jour. Encore moins dans un lycée où je ne connaissais ni Ève ni Adam il y a seulement quelques mois. Il faut dire que Nick n'est ni Ève ni Adam, ou peut-être un peu les deux à la fois.

– Et sinon, cet entraînement ? demande-t-il.

– Des chutes, un doigt foulé, une bosse sur le front… On est nulles en ce moment, et surtout pas concentrées.

– Vous ne pourrez pas être pires que l'équipe de foot, demain soir.

– Ce n'est pas faux. Ça ne motive pas non plus de les voir se prendre une raclée tous les week-ends.

Derrière nous, quelques filles sortent en groupe du gymnase.

– Salut Sam ! À demain !

– Salut ! crié-je à mon tour.

Je n'ai pas d'autre ami aussi proche que Nick, mais je n'ai quand même pas eu de mal à m'intégrer. Je ne sais pas si être acceptée dans la team de *cheerleading* a autant aidé que de venir de West Baltimore. Une fille m'a même demandé si j'avais fait effacer mes tatouages de gang au laser. Sans exagérer.

– Je te dépose où aujourd'hui ?

– À Pine Lake. Ça ne t'embête pas ?

– Tu sais bien que non. Je peux traîner un peu ?

– Tu sais bien que oui.

Assise sur le ponton, je termine le grand smoothie que Janet adore me préparer quand je reviens de l'entraînement. « Pour bien que je me réhydrate », dit-elle. Je pense surtout qu'elle aime me faire régresser au stade petite enfance de temps en temps. Je dois admettre que je ne refuse jamais.

– Ta tante devrait les commercialiser. C'est vraiment une tuerie.

– Parfois, je me demande si tu ne viens pas ici juste pour la bouffe de Janet.

– Bien sûr que si ! Arrête de te poser la question.

Je le pousse d'un coup d'épaule, et il se rattrape de justesse avant de tomber à l'eau. Il a tellement plu la semaine dernière que nos pieds touchent la surface du lac depuis le ponton.

– Sammy ?

– Oui ?

– J'ai pris les billets pour le bal de promo.

– Et c'est reparti pour un tour !

Je me laisse aller en arrière et ferme les yeux sous mes lunettes de soleil.

– Oui, c'est reparti ! Tu crois vraiment que je vais accepter que tu manques ça ? Après tout ce que tu as vécu, tu le mérites, non ?

– Ce n'était pas si terrible quand on y repense.

– Sammy…

Évidemment que c'était galère. La mort de mes parents. Le foyer, puis Baltimore. Les Reed. La violence. Et même la bataille juridique de ma tante pour me garder n'a pas été aussi simple que prévu. Et le pire de tout : la séparation avec Shad. Cette sensation de ne pas pouvoir respirer à pleins poumons.

– Il comprendrait s'il était là.

– Qui ?

– Arrête de jouer les idiotes, ça ne te va pas.

– Ce n'est pas à cause de lui. Pas vraiment. J'ai peur d'être dans cette salle pleine d'étudiants en train de s'amuser et de ne penser qu'à lui.

– Tu préfères penser à lui toute seule chez Janet. Tu as raison, c'est vachement plus sain.

Il n'a pas tout à fait tort. J'ai tendance à avoir Shad en tête de manière obsessionnelle. Plus que cent trente jours. Tic toc.

– De toute façon, j'ai pris des billets non remboursables, c'était moins cher. Je te connais, tu ne me feras pas l'affront de ne pas venir.

– Je te déteste.

– Mais non, tu m'adores.

– Et si tu rencontres une fille ou un mec avec qui tu veux y aller ?

– Après l'histoire avec Scott et celle avec Alicia en début d'année ? Merci, mais non merci. J'attends les petits culs de Michigan State pour me remettre en selle. Tu n'es pas la seule à avoir eu le cœur brisé.

– Je sais… Shad ne m'a pas brisé le cœur, il a juste fait ce qu'il y avait de mieux pour moi.

– Sammy, tu dors toujours avec le tee-shirt qu'il a oublié dans tes affaires. Ton cœur n'est pas vraiment entier non plus.

Je ne peux pas nier, ni pour le tee-shirt ni pour mon cœur. Alors je me tais et je pose la tête sur l'épaule de mon meilleur ami. Je sais déjà que je ne rechignerai pas à l'accompagner au bal de promo. Je lui dois bien ça : je ne suis pas certaine que j'aurais survécu à cette année loin de Shad sans son aide.

58

Shad

Chicago, Illinois, 27 avril 2018 – J260

– Tu es certain que tu ne veux pas venir prendre un café ? J'habite juste à quelques rues.

Je soupire, et résiste à la tentation de repousser la main qui s'est posée sur mon avant-bras. Jenna sait que je ne suis pas libre, même si elle s'imagine un genre de relation longue distance que je pourrais facilement oublier le temps de quelques heures avec elle. Depuis que j'ai commencé à fréquenter ce groupe de soutien pour anciens junkies, elle tente de me faire changer d'avis. Jamais très subtilement.

Elle n'est pas méchante, je refuse donc de l'envoyer balader purement et simplement. Elle est juste un peu seule et doit se dire que c'est aussi mon cas. Est-ce que je me sens seul ? Oui, sans hésitation. Mais mon ange occupe toutes mes pensées.

– Non, je suis désolé, Jenna. Pas ce soir. Il faut que je bosse sur mes photos, en plus.

– Très bien. Une prochaine fois, alors.

Ce n'est pas une question ; je ne réponds donc pas. Ma psy me dit que je ne rends service à personne quand je tourne autour du pot comme ça. J'y travaille, mais j'ai encore beaucoup de progrès à faire. Et je dois le reconnaître : sans Sam, c'est beaucoup moins drôle.

– Bye, Jenna !

J'habite à environ huit kilomètres, mais j'ai pris l'habitude de venir en Uber et de rentrer en courant. Ce n'est pas la même sensation que de courir à Key West, mais ça me vide quand même la tête.

Quand j'arrive dans mon duplex, j'attrape une bouteille d'eau et mon ordi portable avant de grimper jusqu'au *rooftop*. Ce soir a comme un goût d'été, et je ne résiste pas à m'installer dehors pour ce petit rituel du vendredi. La douche attendra : ce que je vais faire est beaucoup plus important pour ma santé mentale.

Depuis plus de huit mois, deux cent trente-cinq jours pour être exact, je triche. J'ai demandé à Sam de ne pas me contacter, mais je n'ai pas pu m'empêcher de prendre de ses nouvelles. J'ai tenu jusqu'à l'affrontement avec mon père. Ce soir-là, j'ai appelé Janet au *resort* et je lui ai laissé mon mail en la suppliant de m'envoyer quelques nouvelles. Elle a accepté à condition que je continue de respecter l'échéance que je nous ai imposée au départ. L'anniversaire de ses dix-huit ans.

C'est grâce aux échanges avec Janet, et aussi un peu avec tout ce que j'ai mis en place ici, que je tiens loin d'elle.

J'ouvre mon ordinateur. Le mail est là, comme toujours. Il ne contient que l'essentiel, quelques phrases. Des bribes de sa vie : sa réussite au lycée, le *cheerleading*, ses amis. J'ai parfois la sensation d'être en train de l'espionner, mais je ne culpabilise jamais très longtemps. Je ne fais rien de mal, après tout.

Alors que je referme le mail, un autre message, et surtout son expéditeur, attirent mon attention. « Mile Marker Zero, Gallery. » Ma main se met à trembler ; je m'y reprends à plusieurs fois pour l'ouvrir.

« Monsieur Caldwell,

Nous nous sommes parlé au téléphone il y a quelques semaines et j'ai passé en revue les photos que vous m'aviez envoyées à la suite de notre conservation. Mon associé et moi-même serions vraiment très intéressés par le fait d'exposer vos clichés. Nous pensions à la date du 14 septembre, si cela vous convient et si vous êtes toujours d'accord, évidemment.

Il est tard, je ne voulais pas vous déranger de vive voix à cette heure-ci, mais il fallait absolument que je vous annonce la nouvelle. N'hésitez pas à me passer un coup de fil demain.

Cordialement,
Kathryn Whitlock,
Co-propriétaire
Mile Marker Zero Gallery
Key West »

Sam avait raison. Elle avait raison et je ne peux même pas lui dire… Elle a cru en moi et, sans qu'elle le sache, c'est ce qui m'a poussé à contacter des galeries pour exposer mes photos.

Plus le temps passe, plus je prends conscience de tout ce que je lui dois. J'ai vraiment hâte de pouvoir faire des projets avec elle.

59

Sam

Heaven Harbor, Michigan, 27 août 2018 – Jour J

Quand on frappe à la porte à presque 21 heures, j'ai le nez rouge, les yeux bouffis et je porte le tee-shirt de Shad que je range toujours avec des boules de cèdre pour qu'il garde son odeur. Je suis pathétique, jusqu'au bout du petit orteil. Cela dit, vu que c'est Nick derrière le battant, je pourrais bien avoir des bigoudis sur le crâne ou un bouton sur le menton, il s'en foutrait royalement.

Un « Oh ! Sammy » lui échappe quand il voit mon état.

– Il n'est pas venu ?

Je secoue la tête, incapable de parler de Shad sans que les larmes se remettent à couler. Les bras de mon meilleur ami me happent dans une étreinte qui menace de m'étouffer.

– Je suis désolé, bichette.

– Tu devais t'en douter puisque tu es là.

– Non, je pensais qu'il viendrait. Je suis un indécrottable romantique. C'est toi qui n'as pas arrêté de me répéter depuis un mois qu'il ne se pointerait pas. Je me suis mis en route quand tu n'as pas répondu à mon vingtième message de la journée.

– Tu as quoi dans ton sac ? demandé-je en changeant de sujet.

– Cupcake de chez *Granny's* et tequila. Dix-huit ans, ça se fête, quand même.

– Je ne suis pas d'humeur à ça.

– Alors tu boiras pour oublier, ajoute-t-il en se frayant un chemin dans la maison de Janet.

Après un cupcake et deux shots, on ne peut pas vraiment dire que je me sente au top de ma forme, mais « lamentable » et « pathétique » ne sont plus les mots qui me viennent immédiatement en tête.

– J'ai complètement zappé de te demander comment s'est passée ta première semaine à Michigan State… Je suis vraiment une amie de merde.

– Sam, on s'est presque parlé tous les soirs cette semaine, n'exagère pas.

– Quand même. Une amie en carton.

– Tu n'es pas parfaite, c'est sûr. Sinon tu te serais inscrite à State avec moi.

– Nope. Merci, mais ça ne me tente pas.

Il me ressert un verre de tequila auquel je ne touche pas. Les petites natures comme moi n'ont pas une grosse résistance à l'alcool.

– Pourquoi tu étais persuadée qu'il ne viendrait pas, Sammy ?

– Parce que Shad est comme ça. Il se dit qu'il doit me laisser vivre ma vie ou une connerie du genre. Qu'en me fichant la paix, il réparera toutes les erreurs de son passé. C'est tout à fait lui.

– Excuse-moi d'avance pour ce que je vais demander, mais je suis ton meilleur ami et c'est un peu mon devoir de te poser des questions indélicates.

– Tu veux savoir comment je suis certaine qu'il n'a pas rencontré quelqu'un ?

– Euh, oui, voilà. Mais bon, si tu veux faire les questions et les réponses, ne te gêne pas.

Je ricane. Ou plutôt je glousse. Raison pour laquelle j'évite de boire, en général.

– Parce que j'ai demandé à Harry Preston.

– Le privé ?

– Lui-même.

– Et il a accepté de te rencarder.

– Il m'aime bien parce que je suis la seule avec Charlie à pouvoir l'écouter parler de ses enquêtes pendant des heures.

– Et qu'est-ce qu'il t'a appris ?

– L'essentiel. Que Shad vit comme un ermite, qu'il n'est en couple avec personne et qu'il a un vernissage de prévu à Key West en septembre dans une galerie.

– Il va exposer ses photos ?

– Oui. Et, quelle coïncidence, je vais exposer mes dessins dans la même galerie à la même date.

– Quoi ? Petite cachotière ! Tu n'aurais pas pu m'en parler avant ?

– Je voulais être certaine de mon coup. Mes créations, que j'ai fignolées ces derniers mois, sont parties par coursier spécial hier.

Il me regarde un moment en secouant la tête. Je finis quand même par gober ce shot qui me tendait les bras. *Il faut bien que je fête ça, après tout !*

– Tu peux m'expliquer pourquoi tu as pleuré toute la journée si tu as déjà prévu un plan machiavélique pour le retrouver ?

– Parce que j'avais encore un petit espoir. Et que je ne sais pas ce que ça signifie par rapport à ses sentiments pour moi. Je vais à Key West dans un peu plus de quinze jours, mais si ça se trouve je vais m'y casser les dents.

Je n'ai fait que penser à ça depuis ce matin. Son possible rejet a tourné en boucle dans ma tête comme la bande-annonce d'un film qui finirait mal. Je ne suis pas certaine de pouvoir continuer à faire tenir les morceaux de mon cœur avec du sparadrap. Il est le seul qui a le pouvoir de le réparer, mais je ne sais pas s'il en aura envie.

60

Shad

Key West, Floride, 14 septembre 2018 – J400

Les mains crispées sur le volant de la voiture de location, je me concentre du mieux que je peux sur l'asphalte devant moi. J'essaie d'ignorer ces ponts et les lagons que je dépasse et qui ne peuvent que me faire penser à elle.

Sam. Mon ange. Voilà, c'est dit. Prononcer son nom, même dans ma tête, est toujours une torture. Surtout maintenant que rien n'est plus possible entre nous.

Je souffre le martyre, comme si on m'avait arraché un morceau des entrailles depuis ce vendredi de la fin juin. La seule fois où Janet a joint une photo à son mail hebdomadaire. Un cliché professionnel de Sam dans une robe cocktail de la couleur de ses yeux, un ado à ses côtés, la cravate assortie à sa robe. Elle avait l'air de me dévisager depuis l'écran de mon ordinateur portable. « Regarde-moi, Shad. Je suis heureuse, malgré toi. »

C'était la première image que je recevais d'elle depuis des mois, j'aurais voulu me délecter de la douceur de ses traits, de ses fossettes, de la teinte de ses iris. Au lieu de ça, je n'ai pu détacher mon attention des paumes sur ses hanches et de ses doigts posés sur les mains de ce type que je n'ai pu que détester sans même le connaître.

Je sais que je dois oublier ça l'espace d'un week-end pour ne pas gâcher l'exposition qui peut être la chance de ma vie, mais c'est difficile quand chaque paysage me renvoie à elle.

Sur les conseils de ma psy, j'ai réservé au *Westin*, où nous allions toujours avec Keith. D'après elle, je dois me confronter à mes démons. De toute façon, Swenson fait pâle figure à côté de celle qui m'a labouré le cœur.

Je gare ma voiture devant l'établissement et laisse les clés au voiturier. J'attrape ma valise cabine, m'enregistre au comptoir d'accueil avant d'aller m'enfermer dans ma suite pour les deux prochaines heures. Je ne dois pas être à l'expo avant 17 h 45.

Quand je pousse la porte de la galerie, Kathryn Whitlcok est la première personne que j'aperçois. Je me concentre sur elle et celui que je pense être son associé pour ne pas détailler l'exposition qui se situe à gauche de l'entrée. J'ai le trac ; je ne sais pas du tout ce que ça va me faire de voir mes clichés ainsi mis en avant.

– Monsieur Caldwell ! C'est vraiment un plaisir de vous rencontrer enfin.

– Shad, s'il vous plaît.

Je leur serre la main à tous les deux, et Kathryn me regarde avec un sourire goguenard.

– Est-ce que vous avez parcouru l'exposition, Shad ?

– Non, pas encore. J'appréhende un peu, je le reconnais.

– Je crois que c'est propre à tous les artistes avant une première. Mais il me semble qu'elle vous réserve une belle surprise.

Une surprise ? Je ne suis pas certain de les apprécier. Et je ne sais pas avec quoi elle pourrait m'étonner. Mais Kathryn n'entend pas mes doutes silencieux, et me fait pivoter pour m'approcher des premiers panneaux. Ce que j'y découvre amène mon cœur dans ma gorge comme s'il essayait de s'échapper de ma poitrine. Sur le mur, mes photos de la Marble Bank de Jacksonville. À leurs côtés, le dessin de Sam. Beaucoup plus grand que l'original que je la vois encore esquisser, assise dans l'ouverture du Chevy. Cette nouvelle œuvre est aussi beaucoup plus percutante, plus intense. Elle a dû nécessiter des mois de travail.

– Comment avez-vous eu ces dessins ?

Des scénarii plus farfelus les uns que les autres me viennent en tête.

– Par l'artiste, évidemment. Je dois dire que quand miss Owens nous a raconté l'histoire de ces créations, nous y avons vu l'opportunité d'une double expo. Vos photos à côté de ses dessins.

Je me détourne, le regard happé par Sam. Elle est là, sur le mur d'en face. C'est le cliché que j'ai pris d'elle dans le jardin d'Hemingway. Son visage est baissé vers ce chat si particulier qui ronronnait sur ses genoux.

Près de moi, Kathryn continue de parler :

– Comme c'est elle qui a réalisé ces dessins, nous avons pris la liberté de mettre cette photo en plus grand. D'autant plus qu'elle a été capturée à Key West. Miss Owens l'a vue, et elle l'a beaucoup aimée.

Mon cerveau pédale dans la semoule. J'ai forcément dû mal entendre.

– Excusez-moi, j'ai mal compris. À propos de Sam. Je veux dire, miss Owens.

– Elle t'expliquait que j'étais passée voir l'expo un peu plus tôt dans la journée. Je suis arrivée hier, du coup j'ai eu le temps.

Cette voix. C'est forcément un mirage, une hallucination. Je suis sobre depuis des mois, mais quelqu'un a dû mettre quelque chose dans les bouteilles d'eau de l'hôtel. Je ne veux pas me retourner, j'ai trop peur que ce ne soit qu'une mauvaise blague de mon esprit fatigué par le manque de sommeil. J'ai peur aussi qu'elle soit là en vrai, mais qu'elle ne soit pas seule. Ou qu'elle n'en ait plus rien à foutre de moi. Que je ne sois pour elle que « ce type rencontré sur les routes un été », une histoire sans intérêt qu'elle ne racontera même pas à ses petits-enfants. J'ai peur, mais me confronter à mes démons n'est-il pas ce que ma psy m'a demandé ? Alors je me retourne et je fais face à mon ange.

61

Sam

Key West, Floride, 14 septembre 2018

Je suis entrée dans la galerie au moment où Shad se tournait vers le portrait de moi et de ce chat que j'avais rebaptisé Ernest l'été dernier. J'ai du mal à me savoir exposée à la vue de tous en aussi gros, mais ce n'est pas le sujet du moment.

Mon photographe est là. Après toute cette attente, après ces mois à espérer, il est là. Ses cheveux sont plus longs que dans mes souvenirs, plus ébouriffés également. Je comprends pourquoi quand il glisse sa main dedans pour la énième fois. Le voir en costard réveille les papillons dans mon estomac que lui seul sait faire danser ainsi. Je finis par m'approcher de lui lorsque sa voix résonne de manière incrédule.

– Elle t'expliquait que j'étais passée voir l'expo un peu plus tôt dans la journée. Je suis arrivée hier, du coup j'ai eu le temps.

Je clarifie les propos de Kathryn, qui se retourne la première et me regarde en souriant. Je l'aime beaucoup cette femme, c'est une passionnée et elle a vraiment fait un magnifique travail pour mettre en valeur les clichés de Shad et mes croquis.

Shad, lui, ne se retourne toujours pas. Je ne lui en veux pas. Moi aussi, j'aurais hésité, si j'en avais eu l'occasion, mais il ne me l'a pas laissée. J'ai dû prendre les devants pour affronter sa peur des sentiments.

Quand il finit par me faire face, je suis incapable de lire dans son regard. J'ai subitement chaud dans ma robe cocktail en soie dorée offerte par Janet. Si je ne craignais pas de me tordre une cheville dans mes chaussures à talons, je me dandinerais comme une enfant.

– Dis quelque chose, Shad.

– Euh… Je… Comment… euh…

– Quelque chose que je puisse comprendre, ce serait encore mieux.

Il sourit – enfin, une réaction dont je saisis le sens –, puis il attrape une de mes mains, s'approche davantage, et j'ai l'impression de ne plus pouvoir respirer.

– Tu es là…

– Où voudrais-tu que je sois ? Tu n'es pas venu, alors c'est moi qui ai comblé cette distance que tu nous as imposée il y a un peu plus d'un an.

– C'était la meilleure chose à faire.

– Peut-être. Mais tenir tes promesses ça aurait été bien, aussi.

Il fronce les sourcils comme si une pièce du puzzle lui manquait.

Kathryn s'est éloignée de nous, et elle commence à accueillir les gens ayant fait le déplacement pour le vernissage. Bientôt, nous serons entourés de monde et je donnerais tout ce que je possède pour me retrouver seule avec lui un instant. Comme connecté à mes pensées, Shad nous attire dans un coin, devant les photos de la Glass Bank. Il fait un signe à la galeriste qui semble nous répondre d'un « Ne vous inquiétez pas, je gère. » Tant mieux, parce que moi je ne gère plus rien. Je tremble de tous mes membres à force de me retenir de me jeter dans ses bras.

– Je n'ai pas tenu ma promesse parce que tu étais passée à autre chose, Sam.

– Hein ?

– Je ne t'en veux pas. Tu es jeune et c'est normal de poursuivre ta vie comme tu l'entends.

– Alors là, pardonne-moi, mais l'excuse de l'âge tu la ranges et tu me sers autre chose. Même si je me doutais que tu ferais machine arrière à cause de cette attitude chevaleresque que tu adores, j'ai quand même pleuré comme une madeleine pendant toute la journée de mon anniversaire. Donc, non, je te le garantis, je ne suis pas passée à autre chose.

Cette fois, c'est lui qui est décontenancé.

– Janet m'a envoyé une photo de toi pour ton bal de fin d'année.

– Elle a fait quoi ? Mais pourquoi ? Et comment elle aurait eu ton adresse mail ? Et quand bien même, je ne vois pas le rapport. Quel est le problème avec cette photo ?

Au moment où je prononce cette phrase, je comprends très bien le problème. Sur le cliché, je pose avec Nick. Voilà le souci. Nick et ses mains sur mes hanches. Et dire qu'on a mis vingt minutes à prendre cette photo tellement la position nous semblait bizarre. *Putain, Janet!*

– C'est mon meilleur ami que tu as vu avec moi. Il a eu une rupture très compliquée fin mars et il a tenu à ce qu'on y aille ensemble. Il n'avait aucune envie d'inviter quelqu'un qui aurait pu s'imaginer des choses alors qu'il avait toujours son ex en tête. Il savait que je n'irais pas avec quelqu'un d'autre non plus parce que la place dans mon cœur est déjà occupée par un photographe borné. Si tu avais tenu ta promesse, tu aurais su tout ça.

– J'imagine que le photographe borné, c'est moi…

– Qui d'autre ? Tu serais venu, sans cette photo ?

– Oui.

– Tu en es certain ?

– Absolument !

Un silence s'installe entre nous.

– Tu n'es pas fâchée que j'aie triché en demandant des nouvelles à Janet ?

– Non. J'ai triché aussi, sinon je n'aurais jamais été au courant pour le vernissage.

Sa paume se pose sur ma joue, et son pouce part à la recherche de mes lèvres. Ce contact m'a tellement manqué que la sensation est presque trop intense. Peu importent les gens autour de nous, peu importe l'endroit où nous nous trouvons : quand je me hisse sur la pointe des pieds pour recouvrir sa bouche de la mienne, le monde qui nous entoure disparaît. La bulle que nous nous étions créée l'été où Shad m'a sauvée revient à la vie en une fraction de seconde. Elle n'a jamais cessé d'exister.

– Je t'aime, Sam.

– Je sais. Je t'aime aussi.

ÉPILOGUE

Shad

Govan, État de Washington, 2023

Quand je sors du van, Sam est déjà entrée dans l'ancienne école qu'elle rêve de découvrir depuis que nous avons quitté Key West, il y a trois semaines. C'est la première fois que nous abandonnons la maison que nous avons achetée là-bas pour aussi longtemps. Je crois que notre vieux Chevy et la vie itinérante qu'il implique nous manquaient un peu trop.

Nous traversons cette fois tous les États-Unis en diagonale, en enchaînant les visites. Nous n'aurons aucun problème à combler les deux galeries de Key West et de Chicago avec qui nous avons des contrats.

– Sam, fais gaffe, quand même ! lui crié-je en arrivant près de l'entrée d'un bâtiment en bois d'une couleur hors du commun.

Je ne me remettrai jamais à cent pour cent de son accident à Tampa. Même si elle fait désormais attention à là où elle met les pieds, j'ai du mal à me défaire de cette image d'elle en train de se retenir pour ne pas tomber à l'étage du dessous.

– Je fais toujours gaffe. Et puis, crois-moi, vu comme Winchester saute partout, je pense que c'est solide. La prochaine fois, je l'attache.

Winchester, c'est le berger allemand que nous avons recueilli dans un refuge l'année dernière. Il est encore jeune et un peu fou, mais il nous suit partout. Dans nos explorations urbaines, lors nos week-ends avec Jake – ce frère que Sam s'est choisi – et Nick, son meilleur ami qui est aussi devenu le mien. Quand nous passons du temps à Chicago ou à Heaven Harbor chez Janet, aussi.

J'aimerais dire que nous profitons aussi de longs moments en famille avec mon père, mais notre relation ne s'est pas améliorée à ce point. Walter Caldwell restera toujours Walter Caldwell ; malgré tout, il a visité chacune de nos expositions. Sam a brisé beaucoup de barrières que nous nous imposions tous les deux sans nous en apercevoir. Mon ange est comme ça. Elle répare ce qui est brisé sans même s'en rendre compte.

Je sors de mon sac le nouveau Canon hors de prix que Sam m'a acheté avec le salaire de notre deuxième expo. Chaque fois que je l'ai en main, je revois ses yeux clairs s'illuminer du plaisir d'avoir pu me faire un cadeau pareil.

Alors que je mitraille l'intérieur de l'ancienne école, elle commence à se balader avec son carnet de croquis pour relever certains détails.

– Dis, monsieur Wikipedia, raconte-moi encore une fois pourquoi la ville est déserte.

« Monsieur Wikipedia » est devenu mon surnom en exploration. Ça fait rire Sam, mais il paraît que je parle comme une encyclopédie quand je suis passionné.

– Pas déserte, mon ange. Trois habitants résistent encore.

– Ça doit être calme dans les rues.

– Je n'imagine même pas. La ville a été créée parce que le train passait ici et qu'il fallait une gare. Ça n'a jamais été très développé. Une centaine d'habitants au plus, je crois, mais ils y avaient construit une école quand même. Elle a fonctionné jusque dans les années 1940.

– Je n'aime pas les ondes qui se dégagent de ce lieu.

– Il paraît qu'il y a eu plusieurs meurtres non résolus et que la ville serait hantée.

– Oui, mais d'habitude ça ne me fait rien. Là, je...

Elle frissonne sans trouver le mot qu'elle cherche. Mais je comprends ce qu'elle veut dire. C'est vrai que l'ambiance est particulière, ici.

– Je préfère attendre dehors.

– Ça ne va pas ?

– Si, ne t'inquiète pas. J'ai juste chaud, c'est tout.

Je baisse mon appareil photo et m'assure qu'elle va bien en jetant un coup d'œil par la fenêtre de l'école en ruines. Elle est assise dans l'ouverture du van, en train de dessiner, Winchester à ses pieds.

Demain, nous repartons sur les routes en direction de chez Charlaine, l'ancienne nourrice de Sam, que nous retrouvons deux à trois fois par an. En chemin, j'ai prévu de nous faire visiter une chapelle réputée parmi les explorateurs urbains et je la demanderai encore en mariage.

J'espère qu'elle ne dira pas non, comme l'année dernière, quand je me suis agenouillé dans la chapelle d'un château français abandonné. Ou comme au *Blue Heaven* il y a deux ans, quand je lui ai demandé sa main quelques semaines après notre emménagement dans notre petit coin de paradis.

Elle m'oppose sa peur de perdre sa liberté, ou quelque chose comme ça, mais il faut qu'elle prenne conscience que c'est ce que je chéris plus que tout chez elle : sa liberté.

REMERCIEMENTS

Le temps est venu pour moi d'écrire une des parties les plus difficiles d'un roman. Mais, même si je suis seule devant mon ordinateur à chaque chapitre, je ne peux quand même pas oublier toutes ces personnes qui m'entourent et me soutiennent.

Merci à mon David qui n'a cessé de me soutenir depuis mes premiers pas d'écrivaine en herbe. Je t'aime, même quand je m'enfuis dans un van en compagnie d'un photographe sexy.

Merci à mes enfants. Je sais que vous ne comprenez pas encore vraiment ce que je fabrique sur mon ordinateur toute la journée. Cette année, j'aurai réussi à gérer *homeschooling* et écriture, et c'est en grande partie grâce à vous.

Merci à ma maman de m'avoir transmis cette passion de la lecture sans laquelle je n'écrirais pas.

Merci à mon papa de m'avoir transmis cette passion du cinéma qui alimente mon imagination.

Merci Chantal, tata de cœur, d'être depuis le début une lectrice fidèle.

Merci Valérie, lectrice de la première heure. Ce sont les souvenirs de tes commentaires sur mes premiers chapitres qui m'ont fait m'accrocher à cette histoire.

Merci Anaïs, d'avoir été présente quand j'en avais marre et que je doutais. J'espère que Shad te plaira autant qu'à moi.

Merci Fred d'avoir agité le fouet pour me pousser à écrire. Le voilà enfin ce road-trip tant attendu. Hâte de continuer d'avancer dans cette nouvelle grande aventure en duo !

Merci aussi Gaëlle, Leila, Angélique et toutes celles que je ne peux pas citer.

Merci à mes deux meilleurs amis, Valentin et Corinne. Vous avez toujours été présents pour moi et je n'aurai jamais de mots assez forts pour vous exprimer à quel point ça compte pour moi.

Merci à Fyctia et Hugo&Cie de me laisser ma chance encore une fois. Un nouveau rêve se réalise à vos côtés.

Merci à Marine, mon éditrice, d'avoir cru fort en ce nouveau projet. C'est toujours un plaisir de collaborer avec toi. Je suis sûre que tu reconnaîtras que ce roman était beaucoup plus de saison que le dernier.

Enfin, un merci tout particulier à ces aventuriers urbains, ces urbexeurs qui me font rêver depuis des années avec leurs appareils photos et leurs caméras. Vous êtes ma plus grande source d'inspiration.

J'habite peut-être outre-Atlantique, mais j'adore papoter avec les lectrices et lecteurs qui en auraient envie. Vous pouvez me trouver sur Facebook (Phoenix B Asher) ou sur Instagram (phoenixbasher_auteure). N'hésitez pas !

PAR LA MÊME AUTEURE

Les jumeaux Westwood,
2018, éditions La Condamine
(uniquement disponible en ebook)

Unexpected Christmas,
2019, Hugo Poche

DÉCOUVREZ LES AUTRES TITRES DE LA COLLECTION HUGO NEW ROMANCE®

Sans Faute

Maloria Cassis

Hugo Roman